游國恩　聞一多　朱自清　浦江清　蕭滌非　羅庸　著

# 西南聯大詩詞課

中和出版
OPEN PAGE

中

# 國立西南聯合大學紀念碑文

中華民國三十四年九月九日，我國家受日本之降於南京。上距二十六年七月七日盧溝橋之變，為時八年；再上距二十年九月十八日瀋陽之變，為時十四年；再上距清甲午之役，為時五十一年。舉凡五十年間，日本所鯨吞蠶食於我國家者，至是悉備圖籍獻還。全勝之局，秦漢以來所未有也。

國立北京大學、國立清華大學原設北平；私立南開大學原設天津。自瀋陽之變，我國家之威權逐漸南移，惟以文化力量與日本爭持於平津，此三校實為其中堅。二十六年平津失守，三校奉命遷於湖南，合組為國立長沙臨時大學，以三校校長蔣夢麟、梅貽琦、張伯苓為常務委員，主持校務。設法、理、工學院於長沙，文學院於南嶽，於十一月一日開始上課。迨京滬失守，武漢震動，臨時大學又奉命遷雲南。師生徒步經貴州，於二十七年四月二十六日抵昆明。旋奉命改名為國立西南聯合大學，設理、工學院於昆明，文、法學院於蒙自，於五月四日開始上課。一學期後，文、法學院亦還昆明。二十七年，增設師範學院。二十九年，設分校於四川敘永，一學年後，併於本校。昆明本為後方名城，自日軍入安南、陷緬甸，乃成後方重鎮。聯合大學支持其間，先後畢業學生二千餘人，從軍旅者八百餘人。河山既復，日月重光，聯合大學之戰時使命既成，奉命於三十五年五月四日結束。原有三校即將返故居，復舊業。

緬維八年支持之辛苦，與夫三校合作之協和，可紀念者，蓋有四焉。我國家以世界之古國，居東亞之天府，本應紹漢、唐之遺烈，作並世之先進。將來建國完成，必於世界歷史居獨特之地位。蓋並世列強，雖新而不古；希臘、羅馬，有古而無今。惟我國家，亙古亙今，亦新亦舊，斯所謂「周雖舊邦，其命維新」者也。曠代之偉業，八年之久，其規模，其例一也。

文人相輕，自古而然。昔人所言，今有同慨。三校有不同之歷史、各異之學風，八年之久，合作無間，同無妨異，異不害同，五色交輝，相得益彰，八音合奏，終和且平。此其可紀念者二也。

萬物並育而不相害，道並行而不相悖，小德川流，大德敦化，此天地之所以為大。斯雖先民之恆言，實為民主之真諦。聯合大學以其兼容並包之精神，轉移社會一時之風氣，內樹學術自由之規模，外來「民主堡壘」之稱號，違千夫之諾諾，作一士之諤諤，此其可紀念者三也。

稽之往史，我民族若不能立足於中原，偏安江表，稱曰「南渡」。南渡之人，未有能北返者：晉人南渡，其例一也；宋人南渡，其例二也；明人南渡，其例三也。「風景不殊」，晉人之深悲；「還我河山」，宋人之虛願。吾人為第四次之南渡，乃能於不十年間，收恢復之全功。庾信不哀江南，杜甫喜收薊北。此其可紀念者四也。

聯合大學初定校歌，其辭始歎南遷流離之苦辛，中頌師生不屈之壯志，終寄最後勝利之期望。校以今日之成功，歷歷不爽，若合符契。聯合大學之始終，豈非一代之盛事，曠百世而難遇者哉！

爰就歌辭，勒為碑銘，銘曰：

痛南渡，辭宮闕。駐衡湘，又離別。更長征，經嶧嵲。望中原，遍灑血。抵絕徼，繼講說。詩書喪，猶有舌。儘笳吹，情彌切。千秋恥，終已雪。見仇寇，如煙滅。起朔北，迄南越。視金甌，已無缺。大一統，無傾折。中興業，繼往烈。維三校，兄弟列。為一體，如膠結。同艱難，共歡悅。聯合竟，使命徹。神京復，還燕碣。以此石，像堅節。紀嘉慶，告來哲。

馮友蘭　撰文

西南聯大老師在室外講課

西南聯大學生服務處

游國恩

聞一多

朱自清

浦江清

蕭滌非　　　　　　　　　　　　羅庸

西南聯大學生下課後離開教室

# 編 者 的 話

　　西南聯大只存在了八年時間，卻培育了兩位諾貝爾獎得主、五位中國國家最高科技獎得主、八位「兩彈一星」功勳獎章得主、一百七十多位中國科學院院士和中國工程院院士。這是教育史上的傳奇。傳奇的締造並非偶然，而是源於強大的師資力量和自由的教學風氣。

　　西南聯大成立之時，雖然物資短缺，沒有教室、宿舍、辦公樓，但是有大師雲集。聞一多、朱自清、陳寅恪、張蔭麟、馮友蘭等大師用他們富足的精神、自由的靈魂、獨特的人格魅力以及深厚的學識修養，為富有求知欲、好奇心的莘莘學子奉上了凝聚着自己心血的課程。

　　聞一多的唐詩課、陳寅恪的歷史課、馮友蘭的哲學課……無一不在民族危難的關頭閃耀着智慧的光芒，照亮了求知學子前行的道路，為文化的繼承保存下了一顆顆小小的種子，也為民族的復興帶來了希望。

　　時代遠去，我們無能為力；大師遠去，我們卻可以把他們留下的精神和文化財富以文字的形式永久留存。這既是大師們留下的寶貴財富，也是我們應該一直繼承下去的文化寶藏。

　　為此，編者以西南聯大為紐帶，策劃了一系列圖書，以展現西南聯大的教育精神和大師風貌，以及中華民族的文化與思想特點。已出版《西南聯大文學課》《西南聯大國史課》《西南聯大哲學課》《西南聯大國學課》《西南聯大文化課》《西南聯大文學課（續編）》，本書主題是「詩詞課」。

　　本書所選各篇文章，在內容的側重和表述方式上有很大的不同，這是各位先生在教學和寫作風格上各有千秋的結果。這一點，不僅體現了先生們各自的寫作特點，更體現了西南聯大學術上的「自由」，以及教學上的「百花齊放」。

　　本書收錄文章，秉持既忠實於西南聯大課堂，又不拘泥於課堂的原則。有課堂講義留存的，悉心收錄；未留存有在西南聯大任教時的講義，而先生們在某一方面的卓越成就亦予以再現；還有一部分文章是先生們在西南聯大教授過的課程，只是內容不一定為在西南聯大期間所寫，如浦江清先生部分的內容，是由先生在北京大學、清華大學任教時的講義整理而來的，因先生在西南聯大也教授過詩詞方面的內容，故予以收錄。又如本書游國恩、蕭滌非先生部分文章，整理自1963年人民文學出版社出版、由兩位先生參與編寫的《中國文學史》。兩位先生在西南聯大教授「中國文學史」一課，涉及詩詞的內容也為其中一部分，故本書僅就兩位先生涉及詩詞的部分內容予以收錄。此外，文中有一些重複的講述，如聞一多、浦江清二位先生講「四傑」的文章。浦江清講「四傑」，注重詩的解析；聞一多講「四傑」，注重四傑本身的詩意。題目雖同，內容卻不同，編者全部予以收錄，既可使讀者了解兩位先生講授的側重，又可使讀者在兩位先生的觀點碰撞中有所得。需要說明的一點，《〈唐詩三百首〉指導大概》一篇選自1943年初版的《略讀指導舉隅》，該書由朱自清、葉聖陶二位先生編寫，旨在作為中學國文教學指導用書。《〈唐詩三百首〉指導大概》一篇由朱自清先生撰寫，文章雖不符合上述選篇原則，但這篇文章所寫的古體詩、近體詩、律詩、絕句的特徵，以及它們在唐代發展演變的過程，卻對詩的形成和發展有一個很好的梳理，故收錄本篇。

　　按照上述選篇原則，在任教於西南聯大的諸位先生中，選擇了游

國恩、聞一多、朱自清、浦江清、蕭滌非、羅庸等六位先生，以他們現存作品中較為完整的全集或較為權威的單本作為底本。這些底本不但能保證本書的權威性，也能將先生們的作品風貌原汁原味地呈現出來。

需要特別說明的是，本書未收錄關於蘇軾詩詞的文章。若談論詩詞，不可略過蘇軾，但編者查找多位西南聯大教授全集或作品合集，除浦江清先生《蘇軾的詞》一篇，再未發現其他符合本書選篇原則的關於蘇軾詩詞的文章。此前出版的《西南聯大文學課》中已收錄浦江清先生的《蘇軾的詞》，若《西南聯大詩詞課》中再收錄，則內容重複，故本書不再收錄《蘇軾的詞》。

因時代不同，某些字詞的使用與現今有所不同。同時，每個人的寫作習慣以及每篇文章的體例、格式等亦有不同，為保證內容的可讀性、連續性以及文字使用的規範性，本書在尊重並保持原著風格與面貌的基礎上，進行了仔細編校，糾正訛誤。此外，本書還對原文進行了統一體例的處理，具體如下：

1. 原文中作者自註均統一為隨文註，以小字號進行區分；文中腳註均為編者所加，並以「編者註」加以區分。

2. 文中表示公元紀年的數字皆改為阿拉伯數字。為保持全書體例一致，本書對隨文註中表示公元紀年的方法進行了統一處理，皆以「公元 ××× 年」表示，正文則保留作者原文原貌。

3. 對於文章中「《文心雕龍·情采篇》」「《文心雕龍·物色》篇」等篇名形式不統一現象，為保持原文風貌，本書未做統一處理。

4. 因時代語言習慣不同造成的文字差異，本書對引文外的文字做了統一，如聞一多先生著作中多用「惟」字，均改為現今通用的「唯」字，「刻劃」「摹仿」「熱中」等詞皆改為現今通用的「刻畫」「模仿」「熱

衷」等詞。另外，按現今語法規範，修訂了「的」「地」「得」，「做」「作」，「他」「它」，以及「絕」「決」等字的用法。還修訂了「那」「哪」的用法，「那」舊同「哪」，原文中部分「那裡」「那兒」等詞表示的是「哪裡」「哪兒」的意思，此種情況，皆將「那」改為「哪」。舊時所用異體字則絕大部分改為規範字。

5. 為保障現代讀者的閱讀體驗，本系列圖書對部分原文標點符號略作改動，以統一體例，如「《苕之華》、《何草不黃》」，改為「《苕之華》《何草不黃》」。

希望本書有助於讀者們了解中國一些重要的詩人、詞人的生平、作品，以及幾位先生在文學領域的學術風采；同時，更希望本書能夠喚起讀者對西南聯大的興趣，更多地去了解這所在民族危亡之際仍然堅守教育、傳播優秀文化思想的大學，將西南聯大對中國傳統文化的堅持與希望傳承下去。

# 目　錄

·上篇·

詩

# 詩經

游國恩

## 關於詩經

《詩經》是我國第一部詩歌總集，共收入自西周初年至春秋中葉大約五百多年的詩歌三百零五篇，而「小雅」中的笙詩六篇，有目無辭，不算在內。《詩經》共分風、雅、頌三個部分。其中風包括十五「國風」，有詩一百六十篇；雅分「大雅」「小雅」，有詩一百零五篇；頌分「周頌」「魯頌」「商頌」，有詩四十篇。它們的創作年代很難一一具體指出，但從其形式和內容的特點來看，可以大體確定：「周頌」全部和「大雅」的大部分是西周初年的作品；「大雅」的小部分和「小雅」的大部分是西周末年的作品；「國風」的大部分和「魯頌」「商頌」的全部則是東遷以後至春秋中葉的作品。

關於《詩經》的編集，漢代學者有采詩的說法。班固說：「孟春之月，群居者將散，行人振木鐸徇於路以采詩，獻之太師，比其音律，以聞於天子。」（《漢書·食貨志》）又何休說：「男年六十、女年五十無子者，官衣食之，使之民間求詩。鄉移於邑，邑移於國，國以聞於天子。」（《春秋公羊傳》宣公十五年《解詁》）這些說法的具體情形曾有人懷疑過，但我們認為這並非完全出於後人臆度。《詩經》三百篇的韻部系統

和用韻規律基本上是一致的，形式基本上是整齊的四言詩；而它包括的地域又很廣，以十五「國風」而言，就佔有今陝西、山西、山東、河南、河北、湖北等省的全部或一部分，在古代交通不便、語言互異的情況下，不經過有意識、有目的的採集和整理，像《詩經》這樣體系完整、內容豐富的詩歌總集的出現恐怕是不可能的。《詩經》這部書，我們認為當是周王朝經過諸侯各國的協助，進行採集，然後命樂師整理、編纂而成的。但這只是「國風」和「小雅」的部分詩歌如此，如《國語》所謂「瞽獻曲」之類。至於雅詩和頌詩的大部分，可能是公卿列士所獻的詩（《國語·周語》：「天子聽政，使公卿至於列士獻詩，瞽獻曲，……師箴，瞍賦，矇誦。」襄公十四年《左傳》師曠語略同）。統治階級採集詩歌的目的，除用以教育自己的子弟和娛樂外，主要是為了了解人民的反映，考察其政治的效果，以便進一步鞏固自己的統治，所謂「王者所以觀風俗，知得失，自考正也」（《漢書·藝文志》）。

漢代的學者也還有人認為《詩經》三百篇是經過孔子刪訂而成的，例如司馬遷就曾說過：「古者詩三千餘篇，及至孔子去其重，取可施於禮義……三百五篇，孔子皆弦歌之。」（《史記·孔子世家》）弦歌詩章可能是事實，刪詩的話是不可信的。《詩經》最後編定成書，大約在公元前6世紀中葉，不會在孔子出生以後。孔子不止一次說過「詩三百」的話，可見他看到的是和現存《詩經》篇目大體相同的本子。而更重要的反證是公元前544年，吳公子季札在魯國觀樂，魯國樂工為他所奏的各國風詩的次序與今本《詩經》基本相同。其時孔子剛剛八歲，顯然是不可能刪訂《詩經》的。《詩經》在先秦典籍中只稱為「詩」，漢代學者奉為經典，這才稱作《詩經》。

《詩經》各篇都是可以合樂歌唱的，所以《墨子·公孟篇》說「弦詩三百，歌詩三百」，司馬遷也說，孔子曾弦歌三百五篇。風、雅、頌的

劃分也是由於音樂的不同。風是帶有地方色彩的音樂，十五「國風」就是十五個地方的土風歌謠，成公九年《左傳》范文子説：「樂操土風，不忘舊也。」正好説明了風的含義。它們產生的地區，除「周南」「召南」在江漢汝水一帶外，其餘十三「國風」都在黃河流域。雅是周王朝直接統治地區的音樂；雅有正的意思，當時人們把王朝直接統治地區的音樂看成正聲。頌有形容的意思，它是一種宗廟祭祀用的舞曲。自春秋以來，戰亂頻仍，作為樂章的《詩經》頗為淆亂，公元前 484 年，孔子周遊列國後，回到了魯國，開始他的著述工作，同時也整理過《詩經》的樂章，使「雅、頌各得其所」。他還利用詩來教育門弟子，並且強調詩的實際用途，這對《詩經》的保存和流傳是有作用的。正因為孔子與《詩經》有這樣密切的關係，漢代人才把他附會成為《詩經》的最後刪訂者。

　　《詩經》雖遭秦火焚毀，但由於學者的諷誦，至漢復得流傳。當時傳授《詩經》的有四家：齊之轅固、魯之申培、燕之韓嬰、趙之毛萇。或取國名，或取姓氏，而簡稱齊、魯、韓、毛四家。齊、魯、韓三家武帝時已立學官，毛詩晚出，未得立。毛氏説詩，事實多聯繫《左傳》，訓詁多同於《爾雅》，稱為古文，其餘三家則稱今文。自東漢末年，儒學大師鄭玄為毛詩作箋，學習毛詩的人逐漸增多，其後三家詩亡，獨毛詩得大行於世。

## 雅頌

　　雅詩和頌詩都是統治階級在特定場合所用的樂歌。由於它們或多或少地反映了社會生活的某些方面，在今天看來還有一定的社會意義和認識價值。

「周頌」共三十一篇，全部是西周初年的作品。它們是周王朝祭祀宗廟的舞曲，具有很濃厚的宗教氣氛，所謂「美盛德之形容，以其成功，告於神明者也」（《毛詩序》）。它們用板滯的形式和典重的語言，歌頌周王朝祖先的「功德」。像頌揚武王滅商的「大武舞」樂章就在「周頌」中，即《武》《桓》《賚》等篇。從《樂記》的一些記載中，我們還可以了解這一舞蹈的大致情形。「周頌」中還有一部分春夏祈穀、秋冬報賽（答謝神佑）的祭歌，其中寫到當時農業生產的情況和規模，如《臣工》《噫嘻》《豐年》《載芟》《良耜》等，是我們了解西周初年農業生產和人民生活的重要史料。

「魯頌」「商頌」是春秋前期魯國和宋國用於朝廷、宗廟的樂章，其中除「魯頌」的《泮水》和《閟宮》是臣下對國君的歌頌外，而其餘的則都是宗廟的祭歌。由於它們的時代較晚，在創作上受雅詩影響，文學技巧較之「周頌」有很大進步，但由於此時社會已不能和周初的繁榮景象相比，詩中所述實近於阿諛，前人說它「褒美失實……開西漢揚馬先聲」（《詩經原始》），是指出了這些廟堂文學的實質的。

雅詩為甚麼有大小之分，從前說詩者有許多爭論。清代惠士奇《詩說》謂大小雅當以音樂來區別它們，如律有大小呂，詩有大小明，其意義並不在「大」「小」上。我們認為風、雅、頌既是根據音樂來分類，雅詩之分大小，當然與音樂有關。

「大雅」的大部分和「小雅」少數篇章，和「周頌」一樣，都是在周初社會景象比較繁榮的時期，適應統治階級歌頌太平的需要而產生的。只是由於它們主要是統治階級朝會宴饗時用的，不一定配合舞容歌唱，因此內容由單純對祖先與神的頌揚，開始注意對社會生活，主要是對統治階級生活的描寫。與這種內容相適應，雅詩的篇幅加長了，並且分了章。值得注意的是，在周初的雅詩中，除極力宣揚神

權、君權至上外，還常常含有教訓規諫的意思，《文王》（「大雅」）說：
「天命靡常。」又說：「殷之未喪師，克配上帝，宜鑑於殷，駿命不易。」
都是正面教訓統治者不要重蹈殷紂王的覆轍，這與《尚書·無逸》等篇
的思想內容是一致的。「小雅」中的《楚茨》《信南山》《甫田》《大田》
四篇，主題與《良耜》等相同，但像《甫田》中「倬彼甫田，歲取十千；
我取其陳，食我農人」和《大田》中「彼有不穫穉，此有不斂穧；彼有
遺秉，此有滯穗；伊寡婦之利」等詩句，則較為曲折地反映了當時剝削
者與被剝削者之間懸殊的生活狀況。

更能體現雅詩重視社會生活描寫這一特點的，是「大雅」中《生民》
《公劉》《緜》《皇矣》《大明》等詩，它們與後世的敘事詩相當接近。這
些詩敘述了自周始祖后稷建國至武王滅商的全部歷史。總的說來，它
們沒有後世敘事詩那樣動人的情節和鮮明的形象，但有些片段寫得還
相當生動，具有一定的感人力量，像《生民》中描寫后稷初生被棄不死
的那一章：

> 誕寘之隘巷，牛羊腓字之。誕寘之平林，會伐平林。誕
> 寘之寒冰，鳥覆翼之。鳥乃去矣，后稷呱矣。實覃實訏，厥聲
> 載路。

詩人用簡樸的語言，描寫那充滿神話色彩的后稷故事，頗為生動。《生
民》中還寫后稷小時就試種各種莊稼，而且生長得很好[1]，在描寫穀物成
長時，連用了許多不同的形容詞，顯示出詩人掌握異常豐富的詞彙以
及對生活細緻的觀察力。后稷相傳是農業的發明者，詩人的這些描寫
反映了周人對這一傳奇人物的熱愛。《公劉》《緜》描寫了周人由邰至
豳及由豳至岐兩次遷移的情形，其中有一些勞動生活情景的描寫，也

---

1 指莊稼生長得很好。——編者註

有聲有色，如《公劉》中寫移民安居後，詩人連用了幾個疊句：「于時處處，于時廬旅，于時言言，于時語語」，就把那歡樂笑語的生活情景呈現在讀者眼前。再如《縣》中把「百堵皆作」的勞動場面寫得十分緊張熱鬧，那盛土、倒土、搗土、削土的聲音，把鼓勵勞動情緒的巨大的鼓聲都壓下去了。這三首歌頌祖先的樂歌，是周初王朝的史官和樂工利用人民口頭的傳說材料創造的，它把自己的祖先神聖化了，但其中也確實反映了人民的創造力量、人民的智慧和勞動熱情，這也正是它動人的所在。《皇矣》寫文王伐密、伐崇兩次戰爭，《大明》寫武王滅商，是緊承前三首的，所不同的是，它們更接近於歷史現實的記敘。

隨着周初社會生產力的發展和王朝統治地位的鞏固，統治階級的生活也日趨腐朽。《湛露》（「小雅」）中說他們「厭厭夜飲，不醉無歸」，《魚麗》（「小雅」）一詩更描寫了他們筵席的豐富和講究。在《賓之初筵》（「小雅」）裡，還具體描寫了貴族宴飲的場面：

　　賓之初筵，溫溫其恭，其未醉止，威儀反反；曰既醉止，威儀幡幡，舍其坐遷，屢舞僊僊。其未醉止，威儀抑抑；曰既醉止，威儀怭怭，是曰既醉，不知其秩。

　　賓既醉止，載號載呶；亂我籩豆，屢舞僛僛。是曰既醉，不知其郵；側弁之俄，屢舞傞傞。……

這裡寫了宴會開始時貴族們的彼此禮讓，顯得那麼彬彬有禮，而酒醉後就狂態畢露。不管作者創作意圖如何，客觀上正好暴露了他們的放肆和虛偽。

「小雅」絕大部分和「大雅」的少數篇章是在周室衰微到平王東遷的歷史背景下產生的，深刻地反映了奴隸制向封建制變革的社會現實。這些雅詩的作者大都是統治階級內部的人物，由於他們在這一巨大社會變革中社會地位的變化，使他們對現實有比較清醒的認識，並對本

階級的當權者的昏庸腐朽持有批判的態度，不同程度地表現了詩人對國家前途和人民命運的關心，因而使他們的創作具有較深刻的社會內容。《北山》的作者可能是一個下層的官吏，在詩中他把自己奔走四方的勞苦和朝廷顯貴的悠閒生活做對比，表示了自己的憤慨。《十月之交》中詩人從天時不正這一在當時人們認為十分嚴重的災異出發，正告那些當權人物說「日月告凶，不用其行」，是由於「四國無政，不用其良」的緣故。他更大膽地把那些執政的小人名字都寫了出來，指出他們和君王寵妃相勾結是天時不正、政治昏暗的根本原因。《正月》也是從天時示警寫起，抒發了詩人傷時憂國的心情，而篇中「謂天蓋高，不敢不局，謂地蓋厚，不敢不蹐」「魚在于沼，亦匪克樂，潛雖伏矣，亦孔之炤」等詩句，更十分深刻地概括了那個時代人民是處在怎樣殘酷的環境下生活的。《小弁》《巷伯》表達了正直無辜的人遭受迫害的愁思和憤慨。「大雅」中《蕩》《抑》《瞻卬》《召旻》等篇的作者的社會地位可能較高，但面對着「今也日蹙國百里」的現實和「兢兢業業，孔填不寧，我位孔貶」（《召旻》）的自身遭遇，也不能不感到憂心殷殷，因此他們向最高統治者敲起了警鐘，「人亦有言，顛沛之揭，枝葉未有害，本實先撥。殷鑑不遠，在夏后之世」（《蕩》），並要求他「無忝皇祖，式救爾後」（《瞻卬》）。這裡詩人儘管是從維護其統治地位出發，但他們對昏君佞臣的斥責，對社會問題的揭露，仍有一定意義。

　　這時期的雅詩較周初的頌詩和雅詩在藝術上有很大進步，它們的篇幅都比較大，句法相當整齊，而語氣通暢，沒有頌詩那種板滯沉重的毛病。特別是由於受了民歌的影響，有些詩有很好的起興，有些詩比喻生動鮮明。這時期的雅詩也沒有周初頌詩和雅詩那種祀神的宗教氣氛和單純敘事的特點，而偏重於抒情，即使在敘事中也帶有較多的抒情成分，有較強的形象性和感染力，如《采薇》（「小雅」）最後一章：

　　昔我往矣，楊柳依依，今我來思，雨雪霏霏。行道遲遲，
載渴載飢，我心傷悲，莫知我哀。

詩人把抒情融化到景物的描繪中，把徵夫久役將歸的又悲又喜的思想
感情表現得那麼生動真切。再如《大東》（「小雅」）更把東方諸侯各國
人民困於沉重賦役的滿腔憤怒借天上星宿的形象很好地抒發出來，詩
人抱怨它們的有名無實，不僅無助於人民的生活，而且也好像在幫助
統治階級對人民進行掠奪。在西周後期的雅詩中，還有少數勞動人民
的作品，如《苕之華》《何草不黃》（均見「小雅」），它們揭露了統治階級
奴役人民、剝削人民的罪惡，表達了人民的憤慨，都具有強烈的人民
性，更值得重視。

# 國風

　　「國風」保存了不少勞動人民的口頭創作，它們在最後寫定時，雖
可能有所潤色，有的甚至還被竄改，但依然具有濃厚的民歌特色。這
些周代民歌表達了勞動人民的思想感情和他們對社會生活的認識，同
時也顯示了勞動人民的藝術創造才能。它們是《詩經》中的精華，是我
國古代文藝寶庫中晶瑩的珠寶。

　　「國風」中的周代民歌以鮮明的畫面，反映了勞動人民的生活處
境，表達了他們對剝削、壓迫的不平和爭取美好生活的信念，是我國
最早的現實主義詩篇。像《七月》（「豳風」）在不很長的篇幅裡反映了當
時奴隸充滿血淚的生活，是那個時代社會的一個縮影。從中可以清楚
地看到當時的勞動人民無冬無夏地勞動，而仍舊過着衣食不得溫飽、
房屋不能抵禦風寒的悲慘生活。從「春日遲遲，采蘩祁祁，女心傷悲，
殆及公子同歸」的描寫中，更使人想像到當時的勞動婦女不僅以自己

緊張的勞動為奴隸主創造了大量的財富，而且連身體也為奴隸主所佔有，任憑他們踐踏和糟蹋。《七月》的作者還有意識地對照勞動人民與奴隸主的生活，從而顯示了階級社會的不合理。《伐檀》（「魏風」）的作者更以鮮明的事實啟發了被剝削者的階級意識的覺醒，點燃了他們的階級仇恨的火焰：

> 坎坎伐檀兮，寘之河之干兮，河水清且漣猗。不稼不穡，胡取禾三百廛兮？不狩不獵，胡瞻爾庭有縣貆貆[1]？彼君子兮，不素餐兮！

這是一群在河邊砍伐木材的奴隸唱的歌，他們向剝削者提出了正義的責問：為甚麼那些整天都在勞動的人反而無衣無食，而你們這些「不稼不穡」「不狩不獵」的人，反而坐享別人的勞動成果？這種對現實的清醒認識以及對於壓迫和剝削的憤激情緒，不能不導致人民的反抗。雖然「國風」中沒有保存反映人民與統治階級直接鬥爭的詩篇，但《碩鼠》（「魏風」）中描寫了人民由於不堪忍受沉重的剝削而想到逃亡，這在當時社會裡是帶有反抗意義的。詩中把剝削者比作「貪而畏人」的大老鼠，它表達了人民對他們的蔑視和仇視。詩中所再三詠歎的沒有人為飢寒而悲號的樂土，儘管在當時是無法實現的，但依然強烈地表達了人民對美好生活的追求，而且在它流傳過程中一直成為鼓舞勞動人民為反抗剝削和壓迫，爭取美好生活而鬥爭的精神力量。

「國風」中如《式微》《擊鼓》（均見「邶風」）、《陟岵》（「魏風」）、《揚之水》（「王風」）等詩篇，還反映了勞動人民在沉重的繇役、兵役負擔下所遭受的痛苦和折磨。兵役和繇役不僅給被役者本身帶來重大的痛苦，還破壞了正常的生產和家庭生活，使他們的父母無人奉養，而陷

---

1 應為「胡瞻爾庭有縣貆兮」。——編者註

於難以存活的境地。《鴇羽》（「唐風」）為此提出了沉痛的控訴：

　　　　肅肅鴇羽，集于苞栩。王事靡盬，不能藝稷黍。父母何
　　怙？悠悠蒼天，曷其有所！

「國風」中還有一些思婦的詩，它們同樣反映了兵役、繇役帶給人民的痛苦，如《殷其雷》（「召南」）、《伯兮》（「衛風」）、《君子于役》（「王風」）等都是這一類的詩篇。《伯兮》中「自伯之東，首如飛蓬。豈無膏沐？誰適為容」一章，更十分形象地表現了女主人公對行人的懷念和對愛情的忠貞，其詞意頗為漢魏以後的思婦詩所汲取。《東山》（「豳風」）寫行人久役將歸的心情，詩中主人公對家鄉、親人的懷念和嚮往，表達了在長期的服役中，人民要求過正常勞動生活的願望，是這類詩中最著名的一篇。但應該指出，勞動人民並不貪圖苟安，當強敵壓境、外族入侵時，人民所表現的是「王于興師，修我戈矛，與子同仇」（「秦風」《無衣》），鬥志是昂揚的。這種共同禦侮的要求和戰鬥的熱情，是人民爭取和平生活和愛國精神的進一步表現。

以婚姻戀愛為主題的民歌在「國風」中佔有較大的數量。在階級社會中，婚姻制度是社會制度的有機組成部分，「國風」中這類詩歌對此有強烈的反映。由於婦女的特定社會地位，不合理的婚姻帶給她們的痛苦更深，所以這類詩歌多從女子方面來抒寫，《氓》（「衛風」）就是有代表性的一篇棄婦詩。詩中的女主人[1]以純潔誠摯的心追求愛情和幸福，但她沒有得到，負心的男子騙取了她的財物，也騙取了她的愛情，結婚才只三年，她就被遺棄了：

　　　　自我徂爾，三歲食貧……女也不爽，士貳其行。士也罔
　　極，二三其德。

---

1 指女主人公。——編者註

　　三歲為婦，靡室勞矣，夙興夜寐，靡有朝矣。言既遂矣，至于暴矣。兄弟不知，咥其笑矣。靜言思之，躬自悼矣！

現實是這樣的殘酷，一個無辜的被遺棄的婦女竟在自己兄弟那裡都不能得到同情，因此，她對於自己的過去，不僅是悔，而且有着無比的恨。在她那「于嗟女兮，無與士耽！士之耽兮，猶可說也；女之耽兮，不可說也」的熱情呼喊中，包含着自己血淚的教訓。反映婦女這種悲慘遭遇的還有《谷風》(「邶風」)、《中谷有蓷》(「王風」)、《遵大路》(「鄭風」)等。《柏舟》(「鄘風」)更是具有強烈反抗意識的詩篇，詩中的女主人自己選擇了配偶，當父母逼迫她放棄時，她表示了至死不變的態度：

　　泛彼柏舟，在彼中河。髧彼兩髦，實維我儀，之死矢靡它。母也天只！不諒人只！

這種為追求幸福而頑強鬥爭的精神在後來的許多婦女形象，如劉蘭芝、祝英台、白娘子等身上得到更完善的發展。

　　「國風」中還有不少戀歌。由於勞動人民的經濟地位和勞動生活，決定了這些戀歌的健康、樂觀的基調。《溱洧》(「鄭風」)表現了在河水渙渙的春天裡，青年男女群遊嬉戲的歡樂。《靜女》(「邶風」)、《木瓜》(「衛風」)、《蘀兮》(「鄭風」)等小詩則表現了愛情生活的和諧與喜悅。從這裡，人們看到了勞動人民的純潔的內心和開朗的胸懷，即使那些表現愛情生活曲折的也是如此，像《狡童》《褰裳》(「鄭風」)，它們或表現內心的苦悶，或表現歡樂的嘲戲，也都顯得那麼直率大膽，而絕不忸怩作態。而在「一日不見，如三秋兮」的相思中，在「風雨如晦，雞鳴不已」的昏夜會見中，可以想見勞動人民愛情的真摯。《出其東門》(「鄭風」)、《大車》(「王風」)更表現了他們對愛情的嚴肅態度，那「穀則異室，死則同穴。謂予不信，有如皦日」的誓言，顯示了詩中主人公任何力量也摧毀不了的相愛的決心。

　　「國風」中還有不少民歌是諷刺統治階級的荒淫無恥的，如《新台》（「邶風」）、《南山》（「齊風」）、《株林》（「陳風」）等都是。人民在這些詩裡揭露了統治者的穢行，鞭撻了他們醜惡的靈魂，而且表示了極大的蔑視，像《相鼠》（「鄘風」）一詩就把統治者看成了連老鼠都不如的東西：

　　　　相鼠有皮，人而無儀。人而無儀，不死何為！

　　　　相鼠有齒，人而無止。人而無止，不死何俟！

　　　　相鼠有體，人而無禮。人而無禮，胡不遄死！

在這些咄咄逼人的語氣中，表現了人民的巨大憤慨和對統治階級清醒的認識；同時也表現了人民的勝利、自豪的情緒，因為他們確信在精神品格上他們是高高凌駕在統治者的頭上的。

　　上面是對「國風」思想內容的分析，下面再談談它的藝術特點。

　　古代勞動人民雖然還處在生產力發展較低的歷史階段，但由於他們長期參加生產勞動和社會鬥爭，就逐漸養成了敏銳的觀察力，也積累了豐富的知識。他們善於區別事物的善惡，發現事物的特徵，並且通過口頭語言和歌舞場景表現出來。因而在詩歌創作中，不僅表現了他們對現實的認識和愛憎，而且還表現了他們善於以簡樸的語言描摹事物，以樸素的生活畫面反映社會現實的才能。這種現實主義創作方法，在「國風」中有較好的體現，並且成為它顯著的藝術特點，給予後世詩歌創作以極大的影響。《七月》以素描的手法寫農奴們一年緊張的勞動生活，像一幅幅風俗畫一樣，那麼真實、那麼生動地把他們被壓迫被剝削的處境呈現在讀者面前。可是自漢以來的儒者都認為它是周公所作，連駁小序最力的朱熹也看作是「周公以成王未知稼穡之艱難，故陳后稷公劉風化之所由，使瞽矇朝夕諷誦以教之」。這都是封建學者為掩蓋它的真實面目所施放的煙幕彈。其實，這首詩真正的意義就在於它是勞動人民自己的創作，以及它所表現的現實主義精神。方玉

潤說得好：「《七月》所言皆農桑稼穡之事，非躬親隴畝，久於其道，不能言之親切有味也如是。周公生長世冑，位居塚宰，豈暇為此？」（《詩經原始》）「國風」中更多的詩篇則是通過對具體事物的描寫，突出生活的一個側面或人物特徵來表現作者對社會的認識和批判。像《黃鳥》（「秦風」）作者選擇了用活人殉葬的題材，通過人們對殉葬者深切的同情和惋惜來抗議這種暴行。《陟岵》（「魏風」）通過徵夫想像中的親人對自己的囑咐來表現當時繇役、兵役帶給人民的痛苦。《氓》（「衛風」）則通過女主人被遺棄的不幸遭遇、無限悔恨的傾訴和決絕的態度，使人們看出那個社會制度的罪惡，具有更深刻的批判力量。而《將仲子》（「鄭風」）女主人公自述的矛盾心情，令人感到那黑暗現實令人窒息的空氣和階級社會加於女子的桎梏。「國風」中那些揭露統治者醜行的民歌，或再三指斥，或辛辣嘲笑，或狠狠詛咒，都深刻地表達了人民對階級敵人的痛恨，也是對黑暗現實的有力衝擊。

在形象塑造上「國風」也表現了現實主義藝術的特色。儘管「國風」中大都是抒情詩，但它們的作者仍能通過抒情主人公內心的直接傾訴，表現了他們的歡樂和悲哀，激起讀者的同情，而且也讓讀者看到主人公的行動和他們性格的特徵，以及他們的不同面貌。《褰裳》（「鄭風」）是很短的一首詩，但那少女的聲音笑貌是如此生動地浮現出來。《野有死麕》（「召南」）的末章是一個少女的獨白，它生動地表現了她在等待與愛人相會時內心的激動。《谷風》（「邶風」）和《氓》都是描寫婦女被遺棄的詩，二詩的主人公都有相同的不幸遭遇，但在主人公的傾訴中卻表現了完全不同的性格：前者性格是柔婉而溫順的，她那如泣如訴的敘述和徘徊遲疑的行動，以及「不念昔者，伊余來墍」的結尾，表現了她思想的軟弱和糊塗；後者性格則是剛強而果斷的，她能比較冷靜地陳述事理，並嚴厲譴責了男子的負心，而「反是不思，亦已焉哉」

的結尾，更表現了她在訣別時的怨憤情緒和堅決態度。

「國風」中的景物描寫對人物也起了烘托的作用，例如《君子于役》：

> 君子于役，不知其期。曷至哉？雞棲于塒，日之夕矣，羊牛下來。君子于役，如之何勿思！

> 君子于役，不日不月。曷其有佸？雞棲于桀，日之夕矣，羊牛下括。君子于役，苟無飢渴？

詩人以家畜、家禽傍晚歸來的生動景象襯托了女主人公倚門佇望歸人的悲傷心情，寫得那麼樸素簡淨而又感人深至。《蒹葭》（「秦風」）則以「蒹葭蒼蒼，白露為霜」的清秋蕭瑟的景象，襯托主人公追求意中人而不見的空虛和悵惘。有些詩的起興也同樣對人物形象起襯托作用，如《桃夭》（「周南」）以鮮艷盛開的桃花起興，它正好是行將出嫁的少女們光彩煥發的姿容。而《谷風》以「習習谷風，以陰以雨」起興，則暗示了將有一件不幸的事情發生。

「國風」在形式上多數是四言一句，隔句用韻，但並不拘泥，富於變化，許多詩常常衝破四言的定格，而雜用二言、三言、五言、六言、七言或八言的句子，如《伐檀》就是一首雜言詩，但並不拗口，反而覺得錯落有致，讀起來有自然的節奏。章節的復疊是「國風」在形式上的另一特點。這當與「國風」全部都可以歌唱有關，但它同時也增加了詩歌的音樂性和節奏感，不少詩篇就是在反覆吟唱中，傳達了詩人的感情和詩的韻味。像《芣苢》（「周南」）一詩，是婦女採集野菜時唱的，全詩三章十二句，中間只換了六個動詞，但它卻寫出了採集所得由少到多的情況，而且正如方玉潤所説：「讀者試平心靜氣涵詠此詩，恍聽田家婦女，三三五五，於平原曠野、風和日麗中，群歌互答，餘音裊裊，若遠若近，忽斷忽續，不知情之何以移，而神之何以曠。」（《詩經原始》）《漢廣》（「周南」）一詩只每章的末四句疊唱，但詩人那種求

偶失望的心情和那可望不可即的漢上游女的形象似乎就隱現在這長歌浩歎的疊唱中。《采葛》(「王風」)也在反覆疊唱中表達了戀人們深摯的思念,「一日不見如三秋」,直到今天還活在人民的語言中。

「國風」的語言,準確、優美,富於形象性,特別是由於它們的作者根據漢語音韻配合的特點,運用了雙聲(如「參差」「玄黃」「踟躕」)、疊韻(如「崔嵬」「窈窕」)、疊字(如「夭夭」「遲遲」「忡忡」)的語詞來描摹細緻曲折的感情和自然景象的特徵,因而收到了較大的藝術效果。劉勰在《文心雕龍·物色》篇中有很好的說明,他說:「詩人感物,聯類不窮……故灼灼狀桃花之鮮,依依盡楊柳之貌,杲杲為日出之容,瀌瀌擬雨雪之狀,喈喈逐黃鳥之聲,喓喓學草蟲之韻。皎日嘒星,一言窮理;參差沃若,兩字窮形,並以少總多,情貌無遺矣。」但應該指出,民歌語言這一特點,並不是像後世文人那樣苦心經營出來的,它決定於勞動人民對事物的細緻觀察和口語的自然,因而才那樣樸素、鮮明,沒有矯揉造作的痕跡。

在前人研究《詩經》的著作中,對賦、比、興有種種解釋,但今天看來它們只是前人歸納的三種表現手法。賦、比、興最早見於《周禮》,它們與風、雅、頌合稱「六義」。它的基本含義據朱熹說,「賦者,敷陳其事而直言之也」「比者,以彼物比此物也」「興者,先言他物以引起所詠之詞也」。賦就是陳述鋪敘的意思。雅詩、頌詩中多用這種方法。「國風」中則較少使用,但亦有以此見長者,如《溱洧》《七月》等。比就是譬喻,它「或喻於聲,或方於貌,或擬於心,或譬於事」(《文心雕龍·比興》),從而使形象更加鮮明,如《相鼠》《碩鼠》用老鼠來比喻統治階級的可憎可鄙,《氓》用桑樹由繁茂到凋落比喻夫婦愛情的變化。《終風》(「邶風」)以既風且暴的惡劣天氣比喻丈夫的驕橫暴虐和喜怒無常。興的基本含義是藉助其他事物作為詩歌的開頭,像《晨風》(「秦風」)首章:

　　鴥彼晨風，鬱彼北林。未見君子，憂心欽欽；如何如何，
忘我實多。

開頭兩句是起興，它與下四句沒有任何意義上的聯繫。它的作用只是
為了引起下文，使詩歌曲折委婉，而不給人以突兀的感覺。但也有起
興和下文有聯繫，大抵同樣起着比喻的作用。詩歌作為藝術創作活
動，它必然有着選擇和加工，因此「國風」有不少起興，不僅表現了
詩人狀物的工巧，而且也有助於詩人對形象的刻畫，加強詩歌的生動
性和鮮明性，如前面所舉的《桃夭》《谷風》就是很好的例子。周代民
歌比興手法的運用，大大豐富了詩歌的表現手法，它可以在極短的篇
章裡造成極動人的境界和形象。比興手法在我國詩歌創作中一直繼承
着、發展着，這是周代民歌對後代文學有重大影響的一個方面。

# 人民的詩人 ── 屈原

聞一多

　　古今沒有第二個詩人像屈原那樣曾經被人民熱愛的。我說「曾經」，因為今天過着端午節的中國人民，知道屈原這樣一個人的實在太少，而知道《離騷》這篇文章的更有限。但這並不妨礙屈原是一個人民的詩人。我們也不否認端午這個節日，遠在屈原出世以前，已經存在，而它變為屈原的紀念日，又遠在屈原死去以後。也許正因如此，才足以證明屈原是一個真正的人民詩人。唯其端午是一個古老的節日，「和中國人民同樣的古老」，足見它和中國人民的生活如何不可分離，唯其中國人民願意把他們這樣一個重要的節日轉讓給屈原，足見屈原的人格，在他們生活中，起着如何重大的作用。也唯其遠在屈原死後，中國人民還要把他的名字，嵌進一個原來與他無關的節日裡，才足見人民的生活裡，是如何的不能缺少他。端午是一個人民的節日，屈原與端午的結合，便證明了過去屈原是與人民結合着的，也保證了未來屈原與人民還要永遠結合着。

　　是甚麼使得屈原成為人民的屈原呢？

　　第一，說來奇怪，屈原是楚王的同姓，卻不是一個貴族。戰國是一個封建階級大大混亂的時期，在這混亂中，屈原從封建貴族階級，早被打落下來，變成一個作為宮廷弄臣的卑賤的伶官，所以，官爵儘

管很高，生活儘管和王公們很貼近，他，屈原，依然和人民一樣，是在王公們腳下被踐踏着的一個。這樣，首先在身份上，屈原便是屬於廣大人民群眾的。

第二，屈原最主要的作品 ——《離騷》的形式，是人民的藝術形式，「一篇題材和秦始皇命博士所唱的《仙真人詩》一樣的歌舞劇」。雖則它可能是在宮廷中演出的。至於他的次要的作品 ——《九歌》，是民歌，那更是明顯，而為歷來多數的評論家所公認的。

第三，在內容上，《離騷》「怨恨懷王，譏刺椒蘭」，無情地暴露了統治階層的罪行，嚴正地宣判了他們的罪狀，這對於當時那在水深火熱中敢怒而不敢言的人民，是一個安慰，也是一個興奮。用人民的形式，喊出了人民的憤怒，《離騷》的成功不僅是藝術的，而且是政治的，不，它的政治的成功，甚至超過了藝術的成功，因為人民是最富於正義感的。

但，第四，最使屈原成為人民熱愛與崇敬的對象的，是他的「行義」，不是他的「文采」。如果對於當時那在暴風雨前窒息得奄奄待斃的楚國人民，屈原的《離騷》喚醒了他們的反抗情緒，那麼，屈原的死，更把那反抗情緒提高到爆炸的邊沿，只等秦國的大軍一來，就用那潰退和叛變的方式，來向他們萬惡的統治者，實行報復性的反擊 (楚亡於農民革命，不亡於秦兵，而楚國農民的革命性的優良傳統，在此後陳勝、吳廣對秦政府的那一着上，表現得尤其清楚)。歷史決定了暴風雨的時代必然要來到，屈原一再地給這時代執行了「催生」的任務，屈原的言、行，無一不是與人民相配合的，雖則也許是不自覺的。有人說他的死是「匹夫匹婦自經於溝壑」，對極了，匹夫匹婦的作風，不正是人民革命的方式嗎？、

以上各條件，若缺少了一件，便不能成為真正的人民詩人。儘管陶淵明歌頌過農村，農民不要他，李太白歌頌過酒肆，小市民不要

他，因為他們既不屬於人民，也不是為着人民的。杜甫是真心為着人民的，然而人民聽不懂他的話。屈原雖沒寫人民的生活，訴人民的痛苦，然而實質的等於領導了一次人民革命，替人民報了一次仇。屈原是中國歷史上唯一有充分條件稱為人民詩人的人。

# 甚麼是《九歌》

聞一多

## 一、神話的九歌

傳說中九歌本是天樂。趙簡子夢中升天所聽到的「廣樂九奏萬舞」，即《九歌》與配合着《九歌》的韶舞（《離騷》「奏九歌而舞韶兮」）。《九歌》自被夏后啟偷到人間來，一場歡宴，竟惹出五子之亂而終於使夏人亡國。這神話的歷史背景大概如下。《九歌》韶舞是夏人的盛樂，或許只郊祭上帝時方能使用。啟曾奏此樂以享上帝，即所謂「鈞台之享」。正如一般原始社會的音樂，這樂舞的內容頗為猥褻。只因原始生活中，宗教與性愛頗不易分，所以雖猥褻而仍不妨為享神的樂。也許就在那次郊天的大宴享中，啟與太康父子之間，為着有仍二女（即「五子之母」）起了衝突。事態擴大到一種程度，太康竟領着弟弟們造起反來，結果敵人──夷羿乘虛而入，把有夏滅了（關於此事，另有考證）。啟享天神，本是啟請客。傳說把啟請客弄成啟被請，於是乃有啟上天做客的故事。這大概是因為所謂「啟賓天」的「賓」字（《天問》「啟棘賓商」即賓天，《大荒西經》「開上三嬪於天」，嬪賓同），本有「請客」與「做客」二義，而造成的結果。請客既變為做客，享天所用的樂便變為天上的樂，而奏樂享客也就變為做客偷樂了。傳說的錯亂大概只在這一點上，其餘部

分説啟因《九歌》而亡國，卻頗合事實。我們特別提出這幾點，是要指明《九歌》最古的用途及其帶猥褻性的內容，因為這對於下文解釋《楚辭‧九歌》是頗有幫助的。

## 二、經典的九歌

《左傳》兩處以九歌與八風、七音、六律、五聲連舉 (昭公二十年、二十五年)，看去似乎九歌不專指某一首歌，而是歌的一種標準體裁。歌以九分，猶之風以八分，音以七分，……那都是標準的單位數量，多一則有餘，少一則不足。歌的可能單位有字、句、章三項。以字為單位者又可分兩種。(一) 每句九字，這句法太長，古今都少見。(二) 每章九字，實等於章三句，句三字。這句法又嫌太短。以上似乎都不可能。若以章為單位，則每篇九章，連《詩經》裡都少有。早期詩歌似乎不能發展到那樣長的篇幅，所以也不可能。我們以為最早的歌，如其是以九為標準的單位數，那單位必定是句 —— 便是三章，章三句，全篇共九句。不但這樣篇幅適中，可能性最大，並且就「歌」字的意義看，「九歌」也必須是每歌九句。「歌」的本音應與今語「啊」同，其意義最初也只是唱歌時每句中或句尾一聲拖長的「啊，……」(後世歌辭多以兮或猗、為、我、乎等字擬其音)，故《堯典》曰「歌永言」，《樂記》曰「故歌之為言也，長言之也」。然則「九歌」即九「啊」。九歌是九聲「啊」，而「啊」又必在句中或句尾，則九歌必然是九句了。《大風歌》三句共三用「兮」字，《史記‧樂書》稱之為「三侯之章」，兮侯音近，三侯猶言三兮。《五噫詩》五句，每句末於「兮」下復綴以「噫」，全詩共用五「噫」字，因名之曰「五噫」。九歌是九句，猶之三侯是三句，五噫是五句，都是可由其篇名推出的。

全篇九句即等於三章，章三句。《皋陶謨》載有這樣一首歌（下稱《元首歌》）：

元首起哉！股肱喜哉！百工熙哉！

元首明哉！肌肱良哉！庶事康哉！

元首叢脞哉！股肱惰哉！庶事隳哉！

唐立庵先生根據上文「簫韶九成」「帝用作歌」二句，說它便是《九歌》。這是很重要的發現。不過他又說即《左傳》文七年郤缺引《夏書》「戒之用休，董之用威，勸之以九歌，勿使壞」之九歌，那卻不然。因為上文已證明過，書傳所謂九歌並不專指某一首歌，因之《夏書》「勸之以九歌」只等於說「勸之以歌」。並且《夏書》三句分指禮、刑、樂而言，三「之」字實謂在下的臣民，而《元首歌》則分明是為在上的人君和宰輔發的。實則《元首歌》是否即《夏書》所謂九歌，並不重要，反正它是一首典型的《九歌》體的歌（因為是九句），所以盡可稱為《九歌》。

和《元首歌》格式相同的，在《國風》裡有《麟之趾》《甘棠》《采葛》《著》《素冠》等五篇。這些以及古今任何同類格式的歌，實際上都可稱為九歌（就這意義說，九歌又相當於後世五律、七絕諸名詞）。九歌既是表明一種標準體裁的公名，則神話中帶猥褻性的啟的九歌，和經典中教誨式的《元首歌》，以及《夏書》所稱而郤缺所解為「九德之歌」的九歌，自然不妨都是九歌了。

神話的九歌，一方面是外形固守着僵化的古典格式，內容卻在反動的方向發展成教誨式的「九德之歌」一類的九歌，一方面是外形幾乎完全放棄了舊有的格局，內容則仍本着那原始的情欲衝動，經過文化的提煉作用，而昇華為飄然欲仙的詩──那便是《楚辭》的《九歌》。

## 三、「東皇太一」「禮魂」何以是迎送神曲

前人有疑《禮魂》為送神曲的，近人鄭振鐸、孫作雲、丁山諸氏又先後一律主張《東皇太一》是迎神曲。他們都對，因為二章確乎是一迎一送的口氣。除這內在的理由外，我們現在還可舉出一般祭歌形式的沿革以為旁證。

迎神、送神本是祭歌的傳統形式，在《宋書‧樂志》裡已經講得很詳細了。再看唐代多數宗廟樂章，及一部分文人作品，如王維《祠漁山神女歌》等，則祭歌不但必須具有迎送神曲，而且有時只有迎送神曲。迎送的儀式在祭禮中的重要性於此可見了。本篇既是一種祭歌，就必須含有迎送神的歌曲在內，既有迎送神曲，當然是首尾兩章。這是常識的判斷，但也不缺少歷史的證例。以內容論，漢《郊祀歌》的首尾兩章——《練時日》與《赤蛟》相當於《九歌》的《東皇太一》與《禮魂》（參看原歌便知），謝莊又仿《練時日》與《赤蛟》作宋《明堂歌》的首尾二章（《宋書‧樂志》：「迎送神歌，依漢《郊祀》三言四句一轉韻。」），而直題作《迎神歌》《送神歌》。由《明堂歌》上推《九歌》，《東皇太一》《禮魂》是迎送神曲，是不成問題的。

或疑《九歌》中間九章也有帶迎送意味，甚至明出迎送字樣的（《湘夫人》「九嶷繽兮並迎」，《河伯》「送美人兮南浦」），怎見九章不也有迎送作用呢？答：九章中的迎送是歌中人物自相迎送，或對假想的對象迎送，與二章為致祭者對神的迎送迥乎不同，換言之，前者是粉墨登場式的表演迎送的故事，後者是實質的迎送的祭典。前人混為一談，所以糾纏不清。

除去首尾兩章迎送神曲，中間所餘九章大概即《楚辭》所謂《九歌》。《九歌》本不因章數而得名，已詳上文。但因文化的演進，文體

的篇幅是不能沒有擴充的。上古九句的《九歌》，到現在 —— 戰國，漲大到九章的《九歌》，乃是必然的趨勢。

## 四、被迎送的神只有東皇太一

《東皇太一》既是迎神曲，而歌辭只曰「穆將愉兮上皇」(上皇即東皇太一)，那麼辭中所迎的，除東皇太一外，似乎不能再有別的神了。《禮魂》是作為《東皇太一》的配偶篇的送神曲，這裡所送的，論理也不應超出先前所迎的之外。其實東皇太一是上帝，祭東皇太一即郊祀上帝。只有上帝才夠得上受主祭者楚王的專誠迎送。其他九神論地位都在王之下，所以典禮中只為他們設享，而無迎送之禮。這樣看來，在理論原則上，被迎送的又非只限於東皇太一不可。對於九神，既無迎送之禮，難怪用以宣達禮意的迎送神的歌辭中，絕未提及九神。

但請注意：我們只說迎送的歌辭，和迎送的儀式所指的對象，不包括那東皇太一以外的九神。實際上九神仍不妨和東皇太一同出同進，而參與了被迎送的經驗，甚至可以說，被「饒」給一點那樣的榮耀。換言之，我們講九神未被迎送，是名分上的未被迎送，不是事實的。談到禮儀問題，當然再沒有比名分觀念更重要的了。超出名分以外的事實，在禮儀的精神下，直可認為不存在。因此，我們還是認為未被迎送，而祭禮是專為東皇太一設的。

## 五、九神的任務及其地位

祭禮既非為九神而設，那麼他們到場是幹甚麼的？漢《郊祀歌》已有答案：「合好效歡虞太一，……《九歌》畢奏斐然殊。」《郊祀歌》所

謂「九歌」可能即《楚辭》十一章中之九章之歌（詳下），九神便是這九章之歌中的主角，原來他們到場是為着「效歡」以「虞太一」的。這些神道們——實際是神所「憑依」的巫們——按照各自的身份，分班表演着程度不同的哀豔的或悲壯的小故事，情形就和近世神廟中演戲差不多。不同的只是在當時，戲是由小神們做給大神瞧的，而參加祭禮的人們是沾了大神的光而得到看熱鬧的機會；現在則專門給小神當代理人的巫既變成了職業戲班，而因尸祭制度的廢棄，大神只是一隻「土木形骸」的偶像，並看不懂戲，於是群眾便索性把他撇開，自己霸佔了戲場而成為正式的觀眾了。

九神之出現於祭場上，一面固是對東皇太一「效歡」，一面也是以東皇太一的從屬的資格來受享。效歡時是立於主人的地位替主人幫忙，受享時則立於客的地位作陪客。作陪憑着身份（二三等的神），幫忙仗着伎能（唱歌與表情）。九神中身份的尊卑既不等，伎能的高下也有差，所以他們的地位有的作陪的意味多於幫忙，有的幫忙的意味多於作陪。然而作陪也是一種幫忙，而幫忙也有吃喝（受享），所以二者又似可分而不可分。

## 六、二章與九章

因東皇太一與九神在祭禮中的地位不同，所以二章與九章在十一章中的地位也不同。在說明這兩套歌辭不同的地位時，可以有宗教的和藝術的兩種相反的看法。就宗教觀點說，二章是作為祭歌主體的迎送神曲，九章即真正的《九歌》，只是祭歌中的插曲。插曲的作用是湊熱鬧，點綴場面，所以可多可少，甚至可有可無。反之，就藝術觀點說，九章是十一章中真正的精華，二章則是傳統形式上一頭一尾的具

文。《楚辭》的編者統稱十一章為「九歌」，是根據藝術觀點，以中間九章為本位的辦法。《楚辭》是文藝作品的專集，編者當然只好採取這種觀點。如果他是《郊祀志》的作者，而仍採用了這樣的標題，那便是犯了反客為主和捨己從人的嚴重錯誤，因為根據純宗教的立場，十一章應改稱「楚《郊祀歌》」，或更詳明點，「楚郊祀東皇太一《樂歌》」，而《九歌》這稱號是只應限於中間的九章插曲。或許有人要說，啟享天神的樂稱《九歌》，《楚辭》概稱祀東皇太一的全部樂章為《九歌》，只是沿用歷史的舊名，並沒有甚麼重視《九歌》藝術性的立場在背後。但他忘記諸書談到啟奏《九歌》時不滿的態度。不是還說啟因此亡國嗎？須知說啟奏《九歌》以享天神，是罵他胡鬧，不應借了祭天的手段來達其「康娛而自縱」（《離騷》）的目的，所以又說「章聞於天，天用弗式」（《墨子·非樂篇》引《武觀》）。他們言外之意，祭天自有規規矩矩的音樂，那太富娛樂性的《九歌》是不容摻進祭禮來以褻瀆神明的。他們反對啟，實即反對《九歌》，反對《九歌》的娛樂性，實即承認了它的藝術性。在認識《九歌》的藝術性這一點上，他們與《楚辭》的編者沒有甚麼不同，不過在運用這認識的實踐行為上，他們是憑那一點來攻擊啟，《楚辭》的編者是憑那一點來欣賞文藝而已。

## 七、九章的再分類

不但十一章中，二章與九章各為一題，若再細分下去，九章中，前八章與後一章（《國殤》）又當分為一類。八篇所代表的日、雲、星（指司命，詳後）、山、川一類的自然神（《史記·留侯世家》「學者多言無鬼神，然言有物」，物即自然神），依傳統見解，彷彿應當是天神最貼身的一群侍從。這完全是近代人的想法。在宗教史上，因野蠻人對自然現象的不了解與

畏懼，倒是自然神的崇拜發生得最早。次之是人鬼的崇拜，那是在封建型的國家制度下，隨着英雄人物的出現而產生的一種宗教行為。最後，因封建領主的逐漸兼併，直至大一統的帝國政府行將出現，像東皇太一那樣的一神教的上帝才應運而生。八章中尤其《湘君》《湘夫人》等章的猥褻性的內容 (此其所以為淫祀)，已充分暴露了這些神道的原始性和幼稚性 (蘇雪林女士提出的人神戀愛問題，正好說明八章宗教方面的歷史背景，詳後)。反之，《國殤》卻代表進一步的社會形態，與東皇太一的時代接近了。換言之，東君以下八神代表巫術降神的原始信仰，國殤與東皇太一則是進步了的正式宗教的神了。我們發覺國殤與東皇太一性質相近的種種徵象，例如祭國殤是報功，祭東皇太一是報德，國殤在祀家的系統中當列為小祀，東皇太一列為大禮等等都是。這些徵象都使國殤與東皇太一貼近，同時也使他去八神疏遠。這就是我們將九章又分為八神與國殤二類的最雄辯的理由。甚至假如我們願走極端，將全部十一章分為二章 (《東皇太一》《禮魂》)、一章 (《國殤》) 與八章三個平列的大類，似亦無不可，我們所以不那樣做，是因為那太偏於原始論的看法。在歷史上，東皇太一、國殤與八神雖發生於三個不同的文化階段，而各有其特殊的屬性，但那究竟是歷史。在《九歌》的時代，國殤恐怕已被降級而與八神同列了。至少楚國制定樂章的有司，為湊足九章之歌的數目以合傳統《九歌》之名，已決意將國殤排入八神的班列，而讓他在郊祀東皇太一的典禮裡，分擔着陪祀意味較多的助祀的工作 (看歌辭八章與《國殤》皆轉韻，屬於同一型類，制定樂章者的意向益明)。他這安排也許有點牽強，但我們研究的是這篇《九歌》，我們的任務是了解制定者用意，不是修改他的用意。這是我們不能不只認八章與《國殤》為一大類中之兩小類的另一理由。

　　為醒目起見，我們再將上述主要各點依一種新的組織製成下表。

| | 神道及其意義 | | | | | 歌辭 | | | | | |
|---|---|---|---|---|---|---|---|---|---|---|---|
| | | | | | | | 內容的特徵與情調 | | | 外形 | |
| 客體 | 東君雲中君湘君湘夫人大司命少司命河伯山鬼 | （自然神）物 | 淫祀 | 助祀 | | 雜曲（九章） | 用獨白或對話的形式抒寫悲歡離合的情緒 | 似風（戀歌） | 哀豔 | 長短句 | 轉韻 |
| | 國殤 | 鬼 | 小祀 | 陪祀 | 報功 | | 敘述戰爭的壯烈頌揚戰爭的英勇 | 似雅（輓歌） | 悲壯 | 七字句 | |
| 主體 | 東皇太一 | 神 | 大祀 | 正祀 | 報德 | 迎神曲送神曲（二章） | 鋪敘祭禮的儀式和過程 | 似頌（祭歌） | 肅穆 | 長短句 | 不轉韻 |

有些意思，因行文的限制，上文來不及闡明的，大致已在表中補足了。

## 八、「趙代秦楚之謳」

《漢書・禮樂志》曰：

　　武帝定郊祀之禮，祠太一於甘泉，……乃立樂府，采詩夜誦，有趙、代、秦、楚之謳。以李延年為協律都尉，多舉司馬相如等數十人造為詩賦，略論律呂，以合八音之調，作為十九章之歌。以正月上辛用事圜丘，使童男女七十人俱歌，昏祠至明。

「有趙、代、秦、楚之謳」對我們是一句極關重要的話，因為經我們的考察，九章之歌所代表諸神的地理分佈，恰恰是趙、代、秦、楚。現在即依這國別的順序，逐條分述如下：

（1）《雲中君》　羅膺中先生曾據「覽冀州兮有餘」及《史記・封禪

書》「晉巫祠五帝東君、雲中君，……」之語，説雲中即雲中郡之雲中，這是一個重要的發現。雲中是趙地（《史記‧趙世家》：「武靈王……欲從雲中、九原直南襲秦。」），趙是三晉之一，正當古冀州域。

（2）《東君》　依照以東方殷民族為中心的漢族本位思想，日神羲和是女性（《大荒南經》「有女子名羲和……帝俊之妻，生十日」，《七發》「神歸日母」），但《九歌》的日神東君是男性（《九歌》諸神凡稱君的皆男性），可能他是一位客籍的神。《史記‧趙世家》索隱引譙周曰「余嘗聞之，代俗以東西陰陽所出入，宗其神謂之王母父」，陰陽指日月（《大戴記‧曾子天圓篇》「陽之精氣日神，陰之精氣月靈」），似乎以日為陽性的男神，本是代俗。據《封禪書》，東君也是晉巫所祠，代地本近晉，古本歌辭次第，《東君》在《雲中君》前（今本錯置，詳拙著《楚辭校補》），是以二者相次為一組的。《史記‧封禪書》及《索隱》引《歸藏》亦皆東君、雲中君連稱。這種排列，大概是依農業社會觀念，象徵着兩個對立的重要自然現象——晴與雨的。雲中君在趙，東君的地望想必與他相近，不然是不會和他排在一起的。

（3）《河伯》《穆天子傳》一「天子西征，鶩行至陽紆之山，河伯無馮夷之所都」，據《爾雅‧釋地》與《淮南子‧地形篇》，陽紆是秦的澤藪，可見河伯本是秦地的神，所以祭河為秦國的常祀。《史記‧六國年表》「秦靈公八年，初以君主妻河」，《封禪書》「及秦並天下，令祠官所常奉天地名山大川鬼神，……水曰河，祠臨晉」是其證。《封禪書》又曰「昔秦文公出獵，獲黑龍（按，即水神玄冥），此其水德之瑞，於是秦更命河曰德水」，這是秦祀河的理論根據。

（4）《國殤》　歌曰「帶長劍兮挾秦弓」，羅先生據此疑國殤即《封禪書》所謂「南山巫祠南山秦中。秦中者二世皇帝」。我們以為説國殤是秦人所祀則可，以為即二世則不可。二世是趙高逼死在望夷宮中

的，並非死於疆場。且若是二世，《九歌》豈不降為漢代的作品？但截至目前，我們尚無法證明《九歌》必非先秦楚國的樂章。

（5）《湘君》（6）《湘夫人》　這還是南楚湘水的神。即令如錢賓四先生所說，湘水即漢水，那還是在楚境。

（7）《大司命》（8）《少司命》　大司命見於金文《洹子（即田桓子）孟姜壺》，而《風俗通·祀典篇》也說「司命……齊地大尊重之」，似乎司命本是齊地的神。但這時似乎已落籍在楚國了。歌中空桑，九坑皆楚地名可證（《大招》「魂乎歸徠，定空桑只」。九坑《文苑》作九岡，九岡山在今湖北松滋縣[1]，即昭十一年《左傳》「楚子……用隱太子於岡山」之岡山）。《封禪書》且明說「荊巫祠司命」。

（9）《山鬼》　顧天成《九歌解》主張《山鬼》即巫山神女，也是《九歌》研究中的一大創獲。詳孫君作雲《九歌·山鬼考》。我們也完全同意。然則山鬼也是楚神。

以上除（2）（4）二項證據稍嫌薄弱，其餘七項可算不成問題，何況以（2）屬代，以（4）屬秦，充其量只是缺證，並沒有反證呢！「趙、代、秦、楚之謳」是漢武因郊祀太一而立的樂府中所誦習的歌曲，《九歌》也是楚祭東皇太一時所用的樂曲，而《九歌》中九章的地理分佈，如上文所證，又恰好不出趙、代、秦、楚四國的範圍，然則我們推測《九歌》中九章即《漢志》所謂「趙、代、秦、楚之謳」，是不至離事實太遠的。並且《郊祀歌》已有「《九歌》畢奏斐然殊」之語，這「《九歌》」當亦即「趙、代、秦、楚之謳」。《禮樂志》稱祭前在樂府中練習的為「趙、代、秦、楚之謳」，《郊祀歌》稱祭時正式演奏的為「《九歌》」，其實只是一種東西（《禮樂志》所以不稱「《九歌》」而稱「趙、代、秦、楚

---

1 即今湖北松滋市。——編者註

之謳」，那是因為「有趙、代、秦、楚之謳」一語是承上文「采詩夜誦」而言的。上文說「采詩」，下文點明所采的地域，文意一貫）。由上言之，趙、代、秦、楚既恰合九章之歌的地理分佈，而《郊祀歌》又明説出「《九歌》」的名字，然則所謂「趙、代、秦、楚之謳」即《九歌》，更覺可靠了。總之，今《楚辭》所載《九歌》中作為祀東皇太一樂章中的插曲的九章之歌，與夫漢《郊祀歌》所謂「合好效歡虞太一，……《九歌》畢奏斐然殊」的《九歌》，與夫《禮樂志》所謂因祠太一而創立的樂府中所「夜誦」的「趙、代、秦、楚之謳」，都是一回事。

承認了九章之歌即「趙、代、秦、楚之謳」，我們試細玩九章的內容，還可發現一個有趣的現象。九章之歌依地理分佈，自北而南，可排列如下：

| | |
|---|---|
| 《東君》 | 代 |
| 《雲中君》 | 趙 |
| 《河伯》（《國殤》） | 秦 |
| 《大司命》《少司命》《山鬼》 | 楚 |
| 《湘君》《湘夫人》 | 南楚 |

國殤是人鬼，我們曾經主張將他和那八位自然神分開。現在我們即依這見解，暫時撇開他，而單獨玩索那代表自然神的八章歌辭。這裡我們可以察覺，地域愈南，歌辭的氣息愈靈活，愈放肆，愈頑豔，直到那極南端的《湘君》《湘夫人》，例如後者的「捐余玦兮江中，遺余褋兮醴浦」二句，那猥褻的含義幾乎令人不堪卒讀了。以當時的文化狀態而論，這種自北而南的氣息的漸變，不是應有的現象嗎？

## 九、楚九歌與漢郊祀歌的比較

雖然漢郊祀太一是沿用楚國的舊典，雖然漢祭禮中所用以娛神的《九歌》也就是楚人在同類情形下所用的《九歌》，但漢《郊祀歌》十九章與楚《九歌》十一章仍大有區別。漢歌十九章每章都是祭神的樂章。因為漢禮除太一外，還有許多次等的神受祭。但楚歌十一章中只有首尾的《東皇太一》與《禮魂》(相當於漢歌首尾的《練時日》與《赤蛟》)，是純粹祭神的樂章。其餘九章，正如上文所說，都只是娛神的樂章。楚禮除東皇太一外，是否也有純粹陪祭的次等神如漢制一樣，今不可知。至少今《九歌》中不包含祭這類次等神的樂章是事實。反之，楚歌將娛神的樂章 (九章) 與祭神的樂章 (二章) 並列而組為一套歌辭。漢歌則將娛神的樂章完全摒棄，而專錄祭神的樂章。總之楚歌與漢歌相同的是首尾都分列着迎送神曲，不同的是中間一段，一方是九章娛神樂章，一方是十七章祭次等神的樂章。這不同處尤可注意。漢歌中間與首尾全是祭神樂章 (迎送神曲也是祭神樂章)，它的內容本是一致的，依內容來命名，當然該題作「《郊祀歌》」。楚歌首尾是祭神，中間是娛神，內容既不統一，那麼命名該以何者為準，便有選擇的餘地了。若以首尾二章為準，自然當題作「楚《郊祀歌》」。現在它不如此命名，而題作「《九歌》」，可見它是以中間九章娛神樂章為準的。以漢歌與楚歌的命名相比較，益可證所謂「《九歌》」者是指十一章中間的九章而言的。

## 十、巫術與巫音

蘇雪林女士以「人神戀愛」解釋《九歌》的說法，在近代關於《九歌》的研究中，要算最重要的一個見解，因為她確實說明了八章中大多

數的宗教背景。我們現在要補充的，是「人神戀愛」只是八章的宗教背景而已，而不是八章本身。換言之，八章歌曲是扮演「人神戀愛」的故事，不是實際的「人神戀愛」的宗教行為。而且這些故事之被扮演，恐怕主要的動機還是因為其中「戀愛」的成分，不是因為那「人神」的交涉，雖則「人神」的交涉確乎賦予了「戀愛」的故事以一股幽深、玄秘的氣氛，使它更富於麻醉性。但須知道在領會這種氣氛的經驗中，那態度是審美的、詩意的，是一種 make believe，那與實際的宗教經驗不同。《呂氏春秋‧古樂篇》曰：「楚之哀也，作為巫音。」八章誠然是典型的「巫音」，但「巫音」斷乎不是「巫術」，因為在「巫音」中，人們所感興趣的，畢竟是「音」的部分遠勝於「巫」的部分。「人神戀愛」許可以解釋《山海經》所代表的神話的《九歌》，卻不能字面地 literally 說明《楚辭》時代的《九歌》。嚴格地講，二千年前，《楚辭》時代人們對《九歌》的態度，和我們今天的態度，並沒有甚麼差別。同是欣賞藝術，所差的是，他們是在祭壇前觀劇 —— 一種雛形的歌舞劇，我們則只能從紙上欣賞劇中的歌辭罷了。在深淺不同的程度中，古人和我們都能複習點原始宗教的心理經驗，但在他們觀劇時，恐怕和我們讀詩時差不多，那點宗教經驗是躲在意識的一個暗角裡，甚至有時完全退出意識圈外了。

# 古詩十九首釋

朱自清

　　詩是精粹的語言。因為是「精粹的」，便比散文需要更多的思索、更多的吟味；許多人覺得詩難懂，便是為此。但詩究竟是「語言」，並沒有真的神秘；語言，包括說的和寫的，是可以分析的；詩也是可以分析的。只有分析，才可以得到透徹的了解；散文如此，詩也如此。有時分析起來還是不懂，那是分析得還不夠細密，或者是知識不夠，材料不足；並不是分析這個方法不成。這些情形，不論文言文、白話文、文言詩、白話詩，都是一樣。不過在一般不大熟悉文言的青年人，文言文，特別是文言詩，也許更難懂些罷了。

　　我們設《詩文選讀》[1] 這一欄，便是要分析古典和現代文學的重要作品，幫助青年諸君的了解，引起他們的興趣，更注意的是要養成他們分析的態度。只有能分析的人，才能切實欣賞；欣賞是在透徹的了解裡。一般的意見將欣賞和了解分成兩橛，實在是不妥的。沒有透徹的了解，就欣賞起來，那欣賞也許會驢唇不對馬嘴，至多也只是模糊影

---

1 《詩文選讀》是西南聯大師範學院國文系主持創辦的《國文月刊》中的一個欄目，旨在通過對古今文學作品的詳細分析，為國文教學提供參考和指導。《古詩十九首釋》於 1941 年開始刊載，僅刊九篇即止。──編者註

響。一般人以為詩只能綜合地欣賞，一分析詩就沒有了。其實詩是最錯綜的、最多義的，非得細密的分析工夫，不能捉住它的意旨。若是囫圇吞棗地讀去，所得着的怕只是聲調辭藻等一枝一節，整個兒的詩會從你的口頭眼下滑過去。

本文選了《古詩十九首》作對象，有兩個緣由。一來《十九首》可以說是我們最古的五言詩，是我們詩的古典之一。所謂「溫柔敦厚」「怨而不怒」的作風，《三百篇》之外，《十九首》是最重要的代表。直到六朝，五言詩都以這一類古詩為標準；而從六朝以來的詩論，還都以這一類詩為正宗。《十九首》影響之大，從此可知。

二來《十九首》既是詩的古典，說解的人也就很多。古詩原來很不少，梁代昭明太子 (蕭統) 的《文選》裡卻只選了這十九首。《文選》成了古典，《十九首》也就成了古典；《十九首》以外，古詩流傳到後世的，也就有限了。唐代李善和「五臣」給《文選》作註，當然也註了《十九首》。嗣後歷代都有說解《十九首》的，但除了《文選》註家和元代劉履的《選詩補註》，整套作解的似乎沒有。清代箋註之學很盛，獨立說解《十九首》的很多。近人隋樹森先生編有《古詩十九首集釋》一書 (中華版)，蒐羅歷來《十九首》的整套的解釋，大致完備，很可參看。

這些說解，算李善的最為謹慎、切實；雖然他釋「事」的地方多，釋「義」的地方少。「事」是詩中引用的古事和成辭，普通稱為「典故」。「義」是作詩的意思或意旨，就是我們日常說話裡的「用意」。有些人反對典故，認為詩貴自然，辛辛苦苦註出詩裡的典故，只表明詩句是有「來歷」的，作者是淵博的，並不能增加詩的價值。另有些人也反對典故，卻認為太麻煩、太瑣碎，反足為欣賞之累。

可是，詩是精粹的語言，暗示是它的生命。暗示得從比喻和組織上作工夫，利用讀者聯想的力量。組織得簡約緊湊；似乎斷了，實在

連着。比喻或用古事成辭，或用眼前景物；典故其實是比喻的一類。這首詩、那首詩可以不用典故，但是整個兒的詩是離不開典故的。舊詩如此，新詩也如此；不過新詩愛用外國典故罷了。要透徹地了解詩，在許多時候，非先弄明白詩裡的典故不可。陶淵明的詩，總該算「自然」了，但他用的典故並不少。從前人只囫圇讀過，直到近人古直先生的《靖節詩箋定本》，才細細地註明。我們因此增加了對於陶詩的了解；雖然我們對於古先生所解釋的許多篇陶詩的意旨並不敢苟同。李善註《十九首》的好處，在他所引的「事」都跟原詩的文義和背景切合，幫助我們的了解很大。

別家說解，大都重在意旨。有些是根據原詩的文義和背景，卻忽略了典故，因此不免望文生義，模糊影響。有些並不根據全篇的文義、典故、背景，卻只斷章取義，讓「比興」的信念支配一切。所謂「比興」的信念，是認為作詩必關教化；凡男女私情、相思離別的作品，必有寄託的意旨 —— 不是「臣不得於君」，便是「士不遇知己」。這些人似乎覺得相思、離別等等私情不值得作詩；作詩和讀詩，必須能見其大。但是原作裡卻往往不見其大處。於是他們便抓住一句兩句，甚至一詞兩詞，曲解起來，發揮開去，好湊合那個傳統的信念。這不但不切合原作，並且常常不能自圓其說；只算是無中生有、驢唇不對馬嘴罷了。

據近人的考證，《十九首》大概作於東漢末年，是建安 (獻帝) 詩的前驅。李善就說過，詩裡的地名像宛、洛、上東門，都可以見出有一部分是東漢人作的；但他還相信其中有西漢詩。歷來認為《十九首》裡有西漢詩，只有一個重要的證據，便是第七首裡「玉衡指孟冬」一句話。李善說，這是漢初的曆法。後來人都信他的話，同時也就信《十九首》中一部分是西漢詩。不過李善這條註並不確切可靠，俞平伯先生

有過詳細討論，載在《清華學報》裡。我們現在相信這句詩還是用的夏曆。此外，梁啟超先生的意見，《十九首》作風如此相同，不會分開在相隔幾百年的兩個時代 (《美文及其歷史》[1])。徐中舒先生也說，東漢中葉，文人的五言詩還是很幼稚的；西漢若已有《十九首》那樣成熟的作品，怎麼會有這種現象呢！(《古詩十九首考》，中大語言歷史研究所《週刊》六十五期)

　　《十九首》沒有作者，但並不是民間的作品，而是文人仿樂府作的詩。樂府原是入樂的歌謠，盛行於西漢。到東漢時，文人仿作樂府辭的極多；現存的樂府古辭，也大都是東漢的。仿作樂府，最初大約是依原調、用原題；後來便有只用原題的。再後便有不依原調、不用原題，只取樂府原意作五言詩的了。這種作品，文人化的程度雖然已經很高，題材可還是民間的，如人生不常、及時行樂、離別、相思、客愁等等。這時代作詩人的個性還見不出，而每首詩的作者，也並不限於一個人；所以沒有主名可指。《十九首》就是這類詩；詩中常用典故，正是文人的色彩。但典故並不妨害《十九首》的「自然」；因為這類詩究竟是民間味，而且只是渾括的抒敘，還沒到精細描寫的地步，所以就覺得「自然」了。

　　本文先抄原詩。詩句下附列數字，李善註便依次抄在詩後；偶有不是李善的註，都在下面記明出處，或加一「補」字。註後是說明；這兒兼採各家，去取以切合原詩與否為準。

---

1 即《中國之美文及其歷史》。——編者註

# 一

行行重行行，與君生別離①。
相去萬餘里，各在天一涯②。
道路阻且長，會面安可知③。
胡馬依北風，越鳥巢南枝④。
相去日已遠，衣帶日已緩⑤。
浮雲蔽白日，遊子不顧反⑥。
思君令人老⑦，歲月忽已晚。
棄捐勿復道，努力加餐飯⑧。

①《楚辭》曰：「悲莫悲兮生別離。」

②《廣雅》曰：「涯，方也。」

③《毛詩》曰：「溯洄從之，道阻且長。」薛綜《西京賦註》曰：「安，焉也。」

④《韓詩外傳》曰：「詩云：『代馬依北風，飛鳥棲故巢』，皆不忘本之謂也。」《鹽鐵論·未通》篇：「故代馬依北風，飛鳥翔故巢，莫不哀其生。」(徐中舒《古詩十九首考》)《吳越春秋》：「胡馬依北風而立，越燕望海日而熙，同類相親之意也。」(同上)

⑤《古樂府歌》曰：「離家日趨遠，衣帶日趨緩。」

⑥浮雲之蔽白日，以喻邪佞之毀忠良，故遊子之行，不顧反也。《文子》曰：「日月欲明，浮雲蓋之。」陸賈《新語》曰：「邪臣之蔽賢，猶浮雲之鄣日月[1]。」《古楊柳行》曰：「讒邪害公正，浮雲蔽白日。」義與此同也。鄭玄《毛詩箋》曰：「顧，念也。」

---

1 應為「猶浮雲之障日月」。——編者註

　　⑦《小雅》:「維憂用老。」(孫鑛評《文選》語)

　　⑧《史記・外戚世家》:「平陽主拊其(衛子夫)背曰:『行矣,強飯,勉之!』」蔡邕(?)《飲馬長城窟行》:「長跪讀素書,書中竟何如?上有『加餐飯』,下有『長相憶』。」(補)


　　詩中引用《詩經》《楚辭》,可見作者是文人。「生別離」和「阻且長」是用成辭;前者暗示「悲莫悲兮」的意思,後者暗示「從之」不得的意思。借着引用的成辭的上下文,補充未申明的含義;讀者若能知道所引用的全句以至全篇,便可從聯想領會得這種含義。這樣,詩句就增厚了力量。這所謂詞短意長;以技巧而論,是很經濟的。典故的效用便在此。「思君令人老」脫胎於「維憂用老」,而稍加變化;知道《詩經》的句子的讀者,就知道本詩這一句是暗示着相思的煩憂了。「冉冉孤生竹」一首裡,也有這一語;歌謠的句子原可套用,《十九首》還不脫歌謠的風格,無怪其然。「相去」兩句也是套用古樂府歌的句子,只換了幾個詞。「日已」就是「去者日以疏」一首裡的「日以」,和「日趨」都是「一天比一天」的意思;「離家」變為「相去」,是因為詩中主人身份不同,下文再論。

　　「代馬」「飛鳥」兩句,大概是漢代流行的歌謠;《韓詩外傳》和《鹽鐵論》都引到這兩個比喻,可見。到了《吳越春秋》,才改為散文,下句的題材並略略變化。這種題材的變化,一面是環境的影響,一面是文體的影響。越地濱海,所以變了下句;但越地不以馬著,所以不變上句。東漢文體,受辭賦的影響,不但趨向駢偶,並且趨向工切。「海日」對「北風」,自然比「故巢」工切得多。本詩引用這一套比喻,因為韻的關係,又變用「南枝」對「北風」,卻更見工切了。至於「代馬」變為「胡馬」,也許只是作詩人的趣味;歌謠原是常常修改的。但「胡馬」

兩句的意旨，卻還不外乎「不忘本」「哀其生」「同類相親」三項。這些得等弄清楚詩中主人的身份再來說明。

「浮雲蔽白日」也是個套句。照李善註所引證，說是「以喻邪佞之毀忠良」，大致是不錯的。有些人因此以為本詩是逐臣之辭；詩中主人是在遠的逐臣，「遊子」便是逐臣自指。這樣，全詩就都是思念君王的話了。全詩原是男女相思的口氣；但他們可以相信，男女是比君臣的。男女比君臣，從屈原的《離騷》創始；後人這個信念，顯然是以《離騷》為依據。不過屈原大概是神仙家。他以「求女」比思君，恐怕有他信仰的因緣；他所求的是神女，不是凡人。五言古詩從樂府演化而出，樂府裡可並沒有這種思想。樂府裡的羈旅之作，大概只說思鄉；《十九首》中「去者日以疏」「明月何皎皎」兩首，可以說是典型。這些都是實際的。「涉江採芙蓉」一首，雖受了《楚辭》的影響，但也還是實際的思念「同心」人，和《離騷》不一樣。在樂府裡，像本詩這種纏綿的口氣，大概是居者思念行者之作。本詩主人大概是個「思婦」，如張玉谷《古詩賞析》所說；「遊子」與次首「蕩子行不歸」的「蕩子」同意。所謂詩中主人，可並不一定是作詩人；作詩人是盡可以虛擬各種人的口氣，代他們立言的。

但是「浮雲蔽白日」這個比喻，究竟該怎樣解釋呢？朱筠說：「『不顧返』者，本是遊子薄幸；不肯直言，卻託諸浮雲蔽日。言我思子而子不思歸，定有讒人間之；不然，胡不返耶？」（《古詩十九首說》）張玉谷也說：「浮雲蔽日，喻有所惑，遊不顧返，點出負心，略露怨意。」兩家說法，似乎都以白日比遊子，浮雲比讒人；讒人惑遊子是「浮雲蔽白日」。就「浮雲」兩句而論，就全詩而論，這解釋也可通。但是一個比喻往往有許多可能的意旨，特別是在詩裡。我們解釋比喻，不但要顧到當句當篇的文義和背景，還要顧到那比喻本身的背景，才能得着它

的確切的意旨。見仁見智的說法，到底是不足為訓的。「浮雲蔽白日」
這個比喻，李善註引了三證，都只是「讒邪害公正」一個意思。本詩與
所引三證時代相去不遠，該還用這個意思。不過也有兩種可能：一是
那遊子也許在鄉里被「讒邪」所「害」，遠走高飛，不想回家；二也許是
鄉里中「讒邪害公正」，是非黑白不分明，所以遊子不想回家。前者是
專指，後者是泛指。我不說那遊子是「忠良」或「賢臣」；因為樂府裡這
類詩的主人，大概都是鄉里的凡民，沒有朝廷的達官的緣故。

　　明白了本詩主人的身份，便可以回頭吟味「胡馬」「越鳥」那一套
比喻的意旨了。「不忘本」是希望遊子不忘故鄉。「哀其生」是哀念他的
天涯漂泊。「同類相親」是希望他親愛家鄉的親戚故舊乃至思婦自己。
在遊子雖不想回鄉，在思婦卻還望他回鄉。引用這一套彼此熟習的比
喻，是說物尚有情，何況於人？是勸慰，也是願望。用比喻替代抒
敘，作詩人要的是暗示的力量；這裡似是斷處，實是連處。明白了詩
中主人是思婦，也就明白詩中套用古樂府歌「離家」那兩句時，為甚麼
要將「離家」變為「相去」了。

　　「衣帶日已緩」是衣帶日漸寬鬆；朱筠說：「與『思君令人瘦』一般
用意。」這是就果顯因，也是暗示的手法；帶緩是果，人瘦是因。「歲
月忽已晚」和「東城高且長」一首裡「歲暮一何速」同意，指的是秋冬之
際歲月無多的時候。「棄捐勿復道，努力加餐飯」兩語，解者多誤以為
全說的詩中主人自己。但如註⑧所引，「強飯」「加餐」明明是漢代通行
的慰勉別人的話語，不當反用來說自己。張玉谷解這兩句道，「不恨己
之棄捐，惟願彼之強飯」，最是分明。我們的語言，句子沒有主詞是常
態，有時候很容易弄錯；詩裡更其如此。「棄捐」就是「見棄捐」，也就
是「被棄捐」；施受的語氣同一句式，也是我們語言的特別處。這「棄
捐」在遊子也許是無可奈何，非出本願，在思婦卻總是「棄捐」，並無

分別；所以她含恨地説：「反正我是被棄了，不必再提罷；你只保重自己好了！」

　　本詩有些複沓的句子。如既説「相去萬餘里」，又説「道路阻且長」，又説「相去日已遠」，反覆説一個意思；但頗有增變。「衣帶日已緩」和「思君令人老」也同一例。這種迴環複沓，是歌謠的生命；許多歌謠沒有韻，專靠這種組織來建築它們的體格，表現那強度的情感。只看現在流行的許多歌謠，或短或長，都從迴環複沓裡見出緊湊和單純，便可知道。不但歌謠，民間故事的基本形式，也是如此。詩從歌謠演化，迴環複沓的組織也是它的基本；《三百篇》和屈原的「辭」，都可看出這種痕跡。《十九首》出於本是歌謠的樂府，複沓是自然的；不過技巧進步，增變來得多一些。到了後世，詩漸漸受了散文的影響，情形卻就不一定這樣了。

二

青青河畔草，鬱鬱園中柳。
盈盈樓上女，皎皎當窗牖。
娥娥紅粉粧，纖纖出素手。
昔為倡家女，今為蕩子婦。
蕩子行不歸，空床難獨守。

　　這顯然是思婦的詩；主人公便是那「蕩子婦」。「青青河畔草，鬱鬱園中柳」是春光盛的時節，是那蕩子婦樓上所見。蕩子婦樓上開窗遠望，望的是遠人，是那「行不歸」的「蕩子」。她卻只見遠處一片草，近處一片柳。那草沿着河畔一直青青下去，似乎沒有盡頭——也許會

一直青青到蕩子的所在罷。傳為蔡邕作的那首《飲馬長城窟行》開端道：「青青河邊草，綿綿思遠道。」正是這個意思。那茂盛的柳樹也惹人想念遠行不歸的蕩子。《三輔黃圖》說：「灞橋在長安東，……漢人送客至此橋，折柳贈別。」「柳」諧「留」音，折柳是留客的意思。漢人既有折柳贈別的風俗，這蕩子婦見了「鬱鬱」起來的「園中柳」，想到當年分別時依依留戀的情景，也是自然而然的。再說，河畔的草青了，園中的柳茂盛了，正是行樂的時節，更是少年夫婦行樂的時節。可是「蕩子行不歸」，辜負了青春年少；及時而不能行樂，那是甚麼日子呢！況且草青、柳茂盛，也許不止一回了，年年這般等閒地度過春光，那又是甚麼日子呢！

「盈盈樓上女，皎皎當窗牖。娥娥紅粉粧，纖纖出素手。」描畫那蕩子婦的容態姿首。這是一個豔妝的少婦。「盈」通「嬴」。《廣雅》：「嬴，容也。」就是多儀態的意思。「皎」，《說文》：「月之白也。」說婦人膚色白皙。吳淇《選詩定論》說這是「以窗之光明，女之丰采併而為一」，是不錯的。這兩句不但寫人，還夾帶敘事；上句登樓，下句開窗，都是為了遠望。「娥」，《方言》：「秦晉之間，美貌謂之娥。」「粧」又作「妝」「裝」，飾也，指塗粉畫眉而言。「纖纖女手，可以縫裳」，是《韓詩·葛屨》篇的句子（《毛詩》作「摻摻女手」）。《說文》：「纖，細也。」「摻，好手貌。」「好手貌」就是「細」，而「細」說的是手指。《詩經》裡原是歎惜女人的勞苦，這裡「纖纖出素手」卻只見憑窗的姿態 ——「素」也是白皙的意思。這兩句專寫窗前少婦的臉和手；臉和手是一個人最顯著的部分。

「昔為倡家女，今為蕩子婦」，敘出主人公的身份和身世。《說文》：「倡，樂也。」就是歌舞伎。「蕩子」就是「遊子」，跟後世所謂「蕩子」略有不同。《列子》裡說：「有人去鄉土遊於四方而不歸者，世謂之為狂

蕩之人也。」可以為證。這兩句詩有兩層意思。一是昔既做了倡家女，今又做了蕩子婦，真是命不由人。二是做倡家女熱鬧慣了，做蕩子婦卻只有冷清清的，今昔相形，更不禁身世之感。況且又是少年美貌，又是春光盛時。蕩子只是遊行不歸，獨守空床自然是「難」的。

　　有人以為詩中少婦「當窗」「出手」，未免妖冶，未免賣弄，不是貞婦的行徑。《詩經·伯兮》篇道：「自伯之東，首如飛蓬；豈無膏沐，誰適為容。」貞婦所行如此。還有說「空床難獨守」，也不免於野，不免於淫。總而言之，不免放濫無恥，不免失性情之正，有乖於溫柔敦厚、怨而不怒的詩教。話雖如此，這些人卻沒膽量貶駁這首詩，他們只能曲解這首詩是比喻。這首詩實在看不出是比喻。《十九首》原沒有脫離樂府的體裁。樂府多歌詠民間風俗，本詩便是一例。世間是有「昔為倡家女，今為蕩子婦」的女人，她有她的身份，有她的想頭，有她的行徑。這些跟《伯兮》裡的女人滿不一樣，但別恨離愁卻一樣。只要真能表達出來這種女人的別恨離愁，恰到好處，歌詠是值得的。本詩和《伯兮》篇的女主人公其實都說不到貞淫上去，兩詩的作意只是怨。不過《伯兮》篇的怨渾含些，本詩的怨刻露些罷了。豔妝登樓是少年愛好，「空床難獨守」是不甘岑寂，其實也都是人之常情；不過說「空床」也許顯得親熱些。「昔為倡家女」的蕩子婦，自然沒有《伯兮》篇裡那貴族的女子節制那樣多。妖冶，野，是有點兒；賣弄，淫，放濫無恥，便未免是捕風捉影的苛論。王昌齡有一首《春閨》詩[1]道：「閨中少婦不知愁，春日凝妝上翠樓。忽見陌頭楊柳色，悔教夫婿覓封侯。」正是從本詩變化而出。詩中少婦也是個蕩子婦，不過沒有說是倡家女罷了。這少婦也是「春日凝妝上翠樓」，歷來論詩的人卻沒有貶駁她的。潘岳

---

1 指王昌齡所作《閨怨》。── 編者註

《悼亡》詩¹第二首有句道：「展轉眄枕席，長簟竟床空。床空委清塵，室虛來悲風。」這裡説「枕席」，説「床空」，卻贏得千秋的稱讚。可見豔妝登樓跟「空床難獨守」並不算賣弄，淫，放濫無恥。那樣説的人只是憑了「昔為倡家女」一層，將後來關於「娼妓」的種種聯想附會上去，想着那蕩子婦必有種種壞念頭、壞打算在心裡。那蕩子婦會不會有那些壞想頭，我們不得而知，但就詩論詩，卻只説到「難獨守」就戛然而止，還只是怨，怨而不至於怒。這並不違背溫柔敦厚的詩教。至於將不相干的成見讀進詩裡去，那是最足以妨礙了解的。

　　陸機《擬古》詩²差不多亦步亦趨，他擬這一首道：「靡靡江離草，熠燿生河側。皎皎彼姝女，阿那當軒織。粲粲妖容姿，灼灼美顏色。良人遊不歸，偏棲獨隻翼。空房來悲風，中夜起歎息。」又，曹植《七哀詩》道：「明月照高樓，流光正徘徊。上有愁思婦，悲歎有餘哀。借問歎者誰？言是客子妻。君行逾十年，賤妾常獨棲。」這正是化用本篇語意。「客子」就是「蕩子」，「獨棲」就是「獨守」。曹植所了解的本詩的主人公，也只是「高樓」上一個「愁思婦」而已。「倡家女」變為「彼姝女」，「當窗牖」變為「當軒織」，「粲粲妖容姿，灼灼美顏色」還保存原作的意思。「良人遊不歸」就是「蕩子行不歸」，末三語是別恨離愁。這首擬作除「偏棲獨隻翼」一句稍稍刻露外，大體上比原詩渾含些、概括些；但是原詩作意只是寫別恨離愁而止，從此卻分明可以看出。陸機去《十九首》的時代不遠，他對於原詩的了解該是不至於有甚麼歪曲的。

　　評論這首詩的都稱讚前六句連用疊字。顧炎武《日知錄》説：「詩

---

1 應為《悼亡詩》。——編者註

2 應為《擬古詩》。——編者註

用疊字最難。《衛風·碩人》：『河水洋洋，北流活活。施罛濊濊，鱣鮪發發。葭菼揭揭，庶姜孽孽。』連用六疊字，可謂複而不厭，賾而不亂矣。《古詩》『青青河畔草，……纖纖出素手』，連用六疊字，亦極自然。下此即無人可繼。」連用疊字容易顯得單調，單調就重複可厭了。而連用的疊字也不容易處處確切，往往顯得沒有必要似的，這就亂了。因此說是最難。但是《碩人》篇跟本詩六句連用疊字，卻有變化——《古詩源》說本詩六疊字從「河水洋洋」章化出，也許是的。就本詩而論，青青是顏色兼生態，鬱鬱是生態。

這兩組形容的疊字，跟下文的盈盈和皎皎，都帶有動詞性。例如開端兩句，譯作白話的調子，就得說，河畔的草青青了，園中的柳鬱鬱了，才合原詩的意思。盈盈是儀態，皎皎是人的丰采兼窗的光明，娥娥是粉黛的妝飾，纖纖是手指的形狀。各組疊字，詞性不一樣，形容的對象不一樣，對象的複雜度也不一樣，就都顯得確切不移；這就重複而不可厭，繁賾而不覺亂了。《碩人》篇連用疊字，也異曲同工。但這只是因難見巧，還不是連用疊字的真正理由。詩中連用疊字，只是求整齊，跟對偶有相似的作用。整齊也是一種迴環複沓，可以增進情感的強度。本詩大體上是順序直述下去，跟上一首不同，所以連用疊字來調劑那散文的結構。但是疊字究竟簡單些；用兩個不同的字，在聲音和意義上往往要豐富些。而數句連用疊字見出整齊，也只在短的詩句，像四言、五言裡如此；七言太長，字多，這種作用便不顯了。就是四言、五言，這樣許多句連用疊字，也是可一而不可再。這一種手法的變化是有限度的；有人達到了限度，再用便沒有意義了。只看古典的四言、五言詩中只各見了一例，就是明證。所謂「下此即無人可繼」，並非後人才力不及古人，只是疊字本身的發展有限，用不着再去「繼」罷了。

　　本詩除連用疊字外，還用對偶，第一二句、第七八句都是的。第七八句《初學記》引作「自云倡家女，嫁為蕩子婦」。單文孤證，不足憑信。這裡變偶句為散句，便減少了那迴環複沓的情味。「自云」直貫後四句，全詩好像曲折些。但是這個「自云」憑空而來，跟上文全不銜接。再說「空床難獨守」一語，作詩人代言已不免於野，若變成「自云」，那就太野了些。《初學記》的引文沒有被採用，這些恐怕也都有關係的。

三

青青陵上柏，磊磊礀中石。
人生天地間，忽如遠行客。
斗酒相娛樂，聊厚不為薄。
驅車策駑馬，遊戲宛與洛。
洛中何鬱鬱，冠帶自相索。
長衢羅夾巷，王侯多第宅。
兩宮遙相望，雙闕百餘尺。
極宴娛心意，戚戚何所迫。

　　本詩用三個比喻開端，寄託人生不常的慨歎。陵上柏青青，礀 (通澗) 中石磊磊，都是長存的。青青是常青青。《莊子》：「仲尼曰：『受命于地，唯松柏獨也，在冬夏常青青。』」磊磊也是常磊磊。磊磊，眾石也。人生卻是奄忽的，短促的；「人生天地間」，只如「遠行客」一般。《尸子》：「老萊子曰：『人生于天地之間，寄也。』」李善說：「寄者固歸。」偽《列子》：「死人為歸人。」李善說：「則生人為行人矣。」《韓詩外傳》：

「二親之壽，忽如過客。」「遠行客」那比喻大約便是從「寄」「歸」「過客」這些觀念變化出來的。「遠行客」是離家遠行的客，到了那裡，是暫住便去，不久即歸的。「遠行客」比一般「過客」更不能久住；這便加強了這個比喻的力量，見出詩人的創造工夫。詩中將「陵上柏」和「磵中石」跟「遠行客」般的人生對照，見得人生是不能像柏和石那樣長存的。「遠行客」是積極的比喻，柏和石是消極的比喻。「陵上柏」和「磵中石」是鄰近的，是連類而及；取它們做比喻，也許是即景生情，也許是所謂「近取譬」——用常識的材料做比喻。至於李善註引的《莊子》裡那幾句話，作詩人可能想到運用，但並不必然。

本詩主旨可借用「人生行樂耳」一語表明。「斗酒」和「極宴」是「娛樂」，「遊戲宛與洛」也是「娛樂」；人生既「忽如遠行客」，「戚戚」又「何所迫」呢？《漢書·東方朔傳》：「銷憂者莫若酒。」只要有酒，有酒友，落得樂以忘憂。極宴固可以「娛心意」，斗酒也可以「相娛樂」。極宴自然有酒友，「相」娛樂還是少不了酒友。斗是酌酒的器具，斗酒為量不多，也就是「薄」，是不「厚」。極宴的厚固然好，斗酒的薄也自有趣味——只消且當作厚不以為薄就行了。本詩人生不常一意，顯然是道家思想的影響。「聊厚不為薄」一語似乎也在模仿道家的反語如「大直若屈」「大巧若拙」之類，意在說厚薄的分別是無所謂的。但是好像弄巧成拙了，這實在是一個弱句；五個字只說一層意思，還不能透徹地或痛快地說出。這句式前無古人，後無來者，只是一個要不得罷了。若在東晉玄言詩人手裡，這意思便不至於寫出這樣累句，也是時代使然。

遊戲原指兒童。《史記·周本紀》說后稷「為兒時」，「其遊戲好種樹麻菽」，該是遊戲的本義。本詩「遊戲宛與洛」卻是出以童心，一無所為的意思。洛陽是東漢的京都。宛縣是南陽郡治所在，在洛陽之南；

南陽是光武帝發祥的地方，又是交通要道，當時有「南都」之稱，張衡特為作賦，自然也是繁盛的城市。《後漢書‧梁冀傳》裡說：「宛為大都，士之淵藪。」可以為證。聚在這種地方的人多半為利祿而來，詩中主人公卻不如此，所以說是「遊戲」。既然是遊戲，車馬也就無所用其講究，「驅車策駑馬」也就不在乎了。駑馬是遲鈍的馬；反正是遊戲，慢點兒沒有甚麼的。說是「遊戲宛與洛」，卻只將洛陽的繁華熱熱鬧鬧地描寫了一番，並沒有提起宛縣一個字。大概是因為京都繁華第一，說了洛就可以見宛，不必再贅了吧？歌謠裡本也有一種接字格，「月光光」是最熟的例子。漢樂府裡已經有了，《飲馬長城窟行》可見。現在的歌謠卻只管接字，不管意義；全首滿是片段，意義毫不銜接——全首簡直無意義可言。推想古代歌謠當也有這樣的，不過沒有存留罷了。本詩「遊戲宛與洛」下接「洛中何鬱鬱」，便只就洛中發揮下去，更不照應上句，許就是古代這樣的接字歌謠的遺跡，也未可知。

　　詩中寫東都，專從繁華着眼。開首用了「洛中何鬱鬱」一句讚歎，「何鬱鬱」就是「多繁盛呵」「多熱鬧呵」！遊戲就是來看熱鬧的，也可以說是來湊熱鬧的，這是詩中主人公的趣味。以下分三項來說，冠帶往來是一；衢巷縱橫，第宅眾多是二；宮闕壯偉是三。「冠帶自相索」，冠帶的人是貴人，賈逵《國語》註：「索，求也。」「自相索」是自相往來不絕的意思。「自相」是說貴人只找貴人，不把別人放在眼下，同時也有些別人不把他們放在眼下，盡他們來往他們的——他們的來往無非趨勢利、逐酒食而已。這就帶些刺譏了。「長衢羅夾巷，王侯多第宅」，羅就是列，《魏王奏事》說：「出不由里門，面大道者。名曰第。」第只在長衢上。「兩宮遙相望，雙闕百餘尺」，蔡質《漢宮典職》說：「南宮北宮相去七里。」雙闕是每一宮門前的兩座望樓。這後兩項固然見得京都的偉大，可是更見得京都的貴盛。將第一項合起來看，本詩寫

東都的繁華，又是專從貴盛着眼。這是詩，不是賦，不能面面俱到，只能選擇最顯著、最重要的一面下手。至於「極宴娛心意」，便是上文所謂湊熱鬧了。「戚戚何所迫」，《論語》：「小人長戚戚」，戚戚，常憂懼也。一般人常懷憂懼，有甚麼迫不得已呢？——無非為利祿罷了。短促的人生，不去飲酒、遊戲，卻為無謂的利祿自苦，未免太不值得了。這一句不單就「極宴」說，是總結全篇的。

本詩只開頭兩句對偶，「斗酒」兩句跟「極宴」兩句複沓；大體上是散行的。而且好像說到哪裡是哪裡，不嫌其盡的樣子，從「斗酒相娛樂」以下都如此——寫洛中光景雖自有剪裁，卻也有如方東澍[1]《昭昧詹言》說的：「極其筆力，寫到至足處。」這種詩有點散文化，不能算是含蓄蘊藉之作，可是不失為嚴羽《滄浪詩話》所謂「沉着痛快」的詩。歷來論詩的都只讚歎《十九首》的「優柔善入，婉而多諷」，其實並不盡然。

## 四

今日良宴會，歡樂難具陳。
彈箏奮逸響，新聲妙入神。
令德唱高言，識曲聽其真。
齊心同所願，含意具未申[2]。
人生寄一世，奄忽若飆塵。
何不策高足，先據要路津。
無為守窮賤，轗軻長苦辛。

---

1 應為方東樹。——編者註
2 應為「含意俱未申」。——編者註

　　這首詩所詠的是聽曲感心；主要的是那種感，不是曲，也不是宴會。但是全詩從宴會敘起，一路迤邐説下去，順着事實的自然秩序，並不特加選擇和安排。前八語固然如此，以下一番感慨，一番議論，一番「高言」，也是痛快淋漓，簡直不怕説盡。這確是近乎散文。《十九首》還是樂府的體裁，樂府原只像現在民間的小曲似的，有時隨口編唱，近乎散文的地方是常有的。《十九首》雖然大概出於文人之手，但因模仿樂府，散文的成分不少；不過都還不失為詩。本詩也並非例外。

　　開端四語只是直陳宴樂。這一日是「良宴會」，樂事難以備説；就中只提樂歌一件便可見。「新聲」是歌，「彈箏」是樂，是伴奏。新聲是胡樂的調子，當時人很愛聽；這兒的新聲也許就是「西北有高樓」裡的「清商」，「東城一何高」裡的「清曲」。陸侃如先生的《中國詩史》據這兩條引證以及別的，説清商曲在漢末很流行，大概是不錯的。彈唱的人大概是些「倡家女」，從「西北有高樓」「東城一何高」二詩可以推知。這裡只提樂歌一事，一面固然因為聲音最易感人 ——「入神」便是「感人」的註腳；劉向《雅琴賦》道：「窮音之至入於神」，可以參看 ——一面還是因為「識曲聽真」，才引起一番感慨，才引起這首詩。這四語是引子，以下才是正文。再説這裡「歡樂難具陳」下直接「彈箏」二句，便見出「就中只説」的意思，無須另行提明，是詩體比散文簡省的地方。

　　「令德唱高言」以下四語，歧説甚多。上二語朱筠《古詩十九首説》説得最好：「『令德』猶言能者。『唱高言』，高談闊論，在那裡説其妙處，欲令『識曲』者『聽其真』。」曲有聲有辭。一般人的賞識似乎在聲而不在辭。只有聰明人才會賞玩曲辭，才能辨識曲辭的真意味。這種聰明人便是知音的「令德」。「高言」就是妙論，就是「人生寄一世」以下的話。「唱」是「唱和」的「唱」。聰明人説出座中人人心中所欲説出

而說不出的一番話，大家自是欣然應和的，這也在「今日」的「歡樂」之中。「齊心同所願」是人人心中所欲說，「含意俱未申」是口中說不出。二語中複沓着「齊」「同」「俱」等字，見得心同理同，人人如一。

曲辭不得而知。但是無論歌詠的是富貴人的歡悰還是窮賤人的苦緒，都能引起詩中那一番感慨。若是前者，感慨便由於相形見絀；若是後者，便由於同病相憐。話卻從人生如寄開始。既然人生如寄，見絀便更見絀，相憐便更相憐了。而「人生一世」不但是「寄」，簡直像捲地狂風裡的塵土，一忽兒就無蹤影。這就更見迫切。「飆塵」當時是個新比喻，比「寄」比「遠行客」更「奄忽」，更見人生是短促的。人生既是這般短促，自然該及時歡樂，才不白活一世。富貴才能盡情歡樂，「窮賤」只有「長苦辛」；那麼，為甚麼「守窮賤」呢？為甚麼不趕快去求富貴呢？

「何不策高足，先據要路津」，就是：「為甚麼不趕快去求富貴呢？」這兒又是一個新比喻。「高足」是良馬、快馬，「據要路津」便是《孟子》裡「夫子當路於齊」的「當路」。何不驅車策良馬快去佔住路口渡口 —— 何不早早弄些高官做呢？ —— 貴了也就富了。「先」該是捷足先得的意思。《史記》：「蒯通曰：『秦失其鹿，天下共逐之，高材捷足者先得焉。』」正合「何不」兩句語意。從塵想到車，從車說到「轗軻」，似乎是一串兒，並非偶然。轗軻，不遇也；《廣韻》：「車行不利曰轗軻，故人不得志亦謂之轗軻。」「車行不利」是轗軻的本義，「不遇」是引申義。《楚辭》裡已只用引申義，但本義存在偏旁中，是不易埋沒的。本詩用的也是引申義，可是同時牽涉着本義，和上文相照應。「無為」就是「毋為」，等於「毋」。這是一個熟語。《詩經·板》篇有「無為誇毗」一句，鄭玄《箋》作「女（汝）無（毋）誇毗」，可證。

「何不」是反詰，「無為」是勸誡，都是迫切的口氣。那「令德」和

在座的人說，我們何不如此如此呢？我們再別如彼如彼了啊！人生既
「奄忽若飆塵」，歡樂自當亟亟求之，富貴自當亟亟求之，所以用得着
這樣迫切的口氣。這是詩，這同時又是一種不平的口氣。富貴是並不
易求的；有些人富貴，有些人窮賤，似乎是命運使然。窮賤的命不猶
人，心有不甘；「何不」四語便是那悵惘不甘之情的表現。這也是詩。
明代鍾惺說：「歡宴未畢，忽作熱中語，不平之甚。」陸時雍說：「慷慨
激昂。『何不 —— 苦辛』，正是欲而不得。」清代張玉谷說：「感憤自嘲，
不嫌過直。」都能搔着癢處。詩中人卻並非孔子的信徒，沒有安貧樂
道，「君子固窮」等信念。他們的不平不在守道而不得時，只在守窮賤
而不得富貴。這也不失其為真。有人說是「反辭」「詭辭」，是「諷」是
「譎」，那是蔽於儒家的成見。

　　陸機擬作變「高言」為「高談」，他敘那「高談」道：「人生無幾何，
為樂常苦晏。譬彼伺晨鳥，揚聲當及旦。曷為恆憂苦，守此貧與賤！」
「伺晨鳥」一喻雖不像「策高足」那一喻切露，但「揚聲當及旦」也還
是「亟亟求之」的意思。而上文「為樂常苦晏」，原詩卻未明說；有了
這一語，那「揚聲」自然是求富貴而不是求榮名了。這可以旁證原詩的
主旨。

五

西北有高樓，上與浮雲齊。<br>
交疏結綺窗，阿閣三重階。<br>
上有弦歌聲，音響一何悲。<br>
誰能為此曲，無乃杞梁妻。<br>
清商隨風發，中曲正徘徊。

一彈再三歎，慷慨有餘哀。

不惜歌者苦，但傷知音稀。

願為雙鳴鶴，奮翅起高飛。

　　這首詩所詠的也是聞歌心感。但主要的是那「弦歌」的人，是從歌曲裡聽出的那個人。這兒弦歌的人只是一個，聽歌心感的人也只是一個。「西北有高樓」，「弦歌聲」從那裡飄下來，弦歌的人是在那高樓上。那高樓高入雲霄，可望而不可即。四面的窗子都「交疏結綺」，玲瓏工細。「交疏」是花格子，「結綺」是格子聯結着像絲織品的花紋似的。「閣」就是樓，「阿閣」是「四阿」的樓。司馬相如《上林賦》有「離宮別館，……高廊四注」的話，「四注」就是「四阿」，也就是四面有檐，四面有廊。「三重階」可見樓不在地上而在台上。阿閣是宮殿的建築，即使不是帝居，也該是王侯的第宅。在那高樓上弦歌的人自然不是尋常人，更只可想而不可即。

　　弦歌聲的悲引得那聽者駐足。他聽着，好悲啊！真悲極了！「誰能作出這樣悲的歌曲呢？莫不是杞梁妻嗎？」齊國杞梁的妻子「善哭其夫」，見於《孟子》。《列女傳》道：「杞梁之妻無子，內外皆無五屬之親。既無所歸，乃枕其夫之屍於城下而哭。內誠動人，道路過者莫不為之揮涕，十日而城為之崩。」琴曲有《杞梁妻歎》，《琴操》說是杞梁妻所作。《琴操》說，梁死，「妻歎曰：『上則無父，中則無夫，下則無子，將何以立吾節？亦死而已！』援琴而鼓之。曲終，遂自投淄水而死。」杞梁妻善哭，《杞梁妻歎》是悲歎的曲調。

　　本詩引用這樁故事，也有兩層意思。第一是說那高樓上的弦歌聲好像《杞梁妻歎》那樣悲。「誰能」二語和別一篇古詩裡「誰能為此器？公輸與魯班！」句調相同。那兩句只等於說：「這東西巧妙極了！」這

兩句在第一意義下，也只對於 [1] 説：「這曲子真悲極了！」説了「一何悲」，又接上這兩句，為的是增加語氣；「悲」還只是概括的，這兩句卻是具體的。「音響一何悲」的「音響」似乎重複了上句的「聲」，似乎只是為了湊成五言。古人句律寬鬆，這原不足為病。但《樂記》裡説「聲成文謂之音」，而響為應聲也是古義，那麼，分析地説起來，「聲」和「音響」還是不同的。「誰能」二語，假設問答，本是樂府的體裁。樂府多一半原是民歌，民歌有些是對着大眾唱的，用了問答的語句，有時只是為使聽眾感覺自己在歌裡也有份兒——答語好像是他們的。但那別一篇古詩裡的「誰能」二語跟本詩裡的，除應用這個有趣味的問答式之外，還暗示一個主旨。那就是，只有公輸與魯班能為此器（香爐），只有杞梁妻能為此曲。本詩在答句裡卻多了「無乃」這個否定的反詰語，那是使語氣婉轉些。

　　這兒語氣帶些猶疑，卻是必要的。「誰能」二句其實是雙關語，關鍵在「此曲」上。「此曲」可以是舊調舊辭，也可以是舊調新辭——下文有「清商隨風發」的話，似乎不會是新調。可以是舊調舊辭，便蘊涵着「誰能」二句的第一層意思，就是上節所論的。可以是舊調新辭，便蘊涵着另一層意思。這就是説，為此曲者莫不是杞梁妻一類人嗎？——曲本兼調和辭而言。這也就是説那位「歌者」莫不是一位冤苦的女子嗎？宮禁裡、侯門中，怨女一定是不少的；《長門賦》《團扇辭》《烏鵲雙飛》所説的只是些著名的，無名的一定還多。那高樓上的歌者可能就是一個，至少聽者可以這樣想，詩人可以這樣想。陸機擬作裡便直説道：「佳人撫琴瑟，纖手清且閑。芳氣隨風結，哀響馥若蘭。玉容誰得顧？傾城在一彈。」語語都是個女人。曹植《七哀詩》開端道：

---

1 此處應為「等於」。——編者註

「明月照高樓，流光正徘徊。上有愁思婦，悲歎有餘哀。」似乎也多少襲用本詩的意境，那高樓上也是個女人。這些都可供旁證。

　　「上有弦歌聲」是敘事，「音響一何悲」是感歎句，表示曲的悲，也就是表示人——歌者跟聽者——的悲。「誰能」二語進一步具體地寫曲寫人。「清商」四句才詳細地描寫歌曲本身，可還兼顧着人。朱筠說「隨風發」是曲之始，「正徘徊」是曲之中，「一彈三歎」是曲之終，大概不錯。商音本是「哀響」，加上「徘徊」，加上「一彈三歎」，自然「慷慨有餘哀」。徘徊，《後漢書·蘇竟傳》註說是「縈繞淹留」的意思。歌曲的徘徊也正暗示歌者心頭的徘徊，聽者足下的徘徊。《樂記》說：「『清廟』之瑟……壹倡而三歎，有遺音者矣。」鄭玄註：「倡，發歌句也；三歎，三人從而歎之耳。」這個歎大概是和聲。本詩「一彈再三歎」，大概也指複沓的曲句或泛聲而言；一面還照顧着杞梁的妻的歎，增強曲和人的悲。《說文》：「慷慨，壯士不得志於心也。」這兒卻是怨女的不得志於心。也許有人想，宮禁千門萬戶，侯門也深如海，外人如何聽得清高樓上的弦歌聲呢？這一層，姑無論詩人設想原可不必黏滯實際，就從實際說，也並非不可能的。唐代元稹的《連昌宮詞》裡不是說過嗎：「李謩擫笛傍宮牆，偷得新翻數般曲。」還有，陸機說「佳人撫琴瑟」，撫琴瑟自然是想像之辭，但參照別首，也許是「彈箏奮逸響」也未可知。

　　歌者的苦，聽者從曲中聽出想出，自然是該痛惜的。可是他說「不惜」，他所傷心的只是聽她的曲而知她的心的人太少了。其實他是在痛惜她，固然痛惜她的冤苦，卻更痛惜她的知音太少。一個不得志的女子禁閉在深宮內院裡，苦是不消說的，更苦的是有苦說不得；有苦說不得，只好借曲寫心，最苦的是沒人懂得她的歌曲，知道她的心。這樣說來，「知音稀」真是苦中苦，別的苦還在其次。「不惜」「但傷」是

這個意思。這裡是詩比散文經濟的地方。知音是引用俞伯牙、鍾子期的故事。偽《列子》道：「伯牙善鼓琴，鍾子期善聽。伯牙鼓琴，志在登高山，鍾子期曰：『善哉！峨峨兮若泰山。』志在流水，鍾子期曰：『善哉！洋洋兮若江河。』伯牙所念，鍾子期必得之。」《列子》雖是偽書，但這個故事來源很古（《呂氏春秋》中有）；因為《列子》裡敘得合用些，所以引在這裡。「伯牙所念，鍾子期必得之」，這才是「善聽」，才是知音。這樣的知音也就是知心、知己，自然是很難遇的。

　　本詩的主人公是那聽者，全首都是聽者的口氣。「不惜」的是他，「但傷」的是他，「願為雙鳴鶴，奮翅起高飛！」「願」的也是他。這末兩句似乎是樂府的套語。「東城高且長」篇末作「思為雙飛燕，銜泥巢君屋」；偽蘇武詩第二首襲用本詩的地方很多，篇末也說「願為雙黃鵠，送子俱遠飛」，篇中又有「何況雙飛龍，羽翼臨當乖」的話。蘇武詩雖是偽託，時代和《十九首》相去也不會太遠的。從本詩跟「東城高且長」看，雙飛鳥的比喻似乎原是用來指男女的。偽蘇武詩裡的雙飛龍，李善《文選註》說是「喻己及朋友」，雙黃鵠無註，李善大概以為跟雙飛龍的喻意相同。這或許是變化用之。本詩的雙鳴鶴，該是比喻那聽者和那歌者。一作雙鴻鵠，意同。鶴和鴻鵠都是鳴聲嘹亮，跟「知音」相照應。「奮翼」句也許出於《楚辭》的「將奮翼兮高飛」。高，遠也，見《廣雅》。但《詩經‧邶風‧柏舟》篇末「靜言思之，不能奮飛」二語的意思，「願為」兩句裡似乎也蘊涵着。這是俞平伯先生在《葺芷繚蘅室古詩札記》裡指出的。那二語卻是一個受苦的女子的話。唯其那歌者不能奮飛，那聽者才「願」為鳴鶴，雙雙奮飛。不過，這也只是個「願」，表示聽者的「惜」和「傷」，表示他的深切的同情罷了，那悲哀終於是「綿綿無盡期」的。

# 六

涉江採芙蓉，蘭澤多芳草。
採之欲遺誰，所思在遠道。
還顧望舊鄉，長路漫浩浩。
同心而離居，憂傷以終老。

　　這首詩的意旨只是遊子思家。詩中引用《楚辭》的地方很多，成辭也有，意境也有，但全詩並非思君之作。《十九首》是仿樂府的，樂府裡沒有思君的話，漢魏六朝的詩裡也沒有，本詩似乎不會是例外。「涉江」是《楚辭》的篇名，屈原所作的《九章》之一。本詩是借用這個成辭，一面也多少暗示着詩中主人的流離轉徙──《涉江》篇所敍的正是屈原流離轉徙的情形。採芳草送人，本是古代的風俗。《詩經 · 鄭風 · 溱洧》篇道：「溱與洧，方渙渙兮，士與女，方秉蕳兮。」《毛傳》：「蕳，蘭也。」《詩》又道：「且往觀乎，洧之外，洵訏且樂。維士與女，伊其相謔，贈之以勺藥。」鄭玄《箋》説士與女分別時，「送女以勺藥，結恩情也」。《毛傳》説勺藥也是香草。《楚辭》也道：「采芳洲兮杜若，將以遺兮下女」「搴汀洲兮杜若，將以遺兮遠者」「被石蘭兮帶杜衡，折芳馨兮遺所思」「折疏麻兮瑤華，將以遺兮離居」。可見採芳相贈，是結恩情的意思，男女都可，遠近也都可。

　　本詩「涉江採芙蓉，蘭澤多芳草」便説的採芳。芙蓉是蓮花，《溱洧》篇的蕳，《韓詩》説是蓮花；本詩作者也許兼用《韓詩》的解釋。蓮也是芳草。這兩句是兩回事。河裡採芙蓉是一回事，蘭澤裡採蘭另是一事。「多芳草」的芳草就指蘭而言。《楚辭 · 招魂》道：「皋蘭被徑兮斯路漸。」王逸註：「漸，沒也；言澤中香草茂盛，覆被徑路。」這正

是「蘭澤多芳草」的意思。《招魂》那句下還有「目極千里兮傷春心，魂兮歸來哀江南」二語。本詩「蘭澤多芳草」引用《招魂》，還暗示着傷春思歸的意思。採芳草的風俗，漢代似乎已經沒有。作詩人也許看見一些芳草，即景生情，想到古代的風俗，便根據《詩經》《楚辭》，虛擬出採蓮、採蘭的事實來。詩中想像的境地本來多，只要有暗示力就成。

採蓮、採蘭原為的送給「遠者」、「所思」的人、「離居」的人 ——這人是「同心」人，也就是妻室。可是採芳送遠到底只是一句自慰的話、一個自慰的念頭；道路這麼遠這麼長，又怎樣送得到呢？辛辛苦苦地東採西採，到手一把芳草；這才恍然記起所思的人還在遠道，沒法子送去。那麼，採了這些芳草是要給誰呢？不是白費嗎？不是傻嗎？古人道：「詩之失，愚。」正指這種境地說。這種愚只是無可奈何的自慰。「採之欲遺誰，所思在遠道」不是自問自答，是一句話，是自詰自嘲。

記起了「所思在遠道」，不免爽然自失。於是乎「還顧望舊鄉」。《涉江》裡道「乘鄂渚而顧兮」，《離騷》裡也有「忽臨睨夫舊鄉」的句子。古樂府道，「遠望可以當歸」；「還顧望舊鄉」又是一種無可奈何的自慰。可是「長路漫浩浩」，舊鄉哪兒有一些蹤影呢？不免又是一層失望。漫漫，長遠貌，《文選》左思《吳都賦》劉淵林註。浩浩，廣大貌，《楚辭·懷沙》王逸註。這一句該是「長路漫漫浩浩」的省略。漫漫省為漫，疊字省為單辭，《詩經》裡常見。這首詩以前，這首詩以後，似乎都沒有如此的句子。「還顧望舊鄉」一語，舊解紛歧。一說，全詩是居者思念行者之作，還顧望鄉是居者揣想行者如此這般（姜任修《古詩十九首釋》，張五谷[1]《古詩賞析》）。曹丕《燕歌行》道：「念君客遊思斷腸，慊慊思

---

歸戀故鄉。」正是居者從對面揣想。但那裡說出「念君」，脈絡分明。本詩的「還顧」若也照此解說，卻似乎太曲折些。這樣曲折的組織，唐宋詩裡也只偶見，古詩裡是不會有的。

　　本詩主人在兩層失望之餘，逼得只有直抒胸臆，採芳既不能贈遠，望鄉又茫無所見，只好心上溫尋一番罷了。這便是「同心而離居，憂傷以終老」二語。由相思而採芳草，由採芳草而望舊鄉，由望舊鄉而回到相思，兜了一個圈子，真是無可奈何到了極處。所以有「憂傷以終老」這樣激切的口氣。《周易》：「二人同心。」這裡借指夫婦。同心人該是生同室，死同穴，所謂「偕老」。現在卻「同心而離居」「道路阻且長，會面安可知」，想來是只有憂傷終老的了！「而離居」的「而」字包括着離居的種種因由、種種經歷；古詩渾成，不描寫細節，也是時代使然。但讀者並不感到缺少，因為全詩都是粗筆，這兒一個「而」字盡夠咀嚼的。「憂傷以終老」一面是怨語，一面也重申「同心」的意思 —— 是說儘管憂傷，絕無兩意。這兩句兼說自己和所思的人，跟上文專說自己的不同；可是下句還是側重在自己身上。

　　本詩跟「庭中有奇樹」一首，各只八句，在《十九首》中是最短的。這一首裡複沓的效用最易見。首二語都是採芳草；「遠道」一面跟「舊鄉」是一事，一面又跟「長路漫浩浩」是一事。八句裡雖然複沓了好些處，卻能變化。「涉江」說「採」，下句便省去「採」字，句式就各別；而兩語的背景又各不相同。「遠道」是泛指，「舊鄉」是專指；「遠道」是「天一方」，「長路漫浩浩」是這「一方」到那「一方」的中間。這樣便不單調。而詩中主人相思的深切卻得借這些複沓處顯出。既採蓮，又採蘭，是唯恐恩情不足。所思的人所在的地方，兩次說及，也為的增強力量。既說道遠，又說路長，再加上「漫浩浩」，只是「會面安可知」的意思。這些都是相思，也都是「憂傷」，都是從「同心而離居」來的。

# 七

　　明月皎夜光，促織鳴東壁。
　　玉衡指孟冬，眾星何歷歷。
　　白露沾野草，時節忽復易。
　　秋蟬鳴樹間，玄鳥逝安適。
　　昔我同門友，高舉振六翮。
　　不念攜手好，棄我如遺跡。
　　南箕北有斗，牽牛不負軛。
　　良無盤石固，虛名復何益。

　　這首詩是怨朋友不相援引，語意明白。這是秋夜即興之作。《詩經·月出》篇：「月出皎兮。……勞心悄兮。」「明月皎夜光」一面描寫景物，一面也暗示着悄悄地勞心。促織是蟋蟀的別名。「鳴東壁」，「東壁向陽，天氣漸涼，草蟲就暖也」(張庚《古詩十九首解》)。《詩經·七月》篇道：「七月在野，八月在宇，九月在戶，十月蟋蟀入我床下。」可以參看。《春秋説題辭》説：「趣(同「促」)織之為言趣(促)也。織與事遽，故趣織鳴，女作兼也。」本詩不用蟋蟀而用促織，也許略含有別人忙於工作自己卻侷蹇無成的意思。

　　「玉衡指孟冬，眾星何歷歷」，也是秋夜所見。但與「明月皎夜光」不同時，因為有月亮的當兒，眾星是不大顯現的。這也許指的上弦夜，先是月明，月落了，又是星明；也許指的是許多夜。這也暗示秋天夜長，詩中主人「憂愁不能寐」的情形。「玉衡」見《尚書·堯典》(偽古文見《舜典》)，是一支玉管兒，插在璿璣(一種圓而可轉的玉器)裡窺測星象的。這兒卻借指北斗星的柄。北斗七星，形狀像個舀酒的大斗——長

柄的勺子。第一星至第四星成勺形，叫斗魁；第五星至第七星成柄形，叫斗杓，也叫斗柄。《漢書·律曆志》已經用玉衡比喻斗杓，本詩也是如此。古人以為北斗星一年旋轉一周，他們用斗柄所指的方位定十二月二十四氣。斗柄指着甚麼方位，他們就說是哪個月、哪個節氣。這在當時是常識，差不多人人皆知。「玉衡指孟冬」，便是說斗柄已經指着孟冬的方位了；這其實也就是說，現在已到了冬令了。

　　這一句裡的孟冬，李善說是夏曆的七月，因為漢初是將夏曆的十月作正月的。歷來以為《十九首》裡有西漢詩的，這句詩是重要的客觀的證據。但古代曆法，向無定論。李善的話也只是一種意見，並無明確的記載可以考信。俞平伯先生在《清華學報》曾有長文討論這句詩，結論說它指的是夏曆九月中。這個結論很可信。陸機擬作道：「歲暮涼風發，昊天肅明明。招搖西北指，天漢東南傾。」「招搖」是斗柄的別名。「招搖西北指」該與「玉衡指孟冬」同意。據《淮南子·天文訓》，斗柄所指，西北是夏曆九月十月之交的方位，而正西北是立冬的方位。本詩說「指孟冬」，該是作於夏曆九月立冬以後；斗柄所指該是西北偏北的方位。這跟詩中所寫別的景物都無不合處。「眾星何歷歷！」歷歷是分明。秋季天高氣清，所謂「昊天肅明明」，眾星更覺分明，所以用了感歎的語謂。

　　「明月皎夜光」四語，就秋夜的見聞起興。「白露沾野草，時節忽復易。秋蟬鳴樹間，玄鳥逝安適。」卻接着泛寫秋天的景物。《禮記》：「孟秋之月，白露降。」又，「孟秋，寒蟬鳴。」又，「仲秋之月，玄鳥歸。」——鄭玄註，玄鳥就是燕子。《禮記》的時節只是紀始。九月裡還是有白露的，雖然立了冬，而立冬是在霜降以後，但節氣原可以早晚些。九月裡也還有寒蟬。八月玄鳥歸，九月裡說「逝安適」，更無不可。這裡「時節忽復易」兼指白露、秋蟬、玄鳥三語；因為白露同時是

個節氣的名稱，便接着「沾野草」説下去。這四語見出秋天一番蕭瑟的景象，引起宋玉以來傳統的悲秋之感。而「時節忽復易」，「歲暮一何速」（「東城高且長」中句），詩中主人也是「貧士失職而志不平」，也是「淹留而無成」（宋玉《九辯》），自然感慨更多。

「昔我同門友」以下便是他自己的感慨來了。何晏《論語集解》「有朋自遠方來，不亦樂乎」下引包咸曰：「同門曰朋。」邢昺《疏》引鄭玄《周禮註》：「同師曰朋，同志曰友。」説同門是同在師門受學的意思。同門友是很親密的，所以下文有「攜手好」的話。《詩經》裡道：「惠而好我，攜手同車。」也是很親密的。從前的同門友現在是得意起來了。「高舉振六翮」是比喻。《韓詩外傳》「蓋桑曰：『夫鴻鵠一舉千里，所恃者六翮耳。』」翮是羽莖，六翮是大鳥的翅膀。同門友好像鴻鵠一般高飛起來了。上文說玄鳥，這兒便用鳥做比喻。前面兩節的聯繫就靠這一點兒，似連似斷的。同門友得意了，卻「不念攜手好，棄我如遺跡」了。《國語‧楚語》下：「靈王不顧於民，一國棄之，如遺跡焉。」韋昭註，像行路人遺棄他們的足跡一樣。今昔懸殊，雲泥各判，又怎能不感慨繫之呢？

「南箕北有斗，牽牛不負軛。」李善註：「言有名而無實也。」《詩經》：「維南有箕，不可以簸揚；維北有斗，不可以挹酒漿。」「皖彼牽牛，不以服箱。」箕是簸箕，用來揚米去糠。服箱是拉車。負軛是將軛架在牛頸上，也還是拉車。名為箕而不能簸米，名為斗而不能舀酒，名為牛而不能拉車。所以是「有名而無實」。無實的名只是「虛名」。但是詩中只將牽牛的有名無實説出，「南箕」「北有斗」卻只引《詩經》的成辭，讓讀者自己去聯想。這種歇後的手法，偶然用在成套的比喻的一部分裡，倒也新鮮，見出巧思。這兒的箕、斗、牽牛雖也在所見的歷歷眾星之內，可是這兩句不是描寫景物而是引用典故來比喻朋

友。朋友該相援引，名為朋友而不相援引，朋友也只是「虛名」。「良無盤石固」，良，信也。《聲類》：「盤，大石也。」固是「不傾移」，《周易‧繫詞》下「德之固也」註如此；《荀子‧儒效》篇也道：「萬物莫足以傾之之謂固。」《孔雀東南飛》裡蘭芝向焦仲卿說：「君當作盤石，妾當作蒲葦。蒲葦紉如絲，盤石無轉移。」仲卿又向蘭芝說：「盤石方且厚，可以卒千年。」可見「盤石固」是大石頭穩定不移的意思。照以前「同門」「攜手」的情形，交情該是盤石般穩固的。可是現在「棄我如遺跡」了，交情究竟沒有盤石般穩固呵。那麼，朋友的虛名又有甚麼用處呢！只好算白交往一場罷了。

　　本詩只開端二語是對偶，「秋蟬」二語偶而不對，其餘都是散行句。前書描寫景物，也不盡依邏輯的順序，如促織夾在月星之間，以及「時節忽復易」夾在白露跟秋蟬、玄鳥之間。但詩的描寫原不一定依照邏輯的順序，只要有理由。「時節」句上文已論。「促織」句跟「明月」句對偶着，也就不覺得雜亂。而這二語都是韻句，韻腳也給它們凝整的力量。再說從大處看，由秋夜見聞起首，再寫秋天的一般景物，層次原也井然。全詩又多直陳，跟「青青陵上柏」「今日良宴會」有相似處，但結構自不相同。詩中多用感歎句，如「眾星何歷歷！」「時節忽復易！」「玄鳥逝安適！」「虛名復何益！」也和「青青陵上柏」裡的「極宴娛心意，戚戚何所迫！」「今日良宴會」裡的「何不策高足，先據要路津。無為守窮賤，轗軻長苦辛！」相似。直陳要的是沉着痛快，感歎句能增強這種效果。詩中可也用了不少比喻。六翮、南箕、北斗、牽牛，都是舊喻新用，盤石是新喻，玉衡、遺跡，是舊喻。這些比喻，特別是箕、斗、牽牛那一串兒，加上開端二語牽涉的感慨，足以調劑直陳諸語，免去專一的毛病。本詩前後兩節聯繫處很松泛，上面已述及，松泛得像歌謠裡的接字似的。「青青陵上柏」裡利用接字增強了組

織，本詩「六翮」接「玄鳥」，前後是長長的兩節，這個效果便見不出。不過，箕、斗、牽牛既照顧了前節的「眾星何歷歷」，而從傳統的悲秋到失志無成之感到怨朋友不相援引，逐層遞進，內在的組織原也一貫。所以詩中雖有些近乎散文的地方，但就全體而論，卻還是緊湊的。

# 八

冉冉孤生竹，結根泰山阿。
與君為新婚，菟絲附女蘿。
菟絲生有時，夫婦會有宜。
千里遠結婚，悠悠隔山陂。
思君令人老，軒車來何遲。
傷彼蕙蘭花，含英揚光輝。
過時而不採，將隨秋草萎。
君亮執高節，賤妾亦何為？

吳淇說這是「怨婚遲之作」（《選詩定論》），是不錯的。方廷珪說：「與君為新婚」「只是媒妁成言之始，非嫁時」（《文選集成》），也是不錯的。這裡「為新婚」只是訂了婚的意思。訂了婚卻老不成婚，道路是悠悠的，歲月也是悠悠的，怎不「思君令人老」呢？一面說「與君」「思君」「君亮」，一面說「賤妾」，顯然是怨女在向未婚夫說話。但既然「為新婚」，照古代的交通情形看，即使不同鄉里，也該相去不遠才是，怎麼會「千里遠」「隔山陂」呢？也許那男子隨宦而來，訂婚在幼年，以後又跟著家裡人到了遠處或回了故鄉。也許他自己為了種種緣故，做了天涯遊子。詩裡沒有提，我們只能按情理這樣揣想罷了。無論如何，

那女子老等不着成婚的信兒是真的。照詩裡的口氣，那男子雖遠隔千里，卻沒有失蹤；至少他的所在那女子還是知道的。說「軒車來何遲」，說「君亮執高節」，明明有個人在那裡。軒車是有闌干的車子，據杜預《左傳註》，是大夫乘坐的。也許男家是做官的，也許這只是個套語，如後世歌謠裡的「牙床」之類。這軒車指的是男子來親迎的車子。彼此相去千里，隔着一重重山陂，那女子似乎又無父母，自然只有等着親迎一條路。男大當婚，女大當嫁，彼此到了婚嫁的年紀，那男子卻總不來親迎，怎不令人憂愁相思要變老了呢！「思君令人老」是個套句，但在這裡並不缺少力量。

何故「軒車來何遲」呢？詩裡也不提及。可能的原因似乎只有兩個：一是那男子窮，道路隔得這麼遠，迎親沒有這筆錢；二是他棄了那女子，道路隔得這麼遠，歲月隔得這麼久，他懶得去踐那婚約——甚至於已經就近另娶，也沒有準兒。照詩裡的口氣，似乎不是因為窮，詩裡的話，那麼纏綿固結，若軒車不來是因為窮，該有些體貼的句子。可是沒有。詩裡只說了「君亮執高節」一句話，更不去猜想軒車來遲的因由；好像那女子已經知道，用不着猜想似的。亮，信也。你一定「守節情不移」，不至於變心負約的。果能如此，我又為何自傷呢？上文道：「傷彼蕙蘭花，……」「賤妾亦何為？」就是何為「傷彼」，而「傷彼」也就是自傷。張玉谷說這兩句「代揣彼心，自安己分」（《古詩賞析》），可謂確切。不過「代揣彼心」，未必是彼真心；那女子口裡儘管說「君亮執高節」，心裡卻在唯恐他不「執高節」。這是一句原諒他，代他回護，也安慰自己的話。他老不來，老不給成婚的信兒，多一半是變了心，負了約，棄了她；可是她不能相信這個。她想他、盼他，希望他「執高節」；唯恐他不如此，是真的，但願他還如此，也是真的。軒車不來，卻只說「來何遲」！相隔千里，不能成婚，卻還說「千里遠

結婚」——儘管千里，彼此結為婚姻，總該是固結不解的。這些都出於同樣的一番苦心、一番希望。這是「怨而不怒」，也是「溫柔敦厚」。

婚姻貴在及時，她能説的、敢説的，只是這個意思。「菟絲生有時」「過時而不採」都從「時」字着眼。既然「與君為新婚」，既然結為婚姻，名分已定，情好也會油然而生。也許彼此還沒有見過面，但自己總是他的人，盼望及時成婚，正是常情所同然。他的為人，她不能詳細知道；她只能説她自己的。她對他的情好是怎樣的纏綿固結呵。她盼望他來及時成婚，又怎樣的熱切呵。全詩用了三個比喻，只是迴環複沓地暗示着這兩層意思。「冉冉孤生竹，結根泰山阿」「菟絲附女蘿」都暗示她那纏綿固結的情好。「冉冉」是柔弱下垂的樣子，「山阿」是山彎裡。泰山，王念孫《讀書雜志》説是「大山」之訛，可信；大山猶如高山。李善註：「竹結根於山阿，喻婦人託身於君子也。」「孤生」似乎暗示已經失去父母，因此更需有所依託——也幸而有了依託。弱女依託於你，好比孤生竹結根於大山之阿——她覺得穩固不移。女蘿就是松蘿。陸璣《毛詩草木疏》[1]：「今松蘿蔓松而生，而枝正青。菟絲草蔓聯草上，黃赤如金，與松蘿殊異。」「菟絲附女蘿」，只暗示纏結的意思。李白詩：「君為女蘿草，妾作菟絲華[2]。」以為女蘿是指男子，菟絲是女子自指。就本詩本句和下文「菟絲生有時」句看，李白是對的。這裡兩個比喻中間插入「與君為新婚」一句，前後照應，有一箭雙雕之妙。還有，《楚辭·山鬼》道，「若有人兮山之阿」「思公子兮徒離憂」。本詩「結根大山阿」更暗示着下文「思君令人老」那層意思。

「菟絲生有時」，為甚麼單提菟絲，不説女蘿呢？菟絲有花，女蘿

---

1 即《毛詩草木鳥獸蟲魚疏》。——編者註
2 另有「妾作兔絲花」一説。——編者註

沒有；花及時而開，夫婦該及時而會。「夫婦會有宜」，宜，得其所也；
得其所也便是得其時。這裡菟絲雖然就是上句的菟絲——蟬聯而下，
也是接字的一格——可是不取它的「附女蘿」為喻，而取它的「生有
時」為喻，意旨便各別了。這兩語是本詩裡僅有的偶句；本詩比喻多，
得用散行的組織才便於將這些彼此不相干的比喻貫串起來，所以偶句
少。下文蕙蘭花是女子自比，有花的菟絲也是女子自比。女子究竟以
色為重，將花作比，古今中外，心同理同。夫婦該及時而會，可是千
里隔山陂，「軒車來何遲」呢！於是乎自傷了。「一幹一花而香有餘者，
蘭；一幹數花而香不足者，蕙。」見《爾雅翼》。總而言之是香草。花
而不實者謂之英，見《爾雅》。花而不實，只以色為重，所以説「含英
揚光輝」。《五臣註》：「此婦人喻己盛顏之時。」花「過時而不採」，將
跟着秋草一塊兒蔫了、枯了；女子過時而不婚，會真個變老了。《離
騷》道：「惟草木之零落兮，恐美人之遲暮。」「夫婦會有宜」，婦貴
及時，夫也貴及時之婦。現在軒車遲來，眼見就會失時，怎能不自傷
呢？可是——念頭突然一轉，她雖然不知道他別的，她準知道他會守
節不移；他會來的，遲點兒、早點兒，總會來的。那麼，還是等着罷，
自傷為了甚麼呢？其實這不過是無可奈何的自慰——不，自騙——
罷了。

# 九

庭中有奇樹，綠葉發華滋。
攀條折其榮，將以遺所思。
馨香盈懷袖，路遠莫致之。
此物何足貢，但感別經時。

《十九首》裡本詩和「涉江採芙蓉」一首各只八句，最短。而這一首直直落落的，又似乎最淺。可是陸時雍說得好：「《十九首》深衷淺貌，短語長情。」（《古詩鏡》）這首詩才恰恰當得起那兩句評語。試讀陸機的擬作：「歡友蘭時往，苕苕匿音徽。虞淵引絕景，四節逝若飛。芳草久已茂，佳人竟不歸。躑躅遵林渚，惠風入我懷；感物戀所歡，採此欲貽誰！」這首詩恰可以作本篇的註腳。陸機寫出了一個有頭有尾的故事：先說所歡在蘭花開時遠離；次說四節飛逝，又過了一年；次說蘭花又開了，所歡不回來；次說躑躅在蘭花開處，感懷節物，思念所歡，採了花卻不能贈給那遠人。這裡將蘭花換成那「奇樹」的花，也就是本篇的故事。可是本篇卻只寫出採花那一段兒，而將整個故事暗示在「所思」「路遠莫致之」「別經時」等語句裡。這便比較擬作經濟。再說擬作將故事寫成定型，自然不如讓它在暗示裡生長着的引人入勝。原作比擬作「語短」，可是比它「情長」。

詩裡一面卻詳敘採花這一段兒。從「庭中有奇樹」而「綠葉」，而「發華滋」，而「攀條」，而「折其榮」；總而言之，從樹到花，應有盡有，另來了一整套兒。這一套卻並非閒筆。蔡質《漢官典職》：「宮中種嘉木奇樹。」奇樹不是平常的樹，它的花便更可貴些。

這裡渾言「奇樹」，比擬作裡切指蘭草的反覺新鮮些。華同花，滋是繁盛，榮就是華，避免重複，換了一字。朱筠說本詩「因人而感到物，由物而說到人」。又說「因意中有人，然後感到樹；……『攀條折其榮，將以遺所思』，因物而思緒百端矣」（《古詩十九首說》）。可謂搔着癢處。詩中主人也是個思婦，「所思」是她的「歡友」。她和那歡友別離以來，那庭中的奇樹也許是第一回開花，也許開了不止一回花，現在是又到了開花的時候。這奇樹既生在庭中，她自然朝夕看見；她看見葉子漸漸綠起來，花漸漸繁起來。這奇樹若不在庭中，她偶然看見它

開花，也許會頓吃一驚：日子過得快呵，一別這麼久了！可是這奇樹老在庭中，她天天瞧着它變樣兒，天天覺得過得快，那人是一天比一天遠了！這日日的煎熬、漸漸的消磨，比那頓吃一驚更傷人。詩裡歷敘奇樹的生長，便為了暗示這種心境；不提苦處而苦處就藏在那似乎不相干的奇樹的花葉枝條裡。這是所謂「淺貌深衷」。

孫鑛說這首詩與「涉江採芙蓉」同格，邵長蘅也說意同。這裡「同格」「意同」只是一個意思。兩首詩結構各別，意旨確是大同。陸機擬作的末語跟「涉江採芙蓉」第三語只差一「此」字，差不多是直抄，便可見出。但是「涉江採芙蓉」有行者望鄉一層，本詩專敘居者採芳欲贈，輕重自然不一樣。孫鑛又說「盈懷袖」一句意新。本詩只從採芳着眼，便醞釀出這新意。採芳本為了袚除邪惡，見《太平御覽》引《韓詩章句》。袚除邪惡，憑着花的香氣。「馨香盈懷袖」見得奇樹的花香氣特盛，比平常的香花更為可貴，更宜於贈人。一面卻因「路遠莫致之」──致，送達也──久久地、癡癡地執花在手，任它香盈懷袖而無可奈何。《左傳》聲伯《夢歌》：「歸乎，歸乎！瓊瑰盈吾懷乎！」《詩·衛風》：「籊籊竹竿，以釣于淇。豈不爾思？遠莫致之。」本詩引用「盈懷」「遠莫致之」兩個成辭，也許還聯想到各原辭的上語：「馨香」句可能暗示着「歸乎，歸乎」的願望，「路遠」句更是暗示着「豈不爾思」的情味。斷章取義，古所常有，與原義是各不相干的。詩到這裡來了一個轉語：「此物何足貢？」貢，獻也，或作「貴」。奇樹的花雖比平常的花更可貴，更宜於贈人，可是為人而採花，採了花而「路遠莫致之」，又有甚麼用處！那麼，可貴的也就不足貴了。泛稱「此物」，正是不足貴的口氣。「此物何足貴」，將攀條折榮，香盈懷袖，路遠莫致，一筆抹殺，是直直落落的失望。「此物何足貢」，便不同一些。此物雖可珍貴，但究竟是區區微物，何足獻給你呢？沒人送去就沒人送去算了。

也是失望，口氣較婉轉。總之，都是物輕人重的意思，朱筠説「非因物而始思其人」，一語破的。意中有人，眼看庭中奇樹葉綠花繁，是一番無可奈何；幸而攀條折榮，可以自遣，可遺所思，而路遠莫致，又是一番無可奈何。於是乎「但感別經時」。「別經時」從上六句見出，「別經時」原是一直感着的，盼望採花打個岔兒，卻反添上一層失望。採花算甚麼呢？單只感着別經時，老只感着別經時，無可奈何的更無可奈何了。「這次第怎一個『愁』字了得」呵！孫鑛説「盈懷袖」一句下應以「別經時」，「視彼 <small>（涉江採芙蓉）</small> 較快，然沖味微減」。本詩原偏向明快，「涉江採芙蓉」卻偏向深曲，各具一格，論定優劣是很難的。

# 陶淵明

浦江清

西晉既亡，中國由一統而分，南北朝開始。北方在北魏以前極亂，東晉偏安江左，文學不及西晉之盛。

先是，西晉末，永嘉（晉懷帝年號）之時，天下大亂，玄風復熾，「貴黃、老，稍尚虛談，於時篇什，理過其辭，淡乎寡味」（鍾嶸《詩品序》）。其中文人能自拔者，推劉琨、郭璞兩人。「郭景純用雋上之才，變創其體；劉越石仗清剛之氣，贊成厥美。」（《詩品序》）劉琨少年曾與石崇交，亦二十四友之一（與石崇、歐陽建、潘岳、陸機、陸雲——本傳）。見天下大亂，有澄清中原之志，征石勒有戰功，後為段匹磾所害。其詩《扶風歌》《答盧諶》《重贈盧諶》等極富「清剛之氣」。元遺山《論詩絕句》三十首之一曰：「曹劉坐嘯虎生風，四海無人角兩雄。可惜并州劉越石，不教橫槊建安中。」讚譽其有建安風骨。郭璞為陰陽雜家（卜筮），奇才，註《爾雅》《方言》《穆天子傳》《山海經》，皆傳。《遊仙詩》雖云遊仙，實然帶《詠懷》氣派。

東晉文人，尚有曹毗、孫綽、許詢、殷仲文、王羲之等。蘭亭修禊，「群賢畢至，少長咸集」（王羲之《蘭亭序》，見《世說新語·企羨》）。文人到會，清談盛。林泉之樂是道家情趣。

　　這些文人姑且不討論，我們要講的是，東晉人中出一中國大詩人——陶淵明。

　　陶淵明（365—427），〔陶淵明年譜有多種：（1）（宋）吳仁傑；（2）（宋）王質；（3）（清）丁晏；（4）（清）陶澍《年譜考異》；（5）（清）梁任公；（6）古直。年歲大有問題。卒年確定為宋文帝元嘉四年（公元 427 年），據顏延之《陶徵士誄》：「春秋若干，元嘉四年月日卒。」《宋書・陶潛傳》「潛永嘉四年卒，時年六十三」。年歲，《宋書》以下均言六十三。顏《誄》曰「春秋若干」，未定。梁任公考訂為五十六歲，古直考訂為五十二歲。若六十三，則應生在晉哀帝興寧三年，公元 365 年；若五十六歲，則應生在晉簡文帝咸安二年，公元 372 年；若五十二歲，則應生在晉孝武帝太元元年，公元 376 年。諸說紛紜，錄之僅供參考。〕一名潛，字元亮。世或以淵明為字，恐非。因《祭程氏妹文》《孟府君傳》皆自稱為淵明。昭明《陶淵明傳》亦云名淵明。潯陽柴桑（今江西九江西南）人，故為江西詩人之祖。曾祖侃，晉大司馬，祖茂，武昌太守，父某似是閒居者，淵明詩謂父「淡焉虛止，寄跡風雲」（《命子》），安城太守之說恐不確（或謂淵明非陶侃之嫡系，或為裔孫耳）。母，征西大將軍孟嘉第四女。梁任公《陶淵明》一書中說，淵明之落拓不羈名士風度乃得其外祖父的遺傳。

　　　顏延之《陶徵士誄》曰：「夫實以誄華，名由諡高……故詢諸友好，宜諡曰『靖節徵士』。」故世號「靖節先生」。

　　淵明雖是世家子弟，一生不遇而貧窮。生當東晉衰亡之際，「少年罕人事，遊好在《六經》」（《飲酒》之十六）。後來因為貧窮的緣故，不能不出門遠遊，「在昔曾遠遊，直至東海隅」「此行誰使然？似為飢所驅」（《飲酒》之十）。他做過京口鎮軍參軍（參劉牢之幕），又做過建威參軍（參劉敬宣幕），奉使入都，補彭澤令。有公田可種，《晉書・隱逸傳》載：淵明「在縣公田悉令種秫穀，曰：『令吾常醉於酒足矣。』妻子固請種

秫，乃使一頃五十畝種秫；五十畝種秔」（秫，黍之黏者，曰黃糯，亦呼黃米；秔，俗作粳）。因不願束帶見督郵，且聲稱「吾不能為五斗米折腰拳拳事鄉里小人」而去職，在彭澤令任上不過三四個月。作了一篇《歸去來兮辭》，還寫了五首《歸園田居》（一作《歸田園居》）的詩。他說：「少無適俗韻，性本愛丘山。誤落塵網中，一去三十年。」如果說他出門三十年，未免太多，所以陶澍認為乃是「已十年」之誤，「已」與「三」形近而誤，或者他的「一去三十年」指他已到三十歲。如果認為他辭官返田為三十歲時，那麼，他卒時為五十一二歲。此說與吳汝綸、古直等所主張者合。以後即是他躬耕、飲酒、作詩的農村生活。生活很苦，又遭遇一次火災，有時窮到乞食，有時無酒度過重九節。他的鄉鄰父老們或者設酒招他，他的做官的朋友也有接濟他的，也有仰慕他的大名而願見他的，也有堅請他再出來的。他終於隱居着。

那時劉裕篡晉而為宋。有人說他在宋代所作的文章但題甲子，而不題紀元。論者謂他不願帝宋，示為晉遺民之意。當然他看不起劉裕，在《擬古九首》之九的詩中他寫道：「種桑長江邊，三年望當採。枝條始欲茂，忽值山河改。」記晉亡之憾，但一定要說他為節士，如何如何忠於晉室，亦不能知淵明。其實他義熙以後唯題甲子，是劉裕篡晉以前的事。之所以如此，一則是他不高興劉裕，二則也許是道家隱者的習慣如此。他隱居家鄉，與周續之、劉遺民被稱為「潯陽三隱」。周、劉兩人都是廬山高僧慧遠的居士弟子，淵明亦與慧遠為友，但未加入白蓮社。義熙宋徵著作郎，不就。

淵明一生在田野，是田園詩人。《晉書》《宋書》皆入《隱逸傳》，《詩品》推為「古今隱逸詩人之宗」。可以表現他的生活寫真的有《五柳先生傳》《歸去來兮辭》，表現他的理想的有《桃花源記》，表現他的人生觀的有《形贈影》《影答形》《神釋》三首及《飲酒》二十首。其餘如

《遊斜川》《歸園田居》《擬輓歌辭》等，均為其重要之作。

## 一、陶淵明的人生態度

陶淵明處兩晉玄學的時代。兩漢儒家思想獨尊，兩晉道家思想盛行。阮籍輕禮法，大罵士人君子如群蝨之處褌中。淵明時道家思想較平淡，是道家、儒家將合流的時期，他大部分思想是出世的，他追溯樸素的生活，不願媚於流俗，表現這種思想情趣的詩頂重要的為《歸園田居》及《飲酒》。又見於《桃花源記》及《五柳先生傳》，前者寫理想的境界，後者為他自己的寫照。武陵在湖南，劉子驥實有其人。《桃花源記》也許有事實的依據。陳寅恪《〈桃花源記〉旁證》云：因百姓避五胡之亂，避入山谷，自成堡塢。淵明時有人看見過。避秦亂亦可謂苻秦。他是出世的喜田園生活的思想。《飲酒》之九，有田父勸其出仕：「一世皆尚同，願君汨其泥。」淵明答曰：「違己詎非迷？且共歡此飲，吾駕不可回。」《歸園田居》描寫與鄉間父老為鄰實有興味：「相見無雜言，但道桑麻長。」田園生活很快樂：「山澗清且淺，遇以濯吾足。漉我新熟酒，隻雞招近局。」漉者，瀝也。

爾時，劉裕得志，如阮籍所處時代。人以為國將亡故淵明去隱，亦不對。劉裕得勢他在詩中有其牢騷，《飲酒》二十首和阮籍《詠懷》類似。

淵明人生態度還有一顯著特點是達觀。當時清談派人常談論到死生問題。佛教慣用死的恐怖教訓人，當時人都想解決生死問題，求一正確之人生觀。王羲之謂「死生亦大矣，豈不痛哉」。淵明是阮籍、劉伶一派，接受莊子達觀學說，「聊乘化以歸盡，樂夫天命復奚疑」（《歸去來兮辭》）。他有些哲學詩，如《形贈影》《影答形》《神釋》三首，結構

奇極，發揮哲學思想，結論還是吃酒。「縱浪大化中，不喜亦不懼。應盡便須盡，無復獨多慮。」一切順應自然。他的兒子不好，結論是「天運苟如此，且進杯中物」（《責子》）。淵明詩篇篇有酒，不是頹廢，也有強烈意氣的，如《詠荊軻》等。居亂世，自全自傲。他和慧遠居近，雖未進白蓮社，但很談得來。達觀的人生態度和矢志不渝的田園生活，在他去世前不久寫就的《擬輓歌辭》（如「死去何所道，託體同山阿」句）和《自祭文》（如「寵非己榮，涅豈吾緇？捽兀窮廬，酣飲賦詩」句）中抒發得淋漓盡致。

　　淵明思想亦有出於儒家者，對孔子也相當尊重。如屢言「固窮」「樂天知命」及《飲酒》末章是也。其末章有「羲農去我久，舉世少復真。汲汲魯中叟，彌縫使其淳」的詩句，而《飲酒》之十六，他也有「少年罕人事，遊好在《六經》……竟抱固窮節」的表述。道家思想認為伏羲、神農那是歸真返璞，頂理想的時代已經過去。儒道皆如此説。「魯中叟」即孔子，「彌縫」是使復真也，可知淵明對儒家思想亦融合。劉熙載《藝概》曰：「陶詩有『賢哉回也』『吾與點也』之意，直可嗣洙、泗遺音。其貴尚節義，如詠荊卿、美田子泰等作，則亦孔子賢夷、齊之志也。」

　　蘇軾曰：（淵明）其人甚高，「欲仕則仕，不以求之為嫌；欲隱則隱，不以去之為高」，是對陶淵明豁達的人生的精闢點評。

## 二、陶淵明詩的藝術特色

1. 詩與人生打成一片，開了新詩的門徑

　　自從曹子建、阮嗣宗把詩稱為個人的自述經驗、自己的抒情之作，到了陶淵明，成為完全是自己生活的記錄，完全脫離了樂府歌辭了。雖然有些擬古詩類似《古詩十九首》，《飲酒》詩類似嗣宗《詠懷》

詩，可是多數是寫他自己的生活，頗似日記式的。詩與人、與生活打成一片。我們從他的詩中可以看見他的行動。他的詩都有題目，有些還有序文。與讀阮籍《詠懷》，但看見作者心緒上的苦悶，而不知他一生的蹤跡者不同，而且與沒有題目、一概稱為《詠懷》者不同，阮籍屬於建安那個時代，前一個時代。而陶淵明屬於新的時代，以詩為自己的生活記錄的時代。我們也可以說，他的詩是他的自傳，明白清楚的自傳，包括內心的志趣與外面的遭遇。不像阮籍《詠懷》詩那樣的只重內心，惝恍，不可捉摸，也不像曹子建的多用樂府比興。

　　事實上，曹植、阮籍都是承繼《詩經》《楚辭》的，而淵明開了新詩的門徑。

　　2. 脫離樂府，創造新詩意境

　　淵明全不做樂府（除《擬古九首》。但此九首亦只是五言，非樂府）。

　　經過了正始玄風，談玄的風氣盛後，詩中遂含哲理。西晉覆亡，洛陽繁華頓歇，文人南渡，東晉人詩自然向哲理山水方面發展。莊老與山水合流。此時五言詩也已脫離繁音促節的音樂，只是倚琴而歌。到了陶淵明，「性不解音而蓄素琴一張，弦徽不具，每朋酒之會則撫而和之曰：但識琴中趣，何勞弦上音」（《晉書．隱逸傳》）。因他的詩實在不是倚琴而歌的，是脫離音樂的。所以有的是「有琴意」的詩歌，有的是近於散文似的新詩。是直筆寫下，一意貫穿，不多曲折及比興的。那是完全脫離音樂後的現象。淵明是不依傍音樂、不承繼《詩經》《楚辭》古典文學而創造新詩意境的一個大作家。在他當時，就有人喜歡他那一類很別緻的詩。到了齊梁的時代，詩人慣於繁縟音樂性及圖畫彩色性的詩。齊梁是一個新樂府時代，所以他的詩不為人所重，鍾嶸《詩品》以之入中品。

　　顏延之《誄》文甚長，無一言及於他的詩，不過提到他「賦辭歸來」

「陳書輟卷，置酒弦琴」，泛泛說他著作詩歌而已，《宋書·隱逸傳》也不特別提他的詩，但云「所著文章，皆題其年月」。

3. 詩與自然融合的田園之歌

淵明詩取材料於田野間，這種材料，陶淵明以前無人敢取，從前民間文學只是戀歌，朝廷文學只是遊宴贈答，金谷、蘭亭或戎馬，絕無一人如他這般寫田野、寫自然。

他的詩又表現了他對自然的欣賞，《詩經》、古詩、建安文學皆有對自然的欣賞，然未有如他愛自然者。《歸園田居》：「少無適俗韻，性本愛丘山。誤落塵網中，一去三十年。」與一般父老歡笑飲酒、耕田，樂在其中，「相見無雜言，但道桑麻長。」（《歸園田居》）「昔欲居南村，非為卜其宅。聞多素心人，樂與數晨夕。」（《移居》）「結廬在人境，而無車馬喧。」（《飲酒》）另闢天地，是他的偉大的地方，獨來獨往，前無古人，後無來者。

描寫山水之詩，東晉開始。謝靈運亦寫山水。陶欣賞自然是平和的，不去找山水，人在山水中；謝是活動的，遊山玩水。自然是送給淵明看，如英國的 Wordsworth（華茲華斯），communion with nature（與自然溝通）。「採菊東籬下，悠然見南山。」（《飲酒》之五）最高絕，因很自然，人謂有哲學意味，如禪宗的，並不費勁。

4. 詩富哲理性

先秦時，死生不重要，兩晉則很重要。陶淵明對死生主張達觀，不必求仙養生。他的《形贈影》《影答形》《神釋》是哲學詩。他在詩的《序》裡說：「貴賤賢愚，莫不營營以惜生，斯甚惑焉。故極陳形影之苦，言神辨自然以釋之。好事君子，共取其心焉。」愛惜生命，人之常情，然往往不得要旨。淵明「陳形影之苦」思索人死生命題，以「神」辨析自然之哲理。「天地長不沒，山川無改時。草木得常理，霜露榮

悴之。」說天地山川長在，草木有榮枯之變。「謂人最靈智，獨復不如茲」而靈智的人卻不能永生。「存生不可言，衛生每苦拙」，長生之說不可信，養生之術不可靠。位列聖人的「三皇」，享有高壽的「彭祖」，都不存在了，「老少同一死，賢愚無複數」，這是人類生命必然結局。有了如此深邃的哲學認識，陶淵明能泰然處之：「縱浪大化中，不喜亦不懼。應盡便須盡，無復獨多慮。」把莊生的達觀學說發揮到極致。當然，飲酒也是詩中不可缺的。

其《責子》詩云：「白髮被兩鬢，肌膚不復實。雖有五男兒，總不好紙筆。阿舒已二八，懶惰故無匹。阿宣行志學，而不愛文術。雍端年十三，不識六與七。通子垂九齡，但覓梨與栗。天運苟如此，且進杯中物。」歸結於「天運」，不乏對人生的哲思，但亦頗風趣。黃山谷云：「觀靖節此詩，想見其人慈祥戲謔可觀也。」

詩有哲理，並不局限於《形贈影》等三首詩，也不局限於死生之事，歷代評家亦關注及此。明代都穆在其《南濠詩話》中就有明確的概括：「東坡嘗拈出淵明談理之詩有三，一曰『採菊東籬下，悠然見南山』，二曰『笑傲東軒下，聊復得此生』，三曰『客養千金軀，臨化消其寶』，皆以為知道之言。予謂淵明不止於知道，而其妙語亦不止是。如云『縱浪大化中，不喜亦不懼』『應盡便須盡，無復獨多慮』。如云『望雲慚高鳥，臨水愧游魚。真想初在襟，誰謂行跡拘』。如云『不賴固窮節，百世當誰傳』。如云『朝與仁義生，夕死復何求』。如云『及時當勉勵，歲月不待人』。如云『前途當幾許，未知止泊處』『古人惜寸陰，念此使人懼』。觀是數詩，則淵明蓋真有得於道者，非常人能蹈其軌轍也。」

除詩之外，淵明在其《自祭文》一開頭就寫道：「歲惟丁卯，律中無射。天寒夜長，風氣蕭索，鳴雁于征，草木黃落。陶子將辭逆旅之館，永歸於本宅。」視死如歸。

5. 詩風質樸、散淡

六朝中傑出，但當時未甚重之。其質樸自然清新散淡的詩為歷代所尊崇，正如元遺山所讚：「一語天然萬古新，豪華落盡見真淳。」鍾嶸《詩品》品評曰：「其源出於應璩，又協左思風力。文體省淨，殆無長語。篤意真古，詞興婉愜。每觀其文，想其人德。世歎其質直。至如『歡言酌春酒』『日暮天無雲』，風華清靡，豈直為田家語耶！古今隱逸詩人之宗也。」也道出陶詩真淳、古樸的特色。對《詩品》將其列入中品之事，今人古直有《鍾記室〈詩品〉箋》，據《太平御覽》辨陶公本列上品。

第一個賞識陶淵明的，為昭明太子蕭統，他謂陶詩沖淡閒適，且雜詼諧。

有謂陶淵明的《擬輓歌辭》或非自輓，只是作普通輓歌而已，備人唱唱，或自己哼哼。當時南朝有此習慣。《南史·顏延之傳》：顏延之「常日但酒店裸袒輓歌」。《宋書·范曄傳》：「夜中酣飲，開北牖聽輓歌為樂。」《世說新語》：「袁山松出遊，每好令左右作輓歌。」《南史·謝靈運傳》：謝靈運曾孫幾卿「醉則執鐸輓歌」。淵明暮年作《擬輓歌辭》，情真意切，不知是否為自己作輓歌，待考。

陶淵明散文名篇有《桃花源記》《五柳先生傳》等，尤以《桃花源記》膾炙人口。

除詩文以外，還有賦作。《感士不遇賦》模仿董仲舒和司馬子長，道古論今，寫士進退兩難之處境，發士不遇之感慨。雖擬古之作，而清新、簡淡逾於漢賦。《閒情賦》麗極，比喻最妙，模仿張衡《定情賦》、蔡邕《靜情賦》而作。因很穠麗，也許是早年模仿的作品。他自己的《序》中說：「始則蕩以思慮，而終歸閒正。將以抑流宕之邪心，

諒有助於諷諫。」宗旨很純正。賦描寫一女子甚美，非常想接近她，有兩大段描寫願為衣之「領」、腰之「帶」、髮之「澤」、眉之「黛」、床之「席」、足之「履」、人之「影」、夜之「燭」……巧妙別緻，癡情切切。昭明太子蕭統卻在其《陶淵明集序》中曰：「白璧微瑕，惟在《閒情》一賦。」東坡曰：「《國風》好色而不淫，正傳不及《周南》，與屈宋所陳何異？而統大譏之，此乃小兒強作解事者。」譏昭明之不懂。昭明謂，「惜哉！無是可也」。現在人卻最推重此篇了。

## 三、陶淵明詩的影響與後人的批評

淵明的詩並不被時人注意，好友不多。顏延之與之交好並為之作《誄》。顏在南朝宋為官。慧遠住廬山，為淨土宗領袖，亦與之友好。

陶淵明開田野詩一派，其詩在去世後才被人重視，後世詩人無不受其影響。尤深者如唐代之王維、孟浩然等喜歡自然的這一派，儲光羲、韋應物、柳宗元，宋代之蘇軾、王安石、范成大、陸游等都受其影響，視為楷模。蘇軾極推崇陶淵明，至全和其詩。

陶淵明有《停雲》《時運》《榮木》等詩，近「三百篇」，是四言詩的復活。詩人感時觸景而發，憂時政之昏暗，抒內心之惆悵，比韋孟《諷諫詩》等好得多。

對陶淵明和他的作品的評價，從南朝至近代，評家眾多，不勝枚舉，前面已有所引用。

蕭統《陶淵明集序》曰：「有疑陶淵明詩篇篇有酒，吾觀其意不在酒，亦寄酒為跡者也。其文章不群，辭彩精拔，跌宕昭彰，獨超眾類，抑揚爽朗，莫與之京。橫素波而傍流，干青雲而直上。語時事則指而可想，論懷抱則曠而且真。加以貞志不休，安道苦節，不以躬耕

為恥，不以無財為病。自非大賢篤志，與道污隆，孰能如此乎？」

《東坡詩話》：「古之詩人有擬古之作矣，未有追和古人者也。追和古人，則始於東坡。(紀昀批蘇詩云：唐人唐彥謙已有和陶貧士詩，東坡偶失檢察耳。) 吾於詩人無所甚好，獨好淵明之詩。淵明作詩不多，然其詩質而實綺，癯而實腴，自曹、劉、鮑、謝、李、杜諸人，皆莫及也。」「吾前後和其詩凡百有九篇。至其得意，自謂不甚愧淵明。然吾之於淵明，豈獨好其詩也哉，如其為人，實有感焉。」以「質而實綺，癯而實腴」此八字評之甚當，陶有其人格思想，用不着多少辭藻堆砌。

東坡在惠州盡和淵明詩，魯直在黔南聞之，作偈云：「子瞻謫海南，時宰欲殺之。飽吃惠州飯，細和淵明詩；淵明千載子，子瞻百世士。出處固不同，風味亦相似。」

孟浩然《仲夏歸南園寄京邑舊遊》：「常讀高士傳，最嘉陶徵君。日耽田園趣，自謂羲皇人。余復何為者，棲棲徒問津。中年廢丘壑，上國旅風塵。忠欲事明主，孝思侍老親。歸來冒炎暑，耕稼不及春。扇枕北窗下，採芝南澗濱。因聲謝同列，吾慕潁陽真。」

孟浩然《贈王九》：「日暮田家遠，山中勿久淹。歸人須早去，稚子望陶潛。」

孟浩然《李氏園林臥疾》：「我愛陶家趣，園林無俗情。」

歐陽文忠云：「晉無文章，惟淵明《歸去來辭》[1] 耳。」

朱熹曰：「陶淵明詩，人皆說是平淡，據某看他自豪放，但豪放得來不覺耳。」(《朱子語類》)

---

1 即《歸去來兮辭》。——編者註

## 四、作品選講

### （一）《歸園田居五首》

「歸園田」，一作「歸田園」，誤，陶公「守拙歸園田」詩句可證。五首或本有六首，末首乃江淹擬作，刪之。

1. 其一（「少無適俗韻」）

「少無適俗韻，性本愛丘山。」開始二句言少志為此。見其「疇昔苦長飢，投耒去學仕」（《飲酒》之十九），甚非初心。「投策命晨裝，暫與園田疏」（《始作鎮軍參軍經曲阿》），寫如何想念家鄉園田之樂，亦生逢亂世之故。左思《詠史詩》「功成不受爵，長揖歸田廬」，猶有功名之念。潘岳雖賦閒居，終受殺戮。阮籍雖讚美邵平，依舊涸世。乃知古人「學而優則仕」，欲罷功名利祿之念，瀟然歸田，亦自不易。陶公為彭澤令，不願為五斗米折腰向鄉間小兒，見機而退也。其時，其原來之上司劉牢之曾煊赫一時，終於自殺。桓玄、劉裕皆野心家，一敗一顯，晉室庸暗，出處甚難，陶公奔走塵俗者前後約有六年，決心擺脫。願歸躬耕以自養。同時，他的身體多病，更不堪奔走驅策，心為形役，始悟今是昨非，委運歸盡之道。

「誤落塵網中」，塵網為墮地之意，前人認為如佛家語，不類陶公口吻，此亦是一疑案。

此《歸園田居五首》作於義熙二年丙午（依吳仁傑《陶靖節先生年譜》）蓋自彭澤令歸也。陶公年四十二歲。吳仁傑謂自先生出為州祭酒至彭澤去官，約十二三年。此詩云「一去三十年」乃十三年之誤。陶澍謂「三」字乃「已」之誤（已亥誤作三豕，古已有之）。古直定陶公卒時年五十二，定此詩為與《歸去來兮辭》同年作。《歸去來兮辭》之序稱作於乙巳年，時陶公適年三十。

「羈鳥戀舊林，池魚思故淵。」古詩「胡馬依北風，越鳥巢南枝」；陸機詩「孤獸思故藪，離鳥悲舊林」（《贈從兄車騎詩》），皆言不忘本。陶公詩「望雲慚高鳥，臨水愧游魚」，彼言行旅之遊，此言倦遊而返，可以對照。

「開荒南野際，守拙歸園田。」野，一作畝，陶公有田曰「南畝」，見《癸卯歲始春懷古田舍二首》：「在昔聞南畝，當年竟未踐。」守拙，言個性不諧於俗，不如守拙歸田。《懷古田舍詩》云：「即理愧通識，所保詎乃淺。」自愧通識之士，退以保真耳。

「曖曖遠人村，依依墟裡煙。」《楚辭》王逸註：曖曖，昏貌。翳翳不明，寫日光和暖、遠望農村之景。依依，《詩經·小雅·采薇》「楊柳依依」，有裊裊、隱約、許多姿態。陶詩寫景，自然不用力，古樸不刻畫，東坡云：「其詩質而實綺，癯而實腴，自曹、劉、鮑、謝、李、杜諸人，皆莫及也。」

「雞鳴桑樹顛」，古樂府：「雞鳴高樹顛，狗吠深宮中。」

2. 其二（「野外罕人事」）

「窮巷寡輪鞅」，《漢書·陳平傳》：平「負郭窮巷，以席為門，然門外多長者車轍」，此反用其事。「結廬在人境，而無車馬喧」（《飲酒》），意同。

「常恐霜霰至，零落同草莽。」陶公《擬古》詩「枝條始欲茂，忽值山河改」，皆比興語。亦屈子蕭艾之意〔「惟草木之零落兮」「何昔日之芳草兮，今直為此蕭艾也」（《離騷》）〕，汨余若不待之意。《漢書·楊惲傳》：「田彼南山，蕪穢不治。種一頃豆，落而為萁。人生行樂耳，須富貴何時！」

3. 其三（「種豆南山下」）

「晨興理荒穢，帶月荷鋤歸。」一天疲勞工作，不失趣味。詩境入

畫境。亦可知文學之足慰人生也。

「夕露沾我衣」,《詩經‧召南‧行露》:「厭浥行露,豈不夙夜,謂行多露。」

「但使願無違」,賦以言志。

4. 其四（「久去山澤遊」）

「浪莽林野娛」,浪莽,廣大貌,無拘束也。

「一世異朝市」,《古步出夏門行》:「市朝人易,千歲墓平。」

「人生似幻化,終當歸空無。」《淮南子‧精神訓》:「化者,復歸於無形也。」

5. 其五（「悵恨獨策還」）

「漉我新熟酒,隻雞招近局。」漉,水下貌,水下滴瀝也。《宋書‧陶潛傳》「郡將候潛,值其酒熟,取頭上葛巾漉酒,畢,還復著之。」近局:《禮記》鄭註,局,部分也。按:近局,猶言近鄰。

「已復至天旭」結語,響亮有力。


## （二）《飲酒》

酒與詩的關係:（1）詩往往出於燕樂;（2）微醉以後,詩性 inspiration（靈感）遂來,或者為生理的現象。英國詩人霍斯曼（A.E.Housman）的 *The Name and Nature of Poetry*（《詩的名稱與屬性》）一書中,自述其作詩之經驗,謂喝啤酒之後,出去散步,心頭浮泛其詩的意念,如泉湧一般。

蕭統云:「有疑陶淵明詩篇篇有酒,吾觀其意不在酒,亦寄酒為跡者也。」淵明《飲酒》,如阮公《詠懷》,不另一一標題,隨時觸發而詠。

「衰榮無定在,彼此更共之。……忽與一觴酒,日夕歡相持。」（《飲酒》之一）總起,猶阮公之「中夜不能寐,起坐彈鳴琴」也。

第二首，「積善云有報」，主意說君子固窮之節。

第三首，「道喪向千載」，主意說「有酒不肯飲，但顧世間名」之愚。

第四首，說「託身已得所」，自比飛鳥之託於孤松。《歸去來兮辭》：「撫孤松而盤桓。」

第五首，「結廬在人境」最為有名，意境高絕。

《漢書‧揚雄傳》：「結以倚廬。」

「問君何能爾，心遠地自偏」二句，自問自答。陶公詩多說理，《懷古田舍詩》：「寒竹被荒蹊，地為罕人遠。」此說心遠，更進一層。

「採菊東籬下，悠然見南山。」東坡云：採菊之次，偶然見山，初不用意，而景與意會，故可喜也。今皆作望南山。杜子美「白鷗沒浩蕩，萬里誰能馴」，或改作「波浩蕩」。改此一字，覺一篇神氣索然。

王安石曰：「淵明詩有奇絕不可及之語，如『結廬在人境』四句，詩人以來無此句。」

白居易：「時傾一壺酒，坐望東南山。」

韋蘇州：「採菊露未晞，舉頭見秋山。」

境界之遷移，使得悠遠。「目送歸鴻，手揮五弦。」（嵇康詩）《世說新語》：「顧長康道：『畫手揮五弦易，目送歸鴻難。』」

悠然，遠也。俗解均作悠然自得之意，恐非確話。《懷古田舍詩》云：「寒竹被荒蹊，地為罕人遠。是以植仗翁，悠然不復返。」悠然，遠逝之意。

辨，或作辯。《莊子‧齊物論》：「辯也者，有不辯也。」「大道不稱，大辯不言。」《莊子‧外物》：「言者所以在意，得意而忘言。」

王靜安《人間詞話》云：「詞以境界為最上。有境界則自成高格。」「有造境，有寫境，此理想與寫實二派之所由分。然二者頗難分別。因

大詩人所造之境，必合乎自然，所寫之境，亦必鄰於理想故也。」「有
有我之境，有無我之境。『淚眼問花花不語，亂紅飛過鞦韆去』『可堪
孤館閉春寒，杜鵑聲裡斜陽暮』有我之境也。『採菊東籬下，悠然見南
山』『寒波澹澹起，白鳥悠悠下』無我之境也。有我之境，以我觀物，
故物皆着我之色彩。無我之境，以物觀物，故不知何者為我，何者為
物。古人為詞，寫有我之境者為多。然未始不能寫無我之境，此在豪
傑之士能自樹立耳。」

## 五、研究陶淵明的材料

　　研究陶淵明，可參考的材料最多。中國文人集子箋註本，詩首推
《杜工部集》，其次則《蘇東坡集》，其次恐怕要算到陶集了。如宋湯漢
註 (拜經樓叢書本)、元李公煥之箋 (四部叢刊本) 最早，集大成的如清道光
年間陶澍集註《靖節先生集》，附《年譜考異》，最可買。今人如梁任公
有《陶淵明》一小冊，附《年譜》(商務國學小叢書本)，古直《陶靖節詩箋》
《陶靖節年譜》(上海中國書店有代售)，丁福保陶詩集註等。
　　欲見陶氏生平之材料：(1) 顏延之《陶徵士誄》(見《文選》)；(2) 齊
沈約《宋書·隱逸傳》；(3) 梁昭明太子蕭統《陶淵明傳》。另，李延壽
《南史》、唐修《晉書》都據《宋書》。

# 謝靈運和山水詩

蕭滌非

　　宋齊時代的山水詩代替東晉以來的玄言詩，是南朝詩歌發展上第一個重要的變化。

　　晉宋時代，江南的農業有較大的發展，士族地主的物質生活條件比過去更加優裕了，園林別墅更多地建築起來了，士族文人們在優裕的物質條件下和佳麗的江南山水環境中過着清談玄理和登臨山水的悠閒生活。在他們的清談中，常常出現一些發揮老莊自然哲學來讚美江南山水的名言雋語。由於這種風氣的影響，當時流行的玄言詩裡也開始出現一些山水詩句，作為玄學名理的印證或點綴。東晉著名的玄言詩人孫綽諷刺人的時候說：「此子神情都不關山水，而能作文？」(《世說新語·賞譽篇》) 可見玄言詩和山水詩本來就有共同的階級生活基礎和共同的思想基礎，玄言詩中本來就包孕着山水詩的成分。

　　當然，「平典似道德論」的玄言詩，即使點綴上幾句呆板的山水詩句，也無法改變那種枯燥無味、令人生厭的面目。直到東晉後期，出現了謝混《遊西池》等少數集中力量刻畫山水景物的詩篇，才開始給玄言氣氛籠罩着的士族詩壇帶來了一點新鮮的空氣。到劉宋初期，謝混的侄子謝靈運繼續從這個方向去開拓詩境，大量創作山水詩，在藝術上又有新的創造，終於確立了山水詩在士族詩壇上的優勢地位。

於是，山水詩就由附庸蔚為大國，而玄言詩則由大國降為附庸。雖然這基本上只是題材和藝術上的革新，但在詩歌發展史上究竟前進了一步。

謝靈運 (385—433)，祖籍陳郡陽夏 (今河南太康附近)，世居會稽 (今浙江紹興)。祖父是謝玄，他十八歲就襲封康樂公。他熱衷政治權勢，到了劉宋時代，感到自己的特權地位受到威脅，政治欲望不能滿足，心懷憤恨；因此在永初三年做永嘉太守以後，就肆意遊遨山水，民間聽訟，不復關懷。後來更乾脆辭官回會稽，大建別墅，鑿山浚湖，經常領着僮僕門生幾百人到處探奇訪勝，排遣政治上的不滿情緒。晚年做臨川內史，因謀反被收。他的《臨川被收》詩說：「韓亡子房奮，秦帝魯連恥。」明白地表示了對劉宋王朝的對抗。最後在廣州被殺。

謝靈運的山水詩，絕大部分是他做永嘉太守以後寫的。在這些詩裡，他用富麗精工的語言描繪了永嘉、會稽、彭蠡湖等地的自然景色。例如《石壁精舍還湖中作》：

> 昏旦變氣候，山水含清暉。清暉能娛人，遊子憺忘歸。出谷日尚早，入舟陽已微。林壑斂暝色，雲霞收夕霏。芰荷迭映蔚，蒲稗相因依。披拂趨南徑，愉悅偃東扉。慮澹物自輕，意愜理無違。寄言攝生客，試用此道推。

這首詩寫他從石壁精舍回來，傍晚經湖中泛舟的景色。很像一篇清麗簡短的山水遊記，語言精雕細刻而能出於自然。「林壑」「雲霞」兩句寫薄暮景色，觀察入微，深為李白所讚賞。但結尾依然殘留玄言詩的痕跡。又如《石門岩上宿》：

> 朝搴苑中蘭，畏彼霜下歇。暝還雲際宿，弄此石上月。鳥鳴識夜棲，木落知風發。異音同至聽，殊響俱清越。妙物莫為賞，芳醑誰與伐？美人竟不來，陽阿徒晞髮。

這首詩寫他夜宿石門，期待知音的感受和山中夜靜的環境氣氛，相當成功。詩中除借用楚辭的比喻外，沒有任何玄言佛理的詞句。但是，像這樣把敘事、寫景、抒情結合得比較好，玄言佛理成分也不太多，藝術風格較為完整的作品，在他詩中為數很少。

　　謝靈運一生都不能忘懷於政治權勢，但他在政治和生活上又沒有高尚的理想，他在政治失意時遊山玩水，只是在聲色狗馬之外尋求感官上的滿足，並以此掩飾他對權位的熱衷。因此，他的山水詩雖然能夠描繪一些外界景物，卻很難見出內心的思想感情。當詩中涉及思想時，他總是借一些玄言佛理的詞句來裝點門面。他對玄學佛典又有豐富的知識，所以裝點起來也就很不費力。劉勰《文心雕龍·情采篇》說的「志深軒冕，而泛詠皋壤；心纏機務，而虛述人外」，雖然主要是批評兩晉那些偽裝清高的文人，但對於謝靈運也同樣適用。所謂「山水不足以娛其情，名理不足以解其憂」，正是很準確地指出了他山水詩的根本弱點。他的山水詩所以多數不能做到情景交融和風格完整，原因也就在這裡。但是，由於他把自己目擊的山光水色，朝霞夕霏用詩句描繪出來，的確給當時詩壇帶來了新鮮的氣息，在藝術上，他也開闢了南朝詩歌崇尚聲色的新局面。「儷采百字之偶，爭價一句之奇。情必極貌以寫物，辭必窮力而追新。」（《文心雕龍·明詩篇》）大大改變了東晉以來「理過其辭，淡乎寡味」的詩風，給人面目一新的感覺。但是他的詩在藝術上也有明顯的缺點：玄言詞句多，辭藻堆砌多，往往有句無篇；結構多半用「敘事—寫景—說理」這種章法，讀起來也感到很單調。

　　他的山水詩給人印象最深的還是那些散見在各篇中的「名章迴句」。例如，「野曠沙岸淨，天高秋月明」（《初去郡》），「池塘生春草，園柳變鳴禽」（《登池上樓》），「明月照積雪，朔風勁且哀」（《歲暮》）等，的確是像鮑照所形容的「如初發芙蓉，自然可愛」。另一些佳句如，

「白雲抱幽石，綠篠媚清漣」（《過始寧墅》），「春晚綠野秀，巖高白雲屯」（《入彭蠡湖口》）等，則出於精心的雕琢，表現了他「極貌寫物」「窮力追新」的藝術技巧。但是，像「俯濯石下潭，仰看條上猿」（《石門新營所住》）這類句子，雖然觀察事物比較細緻，在表現上卻因拘於對仗而流於晦澀，形象並不鮮明。

謝靈運還有少數非山水詩，如《擬魏太子鄴中集詩八首》，擬古的成就遠在陸機之上。《白石巖下徑行田》詩中，對永嘉人民災年生活也有所反映。

總的來說，謝靈運是扭轉玄言詩風，開創山水詩派的第一個詩人。自他之後，南朝的謝朓、何遜，唐朝的孟浩然、王維等許多山水詩人相繼出現，他們以優美的山水詩篇豐富了詩歌的園地，謝靈運又是一個用全力雕章琢句的詩人，這方面他也為齊梁以後的新體詩打下了一定的基礎。

宋代和謝靈運齊名的詩人顏延年，其作品雖然名稱「體裁明密」，卻缺乏興會和才華，又好用典故，「文章殆同書抄」，成就遠不及謝靈運。但所作的《五君詠》《北使洛》等詩，仍有一定的內容。

# 鮑照和七言詩

蕭滌非

　　鮑照（414？—466），字明遠，東海（今江蘇漣水縣北）人。他出身寒庶，少有文學才情，因獻詩臨川王劉義慶，得到賞識，擢為國侍郎。以後做過秣陵令、永嘉令、臨海王子頊參軍。後子頊因謀反賜死，他也死於亂軍之中。

　　鮑照由於「身地孤賤」，曾經從事農耕，生活在門閥士族統治的時代，處處受人壓抑。他在《瓜步山揭文》裡曾經歎息說：「才之多少，不如勢之多少遠矣！」這和左思《詠史》中「地勢使之然，由來非一朝」的憤慨不平是完全一致的。

　　他的社會地位和生活經歷使他在創作上選擇了一條和謝靈運不同的道路。當謝靈運大力創作富豔精工的山水詩時，鮑照也開始了創作生活，並以「文甚遒麗」的古樂府逐漸聞名於詩壇。他現存的詩約有二百多首，其中樂府詩就佔八十多首，而且他的優秀詩篇大多數都是樂府詩。他繼承和發揚了漢魏樂府民歌的傳統精神，描寫了廣泛的社會生活，對受壓迫的人民表示了深刻的同情。

　　邊塞戰爭，徵夫戍卒的生活，是他樂府詩內容中一個重要的方面。在《代出自薊北門行》裡，他歌頌了邊塞將士們「投軀報明主，身死為國殤」的英勇戰鬥的精神，也寫出了「疾風衝塞起，沙礫自飄揚。

馬毛縮如蝟，角弓不可張」的邊塞戰場景色。而寫得更為動人的，是
《代東武吟》：

> 主人且勿喧，賤子歌一言。僕本寒鄉士，出身蒙漢恩。始
> 隨張校尉，召募到河源。後逐李輕車，追虜窮塞垣。密塗亙萬
> 里，寧歲猶七奔。肌力盡鞍甲，心思歷涼溫。將軍既下世，部
> 曲亦罕存。時事一朝異，孤績誰復論。少壯辭家去，窮老還入
> 門。腰鐮刈葵藿，倚杖牧雞豚。昔如韝上鷹，今似檻中猿。徒
> 結千載恨，空負百年怨。棄席思君幄，疲馬戀君軒。願垂晉主
> 惠，不愧田子魂。

這首詩寫出了一個窮老還家的士兵報國無路的痛苦。在「元嘉草草，封
狼居胥，贏得倉皇北顧」(辛棄疾詞《永遇樂》) 的時代，鮑照寫出這首為士
卒請命的詩篇，他的憂憤是深廣的。這是劉琨死後一百多年中久已成
為絕響的悲涼慷慨的愛國主義的詩篇。

　　他的樂府詩裡，還反映了門閥統治下的社會不平現象。《代放歌
行》裡對比描寫了不願入仕途的曠達賢士和熱衷於利祿的齷齪小人，並
以正言若反的語氣曲折有力地寫出了賢士受壓抑的痛苦心情。《代貧賤
愁苦行》寫貧賤之士「黯顏就人惜」的屈辱沉痛，《代白頭吟》寫「人情
賤恩舊，世議逐衰興。毫髮一為瑕，丘山不可勝」的炎涼世態，都是當
時下層寒士受壓抑的痛苦心情的反映。他還有一首《擬古詩》很值得我
們注意：

> 束薪幽篁裡，刈黍寒澗陰。朔風傷我肌，號鳥驚思心。歲
> 暮井賦訖，程課相追尋。田租送函谷，獸藁輸上林。河渭冰未
> 開，關隴雪正深。笞擊官有罰，呵辱吏見侵。不謂乘軒意，伏
> 櫪還至今。

這首詩寫他「負鍤下農，執羈末皂」的生活，抒發他不能用世的憤慨，

同時也流露出對受剝削的勞動人民的深刻同情。雖然用的是《擬古》的詩題，但在思想內容上正是發揚漢魏樂府「感於哀樂，緣事而發」的精神。

　　以上所舉的都是鮑照的五言樂府。但是最能顯示鮑照反抗現實的精神和藝術上的獨創性的，還是他的七言和雜言的樂府詩。《擬行路難》十八首，尤其是他傑出的代表作。這一組詩，並非一時一地之作，內容非常豐富。首先，他在這裡對士族門閥的壓迫表現了強烈的不滿和反抗：

　　　　瀉水置平地，各自東西南北流。人生亦有命，安能行歎復坐愁！酌酒以自寬，舉杯斷絕歌路難。心非木石豈無感？吞聲躑躅不敢言。

　　　　對案不能食，拔劍擊柱長太息。丈夫生世會幾時，安能蹀躞垂羽翼？棄置罷官去，還家自休息。朝出與親辭，暮還在親側。弄兒床前戲，看婦機中織。自古聖賢盡貧賤，何況我輩孤且直！

前一首雖然沒有說出他所愁歎的是甚麼，但是從他的吞聲躑躅之中，我們已經深深感到他胸中的一股悲憤不平之氣。在後一首裡，這種悲憤不平之氣，一開始就在對案不食、拔劍擊柱之中爆發出來，他寧肯棄置罷官，也不願蹀躞垂翼，受人壓抑，這就是他所以憤慨不平的內容。最後兩句，更鮮明地表現了他孤直耿介的性格和對門閥社會傲岸不屈的態度。在這一組詩裡，他對愛情不自由的婦女也表示了深刻的同情：

　　　　璇閨玉墀上椒閣，文窗繡戶垂羅幕。中有一人字金蘭，被服纖羅采芳藿。春燕差池風散梅，開帷對景弄禽爵(雀)。含歌攬涕恆抱愁，人生幾時得為樂？寧作野中之雙鳧，不願雲間之別鶴！

詩中女主人公寧作「野中雙鳧」，不願過貴家姬妾的生活，表現了嚮往愛情自由的堅強意志。在「剉蘗染黃絲」一首裡，他寫一個女子曾經和男子結帶贈釵，誓同白首，但是當男子變心以後，她就決心「還君金釵玳瑁簪，不忍見之益愁思」！其憤惋決絕的態度，令我們想起《漢鐃歌·有所思》中的那個女子。由於作者對現實的深刻不滿，以及他詩中主人公那種強烈反抗的精神，嚮往自由美好生活的堅強意志，就使這些詩歌帶有浪漫主義的色彩。

在這一組詩裡，也寫到了邊塞戍卒的生活以及思婦寡居的悲歡。例如「君不見少壯從軍去」一首唱出了稽留邊塞的士卒還鄉絕望的哀音。「春禽喈喈旦暮鳴」一首，又借過客和從軍士兵的對話，更為曲折地表達了征人思家的痛苦。「中庭五株桃」「今年陽春花滿林」等篇，則深刻細膩地寫出了思婦寡居的悲歡。這些篇章顯然又是繼承和發揚了漢魏樂府現實主義的傳統精神。當然，這組詩中也有少數篇章，流露了聽天由命、及時行樂的消極思想，如「君不見柏梁台」「諸君莫歎貧」等篇。這是詩人思想中軟弱性的一面的反映。

總的來說，《擬行路難》是一組成就非常傑出的樂府詩。思想內容既豐富深刻，感情也強烈奔放。所用的七言、雜言詩體，音節又激昂頓挫，富於變化，更使這種思想感情煥發出了新的光彩。南朝文人讀他的詩感到「發唱驚挺」「傾炫心魂」，並不是偶然的。他的七言、雜言詩還有《夜坐吟》《梅花落》等篇，後者歌頌梅花不畏霜露的堅貞品格，也是一篇名作。

七言詩的產生和發展的過程，比五言更為漫長曲折。先秦西漢時代已經有七言的民間謠諺。荀子的《成相篇》就是模仿民間勞動歌謠寫成的七言雜言體韻文。西漢時期除《漢書》所載的《樓護歌》《上郡歌》等七言謠諺而外，更出現了司馬相如《凡將篇》、史游《急就篇》等七言

韻語的童蒙字書，東方朔的七言射覆語，還有被《文選註》徵引的東方朔、董仲舒、劉向的七言詩歌。東漢七言民謠為數更多。戴良的《失父零丁》是一篇純用七言的較長的俗體韻文。張衡的《四愁詩》更是趨向完整的七言抒情詩，不過各章首句參用了騷體的句式。建安時期曹丕的《燕歌行》兩首，是現存最早、最完整的七言樂府詩。由於入樂時間較晚等原因，一般文人對七言體就不很重視，西晉初年傅玄仿張衡作《四愁詩》，還說七言是一種「體小而俗」的形式。但是從東漢至東晉、十六國時期的《小麥謠》《行者歌》《並州歌》《豫州歌》《隴上歌》以及北朝樂府中一些七言雜言歌詩來看，七言歌謠一直是在民間 (尤其北方民間) 流傳的。鮑照所擬的《行路難》，本來也是北方牧戍的歌曲。但是，鮑照不僅大膽地採用了這種一般文人視為鄙俗的形式，而且以豐富的內容充實了這種形式，以革新的精神改造了這種形式，變逐句用韻為隔句用韻，並且可以自由換韻。這就為七言詩的進一步發展樹立了榜樣，開拓了寬廣的道路。自他以後，七言體就在南北朝文人詩歌中日益繁榮起來了。

　　鮑照是南北朝時期最傑出的詩人。他的七言及五言樂府等作品，對唐代李白、高適、岑參、杜甫等詩人有很大的影響。杜甫評論李白、高適、岑參的詩都提到鮑照，絕不是偶然的。

# 南北朝的民歌及新樂府

浦江清

## 南朝傳統樂府

　　文學分二種：（一）民間文學；（二）文人文學。民間文學的影響很大。外國文學以言語為主體，中國文學以文字為主體。中國文字與言語之間有一點距離，從來如此。中國文學以文字為工具，唯民間文學與言語較親近。現在覺得近言語的白話文學的地位很高。（參看胡適之《白話文學史》。）

　　五胡之亂，樂譜樂器散亡，樂工凋謝，故漢樂府失傳。例如漢「鼓吹曲」《鐃歌十八首》有名樂歌，歷魏、吳、晉、宋，都改了名字，樂譜看起來也全改了，其中例如宋有《上邪曲》，名字未改，但今人不能句讀，聲辭相雜，其後且並此而無之。

　　自漢以來的樂府書很多，只有宋代郭茂倩《樂府詩集》獨存（載《四部叢刊》）。詩是文人作的，然詩的來源在樂府裡是活的，比較有價值。《樂府詩集》的重要性不下《文選》。

　　《樂府詩集》雖然收輯了許多南朝乃至唐的作品，以題目的相合，一一附於漢《鐃歌》之下，實際上這種詩只是五言詩，不是樂府，只是

用漢《鐃歌》的題目而已，聲調內容完全不同。漢《鐃歌》是雜言，而這種詩是整齊五言，而且大都是新體詩、律詩，內容亦有大的變更。如《巫山高》，漢《鐃歌》原是遠望思歸之意，而王融、梁元帝、范雲、陳後主這些人都做了楚襄神女的題目，完全無關了。如王融的《巫山高》「想像巫山高，薄暮陽台曲」，用襄王神女故事。又如《臨高台》，魏文帝一首，尚是樂府，其後如謝朓、王融、梁簡文帝、沈約、陳後主等，都離開漢樂府甚遠，風格迥然不同，只是五言詩了。郭茂倩亦採之在《樂府詩集》內，但非繼承漢樂府的。

仿古樂府，另制新調新詞者甚多，作者多係著名文人。例如謝朓《齊隨王鼓吹曲十首》，文學價值極高。

南北朝此類樂府不是民歌，直至南朝遷至南方，才有民歌。

## 南朝民歌

南朝民歌材料都見於《樂府詩集》卷四十四—卷五十五「清商曲辭」部分。

以地域分：（一）吳聲歌曲；（二）西曲歌。方言、音節固然不同，內容亦稍異，都是戀歌性質。別有民間祀神之曲，今略。

### （一）吳聲歌曲

吳聲歌曲，江蘇、安徽一帶的民歌。《宋書·樂志》曰：「吳歌雜曲，並出江東，晉宋以來，稍地增廣。」其始皆徒歌，既而被之管弦。今舉其尤著者：

1.《子夜歌》《宋書·樂志》曰：「《子夜歌》者，有女子名子夜造

此聲。」又云:「晉孝武太元中(東晉)琅邪[1] 王軻之家,有鬼歌《子夜》。」則是此時以前人作。《子夜歌》大部分是情歌,很好。它影響到李白。後從此又出《子夜四時歌》(李白亦有)《大子夜歌》《子夜警歌》《子夜變歌》,也都是戀歌,表達歡情。(並且疑心有男女對唱之歌在內,如《樂府詩集》所錄《子夜歌》前幾首是。)《子夜四時歌》猶今之「四季相思」一類小調。《大子夜歌》竟是《子夜歌》的總引。

《子夜歌》大都是五言四句,類唐代五絕。先有律詩後有絕句,此說非。此即絕句。

2.《懊儂歌》《古今樂錄》曰:「《懊儂歌》者,晉石崇、綠珠所作,惟《絲布澀難縫》一曲而已,後皆 (東晉安帝) 隆安初民間訛謠之曲。」說石崇、綠珠作,非。皆東晉民歌。

《懊儂歌》表達的是怨的哀情,是決絕的;與《子夜歌》的歡情不同。

3.《華山畿》 《古今樂錄》曰:「《華山畿》者,宋少帝時《懊惱》一曲,亦變曲也。」講《孔雀東南飛》時提到南徐書生思華山女子成疾,吞食戀人之物而死,棺木過女子家門,女子棺前唱:「華山畿,君既為儂死,獨生為誰施?歡若見憐時,棺木為儂開。」最終二人合葬的故事。宋少帝時之事,可知是民歌。與此故事無關的亦有幾首,也是哀情的。據說是由《懊儂歌》變來的。

4.《讀曲歌》《宋書‧樂志》曰:「《讀曲歌》者,民間為彭城王義康所作也。」此起源說不可信,要麼亦是民間戀歌。《樂府詩集》載有八十九首,寫別離傷感的。

---

1 應為「瑯琊」。——編者註

### （二）西曲歌

《樂府詩集》曰：「《西曲歌》出於荊、郢、樊、鄧之間，而其聲節送和與『吳歌』亦異，故因其方俗而謂之『西曲』。」歌產生在今湖北、江西一帶。

「吳聲歌曲」言歡情多，聲調宛轉，不帶舞；「西曲歌」言別離多，聲調哀遠，有帶舞者。

1.《烏夜啼》《唐書·樂志》[1]曰：「《烏夜啼》者，宋臨川王義慶所作也。」其實不然，亦是民間戀歌。

2.《估客樂》　相傳齊武帝創作。大概是男子出去經商，或歌男子行旅，或歌女子愁思。今所有南朝此樂詞甚少，且不佳。元微之有《估客樂》名篇。

3.《襄陽樂》　相傳宋隨王誕所作。「誕……為雍州刺史，夜聞諸女歌謠，因而作之。……舊舞十六人，梁八人。」其實大部是民間小調。

4.《江陵樂》　亦舊舞十六人，梁八人。

在《吳聲歌曲》和《西曲歌》之外，還有一首《西洲曲》。《樂府詩集》卷七十二，放在《別離曲》與《荊州樂》之間，屬「雜曲歌辭」。《樂府詩集》作古辭，無名氏作。《玉台新詠》入江淹詩，《古詩源》誤作梁武帝，不知何據，或認為梁武帝時樂府歟？

今按：《樂府詩集》又有溫庭筠一首，有「遙見武昌樓」語，又有「南樓登且望，西江廣復平。艇子搖兩槳，催過石頭城」，可見其地。

《西曲歌》中有《石城樂》《烏夜啼》《莫愁樂》《估客樂》《襄陽樂》

---

1 指《舊唐書·音樂志》。——編者註

《三洲》《襄陽踏銅蹄》[1]《採桑度》《江陵樂》等，皆荊、郢、樊、鄧之間伎曲，亦多半是舞曲。

《西洲曲》與《西曲歌》有關，或即《石城樂》《三洲》之變，文人擬民間樂府歌辭而作，為南朝新聲樂府之結晶名。題材是愛情與離別，是江南江北水道相通，池塘採蓮。

《樂府詩集·石城樂》云「石城在竟陵」，郡治今湖北天門縣[2]西北，在武昌、江陵之間。

《西洲曲》首二句：「憶梅下西洲，折梅寄江北。」梅是愛的象徵。《詩經·召南·摽有梅》，言女子婚嫁事，梅＝媒。《子夜四時歌·春歌》：「梅花落已盡，柳花隨風散。歎我當春年，無人相要喚。」陸凱《贈范曄詩》：「折梅逢驛使，寄與隴頭人。江南無所有，聊贈一枝春。」梅花春色贈人表友愛，與折柳贈別相同。

或云其愛人名字內有「梅」字，故曰「憶梅」，而折梅寄之。此則樂府隨人推測其意耳。其中隱約有人，寫得朦朧，有朦朧的美。詩的隱與顯，詩中不必有清楚的故事，有故事，不必清楚。並且此類擬舞曲之歌辭，若有情節者更妙。

「西洲在何處？兩槳橋頭渡，日暮伯勞飛，風吹烏臼樹。」兩槳，《莫愁樂》「莫愁在何處？莫愁石城西。艇子打兩槳，催送莫愁來」。《莫愁樂》，湖北調。南京之莫愁湖因石頭城而誤。「西曲歌」實為楚辭之遺。東飛伯勞西飛燕，伯勞，鳥名。

「採蓮南塘秋，蓮花過人頭。低頭弄蓮子，蓮子青如水。」蓮＝憐愛，愛憐之憐。《子夜歌》：「果得一蓮時，流離嬰辛苦。」「霧露隱芙

---

蓉，見蓮不分明。」謂私情、幽期也，不能公開的愛情。《西曲歌》中又有《江南弄》，其中有《採蓮曲》。「南塘秋」，秋，新鮮句法，詩的意境；「蓮花過人頭」，入畫。

「置蓮懷袖中，蓮心徹底紅。」古詩「置書懷袖中」，徹底，相思。

此曲先寫男憶女，中寫女憶男，結末男女互相憶。或曰，西洲是女子所居，在江北，男子在江南，故曰「南風知我意，吹夢到西洲」，南風往北吹。

《西曲歌》原詞多五言四句，《西洲曲》則連章也。用了連鎖、頂真、續麻等修辭手法。

## (三) 結論

1. 民歌皆無名氏作，並非一人作一詩，乃口唱流變而成，一類歌曲愈唱愈多。代表新的民歌，在文學史上有價值、有地位。

2. 歌者不通文墨，不是從字上來的文學，是活的，考究其聲音，故得盡雙關字之妙。如「芙蓉」為「夫容」；「蓮」為「憐」；「藕」為「耦」[1]；「絲」為「思」；布匹之「匹」借作匹偶之「匹」；吳聲歌曲「石闕生口中，銜碑不得語」，「銜碑不得語」即「銜悲不得語」。只要聲音相通便可用。蘇東坡有仿吳歌詩曰：「蓮子劈開須見薏，楸枰著盡更無棋。破衫卻有重縫處，一飯何曾忘卻匙。」語出雙關，即心心相印，後會無期。「縫」即「逢」，「匙」即「時」。

3. 影響到文人、帝王，於是產生新樂府。且帝王喜以此種民歌被之管弦，即作為樂府，所以得保存歌辭到今日。帝王等仿作，又影響到唐詩，李、杜、元、白皆受其影響。

---

1「耦」同「偶」。——編者註

4. 依舊流佈於民間，為唐人絕句及晚唐五代小令之先聲。

# 南朝新樂府

帝王棄長安、洛陽南遷後，南朝除傳統的樂府外，別有新樂府，顯然是受上述南方民歌的影響。中國以前的樂府，無論其音調來自南方與否，總在北方製作，現在因建都南方，受了南方小調的影響，音節萎靡了。以前的樂府內容，大都是戰爭、遊獵、遊宴等，現在只有唯一的題材是兒女。

新樂府是帝王教樂工創作。王，如宋時作《碧玉歌》的汝南王，作《襄陽樂》的隨王、臨川王義慶等。

帝，如梁代三帝——梁武帝（蕭衍）、梁簡文帝（蕭綱）、梁元帝（蕭繹），陳後主。

梁武帝作《子夜四時歌》七首、《襄陽蹋銅蹄》三曲、《江南弄》七首、《河中之水歌》。都很有名。其子蕭綱、蕭統均和之。

梁簡文帝作《烏夜啼》、《烏棲曲》四首、《江南弄》，實從民間而來，如漢武帝采民歌作樂府一樣。

梁元帝作《烏棲曲》六首、《江南弄》。

陳後主作《烏棲曲》《估客樂》《三洲歌》《三婦豔詞》《春江花月夜》《玉樹後庭花》《堂堂》《黃鸝留》《金釵兩鬢垂》。樂府歌帶舞。影響很大。

《隋書·樂志》云：陳後主「與幸臣等制其歌詞，綺豔相高，極於輕蕩，男女唱和，其音甚哀」。

有人罵陳後主的樂府為亡國之音，但其文學方面影響至唐詩，歌方面影響至宋元戲曲。

陳後主幸臣宰相江總等喜作詩，又有張貴妃（麗華）與龔、孔兩貴

嬪，宮人袁大舍為女學士。《南史·后妃傳》：「每引賓客……遊宴則使諸貴人女學士與狎客共賦新詩，互相贈答，採其尤豔麗者以為曲調，被以新聲，選宮女有容色者以千百數，令習而歌之。」

　　陳後主比李後主、宋徽宗格調低。因文學不只漂亮，還須有風骨，不過其影響很大。


　　南朝亡，隋滅陳後，均一仿陳後主之態度。隋煬帝學了陳後主，亦作了許多新樂府。《隋書·音樂志》曰：「(煬帝) 大制豔篇，辭極淫綺，令樂正白明達造新聲，創《萬歲樂》《藏鈎樂》《七夕相逢樂》《投壺樂》《舞席同心髻》《玉女行觴》《神仙留客》《擲磚續命》《鬥雞子》《鬥百草》《泛龍舟》《還舊宮》《長樂花》及《二十時》等曲，掩抑摧藏，哀音斷絕。」

　　此等曲直接影響到唐明皇的《霓裳羽衣曲》，為戲曲的祖宗。


## 北朝民歌


### (一) 北朝的民歌

　　北朝樂府方面從略，只講民歌。

　　北方民歌與南方民歌完全不同。北方生活着漢族以外的其他民族，有新的歌曲，表現北方民族之氣魄。與南方靡靡之音不同，好的民歌很多，亦在《樂府詩集》內。

　　南方是兒女文學，北方是英雄文學。

　　如《敕勒歌》：

　　　　敕勒川，陰山下。天似穹廬，籠蓋四野。　天蒼蒼，野茫茫。風吹草低見牛羊。

　　據《北史·齊神武紀》載：東魏武定四年（公元 546 年），「西魏言神武（高歡）中弩，神武聞之，乃勉坐見諸貴，使斛律金唱《敕勒》，神武自和之，哀感流涕」。時東魏高歡率部攻打西魏宇文泰，與斛律金合唱《敕勒歌》鼓舞士氣，挽轉了頹勢。

　　歌具莽蒼之氣，北歌本色。《樂府詩集》入「雜歌謠辭」。據說本鮮卑語，譯為漢語，此說不可靠。

　　此外，北朝民歌材料，均被保存在《樂府詩集》之《梁鼓角橫吹曲》中。

　　1.《企喻歌》 《唐氏·樂志》：「鮮卑吐谷渾部落稽三國皆馬上樂也。」

　　2.《瑯琊王歌》　姚秦時。

　　3.《慕容垂歌》　此類歌不能說誰作的。

　　4.《紫騮馬歌》

　　5.《折楊柳歌》「上馬不捉鞭，反折楊柳枝。」折柳當馬鞭用，非為贈別。與江南不同。

　　6.《隴頭歌》

　　7.《隔谷歌》

　　這些都是短歌，長篇傑作為《木蘭詩》。北朝情歌佳者又有魏太后之《楊白花》（見《古詩源》）。


## （二）木蘭詩

《木蘭詩》列《樂府詩集》，隸「鼓角橫吹曲」，北朝長篇傑作。

《木蘭詩》，北朝的民歌。木蘭蓋複姓，夷女也。

1.《木蘭詩》之產生年代

《木蘭詩》古人有以為是漢魏作品（一說曹子建）；有以為是隋唐人作，

詩中「朔氣傳金柝，寒光照鐵衣。將軍百戰死，壯士十年歸」詩句之律詩聲調，類唐詩(謂李白或韋元甫作)。

當代論及《木蘭詩》之年代問題，可參考：

(1) 姚大榮兩篇文章：《木蘭從軍時地表微》(《東方雜誌》廿二卷二號)、《木蘭從軍時地表微補述》(《東方雜誌》廿二卷廿三號)。

(2) 徐中舒兩篇文章：《木蘭歌再考》(《東方雜誌》廿二卷十四號)、《〈木蘭歌〉再考補篇》(《東方雜誌》廿三卷十一號)。

(3) 張為騏《木蘭詩時代辨疑》(《國學月報》二卷四號)。

姚説《木蘭詩》著於隋，徐説著於唐，張説著於北朝。以上諸説以張説為允。

張為騏主張著於北朝，其理由是：

① 以詩始見著錄於《古今樂錄》，而《古今樂錄》一書是陳沙門智匠撰(見《隋書 · 經籍志》《宋史 · 藝文志》)，《古今樂錄》所論不及梁以後作品。

② 又此詩見於《古文苑》，而《古文苑》中作品止於北周，故此詩當在北周以前。

③ 況且，北朝民歌中有《折楊柳歌》四曲，其後二曲如下：

敕敕何力力，女子臨窗織。不聞機杼聲，只聞女歎息。

問女何所思，問女何所憶。阿婆許嫁女，今年無消息。

《木蘭詩》當與之同時，或由此變來。

其説甚是。至於説木蘭所征者是「蠕蠕」，未免膠柱鼓瑟了。

《木蘭詩》中有「可汗大點兵」語，明末徐𤊻《筆精》云：「後魏太武帝時『蠕蠕』始自號伊利可汗，則是辭當係晉以後人所作也，或疑『萬里赴戎機』(關山度若飛。朔氣傳金柝，寒光照鐵衣) 四語如唐人詩，遂以為唐人偽為之，不知齊梁如此句甚多，如『玉珂鳴戰馬，金距鬥場雞。蓮花

穿劍鍔，秋月掩刀環。絕漠衝風急，交河夜月明』等句，不類唐人句法耶？如『當窗理雲鬢，對鏡貼花黃』[1]大類齊梁口吻，予謂此辭出齊梁作者無疑。」《筆精》又云：「六朝詩句法與唐人類者，如『朔風動秋草，邊馬有歸心。亂流趨正絕，孤嶼媚中川。野曠沙岸靜，天高秋月明。銅陵映碧澗，石瀨瀉紅泉。歸華先委落，別葉早辭風。胡風吹朔雪，千里度龍山。秋河曙耿耿，寒渚夜蒼蒼。雲去蒼梧野，水還江漢流』實開盛唐之門戶也。」

按：北齊顏之推詩「露鮮華劍彩，月照寶刀新」。陳張正見詩「朔氣凌疏木，江風送上潮」。對仗亦工整。再如北齊蕭愨《和崔侍中從駕經山寺》一首，亦是五律，其中警句為：「野禽喧曙色，山樹動秋聲。雲表金輪見，岩端畫栱明。」對仗甚工也。又蕭愨《秋思》云：「芙蓉露下落，楊柳月中疏。」逼近唐人。齊梁以後的詩近於唐詩的很多。

可知《木蘭詩》是北朝的民歌，約在北齊末年北周初年。木蘭是異族女子，複姓（姓花說非），漢族化了，觀其裝扮可知，孝順觀念和貞節觀念可知。

2. 木蘭之姓氏及里居

1936 年 4 月 10 日《北平新生報‧文藝週刊》載龔公作《木蘭故事考辨》，據其所考，木蘭之姓氏及里居頗多異說。

（1）或謂木蘭姓魏，譙郡東魏村人。隋恭帝時募兵戍北方，木蘭代父從軍。俞正燮《癸巳存稿》已辨之。隋恭帝不能有十二年，姓名事跡皆不足據。（云魏氏女及隋恭帝時者據《大清一統志》《江南通志》《潁州列女》《商邱志》《亳州志》、張希良《孝烈將軍傳》）潁州、亳州、商邱三《志》，均言木蘭為魏村人，實屬一系，中以商邱最為徵實，營郭鎮有孝烈廟，實則孝烈

---

1 應為「當窗理雲鬢，對鏡帖花黃」。——編者註

廟原為昭烈小娘子祠，乃金太初時宰相木蘭公之女耳。張冠李戴因此
致誤。

（2）以木蘭姓花，徐文長劇本，木蘭代父花弧從軍。陳天策謂《四
聲猿》借題發抒，殊不足據。

（3）以木蘭姓朱，明遼東巡撫張濤題建木蘭山將軍廟奏疏，以為唐
節度使朱異。《木蘭傳》又謂其父朱壽甫，說者以為或名異，字壽甫，
此說觀《木蘭詩》，知其父不得為節度使，決是妄說。

（4）或謂木蘭完縣人（在河北保定之西），《保定府志》及《完縣志》均
載之。在隋唐時確為塞北，且廟建於唐，較商邱孝烈祠為早。完縣城
東有木蘭墓，諸家以杜牧遊河北題木蘭廟詩為證。唯又有人以杜牧此
詩為黃州刺史時作，故又以木蘭為黃陂人。黃陂亦有木蘭廟，謂黃陂
朱氏女。據蕘公考，實因杜牧詩或以為作在河北，或以為作在黃州，
遂有完縣及黃陂二說耳。言黃陂者未免與木蘭「朝辭爺娘去，暮宿黃河
邊」不合，昔人亦已駁之。或因黃陂有木蘭山之故而誤。

據蕘公意，木蘭生長地在今陝西延安綏德附近，未說理由，大概
據《木蘭詩》推定之耳。

姚大榮謂木蘭從軍隸梁師都部，因梁師都在隋末，又以稱可汗，
又稱天子，其地望又合，非他莫屬。徐中舒辨之。

《木蘭詩》有詩句曰「旦辭黃河去，暮至黑水頭」。按黑水，查《地
名大辭典》，有許多水皆可稱為黑水：①甘肅張掖縣 [1] 界之張掖河；②伊
吾縣之大通河；③敦煌北之黨河；④山西壽陽縣之黑水；⑤山西翼城
縣北之黑水；⑥陝西甘泉縣樂之庫利川；⑦陝西城固縣北有黑水，諸
葛亮箋「朝發素鄭，暮宿黑水」即是水；⑧甘肅海原縣南有大小二黑水；

---

1 即今甘肅張掖市。── 編者註

⑨在甘肅文縣西北徼外有黑水；⑩尚安縣[1]之黑水；⑪南廣水，符縣[2]之黑水；⑫源出綏遠[3]境鄂爾多斯右翼前旗西南，蒙古名庫葛爾黑河，一曰哈柳圖河，東入邊牆，在陝西橫山縣[4]北東流入無定河，《晉書》載記，赫連勃勃於黑水之南營都城是也；⑬在綏遠歸綏縣，即黑河，亦名金河（按：黑河自歸綏西流至包頭入黃河）。

按：詩言與燕山為鄰（「但聞燕山胡騎聲啾啾」），則與 ⑫⑬ 為近（⑫在綏遠境南，陝西北，亦較近者）。蕘公謂木蘭生在延安綏德間，則至黃河一天路程，由黃河至無定河入綏遠境亦一天路程，甚速。如定以 ⑬ 之黑水，即黑河，則木蘭里居應在山西北部或綏遠境內。

燕山，河北薊縣[5]東南。燕山州，唐置，當在寧夏省[6]之東南境。燕山離綏遠實遠。唐之燕山州則離綏遠之紅柳河及黑河較近，離紅柳河尤近。

梁師都據朔方，隋時朔方郡故治在今陝西橫山縣西。

木蘭代父從軍的英雄傳奇故事從古至今廣泛流傳，影響深遠。抗戰期間，有湖南女子李治雲，以女扮男，從軍殺敵，越萬里，時經十年。凡所閱歷，可歌可泣。至勝利後始因家信被人識破，社會競傳，以現代花木蘭稱之，傳為美談。

---

1 尚安縣，古縣名。——編者註

2 符縣，古縣名，今瀘州市合江縣。——編者註

3 綏遠，舊省級行政區，1954 年撤銷併入內蒙古自治區。——編者註

4 即今陝西榆林市橫山區。——編者註

5 薊縣一般指薊州區。今屬天津市。——編者註

6 即今寧夏回族自治區。——編者註

# 宮體詩的自贖

闐一多

　　宮體詩就是宮廷的，或以宮廷為中心的豔情詩，它是個有歷史性
的名詞，所以嚴格地講，宮體詩又當指以梁簡文帝為太子時的東宮，
及陳後主、隋煬帝、唐太宗等幾個宮廷為中心的豔情詩。我們該記得
從梁簡文帝當太子到唐太宗晏駕中間一段時期，正是謝朓已死，陳子
昂未生之間一段時期。這期間沒有出過一個第一流的詩人。

　　那是一個以聲律的發明與批評的勃興為人所推重，但論到詩的本
身，則為人所詬病的時期。沒有第一流詩人，甚至沒有任何詩人，不
是一樁罪過。那只是一個消極的缺憾。但這時期卻犯了一樁積極的
罪。它不是一個空白，而是一個污點，就因為他們製造了些有如下面
這樣的宮體詩。

　　　　長筵廣未同，上客嬌難逼。還杯了不顧，回身正顏色。（高爽
《詠酌酒人》）

　　　　眾中俱不笑，座上莫相撩。（鄧鑑《奉和夜聽妓聲》）
這裡所反映的上客們的態度，便代表他們那整個宮廷內外的氣氛。人
人眼角裡是淫蕩：

　　　　上客徒留目，不見正橫陳。（鮑泉《敬酬劉長史詠名士悅傾城》）
　　人人心中懷着鬼胎：

　　　　春風別有意，密處也尋香。(李義府《堂詞》)

對姬妾、娼妓如此，對自己的結髮妻亦然 (劉孝威《郡縣寓見人織率爾贈婦》

便是一例)。於是髮妻也就成了倡家。徐悱寫得出《對房前桃樹詠佳期贈

內》那樣一首詩，他的夫人劉令嫻為甚麼不可以寫一首《光宅寺》來賽

過他？索性大家都揭開了：

　　　　知君亦蕩子，賤妾自倡家。(吳均《鼓瑟曲有所思》)

因為也許她明白她自己的秘訣是甚麼。

　　　　自知心所愛，出入仕秦宮。誰言連屈尹，更是莫遨通？(簡文

帝《豔歌篇》十八韻)

簡文帝對此並不詫異，說不定這對他，正是件稱心的消息。墮落是沒

有止境的。從一種變態到另一種變態往往是個極短的距離，所以現在

像簡文帝《變童》、吳均《詠少年》、劉孝綽《詠小兒採蓮》、劉遵《繁

華應令》，以及陸厥《中山王孺子妾歌》一類作品，也不足令人驚奇

了。變態的又一型類是以物代人為求滿足的對象。於是繡領、袙

腹、履、枕、席、臥具……全有了生命，而成為被玷污者。推而廣

之，以至燈燭、玉階、梁塵，也莫不踴躍地助他們集中意念到那個荒

唐的焦點，不用說，有機生物如花草鶯蝶等更都是可人的同情者。

　　　　羅薦已擘鴛鴦被，綺衣復有葡萄帶。殘紅豔粉映簾中，戲

蝶流鶯聚窗外。(上官儀《八詠應制》)

看看以上的情形，我們真要疑心，那是作詩，還是在一種偽裝下的無

恥中求滿足。在那種情形之下，你怎能希望有好詩！所以常常是那套

褪色的陳詞濫調，詩的本身並不能比題目給人以更深的印象。實在有

時他們真不像是在作詩，而只是制題。這都是慘淡經營的結果：《詠人

聘妾仍逐琴心》(伏知道)，《為寒床婦贈夫》(王胃)，特別是後一例，盡

有「閨情」「秋思」「寄遠」一類的題面可用，然而作者偏要標出這樣五

個字<sup>1</sup> 來，不知是何居心。如果初期作者常用的「古意」「擬古」一類曖昧的題面，是一種遮羞的手法，那麼現在這些人是根本沒有羞恥了！這由意識到文辭，由文辭到標題，逐步的鮮明化，是否可算作一種文字的裎裸狂，我不知道。反正讚歎事實的「詩」變成了標明事類的「題」之附庸，這趨勢去《遊仙窟》一流作品，以記事文為主，以詩副之的形式，已很近了。形式很近，內容又何嘗遠？《遊仙窟》正是宮體詩必然的下場。

　　我還得補充一下宮體詩在它那中途丟掉的一個自新的機會。這專以在昏淫的沉迷中作踐文字為務的宮體詩，本是衰老的、貧血的南朝宮廷生活的產物，只有北方那些新興民族的熱與力才能拯救它。因此我們不能不慶幸庾信等之入周與被留，因為只有這樣，宮體詩才能更穩固地移植在北方，而得到它所需要的營養。果然被留後的庾信的《烏夜啼》《春別詩》等篇，比從前在老家作的同類作品，氣色強多了。移植後的第二三代本應不成問題。誰知那些北人骨子裡和南人一樣，也是脆弱的，禁不起南方那美麗的毒素的引誘，他們馬上又屈服了。除薛道衡《昔昔鹽》《人日思歸》、隋煬帝《春江花月夜》三兩首詩外，他們沒有表現過一點抵抗力。煬帝晚年可算熱忱地效忠於南方文化了；文藝的唐太宗，出人意料之外，比煬帝還要熱忱。於是庾信的北渡完全白費了。宮體詩在唐初，依然是簡文帝時那沒筋骨、沒心肝的宮體詩。不同的只是現在辭藻來得更細緻，聲調更流利，整個的外表顯得更乖巧、更酥軟罷了。說唐初宮體詩的內容和簡文帝時完全一樣，也不對。因為除了搬出那僵屍「橫陳」二字外，他們在詩裡也並沒有講出甚麼。這又教人疑心這輩子人已失去了積極犯罪的心情。恐怕只是

1「為寒床婦贈夫」為六個字。　——編者註

辭藻和聲調的試驗給他們羈縻着一點作這種詩的興趣（辭藻、聲調與宮體有着先天與歷史的聯繫）。宮體詩在當時可說是一種不自主的、虛偽的存在。原來從虞世南到上官儀是連墮落的誠意都沒有了。此真所謂「萎靡不振」！

但是墮落畢竟到了盡頭，轉機也來了。

在窒息的陰霾中，四面是細弱的蟲吟，虛空而疲倦，忽然一聲霹靂，接着的是狂風暴雨！蟲吟聽不見了，這樣便是盧照鄰《長安古意》的出現。這首詩在當時的成功不是偶然的。放開了粗豪而圓潤的嗓子，他這樣開始：

> 長安大道連狹斜，青牛白馬七香車。玉輦縱橫過主第，金鞭絡繹向侯家！龍銜寶蓋承朝日，鳳吐流蘇帶晚霞。百丈游絲爭繞樹，一群嬌鳥共啼花。……

這生龍活虎般騰踔的節奏，首先已夠教人們如大夢初醒而心花怒放了。然後如雲的車騎，載着長安中各色人物 panorama（全景）式地一幕幕出現，通過「五劇三條」的「弱柳青槐」來「共宿娼家桃李蹊」。誠然這不是一場美麗的熱鬧。但這癲狂中有戰慄，墮落中有靈性。

> 得成比目何辭死，願作鴛鴦不羨仙。

比起以前那光是病態的無恥：

> 相看氣息望君憐，誰能含羞不肯前！（簡文帝《烏棲曲》）

如今這是甚麼氣魄！對於時人那虛弱的感情，這真有起死回生的力量。最後：

> 節物風光不相待，桑田碧海須臾改。昔時金階白玉堂，即今唯見青松在！

似有「勸百諷一」之嫌。對了，諷刺，宮體詩中講諷刺，多麼生疏的

一個消息！我幾乎要問：《長安古意》究竟能否算宮體詩？從前我們所知道的宮體詩，自蕭氏君臣以下都是作者自身下流意識的口供，那些作者只在詩裡，這回盧照鄰卻是在詩裡，又在詩外，因此他能讓人人以一個清醒的旁觀的自我，來給另一自我一聲警告。這兩種態度相差多遠！

> 寂寂寥寥楊子居，年年歲歲一床書。獨有南山桂花發，飛
> 來飛去襲人裾。

這篇末四句有點突兀，在詩的結構上既嫌蛇足，而且這樣說話，也不免暴露了自己態度的褊狹，因而在本篇裡似乎有些反作用之嫌。可是對於人性的清醒方面，這四句究不失為一個保障與安慰。一點點藝術的失敗，並不妨礙《長安古意》在思想上的成功。它是宮體詩中一個破天荒的大轉變。一手挽住衰老了的頹廢，教給它如何回到健全的欲望；一手又指給它欲望的幻滅。這詩中善與惡都是積極的，所以二者似相反而相成。我敢說《長安古意》的惡的方面比善的方面還有用。不要問盧照鄰如何成功，只看庾信是如何失敗的。欲望本身不是甚麼壞東西。如果它走入了歧途，只有疏導一法可以挽救，壅塞是無效的。庾信對於宮體詩的態度，是一味地矯正，他彷彿是要以非宮體代宮體。反之，盧照鄰只要以更有力的宮體詩救宮體詩，他所爭的是有力沒有力，不是宮體不宮體。甚至你說他的方法是以毒攻毒也行，反正他是勝利了。有效的方法不就是對的方法嗎？

矛盾就是人性，詩人作詩本不必對自己的行為負責。原來《長安古意》的「年年歲歲一床書」，只是一句詩而已，即令作詩時事實如此，大概不久以後，情形就完全變了，駱賓王的《豔情代郭氏答盧照鄰》便是鐵證。故事是這樣的：照鄰在蜀中有一個情婦郭氏，正當她有孕時，照鄰因事要回洛陽去，臨行相約不久回來正式成婚。誰知他一去兩年

不返，而且在三川有了新人。這時她望他的音信既望不到，孩子也丟了。「悲鳴五里無人問，腸斷三聲誰為續」！除了駱賓王給寄首詩去替她申一回冤，這悲劇又能有甚麼更適合的收場呢？一個生成哀豔的傳奇故事，可惜駱賓王沒趕上蔣防、李公佐的時代。我的意思是，故事最適宜於小說，而作者手頭卻只有一個詩的形式可供採用。這試驗也未嘗不可作，然而他偏偏又忘記了《孔雀東南飛》的典型。憑一支作判詞的筆鋒（這是他的當行），他只草就了一封韻語的書札而已。然而是試驗，就值得欽佩。駱賓王的失敗，不比李百藥的成功有價值嗎？他至少也替《秦婦吟》墊過路。

這以「一抔之土未乾，六尺之孤何託」，教歷史上第一位英威的女性破膽的文士，天生一副俠骨，專喜歡管閒事，打抱不平，殺人報仇，幫癡心女子打負心漢，都是他幹的。《代女道士王靈妃贈道士李榮》裡沒講出具體的故事來，但我們猜得到一半，還不是盧郭公案那一類的糾葛？李榮是個有才名道士（見《舊唐書·儒學羅道琮傳》，盧照鄰也有過詩給他）。故事還是發生在蜀中，李榮往長安去了，也是許久不回來，王靈妃急了，又該駱賓王給去信促駕了。不過這回的信卻寫得比較像首詩。其所以然，倒不在——

　　　　梅花如雪柳如絲，年去年來不自持。初言別在寒偏在，何
　　悟春來春更思。

一類響亮句子，而是那一氣到底而又纏綿往復的旋律之中，有着欣欣向榮的情緒。《代女道士王靈妃贈道士李榮》的成功，僅次於《長安古意》。

和盧照鄰一樣，駱賓王的成功，有不少成分是仗着他那篇幅的。上文所舉過的二人的作品，都是宮體詩中的雲岡造像，而賓王尤其好大成癖（這可以他那以賦為詩的《帝京篇》《疇昔篇》為證）。從五言四句的《自君

之出》矣，擴充到盧、駱二人洋洋灑灑的巨篇，這也是宮體詩的一個劇
變。僅僅篇幅大，沒有甚麼。要緊的是背面有厚積的力量撐持着。這
力量，前人謂之「氣勢」，其實就是感情。有真實感情，所以盧、駱的
來到，能使人們麻痹了百餘年的心靈復活。有感情，所以盧、駱的作
品，正如杜甫所預言的，「不廢江河萬古流」。

　　從來沒有暴風雨能夠持久的。果然持久了，我們也吃不消，所以
我們要它適可而止。因為，它究竟只是一個手段，打破鬱悶煩躁的手
段；也只是一個過程，達到雨過天晴的過程。手段的作用是有時效的，
過程的時間也不宜太長，所以在宮體詩的園地上，我們很僥倖地碰見
了盧、駱，可也很願意能早點離開他們 —— 為的是好和劉希夷會面。

　　　　古來容光人所羨，況復今日遙相見？願作輕羅着細腰，願
　　為明鏡分嬌面。（《公子行》）
這不是甚麼十分華貴的修辭，在劉希夷也不算最高的造詣；但在宮體
詩裡，我們還沒聽見過這類的癡情話。我們也知道他的來源是《同聲
詩》和《閒情賦》。但我們要記得，這類越過齊梁，直向漢晉人借貸靈
感，在將近百年以來的宮體詩裡也很少人幹過呢！

　　　　與君相向轉相親，與君雙棲共一身。願作貞松千歲古，誰
　　論芳槿一朝新！百年同謝西山日，千秋萬古北邙塵。（《公子行》）
這連同它的前身 —— 楊方《合歡詩》，也不過是常態的、健康的愛情
中，極平凡、極自然的思念，誰知道在宮體詩中也成為了不得的稀世
的珍寶。回返常態確乎是劉希夷的一個主要特質，孫翌編《正聲集》
時把劉希夷列在卷首，便已看出這一點來了。看他即便哀豔到如：

　　　　自憐妖豔姿，妝成獨見時。愁心伴楊柳，春盡亂如絲。（《春
　　女行》）

攜籠長歎息，逶迤戀春色。看花若有情，倚樹疑無力。薄
暮思悠悠，使君南陌頭。相逢不相識，歸去夢青樓。(《採桑》)
也從沒有不歸於正的時候。感情返到正常狀態是宮體詩的又一重大階
段。唯其如此，所以煩躁與緊張都消失了，只剩下一片晶瑩的寧靜。
就在此刻，戀人才變成詩人，憬悟到萬象的和諧，與那一水一石一草
一木的神秘的不可抵抗的美，而不禁受創似的哀叫出來：

可憐楊柳傷心樹，可憐桃李斷腸花！(《公子行》)
但正當他們叫着「傷心樹」「斷腸花」時，他已從美的暫促性中認識了
那玄學家所謂的「永恆」——一個最縹緲，又最實在；令人驚喜，又
令人震怖的存在。在它面前一切都變渺小了，一切都沒有了。自然認
識了那無上的智慧，就在那徹悟的一剎那間，戀人也就是變成哲人了：

洛陽城東桃李花，飛來飛去落誰家？洛陽女兒好顏色，坐
見落花長歎息：今年花落顏色改，明年花開復誰在！ ……古人
無復洛城東，今人還對落花風。年年歲歲花相似，歲歲年年人
不同。(《代白頭翁》[1])
相傳劉希夷吟到「今年花落……」二句時，吃一驚，吟到「年年歲
歲……」二句，又吃一驚。後來詩被宋之問看到，硬要讓給他，詩人不
肯，就生生地被宋之問給用土囊壓死了。於是詩讖就算驗了。編故事
的人的意思，自然是說，劉希夷泄露了天機，論理該遭天譴。這是中
國式的文藝批評，雋永而正確，我們在千載之下，不能，也不必改動
它半點。不過我們可以用現代語替它詮釋一遍，所謂泄露天機者，便
是悟到宇宙意識之謂。從蜣螂轉丸式的宮體詩一躍而到莊嚴的宇宙意
識，這可太遠了，太驚人了！這時的劉希夷實已跨近了張若虛半步，

1 即《代悲白頭翁》，又稱《代白頭吟》。——編者註

而離絕頂不遠了。

如果劉希夷是盧、駱的狂風暴雨後寧靜爽朗的黃昏，張若虛便是風雨後更寧靜、更爽朗的月夜。《春江花月夜》本用不着介紹，但我們還是忍不住要談談。就宮體詩發展的觀點看，這首詩尤有大談的必要。

> 春江潮水連海平，海上明月共潮生。灩灩隨波千萬里，何處春江無月明！江流宛轉繞芳甸，月照花林皆似霰。空裡流霜不覺飛，汀上白沙看不見。

在這種詩面前，一切的讚歎是饒舌，幾乎是褻瀆。它超過了一切的宮體詩有多少路程的距離，讀者們自己也知道。我認為用得着一點詮明的倒是下面這幾句：

> ……江畔何人初見月？江月何年初照人？人生代代無窮已，江月年年只相似。不知江月待何人，但見長江送流水！

更夐絕的宇宙意識！一個更深沉、更寥廓、更寧靜的境界！在神奇的永恆前面，作者只有錯愕，沒有憧憬，沒有悲傷。從前盧照鄰指點出「昔時金階白玉堂，即今唯見青松在」時，或另一個初唐詩人 —— 寒山子更尖酸地吟着「未必長如此，芙蓉不耐寒」時，那都是站在本體旁邊凌視現實。那態度我以為太冷酷、太傲慢，或者如果你願意，也可以帶點狐假虎威的神氣。在相反的方向，劉希夷又一味凝視着「以有涯隨無涯」的徒勞，而徒勞地為它哀毀着，那又未免太萎靡、太怯懦了。只張若虛這態度不亢不卑，沖融和易才是最純正的，「有限」與「無限」，「有情」與「無情」 —— 詩人與「永恆」猝然相遇，一見如故，於是談開了 ——「江畔何人初見月？江月何年初照人？ ……江月年年只相似。不知江月待何人？」對每一問題，他得到的彷彿是一個更神秘的、更淵默的微笑，他更迷惘了，然而也滿足了。於是他又把自己的秘密傾吐給那緘默的對方：

> 白雲一片去悠悠，青楓浦上不勝愁。

因為他想到她了，那「妝鏡台」邊的「離人」。他分明聽見她的歎唱：

> 此時相望不相聞，願逐月華流照君！

他說自己很懊悔，這飄蕩的生涯究竟到幾時為止！

> 昨夜閒潭夢落花，可憐春半不還家。江水流春去欲盡，江
> 潭落月復西斜！

他在悵惘中，忽然記起飄蕩的許不只他一人，對此情景，大概旁人，也只得徒喚奈何罷！

> 斜月沉沉藏海霧，碣石瀟湘無限路。不知乘月幾人歸，落
> 月搖情滿江樹！

這裡一番神秘而又親切的如夢境的晤談，有的是強烈的宇宙意識，被宇宙意識昇華過的純潔的愛情，又由愛情輻射出來的同情心，這是詩中的詩，頂峰上的頂峰。從這邊回頭一望，連劉希夷都是過程了，不用說盧照鄰和他的配角駱賓王，更是過程的過程。至於那一百年間梁、陳、隋、唐四代宮廷所遺下了那份最黑暗的罪孽，有了《春江花月夜》這樣一首宮體詩，不也就洗淨了嗎？向前替宮體詩贖清了百年的罪，因此，向後也就和另一個頂峰陳子昂分工合作，清除了盛唐的路——張若虛的功績是無從估計的。

# 唐詩興盛的原因及其分期

浦江清

## 一、唐代詩歌興盛之原因

詩源於歌，徒歌為歌謠，樂歌是樂曲。後來分道揚鑣。漢魏南北朝，歌曲稱樂府，吟誦的稱詩。

唐代詩歌最盛。計有功《唐詩紀事》採錄詩人 1150 家，《全唐詩》900 卷，採錄 2300 餘家，48900 餘首，也還有遺佚。其中百分之九十以上，只是吟誦的詩，不是歌曲。雖然題目用樂府歌引，並不真的入樂。無論樂府古題，或如白居易的新樂府，都不入樂歌唱，不過假定可以作歌曲而已。南北朝的樂府對於唐詩很有影響，唐詩中普遍的題材是閨怨及邊塞。情詩與戰爭詩，這些內容是南北朝樂府的題材。尤其是初唐，盛唐以後，距離就遠了。

唐代是中國詩歌的黃金時代，至其所以詩獨盛的原因，可有數端。

### (一) 君王提倡

太宗、高宗、武后、玄宗、德宗、憲宗、穆宗、文宗、昭宗，莫不好詩。太宗偶好宮體詩，令文士修撰《晉書》，自為陸機、王羲之作傳論。高宗朝升擢詩人上官儀。又恐於此時試進士，加試雜文（雜文為詩

賦）。武后時常宴群臣賦詩，使上官婉兒品第甲乙賜金爵。玄宗朝以李白供奉翰林，王維以一詩免譴。又設左右教坊，梨園子弟習俗樂，采詩入大曲中歌唱。德宗朝知制誥缺出，曰：與韓翃。時有二韓翃，一為詩人，一為江淮刺史。德宗曰：與「春城無處不飛花」的韓翃。

### （二）科舉試詩

隋文帝始舉秀才，煬帝始設進士科，唐初因之。《唐文典》，唐代選舉六科：(1) 秀才；(2) 明經；(3) 進士；(4) 明法；(5) 書；(6) 算。其中秀才科立格最高，常停。唯「明經」「進士」兩科為士眾所趨。進士科試詩賦時務策五道，帖一大經（《玉海》引唐《選舉志》）。唯唐初進士科尚未試詩賦，可能在高宗時增入，稱「雜文」，進士科要亦以時務策帖經為主。試詩始於何時不可考，唯《文苑英華》卷 186 收王維《清如玉壺冰》詩，註云「京兆府試，時維年十九」（今《全唐詩》本同），維年十九時開元七年也。《唐詩紀事》：祖詠試《終南望餘雪》詩，在開元十二年。以後終唐不廢。試詩四韻、六韻、八韻不等。開元二十五年，敕：進士以聲韻為學，多昧古今；明經以帖誦為功，罕窮旨趣。自今明經問大義十條，對時務策三道；進士試大經十帖（見《通鑑綱目》，唐時以《左氏傳》為大經）。知明經、進士兩科所試略同，唯明經無詩賦，進士有詩賦。唐代才人所趨在進士科。進士之在政治上獲得地位，從武后朝始。唐代與南北朝九品中正之選舉法不同，高門、寒門的階級觀念已打破。

這裡有兩點值得指出：

(1) 考試用詩，所以詩為一般知識分子所學習。蒙童都要學詩。元白書信文集序中提及，村塾教師以元白詩訓蒙童。詩成為文人的普通素養，甚至方外道流、女子都能詩。

（2）進士制度，可以使社會各階層有平等的上進機會。六朝重門第，唐代詩人很多不出高門，很多少時貧困的。

不出高門的，如陳子昂、李白。富厚家庭子弟。

貧苦的，如岑參、韓愈（刻苦為學）、孟郊、賈島。

落魄不羈的，如高適。

名門之後，但父親做小官（縣令之流）的，如元稹、杜甫、白居易。

隱士，如孟浩然、皮日休、陸龜蒙。

進士來自各階層，生活經驗豐富。中進士以後他們也未必得高官厚祿，做校書郎、拾遺、縣令、刺史各處流轉。天下大，到處跑。所以唐詩內容，比南北朝豐富。

## （三）以詩入樂府歌曲

南北朝詩人多作樂府歌曲。唐代詩人作樂府古題者極多，唯不入樂。玄宗開元二年，以雅俗樂均隸太常為不合，因置左右教坊，以教俗樂，又選樂工、宮女數百人，自教之，謂之皇帝梨園弟子。唐代大曲如《甘州》《涼州》皆採絕句入遍數中歌唱。《集異記》記王昌齡、高適、王之渙三詩人「旗亭畫壁故事」。（三人不得志，時在長安，下雪，在旗亭喝酒，聞隔壁歌唱。三人才名相當，乃打賭看唱誰的詩多。昌齡、高適詩均已唱過，唯未聽唱之渙詩。情急之下，之渙表示，再無人唱，自認輸；如唱了，你二人要甘拜下風。果然，一最出色之紅衣女子唱之渙「黃河遠上白雲間」，三人大笑。聞笑聲，得知三個才子，歌女請他們喝酒。）此乃小説，①三人雖同時，而蹤跡難合；②高適一詩，竟是悼亡詩，不宜歌唱。要之，此三人之詩，被采入大曲中歌唱，為伶官歌伎所習，則為事實也。王維《送元二使安西》「渭城朝雨浥輕塵，客舍青青柳色新。勸君更盡一杯酒，西出陽關無故人」入樂為《陽關曲》傳唱。又「紅豆生南國，春來發幾枝？願君多採擷，此物

最相思」（《相思》）。李龜年奔泊江潭曾於湘中採訪使筵上唱之。「清風明月苦相思，蕩子從戎十載餘。征人去日殷勤囑，歸雁來時數附書。」（《伊州歌》）此亦王維詩為梨園所習唱。又玄宗曾登樓聽伶人唱李嶠《汾陰行》之最後四句，歎曰：李嶠真才子也。又元微之詩入禁中，宮中稱為元才子。元白詩歌誦於販夫走卒之口。李白《清平調》不可信，唯彼有《宮中行樂詞》八首入管弦者。《宮中行樂詞》八首皆五律，氣格比《清平調詞》三首為高。《清平調詞》見樂史所撰《李翰林別集序》，偽作也。霍小玉與李益初有交情時，介紹人介紹他的「開門復動竹，疑是故人來」（《竹窗聞風寄苗發司空曙》）。中唐以後，白、劉、溫、皇甫松等均作《柳枝詞》《楊柳枝詞》《浪淘沙》歌詞，為詩詞之過渡。宋代歌曲則均用長短句，不以詩為樂府矣。

## （四）行卷之風甚盛

四方文士集京師者以詩文行卷投謁前輩勢要，以詩文為政治上進身之階而邀才名。如陳子昂「挾文百軸，馳走京轂」。李白以《蜀道難》示賀知章。白居易以詩文謁顧況。況曰：長安居大不易。後念其詩，覺甚好，才對他客氣。

## （五）朋友贈答，均以詩

詩為投贈送別應酬之具。和韻、贈答、唱和。元白、韓孟、皮陸間交往尤多。題壁詩風行。郵亭驛壁，到處通行。僧道亦多能詩者。當時風氣如此。

## （六）外來音樂的影響

唐詩聲調好，還因有外來音樂加入進來。唐代音樂極發達，有外

國音樂輸入。琵琶、簫、笛，或採胡曲。「甘州」「涼州」，皆為樂府，時有新曲。其流行曲調之詞，以七絕為多。羯鼓在唐時也有百數十曲子。日本正倉院有唐代琵琶，很講究。

音樂的發達也促進了唐詩的發達。

因唐代詩人多，詩的標準高，民間作品反被湮沒，不傳於後。如漢魏南北朝有樂府民歌保存到今，唐代此方面材料反少。所傳於今者皆文人作品。當時文學普遍，士人皆由進士科進身為最大原因也。

## 二、唐詩選本和唐詩分期

唐代詩人既多，體制尤富，古詩、律詩同時發達，各啟門戶派別，如草木競長向榮。五古、五律、五言排律、七古、七律、七言排律，詩人或兼長，或獨擅。如元結、儲光羲長五古；李白兼長五七古，而無七律；杜甫兼備諸體，而不長於絕句；王之渙、高適、王昌齡最長絕句。至於派別，則如元白與韓愈各分門戶，時人已多品藻，當代亦有選本。唐人選唐詩有：

殷璠 ——《河嶽英靈集》

高仲武 ——《中興間氣集》

芮挺章 ——《國秀集》

元結 ——《篋中集》

竇常 ——《南薰集》

李康成 ——《玉台後集》

令狐楚 ——《元和御覽詩》

姚合 ——《極玄集》

韋莊 ——《又玄集》

顧陶 ——《唐詩類選》

宋以下唐詩選本太多，著名者：

北宋　王安石 ——《唐百家詩選》

南宋　洪邁 ——《萬首唐人絕句》

金　　元好問 ——《唐詩鼓吹》

元　　楊士弘 ——《唐音》

明　　李攀龍 ——《唐詩選》

（日本森槐南豐田穰評釋補註）

明　　高棅 ——《唐詩品彙》

明　　鍾惺 ——《唐詩歸》

清　　沈德潛 ——《唐詩別裁集》

清　　管世銘 ——《讀雪山房唐詩鈔》

清　　宋宗元 ——《網師園唐詩箋》

清　　蘅塘退士編 ——《唐詩三百首》

現代　聞一多 ——《唐詩大系》

《全唐詩》是以明代胡震亨的《唐音統籤》（1033 卷）和清初季振宜的《唐詩》（717 卷）為藍本，收遺補缺編輯而成。康熙四十四年彭定求等奉敕編校，康熙四十六年出版武英殿刻本。《全唐詩》凡九百卷，共收詩四萬八千九百餘首，作者二千二百餘人。

歷來論唐詩者皆分四期：初、盛、中、晚。其說肇自嚴羽，其《滄浪詩話》云：「論詩如論禪：漢魏晉與盛唐之詩，則第一義也。大曆以還之詩，則小乘禪也，已落第二義矣。晚唐之詩，則聲聞辟支果也。」盛唐、晚唐之名始此，而「大曆以還」實可稱為中唐矣。盛唐以前，應有初唐一個段落，宋人論詩已如此。元楊士弘《唐音》分始音、正音、

遺響。始音唯錄王、楊、盧、駱四家。此代表初唐時期也。至明高棅《唐詩品彙》分正始、正宗、大家、名家、羽翼、接武、正變、餘響、旁流九格。正始是初唐，正宗至羽翼，盛唐各家，接武為中唐，正變、餘響為晚唐，方外異人為旁流。

高棅，以太和以後為晚唐，太早，不必從。又杜甫雖卒於中唐，其作品應入盛唐。很難有確定的分法，大要如下：

初唐：開元以前，618—712 年，約 100 年，高祖、太宗、高宗、武后、中宗、睿宗。

盛唐：開元至大曆以前，713—765 年，約 50 年，玄宗、肅宗、代宗。

中唐：大曆至會昌，766—846 年，約 80 年，代宗、德宗、順宗、憲宗、穆宗、敬宗、文宗、武宗。

晚唐：大中至唐亡，847—906 年，約 60 年，宣宗、懿宗、僖宗、昭宗、哀帝。

如以唐代政治經濟之大變動的安史之亂作為分劃，則可分為前後兩期：前期 618—755 年（天寶十四載），約為 150 年；後期 756—907 年，亦為 150 年。杜甫以前為前期，杜甫以後為後期。

以下講初唐詩歌，擬分宮律派、復古派、田園方外派。

# 宮律派

浦江清


　　宮律派，繼承陳隋之風，為宮豔體詩，又好對仗，講求格律。此派四傑及上官、沈、宋屬之。

　　在初唐，不受宮體詩約束，自成剛健一格的，是魏徵，故先講到他。

　　魏徵（580—643），字玄成，魏州曲城人。少孤，落魄有大志。太宗朝拜諫議大夫，秘書監。尋為相，封鄭國公。

　　《出關》（一作《述懷》）為初唐名作：

　　　　中原初逐鹿，投筆事戎軒。縱橫計不就，慷慨志猶存。杖策謁天子，驅馬出關門。請纓繫南越，憑軾下東藩。郁紆陟高岫，出沒望平原。古木鳴寒鳥，空山啼夜猿。既傷千里目，還驚九逝魂。豈不憚艱難，深懷國士恩。季布無二諾，侯嬴重一言。人生感意氣，功名誰復論。

　　〔校〕初一作還，逝一作折。

　　〔箋〕《新唐書·本傳》[1]：徵進十策說李密，密不能用，「後從密來京師，久之未知名。自請安輯山東，乃擢秘書丞，馳驛之黎陽」。此

---

1 指《新唐書·魏徵傳》。——編者註

詩蓋出關時作。按：李密降唐，在唐高祖武德元年，618 年。魏徵此詩所云天子，即李淵。而其自請安輯山東，乃往招李密舊將徐世勣也。世勣降。

〔註〕《詩經‧小雅‧吉日》：「瞻彼中原。」《漢書‧蒯通傳》：「秦失其鹿，天下共逐之，高材者先得。」《漢書‧終軍傳》：「軍自請願受長纓，必羈南越王而致之闕下。」《漢書‧酈食其傳》：「食其憑軾下齊七十餘城。」《楚辭‧招魂》：「目擊千里兮傷春心。」又《抽思》：「惟郢路之遼遠兮，魂一夕而九逝。」按：兩句皆用楚辭，一本作「九折魂」者誤。《史記‧豫讓傳》：「范中行氏皆眾人遇我，我故眾人報之。至於智伯，國士遇我，我故國士報之。」《史記‧季布傳》：「楚人諺曰：『得黃金百斤，不如得季布一諾。』」《史記‧信陵君列傳》：信陵君欲以車騎百餘乘，往赴秦軍，與趙俱死。行過夷門，見侯嬴，侯生曾無一言，信陵君恨之，復引車還問。侯嬴遂為決策，使如姬竊符，奪晉鄙軍以救趙。

論魏徵詩，沈德潛評曰：「氣骨高古，變從前纖靡之習。盛唐風格，發源於此。」(《唐詩別裁集》) 惜其詩作少，對詩壇影響甚微。

上官儀 (約 608—664)[1]，字游韶，陝州 (今河南陝縣[2]) 人。太宗時為秘書郎，高宗時為相。工詩，綺錯婉媚，人多效之，為「上官體」。有集三十卷，今佚。《詩苑類格》述其有各種對法，如正名對、同類對、雙聲對、疊韻對、連珠對、雙擬對、異類對、回文對、連綿對、隔句對等，此開律詩之門。

武后朝詔集文士修《三教珠英》，成一千三百卷。晁公武《郡齋讀

---

1 上官儀在世時間另有約 605—665 年一説。——編者註
2 即今河南三門峽市陝州區。——編者註

書志》謂詔武三思等修。而預修者有四十七人。《舊唐書》稱修《三教珠英》者二十六人。今無考。而《唐書》散見「列傳」中，可考者有李嶠、員半千、崔湜、張說、徐堅、閻朝隱、徐彥伯、宋之問、沈佺期、富嘉謨、劉知幾、劉允濟、李適、王無競、尹天凱、喬備等十數人，皆預其事，時稱「珠英學士」。內中詩人如李嶠與蘇味道齊名，並稱「蘇李」，又與崔融、杜審言號「四友」。張說（道濟）後在玄宗朝，封燕國公，與蘇頲（廷碩）（許國公）並稱「燕許大手筆」。

李嶠（約 645—約 714），字巨山，趙州贊皇人。兒時夢人遺雙筆，由是有文辭。十五通《五經》，二十擢進士第，與駱賓王、劉元業齊名。武后時，官鳳閣舍人，每有大手筆，皆特命嶠為之。中宗景龍中，兵部尚書同中書門下三品。睿宗立，出刺懷州，明皇貶為滁州別駕，改廬州。

嶠富於才思，初與王勃、楊炯接踵，中與崔融、蘇味道齊名，晚諸人沒，獨為文章宿老。

《明皇傳信記》云：「上將幸蜀，登花蕚樓，使樓前善水調者登而歌，至『山川滿目淚霑衣，富貴榮華能幾時？不見至今汾水上，唯有年年秋雁飛』，上顧侍者曰，誰為此，曰宰相李嶠詞也。因淒然涕下，遽起曰，嶠真才子也，不待曲終而去。」按此四句乃李嶠《汾陰行》中句，樂人摘以為詞也。

### 餞駱四二首

平生何以樂，斗酒夜相逢。
曲中驚別緒，醉裡失愁容。
星月懸秋漢，風霜入曙鐘。
明日臨溝水，青山幾萬重。

甲第驅車入，良宵秉燭遊。

人追竹林會，酒獻菊花秋。

霜吹飄無已，星河漫不流。

重嗟歡賞地，翻召別離憂。

〔箋〕見《全唐詩》。按駱四即駱賓王。萬曆間黃蘭芳氏重訂《駱丞集》以此兩首誤編入駱集中。《全唐詩》不誤。

### 秋山望月酬李騎曹

愁客坐山隈，懷抱自悠哉。

況復高秋夕，明月正徘徊。

亭亭出迴岫，皎皎映層台。

色帶銀河滿，光含玉露開。

淡雲籠影度，虛暈抱輪迴。

谷邃涼陰靜，山空夜響哀。

寒催數雁過，風送一螢來。

獨軫離居恨，遙想故人杯。

〔註〕曹植《七哀詩》「明月照高樓，流光正徘徊」。

崔融，字安成，齊州全節人。武后時著作佐郎，鳳閣舍人。

### 關山月

月生西海上，氣逐邊風壯。

萬里度關山，蒼茫非一狀。

漢兵開郡國，胡馬窺亭障。

夜夜聞悲笳，征人起南望。

蘇味道 (648—705)，趙州欒城人。與李嶠齊名，時人謂之「蘇李」。武后時鳳閣舍人。

正月十五夜（一作上元）

火樹銀花合，星橋鐵鎖開。

暗塵隨馬去，明月逐人來。

遊伎皆穠季[1]，行歌盡落梅。

金吾不禁夜，玉漏莫相催。

杜審言（646？—708）[2]，字必簡，襄陽人。少與李嶠、崔融、蘇味道為「文章四友」。武后時著作佐郎。

贈蘇味道

北地寒應苦，南庭戍未歸。

邊聲亂羌笛，朔氣捲戎衣。

雨雪關山暗，風霜草木稀。

胡兵戰欲盡，漢卒尚重圍。

雲淨妖星落，秋深塞馬肥。

據鞍雄劍動，插筆羽書飛。

輿駕還京邑，朋遊滿帝畿。

方期來獻凱，歌舞共春輝。


和晉陵陸丞早春遊望

獨有宦遊人，偏驚物候新。

雲霞出海曙，梅柳渡江春。

淑氣催黃鳥，晴光轉綠蘋。

忽聞歌古調，歸思欲沾巾。

---

1 應為「遊伎皆穠李」。——編者註
2 杜審言在世時間約為 645—708 年。——編者註

〔箋〕一作韋應物詩，非是。《能改齋漫錄》十一引顧陶《唐詩選》載此，作韋詩，云韋集無之。晉陵陸丞者，晉陵縣丞也。或本衍相字，非。唐江南道常州有晉陵縣（採聞一多說）。

### 渡湘江

遲日園林悲昔遊，今春花鳥作邊愁。

獨憐京國人南竄，不似湘江水北流。

〔箋〕審言於中宗神龍中坐交張易之兄弟流峰州。

### 旅寓安南

交趾殊風候，寒遲暖復催。

仲冬山果熟，正月野花開。

積雨生昏霧，輕霜下震雷。

故鄉逾萬里，客思倍從來。

宋之問（656？—712）[1]，字延清，虢州弘農人。武后時預修《三教珠英》，後坐附張易之，左遷瀧州參軍，中宗景龍時，緣武三思，諂事太平公主，入為修文館學士。睿宗即位，徙欽州，尋賜死。

宋之問與沈佺期並稱「沈宋」，為律詩之祖。杜甫受沈的影響。《藝苑巵言》曰：五言至沈宋始可稱律，排律用韻穩妥。沈宋等媚事張易之、張昌宗。後易之敗，之問、佺期、杜審言、閻朝隱、李嶠等皆坐竄逐。

### 途中寒食題黃梅臨江驛寄崔融

馬上逢寒食，愁中屬暮春。

可憐江浦望，不見洛橋人。

北極懷明主，南溟作逐臣。

故園腸斷處，日夜柳條新。

---

1 宋之問在世時間約為 656—713 年。——編者註

〔校〕洛橋一作洛陽，此從《唐詩紀事》崔融詩後附見。又崔融《吳
中好風景》詩云「吳門想洛橋」，正同。

### 渡漢江

嶺外音書斷，經冬復歷春。

近鄉情更怯，不敢問來人。

沈佺期（656？—716）1，字雲卿，相州內黃人。擢進士第。長安中預
修《三教珠英》，除給事中考功郎。坐交張易之，流驩州。稍遷台州錄
事參軍，景龍中，修文館直學士，歷中書舍人、太子詹事。開元初卒。

佺期與宋之問詩皆靡麗，回忌聲病，約句準篇，如錦繡成文。學
者宗之，號為「沈宋」。

### 入少密溪 (少一作小)

雲峰苔壁繞溪斜，江路香風夾岸花。

樹密不言通鳥道，雞鳴始覺有人家。

人家更在深岩口，澗水周流宅前後。

游魚瞥瞥雙釣童，伐木丁丁一樵叟。

自言避喧非避秦，薜衣耕鑿帝堯人。

相留且待雞黍熟，夕臥深山蘿月春。

〔註〕王逸《九思》「目瞥瞥兮西投」，釋文「瞥瞥，暫見貌」。《論
語》「止子路宿，殺雞為黍而食之」。

### 古鏡

莓苔翳清池，蝦蟆蝕明月。

埋落今如此，照心未嘗歇。

願垂拂拭恩，為君鑑玄髮。

遙同杜員外審言過嶺

天長地闊嶺頭分，去國離家見白雲。

洛浦風光何所似，崇山瘴癘不堪聞。

南浮漲海人何處，北望衡陽雁幾群。

兩地江山萬餘里，何時重謁聖明君。

劉知幾（子玄），學問、思想、文筆獨一無二。不得志，著書不能依其自己的主張，很憤慨，乃作《史通》。其「自敘」特別好，少時能熟讀《春秋》《左傳》《史記》《漢書》，都有批評。《史通》中涉及文學理論的多篇，有很好的文學思想，可與《文心雕龍》相比肩。

徐堅有《初學記》。


初唐四傑。《舊唐書·楊炯傳》：「炯與王勃、盧照鄰、駱賓王以文詞齊名，海內稱為『王楊盧駱』，亦號四傑。」詩講究辭藻音律，為樂府歌行。繼承梁陳宮體詩，但體魄較大。始有七言，講究對句，亦律詩祖宗。

王勃（649—676）[1]，字子安，絳州龍門（今山西河津）人。隋末儒者文中子王通之孫。六歲善文辭，未冠應舉及第，授朝散郎。為沛王府修撰。是時，諸王鬥雞，勃戲為文檄英王雞，高宗斥之。即廢，客劍南，久之，補虢州參軍，坐匿殺官奴，事發當誅，遇赦除名。父為交趾令，勃往省父，渡海溺水，瘁而卒，年二十八（《新唐書》作二十九）。

勃好讀書，屬文初不精思，先磨墨數升，引被覆面而臥，忽起書之，不易一字，時人謂之腹稿。與楊炯、盧照鄰、駱賓王皆以文章齊名，天下稱「王楊盧駱」，號四傑。

---

1 王勃生年另有公元 650 年一說。——編者註

　　張說《裴公 (行儉) 神道碑》云：「行儉在選曹，見駱賓王、盧照鄰、
王勃、楊炯，評曰，炯雖有才名，不過令長，其餘華而不實，鮮克全
終。」

　　清蔣清翊《王子安集註》二十卷。羅振玉《王子安集》佚文一卷、
附錄一卷、校記一卷，見《永豐鄉人雜著續編》。敦煌石室唐寫本有
《王子安集》的殘本。

　　王勃詩多樂府，五律、五絕亦佳。文有《滕王閣序》《春思賦》《九
隴縣夫子廟堂碑文》等。

　　王勃《滕王閣詩》是《滕王閣序》之序末附詩。

　　《古文觀止》云：「唐高祖子元嬰為洪州刺史，建此閣。後封滕王，
故曰『滕王閣』。」咸亨二年，閻伯嶼為洪州牧，重修。九月九日，宴
賓僚於閣，欲誇其婿吳子章才，令宿構序。時王勃省父，次馬當去南
昌七百里，夢水神告曰，助風一帆，達旦，遂抵南昌與宴。閻請眾賓
序，至勃不辭。閻恚甚，密令吏得句即報。至「落霞」二句，歎曰：「此
天才也。」（《古文觀止》卷七。此採小說。）

### 滕王閣詩

滕王高閣臨江渚，

（閣聳而依江。）

佩玉鳴鸞罷歌舞。

（宴罷而佩玉鳴鸞之歌舞亦罷。）

畫棟朝飛南浦雲，

（朝看畫棟，儼若飛南浦之雲。）

珠簾暮捲西山雨。

（暮收珠簾，宛若捲西山之雨。）

閒雲潭影日悠悠，

（雲映深潭，日悠悠而自在。）

**物換星移幾度秋。**

（物象之改換，星宿之推移。）

（此閣至今，凡幾度秋。）

**閣中帝子今何在？**

（傷今思古。）

**檻外長江空自流。**

（傷其物是而人非也。）

吳留村定評曰：「序詞藻麗，詩意淡遠，非是詩不能稱是序。」

（以上均見《古文觀止》卷七）

按：「佩玉鳴鸞」言車駕貴人之蒞，未必寫歌舞。「畫棟」「珠簾」兩句，意味非「儼若」兩字可解盡，蓋雲雨皆實物，並非比喻。「畫棟」就建築之華美說，而與南浦朝雲之飛相關聯說；「珠簾」就窗飾之華貴說，而暮時捲起，恰見西山之雨。至於畫棟花紋作雲彩，因而聯想到南浦之雲，或者對看着南浦之雲，意思也包括在內。捲珠簾時似乎也把雨景捲起，則更能描摹盡致。然則雲與雨，一虛一實，互相陪襯矣。

〔校〕閒雲，一作澗雲。幾度一作度幾。

〔箋〕《舊唐書 · 高祖二十二子傳》：滕王元嬰，貞觀十三年受封，永徽中遷蘇州刺史，尋轉洪州都督。滕王閣在唐江南道洪州，今江西南昌縣[1]。

〔註〕《詩經 · 召南 · 江有汜》「江有渚」，《毛傳》：「渚，小洲也。」《楚辭 · 湘夫人》：「帝子降兮北渚。」此處恰也是帝子。

---

1 即今江西南昌市。——編者註

《禮記・玉藻》卷六「故君子在車則聞鸞和之聲，行者鳴佩玉」。鸞，金鈴。

「幾度秋」，一日不見，如隔三秋。一年為一秋。此處適就九月九日而言，更為貼切。

《牡丹亭・驚夢》「朝飛暮捲雲霞翠軒」。

### 聖泉宴　並序

玄武山有聖泉焉，浸淫歷數百千年。垂岩泌湧，接磴分流，下瞰長江，沙隄石岸，咸古人遺跡也。茲乃青蘋綠芰，紫苔蒼蘚，遂使江湖思遠，寤寐寄託。既而崇巒左峨，石壑前縈，丹崿萬尋，碧潭千頃，松風唱響，竹露薰空，瀟瀟乎人間之難遇也。方欲以林壑為天屬，琴樽為日用。嗟呼！古今代謝，方深川上之悲；少長同遊，且盡山陰之樂。蓋題芳什，共寫高情，詩得泉字。

披襟乘石磴，列籍俯春泉。

蘭氣薰山酌，松聲韻野弦。

影飄重葉外，香度落花前。

興洽林塘晚，重岩起夕煙。

〔校〕蔣清翊曰：諸本俱無序，據項家達刊本補。《全唐文》以此序誤入駱賓王卷。列籍，《文苑英華》二百十四作「列席」。

〔註〕《元和郡縣志》：「劍南道梓州轄玄武縣。玄武山在縣東二里。」按：玄武縣今四川省中江縣。《詩經・邶風・泉水》「毖彼泉水」，泌與毖同。《詩經・鄭風・風雨》：「風雨瀟瀟。」《莊子・山木篇》：「林回棄千金之璧，負赤子而趨。……『何也？』林回曰：『彼以利合，此以天屬也。』」《易・繫辭》：「百姓日用而不知。」兩句言暱近自然，情抵天倫，不離琴酒，習為日用。琴曲有《風入松》。

送杜少府之任蜀川

城闕輔三秦，風煙望五津。

與君離別意，俱是宦遊人。

海內存知己，天涯若比鄰。

無為在歧路，兒女共沾巾。

〔校〕蜀川一本作蜀州，非。輔一作俯。俱一作同。

〔註〕周煇《清波雜志》：「古治百里之邑，令拊其俗，尉督其奸，故令曰明府，尉曰少府。」《史記·項羽紀》[1]：三分關中，王秦降將，立章邯為雍王，王咸陽以西，立司馬欣為塞王，王咸陽以東，立董翳為翟王，王上郡。遂有三秦之稱。《華陽國志》：「大江自湔堰下至犍為有五津，始曰白華津，二曰裡津，三曰江首津，四曰涉頭津，五曰江南津。」《史記·司馬相如傳》：「長卿久宦遊不遂。」曹植《贈白馬王彪》詩：「丈夫志四海，萬里猶比鄰。」《淮南子》：「楊子見歧路而哭之，為其可以南，可以北。」《後漢書·來歙傳》：「而反效兒女子涕泣乎？」

春日還郊

閒情兼嘿嘿，攜杖赴岩泉。

草綠縈新帶，榆青綴古錢。

魚床侵岸水，鳥路入山煙。

還題平子賦，花樹滿春田。

〔註〕張衡字平子，有《歸田賦》。

王勃詩句，除「海內存知己，天涯若比鄰」外，還有「日落山水靜，為君起松聲」（《詠風》），「況屬高風晚，山山黃葉飛」（《山中》）等，均為傳世佳句。楊炯為其文集作序，盛推之。

---

1 即《史記·項羽本紀》。——編者註

楊炯（650—694），華陰人。十歲舉神童。高宗時任校書郎，崇文館學士。武后時梓州司法參軍，遷婺州盈川令。他恃才倨傲，聞時人以四傑稱，乃自言曰：「吾愧在盧前，恥居王後。」為文好用典，人稱「點鬼簿」。有《盈川集》三十卷。

### 從軍行

烽火照西京，心中自不平。

牙璋辭鳳闕，鐵騎繞龍城。

雪暗凋旗畫，風多雜鼓聲。

寧為百夫長，勝作一書生。

〔註〕「從軍行」，漢樂府相和歌平調曲，《樂府廣題》云：皆軍旅苦辛之辭。左延年辭云「苦哉邊地人，一歲三從軍」云云。王粲有《從軍行》五首。楊炯此詩，蓋用樂府古題而作五律也。《漢書・匈奴傳》「大會龍城」，《史記・匈奴傳》作「龍城」。《索隱》：「崔浩云，西方胡皆事龍神，故名大會處曰龍城。」地在今漠北塔米爾河岸。

盧照鄰（634？—683），字昇之，范陽人。授鄧王府典籤，王有書十二乘，照鄰披覽記憶，王愛重之，比之相如。調新都尉，染風疾去官，居太白山，又居具茨山下，以服餌為事，著《五悲文》。病劇不堪，自投潁水死。

詩以七古《長安古意》著稱。古意，古樂府之意。此詩乃樂府體，而七古長篇，自是唐人創格。詩寫長安王侯、豪貴冶遊繁華之盛，多用兩漢典實，借古喻今，末以寂寥揚子自況，蓋照鄰客長安時所作。

詩寫長安的繁華，託「古意」以抒情。空海《文鏡秘府論・南卷》：古意者非若其古意當何，有今意言其效古人意，斯蓋未嘗擬古，或謂取與古為徒之意。

〔註解〕：

「長安大道連狹斜，青牛白馬七香車。」漢樂府：長安有狹斜，狹斜不容車。《唐書》：「公主出降，乘七香步輦，四面垂玉香囊。」按，以七種香木為車。

「龍銜寶蓋承朝日，鳳吐流蘇帶晚霞。」《海錄碎事》：「五彩錯繡為毬，同心而下垂曰流蘇。」

「百丈游絲爭繞樹，一群嬌鳥共啼花。」此二句有庾信《春賦》意。古意，又比曹子建《名都篇》《美女篇》。

「梁家畫閣天中起，漢帝金莖雲外直。」《後漢書·梁冀傳》：「冀乃大起第舍，殫極土木，皆有綺疏青瑣，圖以雲氣仙靈，台閣周通，更相臨望，飛梁石磴，陵跨水道。」《史記·封禪書》：「（上）作柏梁銅柱承露仙人掌之屬。」《西都賦》：「抗仙掌以承露，擢雙立之金莖。」註：「金莖謂銅柱也。」

「借問吹簫向紫煙，曾經學舞度芳年。」《列仙傳》：秦人簫史善吹簫，穆公以女弄玉妻之。居台上，後均仙去。江淹詩：「畫作秦王女，乘鸞向煙霧。」《漢書·外戚傳》：「趙皇后本長安宮人，屬陽阿公主家學歌舞。」

「得成比目何辭死，願作鴛鴦不羨仙。」比目，《爾雅》，比目魚。

「雙燕雙飛繞畫梁，羅幃翠被鬱金香。」《本草綱目》：大秦國出鬱金香，二月、三月有花，狀如紅藍（花名），四月、五月採花，即香也。梁武帝《河中之水歌》：「盧家蘭室桂為梁，中有鬱金蘇合香。」

「片片行雲著蟬鬢，纖纖初月上鴉黃。」《中華古今註》：「魏文帝宮人莫瓊樹，始制蟬鬢，縹緲如蟬。」虞世南《應詔嘲司花女》：「學畫鴉黃半未成，垂肩嚲袖太憨生。」按：鴉黃謂額黃也。

「妖童寶馬鐵連錢，娼婦盤龍金屈膝。」妖童，美男。鐵連錢，馬之名號，毛色深淺斑駁者。梁元帝詩：「長安美少年，驄馬鐵連錢。」

《鄴中記》：「石季龍作金鈿屈膝屏風。」

「御史府中烏夜啼，廷尉門前雀欲棲。」《漢書・朱博傳》：「御史府中列柏樹，常有野烏數千棲宿其上。」古樂府有《烏夜啼》曲。《史記・汲鄭傳》：「始(下邽)翟公為廷尉，賓客闐門，及廢，門可羅雀。」兩句言執法之官，曾無過問，冷落清閒也。

「挾彈飛鷹杜陵北，探丸借客渭橋曲。」《漢書・宣帝紀》「以杜東原上為杜陵。」《漢書・尹賞傳》：「長安中閭里少年群輩，殺吏報仇，相與探丸為彈。」《漢書・朱雲傳》：「(雲)少時通輕俠，借客報仇。」《三輔黃圖》：「秦始皇造渭橋。」註：「在長安北三里，跨渭水。」

「俱邀俠客芙蓉劍，共宿娼家桃李蹊。」《越絕書》：「越王寶劍純鈎，淬若芙蓉。」《史記・李廣傳》：「桃李不言，下自成蹊。」

「南陌北堂連北里，五劇三條控三市。」孫棨《北里志》：「平康里入北門，東回三曲，即諸妓所居之聚也。呼之五劇鄉。」《西京賦》：「披三條之廣路。」

「漢代金吾千騎來，翡翠屠蘇鸚鵡杯。」《漢書・百官表》：「中尉秦官，武帝更名執金吾。」註：「天子出行，職主先導。」《博雅》：「屠蘇酒名，元日飲之，能除瘟氣。」

「意氣由來排灌夫，專權判不容蕭相。」《史記・灌夫傳》：「灌夫為人剛直，使酒，不好面腴，貴戚諸有勢在己之右，不欲加禮，必陵之。諸士在己之左，愈貧賤，尤益敬。」

「專權意氣本豪雄，青虯紫燕坐春風。」「青虯」「紫燕」喻名馬。《楚辭・涉江》「駕青虯兮驂白螭」。《尸子》：「我得而民治，則馬有紫燕蘭池。」

「自言歌舞長千載，自謂驕奢凌五公。」《西都賦》：「冠蓋如雲，七相五公。」按：「五公」謂張湯、杜周、蕭望之、馮奉世、史丹。

「節物風光不相待，桑田碧海須臾改。」《神仙傳》：「麻姑見東海三為桑田。」

「寂寂寥寥揚子居，年年歲歲一床書。」揚雄《解嘲》：「故知玄知默，守道之極，爰清爰靜，遊神之廷，惟寂惟寞，守德之宅。」《漢書·揚雄傳》：雄「有田一廛，有宅一區」。傳又云：「雄以病免，復召為大夫。家素貧，嗜酒，人希至其門。時有好事者載酒餚，從遊學，而鉅鹿侯芭，常從雄居，受其《太玄》《法言》焉。」

盧詩《行路難》亦有名。

著《五悲文》，表現悲觀情緒。

有集二十卷，又有《幽憂子》三卷。

駱賓王（623—684？）[1]，義烏人。七歲能賦詩，初為道王府屬。歷武功主簿，又調長安主簿，入朝為侍御史。武后時數上疏言事，下除臨海丞，怏怏不得志，棄官去。徐敬業舉義，署為府屬，為敬業傳檄天下斥武后罪狀，即著名的《討武曌檄》。後讀之，矍然曰：「宰相安得失此人！」敬業敗，賓王亡命，不知所之。

賓王詩作在「四傑」中是保存最多的。其詩喜用數字為對，故號「算博士」。如《帝京篇》中有「秦塞重關一百二，漢家離宮三十六」「且論三萬六千是，寧知四十九年非」等句。

相傳宋之問黜放，遊杭州靈隱寺，作詩云「鷲嶺鬱岧嶢，龍宮鎖寂寥」，一老僧續吟曰「樓觀滄海日，門對浙江潮」。或云僧乃駱賓王也。王弇州《宛委餘編八》辨之：（1）宋、駱年齡相去不遠，不得一為少年，一為老僧；（2）宋、駱並非絕不相識者。此故事乃小說，文學美談耳。駱有贈宋詩，他們之間有交情。

---

1 駱賓王生年另有公元 638 年一說。——編者註

《在獄詠蟬》借獄中詠蟬，抒發悲憤之情，是傳誦一時的佳作。

### 在獄詠蟬　並序

　　余禁所禁垣西，是法曹聽事也。有古槐數株焉。雖生意可知，同殷仲文之古樹；而聽訟斯在，即周召伯之甘棠。每至夕照低陰，秋蟬疏引，發聲幽息，有切嘗聞。豈人心異於曩時，將蟲響悲於前聽？嗟呼！聲以動容，德以象賢。故潔其身也，稟君子達人之高行；蛻其皮也，有仙都羽化之靈姿。候時而來，順陰陽之數；應節為變，審藏用之機。有目斯開，不以道昏而昧其視；有翼自薄，不以俗厚而易其真。吟喬樹之微風，韻資天縱；飲高秋之墜露，清畏人知。僕失路艱虞，遭時徽纆。不哀傷而自怨，未搖落而先衰。聞蟪蛄之流聲，悟平反之已奏。見螳螂之抱影，怯危機之未安。感而綴詩，貽諸知己。庶情沿物應，哀弱羽之飄零；道寄人知，憫餘聲之寂寞。非謂文墨，取代幽憂云爾。

　　西陸蟬聲唱，南冠客思侵。

　　那堪玄鬢影，來對白頭吟。

　　露重飛難進，風多響易沉。

　　無人信高潔，誰為表予心？

〔箋〕駱集別有《螢火賦》，序云「余猥以明時，久遭幽縶」，與此詩《在獄詠蟬》蓋同時作，託物比興，詞意清切。賓王下獄事，史傳無考，殆在武后時，上疏言事，遭疑蒙辱，其《幽縶書情》「驄馬刑章峻，蒼鷹獄吏猜。絕縑非易辨，疑璧果難裁」，又《疇昔篇》「冶長非罪曾縲紲，長孺然灰也經溺」「適離京兆謗，還從御府彈」皆指此事。繫獄後終得釋放，亦見《疇昔篇》末所敘，此獄當在前，不關徐敬業起義事敗爾。

〔註〕《晉書·殷仲文傳》：「仲文因月朔，與眾至大司馬府，府中

有老槐樹，顧之良久，而歎曰：此樹婆娑，無復生意。」《詩經·召南·甘棠》：「蔽芾甘棠，勿翦勿伐。」《箋》云：「召伯聽男女之訟，不重煩勞百姓，止舍小棠之下，而聽斷焉。國人被其德，說其化，思其人，敬其樹。」《晉書·胡威傳》：胡質為荊州，以清聞，後子威為徐州，亦以清聞。帝問卿何如父，對曰：臣父清恐人知，臣清恐人不知，是臣不如者遠也。《莊子·逍遙遊》註，司馬彪曰：「蟪蛄，寒蟬也，一名蝭蟧。」崔譔註：「蛁蟧也，或曰山蟬。」《夏小正·七月》：「寒蟬鳴。」平反：獄從輕曰平反。《後漢書·蔡邕傳》：客有彈琴於屏，邕潛聽之，曰，憘！有殺心，何也？彈琴者曰：我向鼓弦，見螳螂方向鳴蟬，一前一卻，吾心聳然，唯恐螳螂之失之也。豈為殺心而形於聲者乎？司馬彪《續漢書》：「日行西陸謂之秋。」《左傳·成公九年》：晉侯觀於軍府，見楚鍾儀問曰：南冠而縶者誰也？有司對曰，楚囚也，問其族，曰伶人也。與之琴，操南音。公曰，君子也，言稱先職，不背本也，樂操土風，不忘舊也。

### 西京守歲

閒居寡言宴，獨坐慘風塵。

忽見嚴冬盡，方知列宿春。

夜將寒色去，年共曉光新。

耿耿他鄉夕，無由展舊親。

賓王兼擅七古長篇，有《帝京篇》與盧照鄰《長安古意》齊名，有《疇昔篇》自敘生平，有《豔情代郭氏答盧照鄰》，有《代女道士王靈妃贈道士李榮》，皆譴責薄倖，詞極婉麗。

杜甫《戲為六絕句》之二云：「王楊盧駱當時體，輕薄為文哂未休。爾曹身與名俱滅，不廢江河萬古流。」批評時人對「四傑」的指責。可知杜甫很推崇四人的，但他的詩作與宮律體絕然不同。

「四傑」之後，劉希夷、張若虛以七言歌行知名。

劉希夷（651—約679），一名庭芝，汝州人。宋之問甥。「少有文華，落魄不拘常格。後為人所害。希夷善為從軍閨情詩，詞旨悲苦，未為人重。後孫翌撰《正聲集》，以希夷詩為集中之最，由是大為時所稱賞。集十卷，今編詩一卷。」（《全唐詩·小傳》）

　　　　代白頭吟　一作《代悲白頭翁》。

　　　　　　　　　　　　亦入宋之問集，作《有所思》。

洛陽城東桃李花，飛來飛去落誰家？

洛陽女兒好顏色，坐見落花長歎息。

今年花落顏色改，明年花開復誰在？

已見松柏摧為薪，更聞桑田變成海。

古人無復洛城東，今人還對落花風。

年年歲歲花相似，歲歲年年人不同。

寄言全盛紅顏子，應憐半死白頭翁。

此翁白頭真可憐，伊昔紅顏美少年。

公子王孫芳樹下，清歌妙舞落花前。

光祿池台開錦繡，將軍樓閣畫神仙。

一朝臥病無相識，三春行樂在誰邊？

宛轉蛾眉能幾時？須臾鶴髮亂如絲。

但看古來歌舞地，唯有黃昏鳥雀悲。

〔註〕《全唐詩》註云「希夷善琵琶，嘗為《白頭詠》[1]云：今年花落顏色改，明年花開復誰在。既而悔曰：我此詩似讖，與石崇『白首同所歸』

---

1 應為《白頭吟》。——編者註

何異？乃更作云：年年歲歲花相似，歲歲年年人不同。既而歎曰：復似向讖矣。詩成未周歲，為奸人所殺。或云，宋之問害希夷，而以白頭翁之篇為己作。至今有載此篇在之問集中者。」故事謂宋之問索此數句，不許，乃以土囊殺之，而竊其詩句。王弇州辨其誣。唯此詩或作宋之問耳。《紅樓夢》中《葬花詞》即抄其句。

古樂府有《白頭吟》，楚辭曲，託始於卓文君。

「洛陽城東桃李花」，用《董嬌饒》詩意。《漢樂府·董嬌饒》云：「洛陽城東路，桃李生路旁。花花自相對，葉葉自相當。春風東北起，花葉正低昂。不知誰家子，提籠行採桑。纖手折其枝，花落何飄颺。」

「已見松柏摧為薪，更聞桑田變成海。」古詩《去者日以疏》：「大墓犁為田，松柏摧為薪。」《神仙傳》：麻姑之見東海三為桑田。

「光祿池台開錦繡，將軍樓閣畫神仙。」《漢書·百官表》：曲陽侯王根為光祿勳。《漢書·元后傳》：上微行過曲陽侯第，見園中池台類白虎殿。唐光祿寺司膳食帳幕。光祿大夫，散官不治事。

張若虛（660—720？），揚州人，曾官兗州兵曹。與賀知章、張旭、包融齊名，號「吳中四士」。

《春江花月夜》，陳後主時曲，見《樂府詩集》卷四十七，入吳聲歌曲，陳後主詞不傳。有隋煬帝二首，平平。當時以歌舞之美有名也。

張若虛《春江花月夜》，擬古樂府而出新調，空靈、清麗，亦見骨力，不柔靡，論者謂孤篇壓倒全唐云。

# 復古派

浦江清

　　齊梁以來，詩歌靡麗。初唐四傑雖為擺脫綺靡詩風做了嘗試，但初唐文壇沒有發生根本性變化。以陳子昂為代表的復古派提出了進步的詩歌理論，成為變革文風的先驅者。

　　復古派以陳子昂為第一。

　　陳子昂 (659—700)，字伯玉，梓州射洪 (今屬四川) 人。據傳，子昂初至京師，不為人知。有賣胡琴者，價百萬，豪貴傳視無辨者。子昂突出，顧左右，以千緡市之。眾驚問，答曰：余善此樂。皆曰：可得聞乎？曰：明日可集宣陽里。如期偕往，則酒餚畢具，置胡琴於前，食畢，捧琴語曰：蜀人陳子昂有文百軸，馳走京轂，碌碌塵土，不為人知。此樂賤工之役，豈宜留心，舉而碎之，以其文軸遍贈會者，一日之內聲華溢都。

　　此則「捧琴」「贈文」推介自己從而「聲華溢都」的故事是否屬實姑且不論。不過，子昂確是進士出身，以上書論政得武后賞識，任麟台正字，後遷右拾遺。後歸蜀為縣令段簡誣繫獄而卒。胡震亨《唐詩談叢》卷一：「伯玉以拾遺歸里，為一縣令所殺，乃武三思主使者。」

　　陳子昂主張改革詩風。他的《與東方左使虬修竹篇序》云：

　　　　文章道弊五百年矣。漢、魏風骨，晉、宋莫傳，然而文獻

有可徵者。僕嘗暇時觀齊、梁間詩，彩麗競繁，而興寄都絕，每以永歎。思古人，常恐逶迤頹靡，風雅不作，以耿耿也。一昨於解三處見明公《詠孤桐篇》，骨氣端翔，音情頓挫，光英朗練，有金石聲。遂用洗心飾視，發揮幽鬱。不圖正始之音，復睹於茲，可使建安作者，相視而笑。

文中標舉「風骨」與「興寄」，推動詩風變革。其詩文也是很好的創作實踐。子昂詩文皆摹古。《感遇詩》三十八章，開太白古風，陳子昂又喜道家，此與李白亦相似。子昂官右拾遺，即諫官，其論事書疏皆疏樸近古。為古文運動的先驅。

韓愈有詩云：「國朝盛文章，子昂始高蹈。」（《薦士》）

盧藏用《右拾遺陳子昂文集序》歷述自孔子以來之文學至南朝而靡，曰：「道喪五百歲而得陳君。」「橫制頹波，天下翕然，質文一變。」

同子昂者，張九齡（子壽），韶州曲江人，張説（道濟），洛陽人，詩有古意，亦可入復古派。總之，與四傑、沈宋分道揚鑣矣。

# 田園方外派

浦江清

　　田園派詩人人數很少，詩多田園閒適情趣。

　　王績（約 589—644），字無功，絳州龍門人。文中子王通之弟，王勃叔祖。隋末授秘書省正字，尋還鄉里。唐高祖武德初以前官待詔門下省。後隱居東皋著書，號東皋子。

　　《野望》是王績著名詩作：

> 東皋薄暮望，徙倚欲何依。
>
> 樹樹皆秋色，山山唯落暉。
>
> 牧人驅犢返，獵馬帶禽歸。
>
> 相顧無相識，長歌懷采薇。

　　〔註〕「徙倚」：《楚辭·哀時命》註：猶低回也。「山山唯落暉」：謝靈運詩「昏旦變氣候，山水含清暉。清暉能娛人，遊子憺忘歸」（《石壁精舍還湖中作》）。「采薇」：《史記·伯夷列傳》：「武王已平殷亂，天下宗周，而伯夷、叔齊恥之，義不食周粟，隱於首陽山，采薇而食之。及餓且死，作歌。其辭曰：『登彼西山兮，采其薇矣。以暴易暴兮，不知其非矣。神農、虞、夏忽焉沒兮，我安適歸矣？於嗟徂兮，命之衰矣！』遂餓死於首陽山。」

　　　　贈程處士

百年長擾擾，萬事悉悠悠。

日光隨意落，河水任情流。

禮樂囚姬旦，詩書縛孔丘。

不知高枕上，時取醉消愁。

王績學陶潛，其《田家》三首頗類陶詩。

　　　　田家　之一

阮籍生涯懶，嵇康意氣疏。

相逢一醉飽，獨坐數行書。

小池聊養鶴，閒田且牧豬。

草生元亮徑，花暗子雲居。

倚床看婦織，登壠課兒鋤。

回頭尋仙事，並是一空虛。

〔註〕「子雲居」：《漢書·揚雄傳》：「有田一壠，有宅一區，世世以農桑為業。」註：壠，百畝也。此謂雄之祖業，在「岷山之陽曰郫」。參看《長安古意》「揚子居」的註釋。(後者指京師之雄居) 。「生涯」：人之生活曰生涯。《莊子·養生主》「吾生也有涯」，涯，極也。「壠」，田埒，壟同，另塚義。

王梵志 (590？ —660)，原名梵天，黎陽 (今河南浚縣) 人。唐代詩僧。

他有儒家思想而又受佛教教義影響，寫了許多頗類佛教偈語的白話詩，宣揚儒家倫理道德、佛教因果報應觀念和待人處世之道。雖受到王維賞識並在民間流傳，但並不為士大夫認可。

敦煌石室發現王梵志詩四殘卷。胡適特別提倡其白話詩，曾選入其《白話文學史》中。

　　梵志詩通俗易懂而又精於説理，如：「他人騎大馬，我獨跨驢子。回顧擔柴漢，心下較些子。」又如：「勸君休殺命，背面被生嗔。吃他他吃汝，輪迴作主人。」前詩教人知足，後詩宣傳佛教戒殺生思想。

　　梵志以詩説佛理開寒山、拾得之詩作。寒山、拾得，一説為貞觀時人，一説大曆時人，胡適以為盛唐時。

# 四傑

閒一多

　　繼承北朝系統而立國的唐朝的最初五十年代，本是一個尚質的時期，王、楊、盧、駱都是文章家，「四傑」這徽號，如果不是專為評文而設的，至少它的主要意義是指他們的賦和四六文。談詩而稱「四傑」，雖是很早的事，究竟只能算借用。是借用，就難免有「削足適履」和「掛一漏萬」的毛病了。

　　按通常的了解，詩中的「四傑」是唐詩開創期中負起了時代使命的四位作家，他們都年少而才高，官小而名大，行為都相當浪漫，遭遇尤其悲慘 (四人中三人死於非命) —— 因為行為浪漫，所以受盡了人間的唾罵；因為遭遇悲慘，所以也贏得了不少的同情。依這樣一個概括、簡明，也就是膚廓的了解，「四傑」這徽號是滿可以適用的，但這也就是它的適用性的最大限度。超過了這限度，假如我們還問道：這四人集團中每個單元的個別情形和相互關係，尤其他們在唐詩發展的路線網裡，究竟代表着哪一條或數條線，和這線在網的整個體系中所擔負的任務 —— 假如問到這些方面，「四傑」這徽號的功用與適合性，馬上就成問題了。因為詩中的「四傑」，並非一個單純的、統一的宗派，而是一個大宗中包孕着兩個小宗，而兩小宗之間，同點恐怕還不如異點多，因之，在討論問題時，「四傑」這名詞所能給我們的方

便，恐怕也不如糾葛多。數字是個很方便的東西，也是個很麻煩的東西。既在某一觀點下湊成了一個數目，就不能由你在另一觀點下隨便拆開它。不能拆開，又不能廢棄它，所以就麻煩了。「四傑」這徽號，我們不能也不想廢棄，可是我承認我是抱着「息事寧人」的苦衷來接受它的。

「四傑」無論在人的方面，或詩的方面，都天然形成兩組或兩派。先從人的方面講起。

將四人的姓氏排成「王、楊、盧、駱」這特定的順序，據說寓有品第文章的意義，這是我們熟知的事實。但除這人為的順序外，好像還有一個自然的順序，也常被人採用——那便是序齒的順序。我們疑心張說《裴公神道碑》「在選曹見駱賓王、盧照鄰、王勃、楊炯」，和郗雲卿《駱丞集序》「與盧照鄰、王勃、楊炯文詞齊名」，乃至杜詩「縱使盧王操翰墨」等語中的順序，都屬於這一類。嚴格的序齒應該是盧、駱、王、楊，其間盧、駱一組，王、楊一組，前者比後者平均大了十歲的光景。然則盧、駱的順序，在上揭張、郗二文裡為甚麼都顛倒了呢？郗序是為了行文的方便，不用講。張碑，我想是為了心理的緣故，因為駱與裴（行儉）交情特別深，為裴作碑，自然首先想起駱來。也許駱赴選曹本在先，所以裴也先見到他。果然如此，則先駱後盧，是採用了另一事實作標準。但無論依哪個標準說，要緊的還是在張、郗兩文裡，前二人（駱、盧）與後二人（王、楊）之間的一道鴻溝（即平均十歲左右的差別）依然存在。所以即使張碑完全用的另一事實——赴選的先後作為標準，我們依然可以說，王、楊赴選在盧、駱之後，也正說明了他們年齡小了許多。實在，盧、駱與王、楊簡直可算作兩輩子人。據《唐會要》卷八二，「顯慶二年，詔徵太白山人孫思邈入京，盧照鄰、宋令文、孟詵皆執師贄之禮」。令文是宋之問的父親，而之問是楊炯同僚的

好友。盧與之問的父親同輩，而楊與之問本人同輩，那麼盧與楊豈不
是不能同輩了嗎？明白了這一層，楊炯所謂「愧在盧前，恥居王後」，
便有了確解。楊年紀比盧小得多，名字反在盧前，有愧不敢當之感，
所以說「愧在盧前」，反之，他與王多分是同年，名字在王後，說「恥
居王後」，正是不甘心的意思。

　　比年齡的距離更重要的一點，便是性格的差異。在性格上，「四
傑」也天然形成兩種類型，盧、駱一類，王、楊一類。誠然，四人都是
歷史上著名的「浮躁淺露」不能「致遠」的殷鑑，每人「醜行」的事例，
都被謹慎地保存在史乘裡了，這裡也毋庸贅述。但所謂「浮躁淺露」
者，也有程度深淺的不同。楊炯，相傳據裴行儉說，比較「沉靜」。
其實王勃，除擅殺官奴那不幸事件外（殺奴在當時社會上並非一件太不平常的
事），也不能算過分的「浮躁」。一個人在短短二十八年的生命裡，已經
完成了這樣多方面的一大堆著述：

> 《舟中纂序》五卷、《周易發揮》五卷、《次論語》十卷、《漢
> 書指瑕》十卷、《大唐千歲曆》若干卷、《黃帝八十一難經註》若
> 干卷、《合論》十卷、《續文中子書序詩序》若干篇、《玄經傳》若
> 干卷、《文集》三十卷。

能夠浮躁到哪裡去呢？同王勃一樣，楊炯也是文人而兼有學者傾向
的，這滿可以從他的《天文大象賦》和《駁孫茂道蘇知幾冕服議》中看
出。由此看來，王、楊的性格確乎相近。相應的，盧、駱也同屬於另
一類型，一種在某項觀點下真可目為「浮躁」的類型。久歷邊塞而屢次
下獄的博徒革命家，駱賓王不用講了。看《窮魚賦》和《獄中學騷體》，
盧照鄰也不像是一個安分的分子。駱賓王在《豔情代郭氏答盧照鄰》
裡，便控告過他的薄倖。然而按駱賓王自己的口供：

> 但使封侯龍額貴，詎隨中婦鳳樓寒？

他原也是在英雄氣概的煙幕下實行薄幸而已。看《憶蜀地佳人》一類詩，他並沒有少給自己製造薄幸的機會。在這類事上，盧、駱恐怕還是一丘之貉。最後，盧照鄰那悲劇性的自殺，和駱賓王的慷慨就義，不也還是一樣？同是用不平凡的方式自動地結束了不平凡的一生，只是一悱惻，一悲壯，各有各的姿態罷了。

這幾乎是不可避免的發展，由年齡的兩輩和性格的兩類型，到友誼的兩個集團。果然，盧、駱二人交情，可憑駱的《豔情代郭氏答盧照鄰》詩來坐實，而王、楊的契合，則有王的《秋日餞別序》和楊的《王勃集序》可證。反之，盧或駱與王或楊之間，就看不出這樣緊湊的關係來。就現存各家集中所可考見的說，盧、王有兩首同題分韻的詩，盧、楊有一首同題同韻的詩，可見他們兩輩人確乎在文酒之會中常常見面。可是太深的交情，恐怕談不到。他們絕少在作品裡互相提到彼此的名字，有之，只楊在《王勃集序》中說到一次「薛令公朝右文宗，托末契而推一變；盧照鄰人間才傑，覽清規而輟九攻」，這反足以證明盧、駱與王、楊屬於兩個壁壘，雖則是兩個對立而仍不失為友軍的壁壘。

於是，我們便可談到他們——盧、駱與王、楊——另一方面的不同了。年齡的不同輩、性格的不同類型、友誼的不同集團和作風的不同派，這些不也正是一貫的現象嗎？其實，不待知道「人」方面的不同，我們早就應該發覺「詩」方面的不同了。假如不受傳統名詞的蒙蔽，我們早就該驚訝，為甚麼還非維持這「四」字不可，而不仿「前七子」「後七子」的例，稱盧、駱為「前二傑」，王、楊為「後二傑」？難道那許多跡象，還不足以證明他們兩派的不同嗎？

首先，盧、駱擅長七言歌行，王、楊專工五律，這是兩派選擇形式的不同。當然盧、駱也作五律，甚至大部分篇什還是五律，而王、

楊一派中至少王勃也有些歌行流傳下來，但他們的長處絕不在這些方面。像盧集中的：

> 風搖十洲影，日亂九江文。（《贈李榮道士》）
>
> 川光搖水箭，山氣上雲梯。（《山莊休沐》）

和駱集中這樣的發端：

> 故人無與晤，安步陟山椒……（《冬日野望》）

在那貧乏的時代，何嘗不是些奪目的珍寶？無奈這些有句無章的篇什，除聲調的成功外，還是沒有超過齊、梁的水準。駱比較有些「完璧」，如《在獄詠蟬》之類，可是又略無警策。同樣，王的歌行，除《滕王閣歌》[1] 外，也毫不足觀。便說《滕王閣歌》和他那典麗凝重，與淒情流動的五律比起來，又算得了甚麼呢！

杜甫《戲為六絕句》第三首說「縱使盧王操翰墨，劣於漢魏近風騷」。這裡是以盧代表盧、駱，王代表王、楊，大概不成問題。至於「劣於漢魏近風騷」，假如可以解作王、楊「劣於漢魏」，盧、駱「近風騷」，倒也有它的妙處，因為盧、駱那用賦的手法寫成的粗線條的宮體詩，確乎是《風》《騷》的餘響，而王、楊的五言，雖不及漢魏，卻越過齊、梁，直接上晉、宋了。這未必是杜詩的原意，但我們不妨借它的啟示來闡明一個真理。

盧、駱與王、楊選擇形式不同，是由於他們兩派的使命不同。盧、駱的歌行，是用鋪張揚厲的賦法膨脹過了的樂府新曲，而樂府新曲又是宮體詩的一種新發展，所以盧、駱實際上是宮體詩的改造者。他們都曾經是兩京和成都市中的輕薄子，他們的使命是以市井的放縱改造宮廷的墮落，以大膽代替羞怯，以自由代替局縮，所以他們的

---

1 即《滕王閣序》。——編者註

歌聲需要大開大合的節奏，他們必須以賦為詩。正如宮體詩在盧、駱手裡是由宮廷走到市井，五律到王、楊的時代是從台閣移至江山與塞漠。台閣上只有儀式的應制，有「綺句繪章，揣合低印」。到了江山與塞漠，才有低回與悵惘、嚴肅與激昂，例如王的《別薛昇華》《送杜少府之任蜀州》和楊的《從軍行》《紫騮馬》一類的抒情詩。抒情的形式，本無須太長，五言八句似乎恰到好處。前乎王、楊，尤其應制的作品，五言長律用的還相當多。這是該注意的！五言八句的五律，到王、楊才正式成為定型，同時完整的真正唐音的抒情詩也是這時才出現的。

　　將盧、駱與王、楊對照着看，真是一個說不盡的話題。我在旁處曾說明過從盧、駱到劉（希夷）、張（若虛）是一貫的發展，現在還要點醒，王、楊與沈、宋也是一脈相承。李商隱早無意地道着了秘密：

　　　　沈宋裁辭矜變律，王楊落筆得良朋。當時自謂宗師妙，今日惟觀屬對能。（《漫成章》）

以沈、宋與王、楊並舉，實在是最自然、最合理的看法。「律」之「變」，本來在王、楊手裡已經完成了，而沈、宋也是「落筆得良朋」的妙手。並且我們已經提過，楊炯和宋之問是好朋友。如果我們再知道他們是好到如之問《祭楊盈川文》所說的那程度，我們便更能瞭然於王、楊與沈、宋所以是一脈相承之故。老實說，就奠定五律基礎的觀點看，王、楊與沈、宋未嘗不可視為一個集團，因此也有資格承受「四傑」的徽號，而盧、駱與劉、張也同樣有理由，在改良宮體詩的觀點下，被稱為另一組「四傑」。一定要墨守着先入為主的傳統觀點，只看見「王、楊、盧、駱」之為「四傑」，而抹殺了一切其他的觀點，那只是拘泥、頑冥，甘心上傳統名詞的當罷了。

　　將盧、駱與王、楊分別地劃歸了劉、張與沈、宋兩個集團後，再

比較一下劉、張與沈、宋在唐詩中的地位，便也更能了解盧、駱與王、楊的地位了。五律無疑是唐詩最主要的形式，在那時人心目中，五律才是詩的正宗。沈、宋之被人推重，理由便在此。按時人安排的順序，王、楊的名字列在盧、駱之上，也正因他們的貢獻在五律，何況王、楊的五律是完全成熟了的五律，而盧、駱的歌行還不免於草率、粗俗的「輕薄為文」呢？論內在價值，當然王、楊比盧、駱高。然而，我們不要忘記盧、駱曾用以毒攻毒的手段，憑他們那新式宮體詩，一舉摧毀了舊式的「江左餘風」的宮體詩，因而給歌行體芟除了蕪穢，開出一條坦途來。若沒有盧、駱，哪會有劉、張，哪會有《長恨歌》《琵琶行》《連昌宮詞》和《秦婦吟》，甚至於李、杜、高、岑呢？看來，在文學史上，盧、駱的功績並不亞於王、楊。後者是建設，前者是破壞，他們各有各的使命。負破壞使命的，本身就得犧牲，所以失敗就是他們的成功。人們都以成敗論事，我卻願向失敗的英雄們多寄予點同情。

# 王維與孟浩然

浦江清

## 一、王維

　　王維 (701—759 或 761)，王維卒年，《舊唐書》稱乾元二年 (公元 759
年)，另一說為上元初年 [1] (公元 761 年)。待查。字摩詰，河東 (今山西省)
人。維摩詰是印度的居士，未出家而信仰佛教者。譯意則無垢，淨名。

　　王維，開元九年進士，擢第，調太樂丞。張九齡執政，擢右拾
遺。《集異記》言維未冠，文章得名，妙能琵琶，岐王引至公主第，
使為伶人，進新曲，號《鬱輪袍》，並出所作，公主大奇之云云。唐
代文人須由權貴進身，維亦不免如此。此為小說家言，未必可信。唯
王維集中多有從岐王宴詩。遷監察御史，拜吏部郎中，天寶末為給
事中。

　　安祿山陷兩都，維為賊所得。《舊唐書》載，天寶末，維為官給事
中，扈從不及，為賊所得，服藥取痢，詐稱瘖病。祿山素憐之，遣人
迎至洛陽，拘於普施寺，迫以偽署。賊平，陷賊官三等定罪，維以《凝
碧》詩聞於行在，肅宗特宥之，責授太子中允。時王維詐病被拘，祿

---

1 應為上元二年。——編者註

山宴其徒於凝碧宮，其工皆梨園弟子、教坊工人，維聞之悲惻，潛為詩曰：

> 萬戶傷心生野煙，百僚何日再朝天。
>
> 秋槐葉落空宮裡，凝碧池頭奏管弦。

《全唐詩》錄此詩，題云《菩提寺禁，裴迪來相看，説逆賊等凝碧池上作音樂，供奉人等舉聲便一時淚下，私成口號，誦示裴迪》。

除《凝碧》詩聞於行在之外，會其弟王縉時任宰相，請削官以贖兄罪，特宥之。

乾元中，遷中書舍人，復拜給事中，轉尚書右丞，故後世稱王右丞。

維工書畫，亦知音樂，精通各種藝術。弟兄俱奉佛，居常蔬食，晚年長齋，不衣文采。得宋之問藍田別墅在輞川。與道友裴迪浮舟往來，彈琴賦詩。聚其田園所為詩，號《輞川集》。退朝之後，焚香獨坐，以禪誦為事。妻亡不再娶。三十年孤居一室，屏絕塵累。乾元二年七月卒。

代宗時，其弟縉為宰相。代宗謂王縉曰：朕於諸王座聞維樂章，今傳幾何？遣中人往取，縉搜集數百篇上之。

王維才高，奉和聖制諸詩，頗得台閣之體，而自放山水，又多清遠之詩，究以山水詩為最佳。輞川題詠皆用五絕，音響尤佳。

王維詩最通俗知名者有《渭城曲》：

> 渭城朝雨浥輕塵，客舍青青柳色新。
>
> 勸君更盡一杯酒，西出陽關無故人。

此詩一題作《送元二使安西》，「柳色新」一作「楊柳春」。詩如白話。白居易《對酒》詩云：「相逢且莫推辭飲，聽唱陽關第四聲。」白居易時盛行此歌，亦稱《陽關曲》，後人續添為「陽關三疊」，為唐人送別詩之

上乘，亦為千古送行絕唱。七絕於《渭城曲》外尚有《少年行》四首，亦佳。另一首詩《九月九日憶山東兄弟》亦很著名，亦明白如話：

> 獨在異鄉為異客，每逢佳節倍思親。
>
> 遙知兄弟登高處，遍插茱萸少一人。

盛唐時七絕之體已很發達，如王昌齡、高適、王之渙等擅名，多以邊塞為題材。維詩氣象不大，而極自然。

七古亦有名篇，如《隴頭吟》《老將行》《夷門歌》《燕支行》《桃源行》《洛陽女兒行》等。

五律如《觀獵》（一作《獵騎》）：

> 風勁角弓鳴，將軍獵渭城。
>
> 草枯鷹眼疾，雪盡馬蹄輕。
>
> 忽過新豐市，還歸細柳營。
>
> 回看射雕處，千里暮雲平。

這是一首極佳之作，沈德潛《說詩晬語》評曰：「王右丞『風勁角弓鳴』一篇，神完氣足，章法句法字法，俱臻絕頂。」在王維詩作中，如此雄健風格的詩雖不多，但頗有特色，類似的還有五律《使至塞上》：

> 單車欲問邊，屬國過居延。
>
> 征蓬出漢塞，歸雁入胡天。
>
> 大漠孤煙直，長河落日圓。
>
> 蕭關逢候騎，都護在燕然。

「大漠孤煙直，長河落日圓。」大漠、長河、孤煙、落日，描盡大漠氣象，「此種境界，可謂千古壯觀」（王國維《人間詞話》）。

七律如《積雨輞川莊作》寫幽雅恬靜的山居生活，「漠漠水田飛白鷺，陰陰夏木囀黃鸝」充滿詩情畫意。

王維五古寫田園，學陶淵明，寫山水，學謝靈運。其詩友有孟浩

然、裴迪。裴迪並為道友。王維與胡居士來往，贈詩全談佛理，亦奇格也。謝靈運以後，復見斯人！比謝靈運變本加厲。又有贈東嶽焦煉師焦道士詩。其學陶如《偶然作》六首，又似阮。

王維詩別成一格者為其五言絕句，所謂《輞川集》詩題瀏覽勝景，同裴迪各有題詠者，可有二十首。王維詩如：

空山不見人，但聞人語響。
返景入山林[1]，復照青苔上。

——《鹿柴》

獨坐幽篁裡，彈琴復長嘯。
深林人不知，明月來相照。

——《竹裡館》

無嵇、阮之狂，而有嵇、阮之靜。魏晉人風度。靜境似禪，深於禪寂。格調很高。

王維之山水畫，為文人畫之祖，南宗。蘇軾《書摩詰藍田煙雨圖》曰：「味摩詰之詩，詩中有畫，觀摩詰之畫，畫中有詩。」

維善音樂，有識《霓裳羽衣圖》之故事，見《舊唐書》。

為王維之友，以詩齊名者，有孟浩然，並稱「王孟」。（裴迪有《輞川集》詩廿首等，詩少，不足成為大家。）

## 二、孟浩然

與王維同時以山水詩擅場者有王維友人孟浩然，其人品之高，又出摩詰之上。

---

1 另有「返景入深林」一説。——編者註

　　孟浩然（689—740），襄陽人。《全唐詩·小傳》云：「少隱鹿門山，年四十，乃遊京師。常於太學賦詩，一座嗟伏。與張九齡、王維為忘形交。維私邀入內署，適明皇至，浩然匿床下。維以實對，帝喜曰：朕聞其人而未見也。詔浩然出，誦所為詩，至『不才明主棄』，帝曰：卿不求仕，朕未嘗棄卿，奈何誣我？乃放還。」（此據故事小説，未必可信。《唐詩紀事》云：明皇以張説之薦召浩然，令誦所作云云。）

　　「誦所為詩」者，即浩然《歲暮歸南山》（一題作《歸故園作》，一作《歸終南山》）：

　　　　北闕休上書，南山歸敝廬。

　　　　不才明主棄，多病故人疏。

　　　　白髮催年老，青陽逼歲除。

　　　　永懷愁不寐，松月夜窗虛。

　　王士源《孟浩然集序》云：「開元二十八年，王昌齡遊襄陽。時浩然疾疢發背，且癒；相得歡甚，浪情宴謔，食鮮疾動，終於冶城南園，年五十有二。」

　　《舊唐書·文苑傳》：孟浩然「隱鹿門山，以詩自適。年四十，來遊京師，應進士不第，還襄陽。張九齡鎮荊州，署為從事，與之唱和。不達而卒」。寥寥數行而已。

　　孟浩然也有出仕的意願，《書懷貽京邑同好》詩曰：「三十既成立，嗟吁命不通。慈親向羸老，喜懼在深衷。甘脆朝不足，簞瓢夕屢空。執鞭慕夫子，捧檄懷毛公。感激遂彈冠，安能守固窮？」然王士源《孟浩然詩序》[1]又云：「山南採訪使本郡守昌黎韓朝宗謂浩然間代清律，置諸周行，必詠穆如之頌，因入奏，與偕行，先揚於朝，與期約日

---

1　應為《孟浩然集序》。──編者註

引謁。及期,浩然會寮友,文酒講好甚適。或曰,子與韓公預諾而怠之,無乃不可乎?浩然叱曰,僕已飲矣,身行樂耳,遑恤其他。遂畢席不赴。」對此,孟浩然亦不悔,隱居甚貧。則浩然亦非不求仕者,未達終隱也。

李白很敬慕孟浩然,曾以詩贈之曰:「吾愛孟夫子,風流天下聞。紅顏棄軒冕,白首臥松雲。醉月頻中聖,迷花不事君。高山安可仰,徒此揖清芬。」(《贈孟浩然》)

皮日休《孟亭記》謂「明皇章句之風,大得建安體,論者推李翰林杜工部為尤,介其間能不愧者,惟吾鄉之孟先生也」。

皮氏賞其五律之佳者,有:

八月湖水平,涵虛混太清。
氣蒸雲夢澤,波撼岳陽城。
欲濟無舟楫,端居恥聖明。
坐觀垂釣者,徒有羨魚情。

——《望洞庭湖贈張丞相》

山光忽西落,池月漸東上。
散髮乘夕涼,開軒臥閒敞。
荷風送香氣,竹露滴清響。
欲取鳴琴彈,恨無知音賞。
感此懷故人,中宵勞夢想。

——《夏日南亭懷辛大》

微雲淡河漢,疏雨滴梧桐。(《全唐詩》註:王士源云:浩然嘗閒遊秘省,秋月新霽,諸英聯詩,次當浩然云云,舉座嗟其清絕,不復為綴。)

皮日休以為可與蕭愨、王融、謝朓爭勝。(《唐詩紀事》引)

皮日休論孟詩「得建安」,《吟譜》亦云:「孟浩然詩祖建安,宗淵

明，沖淡中有壯逸之氣。」其實說孟浩然學陶淵明更為貼切。在論及陶詩對後世影響時，我們曾引用孟浩然《仲夏歸南園寄京邑舊遊》一詩：

> 嘗讀高士傳，最嘉陶徵君。
>
> 日耽田園趣，自謂羲皇人。
>
> 余復何為者，棲棲徒問津。
>
> 中年廢丘壑，上國旅風塵。
>
> 忠欲事明主，孝思侍老親。
>
> 歸來冒炎暑，耕稼不及春。
>
> 扇枕北窗下，採芝南澗濱。
>
> 因聲謝同列，吾慕潁陽真。

「氣蒸雲夢澤，波撼岳陽城」是歷來詠洞庭的名句，當然「欲濟無舟楫」流露出求張九齡舉薦的含蓄意味，不如「懷辛大」一首清淡、單純。「荷風送香氣，竹露滴清響」最能看出孟詩的「清絕」了。

學陶似陶的要數孟浩然的《過故人莊》了：

> 故人具雞黍，邀我至田家。
>
> 綠樹村邊合，青山郭外斜。
>
> 開軒面場圃，把酒話桑麻。
>
> 待到重陽日，還來就菊花。

詩淡而有味，頗有點陶詩的「田園趣」了。

孟詩中還有一首膾炙人口的《春曉》：

> 春眠不覺曉，處處聞啼鳥。
>
> 夜來風雨聲，花落知多少。

短短二十字，用視覺感受結合想像寫出「春曉」，道出春意，自然天成。

孟浩然以山水田園詩著稱，並形成了清絕淡遠的藝術風格。田

園、山水詩是陶潛和「大小謝」開闢的路，雖可與蕭、王、謝「爭勝」，但就田園詩境而言，就不及陶詩深遠了。孟浩然與王維共同開創盛唐山水田園詩派，並以「王孟」並稱，但就詩而言，孟不及王。

　　盛唐山水田園詩人，還有儲光羲、常建、祖詠和裴迪。其中儲光羲、常建更為著名。《題破山寺後禪院》就是常建的名作：

　　　　清晨入古寺，初日照高林。

　　　　竹徑通幽處，禪房花木深。

　　　　山光悅鳥性，潭影空人心。

　　　　萬籟此都寂，但餘鐘磬音。

山中古寺幽寂境界躍然紙上。故唐人殷璠《河嶽英靈集》列常建於卷首，讚「山光悅鳥性，潭影空人心」等十數句「並可稱警策」。

# 高適

蕭滌非

　　高適（702？—765）[1]，字達夫，渤海蓨（今河北滄縣）[2] 人。二十歲曾到長安，求仕不遇。於是北上薊門，漫遊燕趙，想在邊塞尋求報國立功的機會，也沒有找到出路。此後，他在梁宋一帶過了十幾年「混跡漁樵」的貧困流浪生活。這一時期，他曾經和李白、杜甫在齊趙一帶飲酒遊獵，懷古賦詩。天寶八載，他已經將近五十歲，才由宋州刺史張九皋推薦，舉有道科，任封丘尉。他不甘做這個「拜迎長官」「鞭撻黎庶」的小官，因棄官客河西，由於河西節度使哥舒翰的推薦，掌幕府書記。安祿山之亂發生，他被拜為左拾遺，轉監察御史，佐哥舒翰守潼關。潼關失守後，他奔赴行在，見玄宗陳述軍事，得到玄宗、肅宗的重視，連續升遷，官至淮南、劍南西川節度使，最後任散騎常侍，死於長安。

　　高適詩中的優秀作品大多數都作於北上薊門、浪遊梁宋時期。《舊唐書》說他「年過五十，始留意詩什」，並不符合事實。

　　他是一個「喜言王霸大略，務功名，尚節義」的詩人。在薊門所寫

---

1 高適生年另有約公元 700 年和公元 704 年兩說。 —— 編者註

2 在今河北景縣。 —— 編者註

的《塞上》詩裡，他對當時的邊事表示了深深的憂慮：「邊塵滿北溟，虜騎正南驅。轉鬥豈長策？和親非遠圖。」同時，他表示了「常懷感激心，願效縱橫謨」的功業抱負。在《塞下曲》裡，他更豪邁地說：「萬里不惜死，一朝得成功。畫圖麒麟閣，入朝明光宮。大笑向文士，一經何足窮。古人昧此道，往往成老翁。」但是，他的壯志落空了。他的《薊中作》說：「豈無安邊書？諸將已承恩。惆悵孫吳事，歸來獨閉門。」

更值得注意的是他在薊門時期，對邊塞士卒的生活有了實際的觀察。在《薊門五首》[1]中，他描寫了士卒的遊獵生活，也歌頌了士卒們在戰鬥中的英勇精神：「胡騎雖憑陵，漢兵不顧身！」但是他對士卒的久戍不歸，也表示同情：「羌胡無盡日，征戰幾時歸？」當他把士卒的生活和降虜的生活做比較後，他更感到非常憤慨：「士卒厭糟糠，降胡飽衣食。關亭試一望，長欲涕沾臆！」他後來回到梁宋時，還對一個在軍中任職的朋友指責這種縱容降虜、養癰遺患的政策，並且希望朋友把他的意見轉達帥府（見《睢陽酬別暢大判官》一詩）。

開元二十六年，他在梁宋創作了他邊塞詩中最傑出的代表作《燕歌行》：

漢家煙塵在東北，漢將辭家破殘賊。男兒本自重橫行，天子非常賜顏色。摐金伐鼓下榆關，旌旆逶迤碣石間。校尉羽書飛瀚海，單于獵火照狼山。山川蕭條極邊土，胡騎憑陵雜風雨。戰士軍前半死生，美人帳下猶歌舞。大漠窮秋塞草腓，孤城落日鬥兵稀。身當恩遇常輕敵，力盡關山未解圍。鐵衣遠戍辛勤久，玉箸應啼別離後。少婦城南欲斷腸，征人薊北空回首。邊風飄飆那可度，絕域蒼茫更何有？殺氣三時作陣雲，寒

---

1 也作《薊門行五首》。── 編者註

聲一夜傳刁斗。相看白刃血紛紛，死節從來豈顧勳。君不見沙場征戰苦，至今猶憶李將軍。

開元二十六年，御史大夫兼河北節度副大使張守珪的部將在和叛變的奚族人作戰中打了一次敗仗，「守珪隱其敗狀，而妄奏克獲之功」（見《舊唐書·張守珪傳》）。從詩的序來看，這首詩和張守珪的事是有關係的，但詩中所寫的也並不完全是這次戰役，而是融合他在薊門的見聞，以更高的藝術概括，表現他對戰士們的深刻同情。他熱情地歌頌了戰士們英勇愛國的精神，描寫了戰鬥的激烈和艱苦，並且以「戰士軍前半死生，美人帳下猶歌舞」這樣沉痛的詩句，揭露了將軍和士兵苦樂懸殊的生活以及他們對衛國戰爭的不同態度，也描繪了戰局的危險和戰士們思念親人的複雜心情。「相看白刃」兩句，在表現戰士們英勇無私的愛國精神的同時，也對「妄奏克獲之功」的張守珪做了委婉的諷刺。結尾回憶李廣，希望將軍體恤士卒，點出了全詩的主題。詩的思想內容極為複雜，但寫得賓主分明。錯綜交織的詩筆，把荒涼絕漠的自然環境、如火如荼的戰爭氣氛、士兵在戰鬥中複雜變化的內心活動融合在一起，形成了全詩雄厚深廣、悲壯淋漓的藝術風格。全詩四句一轉，雖語多對偶而能避免整齊呆板的缺點，顯出跳躍奔放的氣勢，也很有創造性，不愧是唐代邊塞詩中的現實主義的傑作。

高適在浪遊梁宋到做封丘尉的時期，他的作品內容相當豐富，其中有些作品深入地反映了農民的疾苦，例如《自淇涉黃河途中作》的第九首：

　　朝從北岸來，泊船南河滸。試共野人言，深覺農夫苦。去秋雖薄熟，今夏猶未雨。耕耘日勤勞，租稅兼烏鹵。園蔬空寥落，產業不足數。尚有獻芹心，無因見明主。

這裡揭示了人民在旱災和賦稅壓迫下貧困蕭條的生活景象。《東平路中

遇大水》描寫農村的水災景象，更令人驚心駭目：「傍沿巨野澤，大水縱橫流。蟲蛇擁獨樹，麋鹿奔行舟。稼穡隨波瀾，西成不可求。室居相枕藉，蛙黽聲啾啾。乃憐穴蟻漂，益羨雲禽游。農夫無倚着，野老生殷憂。」在開元時代詩壇上，高適是首先接觸到農民疾苦的詩人。這些詩使我們看到了「開元盛世」的陰暗面。詩人在梁宋時期的生活是貧困的：「兔苑為農歲不登，雁池垂釣心長苦。」（《別韋參軍》）這就是他所以能夠關懷民生疾苦的生活基礎。

正是由於他這一段貧困沉淪的生活體驗，所以他在做封丘縣尉以後，目睹官場現實，就不忍心做這種壓迫人民的官吏，寫下了他的名作《封丘縣》：

> 我本漁樵孟諸野，一生自是悠悠者。乍可狂歌草澤中，寧堪作吏風塵下？只言小邑無所為，公門百事皆有期。拜迎長官心欲碎，鞭撻黎庶令人悲。歸來向家問妻子，舉家盡笑今如此。生事應須南畝田，世情付與東流水。夢想舊山安在哉？為銜君命且遲回。乃知梅福徒為爾，轉憶陶潛歸去來。

他不肯「拜迎長官」，不能忍受小官吏的那種羈束和卑辱的生活，是受了嵇康、陶潛思想的影響。不願意「鞭撻黎庶」，不做統治階級直接壓迫剝削人民的爪牙，則是他從切身體驗中產生的寶貴的思想。這裡我們清晰地看到他和人民有着思想感情上的聯繫。他的《同顏少府旅宦秋中》詩說：「不是鬼神無正直，從來州縣有瑕疵。」也是對州縣官吏生活感到痛心的肺腑之言。但是，他在《過盧明府有贈》等詩中，對比較愛護人民的州縣官吏也有由衷的讚美。

高適在梁宋時期，雖然生活貧困，作風卻非常豪俠浪漫。他的名篇《邯鄲少年行》《古大梁行》等都充滿豪士俠客的肝膽意氣，就是贈別朋友的一些詩也寫得豪邁動人。如《別韋參軍》：「丈夫不作兒女別，

臨歧涕淚霑衣巾。」又如《別董大》:「莫愁前路無知己,天下誰人不識君?」這類詩,和他的邊塞詩一樣,也為當時和後代人所傳誦。

安史亂後,他官位日高,好詩漸少。但是像《酬裴員外以詩代書》《人日寄杜二拾遺》等篇,仍然保持着前期的詩風。

總的來說,他的詩歌是現實主義多於浪漫主義。風格雄厚渾樸,筆勢豪健。殷璠《河嶽英靈集》説他的詩「多胸臆語,兼有氣骨,故朝野通賞其文」。杜甫説他的詩「方駕曹劉不啻過」,並且讚美他的詩才如「驊騮開道路,鷹隼出風塵」。這都很切合他的詩風。

# 岑參

## 蕭滌非

　　岑參 (715？—770)，南陽人。出身於官僚家庭，曾祖父、伯祖父、伯父都官至宰相。父親也兩任州刺史。但父親早死，家道衰落。他自幼從兄受書，遍讀經史。二十歲至長安，獻書求仕。以後曾北遊河朔。三十歲舉進士，授兵曹參軍。天寶八載，充安西四鎮節度使高仙芝幕府書記，赴安西，十載回長安。十三載又做安西北庭節度使封常清的判官，再度出塞。安史亂後，至德二載才回朝。前後兩次在邊塞共六年。他的詩說：「萬里奉王事，一身無所求。也知邊塞苦，豈為妻子謀。」(《初過隴山途中呈宇文判官》) 又說：「側身佐戎幕，斂衽事邊陲。自隨定遠侯，亦着短後衣。近來能走馬，不弱幽并兒。」(《北庭西郊候封大夫受降回軍獻上》) 可以看出他兩次出塞都是頗有雄心壯志的。他回朝後，由杜甫等推薦任右補闕，以後轉起居舍人等官職，大曆元年官至嘉州刺史。以後罷官，客死成都旅舍。

　　岑參的詩題材很廣泛，除一般感歎身世、贈答朋友的詩外，他出塞以前曾寫了不少山水詩。詩風頗似謝朓、何遜，但有意境新奇的特色。像殷璠《河嶽英靈集》所稱道的「山風吹空林，颯颯如有人」(《暮秋山行》)，「長風吹白茅，野火燒枯桑」(《至大梁卻寄匡城主人》) 等詩句，都是詩意造奇的例子。杜甫也說「岑參兄弟皆好奇」(《渼陂行》)，所謂「好

奇」，就是愛好新奇事物。

自出塞以後，在安西、北庭的新天地裡，在鞍馬風塵的戰鬥生活裡，他的詩境空前開闊了，愛好新奇事物的特點在他的創作裡有了進一步的發展，雄奇瑰麗的浪漫色彩，成為他邊塞詩的主要風格。

天寶後期，唐帝國內政已極腐敗，但在安西邊塞，兵力依然相當強大。岑參天寶十三載寫的《北庭西郊候封大夫受降回軍獻上》一詩就曾經描寫了當時唐軍的聲威：「胡地苜蓿美，輪台征馬肥。大夫討匈奴，前月西出師。甲兵未得戰，降虜來如歸。橐駝何連連，穹帳亦累累。陰山烽火滅，劍水羽書稀。」這種局面一直保持到安史之亂發生。岑參的邊塞詩就是在這個形勢下產生的。

《走馬川行奉送出師西征》是岑參邊塞詩中傑出代表作之一：

> 君不見走馬川行雪海邊，平沙莽莽黃入天。輪台九月風夜吼，一川碎石大如斗，隨風滿地石亂走。匈奴草黃馬正肥，金山西見煙塵飛，漢家大將西出師。將軍金甲夜不脫，半夜軍行戈相撥，風頭如刀面如割。馬毛帶雪汗氣蒸，五花連錢旋作冰，幕中草檄硯水凝。虜騎聞之應膽懾，料知短兵不敢接，車師西門佇獻捷。

這首詩是寫封常清的一次西征。詩人極力渲染朔風夜吼、飛沙走石的自然環境，和來勢逼人的匈奴騎兵，有力地反襯出「漢家大將西出師」的聲威。「將軍金甲」三句更寫出軍情的緊急、軍紀的嚴明，用偶然聽到的「戈相撥」的聲音來寫大軍夜行，尤其富有極強的暗示力量，對照着前面敵人來勢洶洶的描寫，唐軍這樣不動聲色，更顯得猛悍精銳。「馬毛帶雪」三句寫塞上嚴寒，也顯出唐軍勇敢無畏的精神。詩裡雖然沒有寫戰鬥，但是上面這些描寫烘托卻已飽滿有力地顯出勝利的必然之勢。因此結尾三句預祝勝利的話就是畫龍點睛之筆。這篇

詩所用的三句一轉韻的急促的節奏，和迅速變化的軍事情勢也配合得很好。

《輪台歌奉送封大夫出師西征》也是寫唐軍出征的：「上將擁旄西出征，平明吹笛大軍行。四邊伐鼓雪海湧，三軍大呼陰山動。」這是白晝的出師，因此寫法也和前詩寫夜行軍不同。前詩是銜枚疾走，不聞人聲，極力渲染自然；這首詩卻極力渲染吹笛伐鼓，三軍大呼，讓軍隊聲威壓倒自然。不同的手法，卻表現出唐軍英勇無敵的共同精神面貌。

《白雪歌送武判官歸京》可以說是和前兩詩鼎足而三的傑作：

> 北風捲地白草折，胡天八月即飛雪。忽如一夜春風來，千樹萬樹梨花開。散入珠簾濕羅幕，狐裘不暖錦衾薄；將軍角弓不得控，都護鐵衣冷難着。瀚海闌干百丈冰，愁雲慘淡萬里凝。中軍置酒飲歸客，胡琴琵琶與羌笛。紛紛暮雪下轅門，風掣紅旗凍不翻。輪台東門送君去，去時雪滿天山路。山迴路轉不見君，雪上空留馬行處。

這首詩寫的是軍幕中的和平生活。一開始寫塞外八月飛雪的奇景，出人意表地用千樹萬樹梨花做比喻，就給人蓬勃濃鬱的無邊春意的感覺。以下寫軍營的奇寒，寫冰天雪地的背景，寫餞別宴會上的急管繁弦，處處都在刻畫異鄉的浪漫氣氛，也顯示出客中送別的複雜心情。最後寫歸騎在雪滿天山的路上漸行漸遠地留下蹄印，更交織着詩人惜別和思鄉的心情。把依依送別的詩寫得這樣奇麗豪放，正是岑參浪漫樂觀的本色。

岑參還有不少描繪西北邊塞奇異景色的詩篇。像《火山雲歌送別》的「火山突兀赤亭口，火山五月火雲厚。火雲滿天凝未開，飛鳥千里不敢來」，讀之好像炎熱逼人。《熱海行送崔侍御還京》更充滿奇情異彩：

　　　　側聞陰山胡兒語：西頭熱海水如煮。海上眾鳥不敢飛，中
　　有鯉魚長且肥。岸傍青草常不歇，空中白雪遙旋滅。蒸沙爍石
　　燃虜雲，沸浪炎波煎漢月。⋯⋯

這是少數民族的神話，經「好奇」的浪漫詩人加以渲染，更把我們帶進
了一個不可思議的新奇世界。

　　他的詩歌中有關邊塞風習的描寫，也很引人注目。這裡軍營生活
的環境是，「雨拂氈牆濕，風搖毳幕羶」（《首秋輪台》）；將軍幕府中的奢
華生活的陳設是，「暖屋繡簾紅地爐，織成壁衣花氍毹。燈前侍婢瀉玉
壺，金鐺亂點野駝酥」（《玉門關蓋將軍歌》）；這裡的歌舞宴會的情景是，
「琵琶長笛齊相和，羌兒胡雛齊唱歌。渾炙犁牛烹野駝，交河美酒金叵
羅」（《酒泉太守席上醉後作》），「曼臉嬌娥纖復穠，輕羅金縷花蔥蘢。回裙
轉袖若飛雪，左鋋右鋋生旋風」（《田使君美人舞如蓮花北鋋歌》）。這些都是
習於中原生活的岑參眼中的新鮮事物。更值得注意的是，他詩中還反
映了各族人之間互相來往，共同娛樂的動人情景，「軍中置酒夜撾鼓，
錦筵紅燭月未午。花門將軍善胡歌，葉河蕃王能漢語」（《與獨孤漸道別長
句兼呈嚴八侍御》）；「九月天山風似刀，城南獵馬縮寒毛。將軍縱博場場
勝，賭得單于貂鼠袍」（《趙將軍歌》）。

　　岑參也寫過一些在邊塞懷土思親的詩歌，如為後人傳誦的《逢入
京使》：

　　　　故園東望路漫漫，雙袖龍鍾淚不乾。馬上相逢無紙筆，憑
　　君傳語報平安。

事情很平凡，情意卻很深厚。但是，他的《發臨洮將赴北庭留別》
一詩：

　　　　聞說輪台路，年年見雪飛。春風曾不到，漢使亦應稀。白
　　草通疏勒，青山過武威。勤王敢道遠，私向夢中歸。

更表現了他把國事放在首位的動人心情。

安史亂後，他雖然也在《行軍二首》等個別詩篇中，發出了一些傷時憫亂的感慨，但比之前面說的那些邊塞詩，就未免有些遜色了。他的《西蜀旅舍春歎寄朝中故人呈狄評事》詩說：「四海猶未安，一身無所適。自從兵戈動，遂覺天地窄。」這種心情也可以說明他浪漫豪情消失，對安史之亂反映得很少的原因。

岑參的詩歌，以慷慨報國的英雄氣概和不畏艱苦的樂觀精神為其基本特徵，這和高適是一致的。所不同的是，他更多地描寫邊塞生活的豐富多彩，而缺乏高適詩中那種對士卒的同情。這主要是因為他的出身和早年經歷和高適不同。

岑參的詩，富有浪漫主義的特色：氣勢雄偉，想像豐富，色彩瑰麗，熱情奔放，他的好奇的思想性格，使他的邊塞詩顯出奇情異彩的藝術魅力。他的詩，形式相當豐富多樣，但最擅長七言歌行。有時兩句一轉，有時三句、四句一轉，不斷奔騰跳躍，處處形象豐滿。在他的名作《涼州館中與諸判官夜集》等詩中，我們還可以看出他也很注意向民歌學習。

杜確《岑嘉州詩集序》說他的詩「每一篇絕筆，則人人傳寫，雖閭里士庶，戎夷蠻貊，莫不諷誦吟習焉」。可見他的詩當時流傳之廣，不僅雅俗共賞，而且還為各族人民所喜愛。殷璠、杜甫在他生前就稱讚過他的詩。宋代愛國詩人陸游更說他的詩「筆力追李杜」（《夜讀岑嘉州詩集》）。評價雖或過當，岑詩感人之深卻可以由此想見。

# 李白

浦江清

　　李白 (701—762)，字太白。他的籍貫有幾種説法：

　　(1) 山東人。《舊唐書》：「李白，字太白，山東人。……父為任城尉，因家焉……少與魯中諸生孔巢父、韓沔、裴政、張叔明、陶沔等隱於徂徠山，酣歌縱酒，時號竹溪六逸。」(韓沔，《新唐書》作韓準，是。) 杜甫《蘇端薛復筵簡薛華醉歌》：「近來海內為長句，汝與山東李白好。」元微之論李杜優劣徑稱白為山東人：「則詩人以來未如子美者，是時山東人李白亦以文奇取稱。」

　　(2) 隴西成紀人。李陽冰《李白〈草堂集〉序》云：「隴西成紀人，涼武昭王暠九世孫。……世為顯著，中葉非罪，謫居條支，易姓為名。……神龍之始，逃歸於蜀。」(涼武昭王李暠，成紀人，晉隆安中據敦煌酒泉，自為涼王。)《新唐書》：「興聖皇帝九世孫，其先隋末，以罪徙西域，神龍初遁還客巴西。……白生十歲通詩書，既長隱岷山。」(唐高祖《本紀》，隴西成紀人，涼武昭王七世孫。) 魏顥《李翰林集序》：「白本隴西……家於綿，身既生蜀。」白《與韓荊州書》自稱隴西布衣。

　　(3) 蜀人。魏顥《李翰林集序》：「川蜀之人，無聞則已，聞則傑出。」白「家於綿，身既生蜀，則江山英秀」云云。《全蜀藝文志》載劉全白《故翰林學士李君碣記》謂：「君名白，廣漢人。」(廣漢郡，屬蜀) 唐

范傳正《李公新墓碑》:「其先隴西成紀人。……難求譜牒。……得公子之亡子伯禽手疏十數行……約而計之，涼武昭王九代孫也。隋末多難，一房被竄於碎葉，流離散落，隱易姓名，故自國朝以來，漏求於籍。神龍（中宗）初潛還廣漢，因僑為郡人。父客以逋其邑。遂以客為名。……公之生也，先府君指天杖以復姓。先夫人夢長庚而告祥。」一說生於昌明縣青蓮鄉[1]，故曰李青蓮。

(4) 西域人。陳寅恪《李白氏族之疑問》[2]以白之先為碎葉人，胡人僑居於蜀。其父名客。李白生而託姓李氏，假託為帝之宗室。唐時此類之例頗多。（至於山東一說，或云其父為任城尉之說無稽。或云白自比謝安石，李陽冰《草堂集序》云:「詠歌之際，屢稱東山。」魏顥《李翰林集序》又云:「間攜昭陽金陵之妓，跡類謝康樂，世號李東山。」按:此言挾妓遊山，比謝安，非康樂也，誤。）山東李白，或為東山李白之誤。（此說甚勉強，因白曾隱山東，為徂徠六逸之一。）

王世貞《宛委餘編》謂:「白本隴西人，產於蜀，流寓山東。」

恐籍貫隴西，從隴西遷至蜀，由蜀遷至山東，其父曾為任城尉，白生長於山東。隴西近外國，恐其祖罪徙至西域，其後回來。

天寶初，李白客遊會稽，與道士吳筠同隱剡中。後筠被召至長安，李白亦偕至長安。白貌奇逸，有神仙風度。賀知章見其文，歎曰:「子謫仙人也。」薦於玄宗。白與賀知章、李適之、汝陽王琎、崔宗之、蘇晉、張旭、焦遂為飲中八仙。（此事在天寶間，因白天寶初始供奉耳，但蘇晉卒於開元二十二年。范傳正《李白新墓碑》有裴周南而杜詩無裴，其名錄有出入也。）

帝召見於金鑾殿，論當時事，白奏頌一篇，賜食，御手調羹。有詔供奉翰林。一日，帝坐沉香亭子，意有所感，欲得白為樂章，召入

---

1 即今四川江油市青蓮鎮。——編者註
2 即《李太白氏族之疑問》。——編者註

而白已醉，左右以水頮面，援筆成《清平調》三章，婉麗精切。杜詩所謂「李白一斗詩百篇，長安市上酒家眠。天子呼來不上船，自稱臣是酒中仙」是也。嘗侍帝，醉，使高力士脫靴，力士激楊貴妃中傷之。帝欲官白，妃輒阻止。(新舊《唐書》互有詳略。《新唐書》已採宋人樂史《李翰林別集序》大意，《舊唐書》無沉香亭子一節，但亦有使高力士脫靴事，未言高力士以此激楊貴妃，但因力士之怨被斥而已。) 因忤高力士、楊貴妃，遂不為帝親信。懇還山，帝賜金放還。

由是浪跡江湖，浮遊四方，終日沉飲。與侍御史崔宗之月夜乘舟自采石至金陵。白衣宮錦袍，於舟中顧瞻笑傲，旁若無人。天寶末，安祿山反，轉側宿松、匡廬間，《廬山謠寄盧侍御虛舟》一詩寫這種經歷、見聞和感受，詩的前四句是：「我本楚狂人，鳳歌笑孔丘。手持綠玉杖，朝別黃鶴樓。」安史之亂，玄宗幸蜀。白依永王璘，辟為府僚佐。肅宗即位靈武，璘起兵逃還彭澤。璘敗當誅，賴郭子儀力救 (白曾救郭子儀，郭德之，力言贖罪。此處《新唐書》亦採宋人樂史《李翰林別集序》所說，《舊唐書》無)，得詔流夜郎。會赦還潯陽，坐事下獄。宋若思釋之，辟為參謀。未幾辭職。李陽冰為當塗令，白依之。代宗立。以左拾遺召，而白已卒，年六十餘。臨卒以詩卷授陽冰，陽冰為序而行世。葬姑孰謝家青山東麓。元和末，宣歙觀察使范傳正祭其墓，見其二孫女，嫁為農夫之妻。因為立碑。

魏顥曰：「白始娶於許，生一女一男，曰明月奴，女既嫁，而卒。又合於劉，劉訣。次合於魯一婦人，生子曰頗黎，終娶於宋 (宋氏或即宗氏，蓋其《竄夜郎於烏江留別宗十六璟》中有句云『我非東床人，令姊忝齊眉』。——章克標)。間攜昭陽金陵之妓，跡類謝康樂，世號為李東山。」

又李華《李白墓誌》：卒「年六十有二」。「有子曰伯禽。」范傳正《李公新墓碑》亦云：「亡子伯禽。」伯禽當是明月奴或頗黎中之一人。

《舊唐書》云：「以飲酒過度，醉死於宣城，有文集二十卷，行於時。」（小說故事傳李白醉中撈月死於水。恐非事實。）

裴敬「墓碑」云：「死宣城，葬當塗青山下。」

李陽冰云：「疾亟草稿萬卷，手集未修，枕上授簡，俾余為序。」

魏顥序則言生前曾「盡出其文，命顥為集」。

樂史《李翰林別集序》則云：李陽冰纂李翰林歌詩「為《草堂集》十卷，史又別收歌詩十卷。……號曰《李翰林集》，今於三館中得李白賦、序、表、贊、書、頌等，亦排為十卷，號曰《李翰林別集》。」

李白一生，少年任俠，中年做官，晚年流離。

# 一、李白的個性及思想

## 1. 酣歌縱酒

《將進酒》：「君不見黃河之水天上來，奔流到海不復回。君不見高堂明鏡悲白髮，朝如青絲暮成雪。人生得意須盡歡，莫使金樽空對月。」《行路難》：「且樂生前一杯酒，何須身後千載名？」似陶潛、阮籍，才氣奔放。詩與酒的結合，顯出詩人的享樂人生觀。另一方面，也因為樂府歌曲原為燕樂，亦是與傳統的結合。

《月下獨酌》：「花間一壺酒，獨酌無相親。舉杯邀明月，對影成三人。」月，李白詩中屢屢提到：「小時不識月，呼作白玉盤。」（《古朗月行》）「床前明月光，疑是地上霜。舉頭望明月，低頭思故鄉。」（《靜夜思》）《把酒問月》一首：「青天有月來幾時，我今停杯一問之。人攀明月不可得，月行卻與人相隨。……今人不見古時月，今月曾經照古人。古人今人若流水，共看明月皆如此。惟願當歌對酒時，月光長照金樽裡。」在李白的詩裡，花、月、酒與詩融合，寫人生短忽，對酒當

歌。《古詩十九首》、曹魏樂府歌曲中已多此種情調，太白更為詩酒浪漫，他這些詩最通俗，可比波斯詩人奧馬爾・海亞姆（Omar Khayyam）。張若虛《春江花月夜》，聯結月與春、江花、閨怨，李白聯結月與酒，個人享樂，求超脫，擺脫世俗的憂慮。

《把酒問月》開始有屈原《天問》意，並不求答，答案是造化自然是永恆的，人生是飄忽的。「月行卻與人相隨」，自然接近人，人因陷於世俗功名利祿之念不肯親近自然耳。李白別有《日出入行》「日出東方隈，似從地底來。歷天又復入西海，六龍所舍安在哉？」有對宇宙的求知精神。《把酒問月》後面說月的永恆，再後說人生無常。他不消極，從接近自然裡得到永恆，與《日出入行》「吾將囊括大塊，浩然與溟涬同科」同樣意思，人與自然融為一體。此詩表現他的宇宙觀和人生觀。

2. 任俠

范傳正《李白新墓碑》：「少以俠自任。」《與韓荊州書》：「雖長不滿七尺而心雄萬夫。」《與裴長史書》述及少年任俠事。魏顥《李翰林集序》云，「少任俠，手刃數人。與友自荊徂揚，路亡。權窆回棹，方暑，亡友糜潰，白收其骨，江路而舟」云云。揮金如土，縱酒好遊覽，濟朋友。《行路難》：「昭王白骨縈蔓草，誰人更掃黃金台？行路難，歸去來！」自比郭隗、樂毅之流。又有《俠客行》：「縱死俠骨香，不慚世上英，誰能書閣下，白首太玄經。」英雄主義。又有《猛虎行》（天寶亂後至宣城作）：「有策不敢犯龍鱗，竄身南國避胡塵。寶書玉劍掛高閣，金鞍駿馬散故人。」其云：「賢哲棲棲古如此，今時亦棄青雲士。」自比張良、韓信。《古風》其十，推重魯仲連，云「吾亦澹蕩人，拂衣可同調」。《古風》其十五，推重「燕昭延郭隗，遂築黃金台」，乃云「奈何青雲士，棄我如塵埃」。由此可見，彼亦有用世心，近於縱橫家，又似藺相如、司馬相如之人物。與王維好靜，尊心禪佛之藝術修養，杜

甫自比揚雄之作賦，志於匡君遺失之大臣，氣度不同。李白是悲歌慷慨，自負才氣的人物。《新唐書》評之曰：「喜縱橫術擊劍，為任俠，輕財重施。」

總而言之，是英雄浪漫主義。

3. 好道求仙

前述，他的宇宙觀「日出東方隈，似從地底來。歷天又復入西海，六龍所舍安在哉？其始與終古不息（一作「其行終古不休息」），人非元氣，安得與之久徘徊？」（《日出入行》）知人生是短忽，宇宙之終古不息，因之好道求仙。《古風》其四：「桃李何處開，此花非我春。惟應清都境，長於韓眾親。」其五：「仰望不可及，蒼然五情熱。吾將營丹砂，永與世人別。」其二八：「君子變猿鶴，小人為沙蟲。不及廣成子，乘雲駕輕鴻。」又如《廬山謠寄盧侍御虛舟》：「我本楚狂人，鳳歌笑孔丘。……早服還丹無世情，琴心三疊道初成。遙見仙人彩雲裡，手把芙蓉朝玉京。」他既與道士吳筠為友，又同至長安。當時人以為謫仙，又與賀知章等被稱為飲中八仙，朝列為之賦謫仙之歌。

李陽冰云：「天子知其不可留，乃賜金歸之。……請北海高天師，授道籙於齊州紫極宮，將東歸蓬萊，仍羽人駕丹丘耳。」是確曾受道籙者。《將進酒》云「岑夫子，丹丘生」，丹丘生當為道友也。又有《夢遊天姥吟留別》，詩亦多神仙家言。

4. 政治上無所作為

李陽冰云：「（玄宗）降輦步迎，如見綺皓。」蓋以隱逸之士待之。他在政治上無所作為。李陽冰云：「出入翰林中，問以國政，潛草詔誥，人無知者。醜正同列，害能成謗，格言不入，帝用疏之。」樂史則謂為高力士、楊貴妃所阻（新舊《唐書》略同）。魏顥云：「吾觀白之文義，有濟代心。」劉全白《李君碣記》：「玄宗闢翰林待詔。因為和蕃書，並

上《宣唐鴻猷》一篇。上重之。欲以綸誥之任委之，同列者所謗，詔令歸山，遂浪跡天下。」不幸祿山之亂，玄宗西巡，永王璘辟為僚佐，以此獲罪。《舊唐書》曰：「永王璘為江淮兵馬都督揚州節度大使，白在宣州謁見，遂辟從事。」不知白去謁，抑為永王璘所徵聘。白有《經亂離後天恩流夜郎憶舊遊書懷贈江夏韋太守良宰》一首長詩，為自敘之作，甚詳。首云：原為謫仙，誤逐世間，「學劍翻自哂，為文竟何成？劍非萬人敵，文竊四海聲」。到過幽州，「君王棄北海」，到長安，辭官，祖餞。安賊之亂，「兩京遂丘墟」。永王璘「帝子許專征，秉旄控強楚。⋯⋯僕臥香爐頂，餐霞漱瑤泉。門開九江轉，枕下五湖連。半夜水軍來，尋陽滿旌旃[1]。空名適自誤，迫脅上樓船。徒賜五百金，棄之若浮煙。辭官不受賞，翻謫夜郎天」云云，則知其非自去謁王，乃王所徵辟耳。此詩末之「君登鳳池去，忽棄賈生才」，有託韋太守援引意，亦可憐也。

李白思想的主要矛盾是自然與人生的矛盾。自然永恆，人生短暫。「人非元氣，安能與之久徘徊。」「古人不見今時月，今月曾經照古人。今人古人若流水，共看明月皆如此。」從自然中得到永恆，從詩歌中得到永恆，把酒來消遣人生。追求神仙、學道，以求永恆。

第二個矛盾是清高與名位思想的矛盾。李白有用世心，而放浪不羈，不稱意則思隱居。「人生在世不得意[2]，明朝散髮弄扁舟。」「張良未逐赤松去，橋邊黃石知我心。」表其心思耳。

---

1 另有「潯陽滿旌旃」一說。——編者註
2 另有「人生在世不稱意」一說。——編者註

## 二、李白的詩

南北朝實施門閥制度，貴族政治。隋唐進士制度，吸收高級知識分子到統治集團，做壓迫人民的幫兇和幫閒。這些知識分子出身於封建地主或官僚家庭，從下面爬上來，迎合國君權相、公卿貴人，或者不得意而反抗，或者有清高思想，借作品發牢騷，常處在熱衷世事與清高為人的矛盾之中。

李白並非進士，做翰林供奉。不次的恩遇，非正途出身。他詩才傑出，不受羈勒，如應進士科倒未必得意。他絕少宮豔體詩，他的詩從建安文學出來，以建安為風範，與謝朓、鮑照近。

他的詩有熱烈的感情，他是一位天才詩人。

李白繼陳子昂為復古派中人物。其《古風》五十九首第一首云：

> 大雅久不作，吾衰竟誰陳？
> 王風委蔓草，戰國多荊榛。
> 龍虎相啖食，兵戈逮狂秦。
> 正聲何微茫，哀怨起騷人。
> 揚馬激頹波，開流蕩無垠。
> 廢興雖萬變，憲章亦已淪。
> 自從建安來，綺麗不足珍。
> 聖代復元古，垂衣貴清真。
> 群才屬休明，乘運共躍鱗。
> 文質相炳煥，眾星羅秋旻。
> 我志在刪述，垂輝映千春。
> 希聖如有立，絕筆於獲麟。

這首詩寫得很嚴正，他對於詩推崇《詩經》正聲，又說志在刪述，

自比孔子。與「我本楚狂人，鳳歌笑孔丘」似乎矛盾，此兩重人格也。實則他對於詩的理論，屬於正統派，他自己的個性，則是浪漫的，仙俠一路。他還推崇建安以前的詩，看不起南朝的綺麗文學。其《古風》同阮籍《詠懷》、陳子昂《感遇》的篇章。他的詩的工力可以比上阮嗣宗。

雖然他推崇《詩經》，可是他沒有作四言詩，所作的以五古、七古為最多，可見古之難復了。其論詩又云：「梁陳以來，豔薄斯極，沈休文又尚以聲律，將復古道，非我而誰。」又言：「興寄深微，五言不如四言，七言又其靡也。況使束於聲調俳優哉。」他不贊成沈休文一派之聲律對偶，宮體靡弱之詩，所以他也絕不提到初唐四傑，不像杜甫那樣虛心，詩備眾體。李白很少作律詩。

李白詩，擅長古風，多數是樂府古題，古樂府之新做法。從漢魏以迄於南北朝樂府詩題，他幾乎都有寫作，如《天馬歌》《公無渡河》《日出入行》《戰城南》《白頭吟》《相逢行》《有所思》《短歌行》《長歌行》《採蓮曲》《烏夜啼》《烏棲曲》《子夜歌》《襄陽歌》《白紵辭》《將進酒》《行路難》等擬古樂府，而自出心裁。有些樂府詩，雖然不見前人之作，但也非李白創調。在那些樂府古題內，李白詩情奔放，超過古人原作，皆出於古人之上。他的樂府多用雜言及長短句，才氣縱橫，非格律所能束縛。如《將進酒》《蜀道難》。六朝樂府他亦學，如《白紵辭》《子夜四時歌》《長干行》《烏棲曲》，都很清麗。他是結束漢魏六朝的詩歌，集漢魏六朝詩體大成。他的樂府如天馬行空，不受羈縻。

他並不像杜甫那樣自己立樂府題目，寫當時時事。李白的只是抒情詩，並不記事，是超時代的作家。

略有與時事有關的如《怨歌行》，題下註云：「長安見內人出嫁，友人令余代為之。」與《邯鄲才人嫁為廝養卒婦》同意，又如《東海有勇

婦》，註云：代《關中有賢女》。代即擬的意思，《關中有賢女》原乃漢
鼙舞歌，此雖是擬古樂府，所詠為時事，詩中云「北海李使君，飛章
奏天庭」。指李北海邕。又如《鳳笙篇》，王琦謂送一道流應詔入京之
作。《遠別離》，蕭士贇以為刺國家授柄於李林甫。《蜀道難》一詩，范
攄《雲溪友議》、洪駒父《詩話》、《新唐書·嚴武傳》謂嚴武欲殺房琯、
杜甫，李白為房、杜危而作此詩，唯孟棨《本事詩》《唐摭言》《唐書·
李白傳》[1]謂白見賀知章，以《蜀道難》示之，則為天寶初時作，而嚴武
鎮蜀在至德後，不相及也。沈存中《筆談》謂古本李集《蜀道難》下有
註云：「諷章仇兼瓊也。」蕭士贇註李集謂見玄宗幸蜀時作，在天寶末，
故言劍閣之難行，又曰「問君西遊何時還」，君指明皇也。胡震亨謂但
是擬古樂府，白，蜀人，自為蜀詠耳。此說如允，餘皆好事者穿鑿。

　　李白《猛虎行》雖亦是樂府詩，但詠時事，「秦人半作燕地囚，胡
馬翻銜洛陽草」。言祿山之叛，天寶十四載十二月東京之破，封常清戰
敗，高仙芝引兵退守潼關，賊掠子女玉帛悉送范陽也。李白「竄身南國
避胡塵」，客於宣城，與張旭會於溧陽酒樓，作此詩，以張良、韓信比
己及旭，慨歎不遇。「一輸一失關下兵」，一輸指高仙芝退兵，一失指
明皇斬仙芝、常清。

　　白才氣縱橫，樂府詩中常用雜言、長短句，近漢樂府，亦近鮑
照，是以杜甫稱其「清新庾開府，俊逸鮑參軍」。與庾信實不近，其一
身低首者為謝宣城。《宣城謝朓樓餞別校書叔雲》云：「蓬萊文章建安
骨，中間小謝又清發。」在《金陵城西樓月下吟》詩中又云：「解道澄江
淨如練，令人長憶謝玄暉。」是其晚年愛宣城之風景，故爾特提謝朓。
以彼才力，小謝非其匹也。

---

1 指《新唐書·文藝列傳》。——編者註

總之，唐人作樂府，並非完全擬古，兼存《詩經》諷刺時事之義。此則李白較少，而杜甫、白居易則最為注重此義焉。

白五七絕句亦佳，唯不善五七律。

前引杜甫《飲中八仙歌》云：「李白一斗詩百篇，長安市上酒家眠。天子呼來不上船，自稱臣是酒中仙。」賀知章曾許李白為謫仙人，又杜甫《蘇端薛復筵簡薛華醉歌》云：「坐中薛華善醉歌，歌辭自作風格老。近來海內為長句，汝與山東李白好。」亦稱李白善為醉歌也。杜甫自己也有《醉時歌》《醉歌行》等題，詩中並不單說喝酒，乃是酬贈、送別之作。如李白《將進酒》《前有樽酒行》《把酒問月》等篇，皆所謂醉歌也。醉歌者，即席作詩，以助酒興。如曹操《短歌行》「對酒當歌」之意。李白一生詩酒風流，頗似阮籍，其信仰道家神仙亦然。豪放奔逸，與淵明之潔身自好、躬耕貧苦者又不同。李白有仙俠氣，淵明調融儒道，溫然純粹。淵明願隱，李白願用世而不得意。雖隨吳筠得玄宗知遇為翰林供奉，迄未得官。及天寶亂後，為永王璘辟為僚佐，璘謀亂兵敗，白坐流夜郎，赦還，客死當塗。

《將進酒》是彰顯李白詩酒風流的代表作，極富思想與個性。詩中岑夫子或謂岑參，丹丘生或謂元丹丘。「黃河之水」句，興也，「不復回」，興人生年華一去不復返。以「逝水流年」起，下言飲酒盡歡為樂。陳王，陳思王曹植，他的《名都篇》有「歸來宴平樂，美酒斗十千」句。「鐘鼓饌玉」言富貴。

《前有樽酒行》，此詩比《將進酒》更為蘊藉。

《日出入行》用漢樂府舊題，翻新，長短句古奧，然畢竟是唐人。全詩充分表現詩人對宇宙和人生的探求精神。

《月下獨酌》和《把酒問月》都寫詩與月與酒的融合。《把酒問月》比《月下獨酌》來得好，《月下獨酌》說理多，情感少。此詩說理更深且

廣。寫月即自然是永恆的，人生是飄忽的。詩歌自然，酒遣人生。東坡《水調歌頭》自此出。李白《把酒問月》詩分四疊，換韻，歌曲體，酒與月的交融，時與空的交錯，淋漓盡致。東坡《水調歌頭》開頭「明月幾時有，把酒問青天」，顯然從李白《把酒問月》「青天有月來幾時，我今停杯一問之」來。同樣是把酒問月，與李白問宇宙、說人生不同，蘇東坡後半闋歸結到講別離。

《宣城謝朓樓餞別校書叔雲》詩發端憶念過去，煩憂現在，不從私交說，就人生感慨說，得其大。送秋雁，象徵送客遠遊。其次，說到謝朓樓。「抽刀斷水」，賓，比喻；「舉杯消愁」，主。以流水喻思念、喻憂愁，可以與建安詩人徐幹的《室思》「思君如流水，何有窮已時」的詩句做一比較，亦可以李後主《虞美人》詞「問君能有幾多愁，恰似一江春水向東流」的詩句中加以印證。

《扶風豪士歌》見其豪爽。亂時有用世意，以後入永王璘幕府，見其有意用世。此詩顯示清高思想與名位思想的矛盾。末兩句「張良未遂赤松去，橋邊黃石知我心」點出。

白於天寶之亂，少有描述，其《上皇西巡南京歌》十首，有云「九天開出一成都，萬戶千門入畫圖。草樹雲山如錦繡，秦川得及此間無」。又云「誰道君王行路難，六龍西幸萬人歡。地轉錦江成渭水，天回玉壘作長安」。又云「少帝長安開紫極，雙懸日月照乾坤」。白，蜀人，且他自己在南方，作此等歌頌語，與杜甫之在長安，作《哀江頭》之痛哭流涕，感慨絕不相同。杜甫關懷時局，憂念蒸黎，李白不很關心。又如《永王東巡歌》十一首，說到「龍蟠虎踞帝王州，帝子金陵訪古丘」，又云「試借君王玉馬鞭，指揮戎虜坐瓊筵。南風一掃胡塵靜，西入長安到日邊」。據其後來自己坦白是當時「迫脅上樓船」的，但在此歌中所說，確是贊助王子立功之意，未始不肯為永王用也。文人轉側，難於主張。

　　白之絕句：《蘇台覽古》：「舊苑荒台楊柳新，菱歌清唱不勝春。只今惟有西江月，曾照吳王宮裡人。」《黃鶴樓送孟浩然之廣陵》：「故人西辭黃鶴樓，煙花三月下揚州。孤帆遠影碧空盡，惟見長江天際流。」《聞王昌齡左遷龍標遙有此寄》：「楊花落盡子規啼，聞道龍標過五溪。我寄愁心與明月，隨君直到夜郎西。」《峨眉山月歌》：「峨眉山月半輪秋，影入平羌江水流。夜發清溪向三峽，思君不見下渝州。」以上四首，皆見其風韻。

　　相傳《菩薩蠻》《憶秦娥》等小詞，皆託名李白，宋人混入白集者，即《清平調》三章，樂史所豔稱者，亦惡俗不類，品格低下。樂史，北宋人，新得此三首詩，並有明皇貴妃賞芍藥故事（見樂史《李翰林別集序》），實為可疑，非史實。白集另有《宮中行樂詞》八首，註云奉召作。亦真偽不辨。比較觀之，尚較《清平調》三章為勝。

# 杜甫

浦江清

杜甫（712—770），字子美。本湖北襄陽人，後徙河南鞏縣[1]（《舊唐書·文苑傳》）。

## 一、世系

杜預之第十三代孫。《唐書·宰相世系表》載：襄陽杜氏，出自預少子（四子）尹。[2]杜預十世孫依藝入唐初為監察御史、河南鞏縣令。移家鞏縣，當自甫之曾祖依藝始。祖審言，修文館學士，尚書膳部郎。審言在武后中宗朝以詩名。父，閒，朝議大夫，兗州司馬，終奉天令。（元稹墓誌云：晉當陽侯〈預〉下十世而生依藝。錢牧齋云：舊譜以甫為尹之後，不知何據？）

《舊唐書·杜易簡傳》：易簡周硤州刺史叔毗曾孫。易簡從祖弟審言。易簡、審言同出杜叔毗。《周書·杜叔毗傳》：其先京兆杜陵人，徙居襄陽。杜陵，長安城東南，秦為杜縣，漢宣帝築陵葬此，因曰杜陵，並改杜縣為杜陵縣。其東南又有一陵，差小，謂之少陵（許后葬

---

此）。杜甫曾居少陵之西附近。杜甫自稱杜陵布衣，又稱少陵野老。

　　以世系推之，叔毗為杜預八世孫。是以杜甫之先，出京兆杜陵，徙襄陽，再徙河南鞏縣。

## 二、杜甫的經歷和詩歌創作

　　甫之家世，出名門。少貧。年二十，客吳越齊趙。舉歲貢進士，至長安，不第。客東都。客齊州。李邕奇之，為友。歸長安。年四十進三大禮賦，甫自誇為「揚雄枚皋之流，庶可跂及也」。玄宗奇之，命待制集賢院。時天寶十載（公元751年），國事已非。

　　此前，開元二十二年（公元734年）李林甫相。開元二十四年（公元736年），張九齡罷相，下年出貶。宋璟卒。武惠妃卒。開元二十八年（公元740年），張九齡卒。天寶元年（公元742年），以安祿山為平盧節度使。祿山，雜胡，降將，本張守珪部下，以討奚契丹兵敗送京師。上赦之，張九齡諫不聽。天寶元年，用之。三年（改「年」曰「載」）兼范陽節度使。楊貴妃，楊玄琰女，開元二十三年（公元735年），冊為壽王妃，出為女道士。天寶四載（公元745年），冊楊太真為貴妃。天寶七載（公元748年），以楊釗判度支事，以貴妃三姊為國夫人。天寶十載夏四月，鮮于仲通討南詔蠻敗績，士卒死者六萬，楊國忠掩其敗，反以捷聞，制復募兵擊之。大募兩京及河南北兵以南征。人聞雲南瘴癘，士卒未戰而死者十之八九，莫肯應募。國忠遣御史分道捕人。父母妻子走送，哭聲震野。時杜甫在長安，為作《兵車行》。

　　天寶十載十一月，以楊國忠領劍南節度使。十一載（公元752年），李林甫卒，以楊國忠為右相兼文部尚書。杜甫《麗人行》云「三月三日天氣新」是春天，又云「慎莫近前丞相嗔」，為國忠為相後之春天，當在天

寶十二載 (公元 753 年)、十三載 (公元 754 年)、十四載 (公元 755 年) 三年中。

　　杜甫在長安所作詩，重要的有《奉贈韋左丞丈二十二韻》。詩自
敘曰：

> 紈袴不餓死，儒冠多誤身。
>
> 丈人試靜聽，賤子請具陳。

紈袴指貴戚子弟。杜甫自己為窮儒、知識分子而屬於被壓迫階層，他
的意思也要往上爬。

> 甫昔少年日，早充觀國賓。(指其中歲貢)
>
> 讀書破萬卷，下筆如有神。
>
> 賦料揚雄敵，詩看子建親。
>
> 李邕求識面，王翰願卜鄰。
>
> 自謂頗挺出，立登要路津。
>
> 致君堯舜上，再使風俗淳。
>
> 此意竟蕭條，行歌非隱淪。
>
> 騎驢十三載，旅食京華春。
>
> 朝扣富兒門，暮隨肥馬塵。
>
> 殘杯與冷炙，到處潛悲辛。
>
> 主上頃見徵，欻然欲求伸。
>
> 青冥卻垂翅，蹭蹬無縱鱗。

天寶六載，詔天下有一藝，旨轂下，李林甫命尚書省試，皆下之。公
應詔而退。林甫不欲舉賢，謂舉人多卑賤，不識禮度。詩接着說韋左
丞頗稱揚他的詩，是以贈詩道知己之感。末云：

> 今欲東入海，即將西去秦。
>
> 尚憐終南山，回首清渭濱。

有屈子眷懷之意。結云：

　　　　白鷗沒浩蕩，萬里誰能馴？

灑脫，有掉頭不顧意。此詩錢牧齋《少陵先生年譜》繫於天寶七載（公元748年），其後未見其有離長安之跡。總之，在天寶十載獻賦以前。

　　《兵車行》　樂府歌行體。寫實。中間夾入近於對話的敘述。首云「車轔轔，馬蕭蕭，行人弓箭各在腰。耶娘妻子走相送，塵埃不見咸陽橋。牽衣頓足攔道哭，哭聲直上干雲霄」。近於白話，極通俗。責備「武皇開邊意未已」，厭惡此種戰爭，窮兵黷武。末云「君不見青海頭，古來白骨無人收。新鬼煩冤舊鬼哭，天陰雨濕聲啾啾」。說青海，指開元中歷年擊吐蕃之役。錢註云：「是時國忠方貴盛，未敢斥言之。雜舉河隴之事，錯互其詞，若不為南詔而發者，此作者之深意也。」因獻賦方為玄宗所知之故。

　　《麗人行》　直筆諷刺，無所顧忌。「就中雲幕椒房親，賜名大國虢與秦。」「炙手可熱勢絕倫，慎莫近前丞相嗔！」斥楊氏姊妹，即刺明皇貴妃。

　　《自京赴奉先縣詠懷五百字》　天寶十四載（公元755年）冬，杜甫自京赴奉先縣。奉先即同州蒲城縣，開元四年，建睿宗橋陵，改為奉先縣。去長安一百五十里，甫家所客居之地。甫夜發，嚴寒。（「客子中夜發，嚴霜衣帶斷，指直不得結。」）晨過驪山。明皇與貴妃，每一年之十月，往驪山。此時正在驪山，乃有中間一段想像之描寫，說明羽林衛軍之盛，君臣之歡娛。「賜浴皆長纓，與宴非短褐。」貴戚聚斂，不愛惜物力：「彤庭所分帛，本自寒女出。鞭撻其夫家，聚斂貢城闕。」「中堂有神仙，煙霧蒙玉質。暖客貂鼠裘，悲管逐清瑟。勸客駝蹄羹，霜橙壓香橘。」彷彿親見親聞，色香味均備。下云「朱門酒肉臭，路有凍死骨。榮枯咫尺異，惆悵難再述」。強烈的對比。

　　此詩分三段，首段開頭至「放歌破愁絕」，述志，自敘出身志願懷

抱；中段「歲暮百草零」至「惆悵難再述」，路經驪山感慨陳詞諷諫；末段北渡到家。「入門聞號咷，幼子飢已卒。……所愧為人父，無食致夭折。」哀痛之至。結構完整，前後似用史筆。此等詩作法，與王維、李白全異。

此詩極關重要，正是祿山起兵叛國之時，祿山以冬十一月九日反於河北范陽，反的消息尚未達長安也，明皇正在驪山淫遊。反書至，明皇猶不信。此詩言歡娛聚斂，亂在旦夕。時杜甫在旅途，亦未有所聞也。此詩作於天寶十四載十一月，時公年四十四。

詩云「杜陵有布衣」。布衣，尚未官。按錢牧齋《少陵先生年譜》：「天寶十四載，授河西尉，不拜。改右衛率府冑曹參軍。十一月，往奉先縣。」或為參軍不久又棄去也。「竊比稷與契」，稷即棄，周之先祖，帝嚳之子，穀神，后稷。契，商之先祖，亦帝嚳之子。兩人當堯之兄輩，不為帝而為宰輔。「居然成濩落」，濩落，同瓠落、廓落，空大而無所容，大而無當。莊子《逍遙遊》「魏王貽我大瓠之種」。瓠落無所容，以其無用而捨之。「白首甘契闊。」契闊，《詩經·邶風·擊鼓》「死生契闊」，《傳》：契闊，勤苦也。又有一義，契闊謂久別。「瀟灑送日月」，瀟灑，灑脫也，散落。「蚩尤塞寒空」，註家或以蚩尤為旌旗、車轂、兵象、赤氣者，均非是，蚩尤為霧也，蚩尤興霧，故云。《漢書·成帝紀》：「賜舅王譚、商、立、根、逢時爵關內侯。夏四月黃雲四塞，博問公卿大夫無有所諱。」此用其典以斥貴妃女禍（俞平伯說）。驪山之宮，即華清宮，天寶年間所改名。有溫泉，白氏《長恨歌》「春寒賜浴華清池」者是也。在臨潼縣[1]南，藍田縣北。

甫至奉先歸家後，即得祿山反訊。十二月，封常清兵敗，東京

---

1 即今陝西西安市臨潼區。——編者註

陷。高仙芝退保潼關，旋斬。天寶十五載（公元 756 年）正月，祿山在東京稱大燕皇帝，在凝碧池頭作樂。此時，王維在東京，李白在江南、江西。六月，哥舒翰兵敗，祿山入關，明皇奔蜀。衛兵殺貴妃、國忠。七月，太子即位於靈武。

甫自奉先往白水，自白水往鄜州，住家（公元 756 年），聞肅宗立，自鄜州奔行在（恐是彭原或鳳翔），道路不通，陷賊中，留滯長安，時至德二載（公元 757 年），公年四十六。

作《哀江頭》《哀王孫》兩詩，樂府歌行體。錢牧齋註云：此詩（《哀江頭》）興哀於馬嵬之事，專為貴妃而作也。蘇轍曾言，《哀江頭》即杜甫之《長恨歌》。但畢竟與《長恨歌》不同，一則風流韻事，情致纏綿，近於閒情，隔代之詠；一則當時哀傷，「明眸皓齒今何在，血污遊魂歸不得。」深刺之。「江頭宮殿鎖千門，細柳新蒲為誰綠。」「黃昏胡騎塵滿城，欲往城南望城北。」羈臣思君之詞。

白居易以其詩分諷喻、閒適、感傷、雜律四類。如老杜之《自京赴奉先縣詠懷五百字》，諷喻之類，《哀江頭》，感傷之類也。

《哀江頭》　祿山亂時，公陷賊中所作，時貴妃已死於馬嵬驛，明皇已西幸蜀。「江頭宮殿鎖千門」，江頭宮殿指興慶宮，亦名南內，亦名南苑。《雍錄》：「興慶宮在都城東南角，又號南內，與東內、西內稱為三省。」本玄宗藩時宅，即位後置為宮。內有勤政務本樓、花萼相輝樓、翰林院、南薰殿、沉香亭等。「白馬嚼齧黃金勒」，《明皇雜錄》：「上幸華清宮，貴妃姊妹各購名馬，以黃金為銜勒。」又《新唐書·貴妃傳》[1]：「妃每從遊幸乘馬，則力士授轡策。」馬嵬驛在興平縣[2]西，

---

1 指《新唐書·后妃傳》，下文《唐書·貴妃傳》亦指此。——編者註
2 即今陝西興平市。——編者註

渭水北。《唐書·貴妃傳》：「(貴妃) 縊路祠下，裹屍以紫茵，……年三十八。」時天寶十五載 (公元 765 年)¹ 六月也。「欲往城南望城北」，「望城北」，一作「忘南北」。王安石集唐詩，兩處皆作「望城北」。樂遊原地勢高，宜可登望，「黃昏胡騎塵滿城」，望不分明矣。詳錄吳旦生《歷代詩話》所説。陸游謂北人謂「向」為「望」。

《哀王孫》「長安城頭頭白烏，夜飛延秋門上呼。又向人家啄大屋，屋底達官走避胡。」似變化樂府《烏夜啼》，以成新樂府歌行。王孫流於路隅，困苦乞為奴。竄於荊棘，身上無完膚。寫亂極，亦是實況。

杜甫陷在長安，與蘇端、薛復作《醉歌》，即《蘇端薛復筵簡薛華醉歌》。

蘇端，杜甫常至彼處飲食，見《雨過蘇端》詩，云：「杖藜入春泥，無食起我早。諸家憶所歷，一飯跡便掃。蘇侯得數過，歡喜每傾倒。也復可憐人，呼兒具梨棗。濁醪必在眼，盡醉攄懷抱。」

薛復詩亦必可觀，惜未傳。

《醉歌》中「急觴為緩憂心擣」句，《詩經·小雅·小弁》「我心憂傷，怒焉如擣」，《傳》：「怒，思也。擣，心疾也。」「如澠之酒常快意」，澠，音繩，音泯 (去聲)。《孟子·告子》疏：「澠淄二水為食，易牙亦知二水之味，桓公不信，數試始驗。」《左傳》：「有酒如澠，有肉如陵。」

至德二載 (公元 757 年) 五月，逃到鳳翔，見肅宗，授左拾遺，作《述懷》：「去年潼關破，妻子隔絕久。今夏草木長，脱身得西走。麻鞋見天子，衣袖露兩肘。朝廷愍生還，親故傷老醜。涕淚授拾遺，流離主恩厚。」

---

1 天寶十五載應為公元 756 年。——編者註

　　同年八月，杜甫從鳳翔回到鄜州，作《北征》。這首詩是他回家以後所寫。鄜州在鳳翔東北，因而題名為《北征》。「征」，旅行。此詩題下原有註云：「歸至鳳翔，墨制放往鄜州，作。」杜甫到鳳翔後，任左拾遺職，因為上疏替房琯說話，觸忤肅宗，幸得宰相張鎬替他辯解，方得無罪。不久，得旨意，他可以回鄜州去走一趟。

　　《北征》和《自京赴奉先縣詠懷五百字》同為長篇五古。首節自敘，忠君眷戀；中間述路途所見秋景，至家妻子歡聚；末節述賊勢已弱，不久可收京。回紇助戰，亦可憂慮；結以頌揚中興之業。

　　李黼平《讀杜韓筆記》，謂杜甫《北征》中「不聞夏殷衰，中自誅褒妲」不誤。《史記·周本紀》龍漦事伯陽明言昔自有夏之衰。駱賓王《討武氏檄》亦云龍漦帝後識夏庭之遽衰。駱在杜前，詩蓋本於是矣。

### ［附］根據同學中報告、討論的意見

（一）《北征》分段

　1.「皇帝二載秋」至「憂虞何時畢」（有的意見到「臣甫憤所切」）：離朝廷告歸。

　2.「靡靡逾阡陌」至「殘害為異物」（有的意見到「及歸盡華髮」）：道路經歷。

　3.「況我墮胡塵」至「生理焉得說」：回家情況。

　4.「至尊尚蒙塵」至「樹立甚宏達」：憂念國事。

（二）從《北征》看杜甫的思想

　　杜甫固然有為國為民的思想，但不是近代的民主思想，乃是在封建社會中的愛民思想。他是代表士大夫階級，一邊愛戴君王，決不攻擊，只能說恐君有遺失；一邊在詩歌裡代為表達些人民的聲音。《北征》以皇帝（肅宗）始，以太宗結，乃是忠於李姓一家的。以皇帝

為中心，皇帝代表天下。這是杜甫做了拾遺以後的士大夫架子，同「杜陵有布衣」口氣不同了，也許會「取笑同學翁」的。

後世所以推崇杜甫，原因也為了他這種忠君愛國的思想，可以為統治階級所利用。

君主不必如何有威權，臣子自然要擁護，此之為天經地義。有反對宰相者，無反對君王者，君王是一偶像，是神聖的。後世不應有這種思想，否則成為極權主義。

以前天子並無最後表決權。杜甫亦有議君王處，如「聖心頗虛佇」一段。


繼《北征》，作《羌村三首》，極佳。

羌村，或在今鄜縣、洛川縣間。在陝西鄜縣，秦文公作鄜時，祀白帝。

第一首，記亂後歸家，悲歡交集之狀。日腳，日光下垂也。岑參詩「雨過風頭黑，雲開日腳黃」。（《送李司諫歸京》）元稹詩「雪花布遍稻隴白，日腳插入秋波紅」。（《酬鄭從事四年九月宴望海亭次用舊韻》）

第二首，敘還家後事。述及嬌兒，可與《北征》同看。「故繞池邊樹」，故，屢也。杜詩《月三首》「時時開暗室，故故滿青天」。仇註：故故，屢屢也。

第三首，記鄰里之情。可與陶淵明《飲酒》比較。淵明詩云：「清晨聞叩門，倒裳往自開。問子為誰歟？田父有好懷。壺漿遠見候，疑我與時乖。」（《飲酒》之九）「故人賞我趣，挈壺相與至。班荊坐松下，數斟已復醉。父老雜亂言，觴酌失行次。」（《飲酒》之十四）

《北征》《羌村三首》是 757 年八月杜甫離開鳳翔回到鄜州家中以後所作，而在回家途中，路過玉華宮，作《玉華宮》一詩。此詩格調高

絕，宋人多擬作。詩云：

> 溪回松風長，蒼鼠竄古瓦。
>
> 不知何王殿，遺構絕壁下。
>
> 陰房鬼火青，壞道哀湍瀉。
>
> 萬籟真笙竽，秋色正瀟灑。
>
> 美人為黃土，況乃粉黛假？
>
> 當時侍金輿，故物獨石馬。
>
> 憂來藉草坐，浩歌淚盈把。
>
> 冉冉征途間，誰是長年者？

玉華宮是唐太宗貞觀二十一年（公元647年）所建，在宜君縣西北，地極清幽，後靠山岩，旁引澗水，建築樸素，正殿覆瓦，餘皆葺茅。太宗曾經在那裡住過，作為清涼避暑之所。到唐高宗時，651年，即廢宮為佛寺，稱玉華寺。杜甫在一百多年後見到它，已經荒廢不堪了。

此詩查云：上去兩聲兼用。今按詩韻，下、瀉兩字，馬禡均收，此詩可以說是純用上聲也。

《古唐詩合解》有註云：「玉華宮前溪名釀醁，溪回遠，松風不歇。」

此詩第一句寫寺外之溪及溪邊之松。第二句寫寺之屋頂，從古瓦到引起遺構。有松，有溪，有古寺，有蒼鼠、古瓦，又有絕壁之岩，地少人行，旅客獨至，詩中有畫，鬼火青是色，哀湍瀉是聲，萬籟笙竽是聲，秋色瀟灑，又是色。真、正＝verb to be。四句中唯有「瀉」字是真動詞，其餘「青」「真」「正」皆用作動詞。馮鍾芸稱此等字為聯繫詞（見其所作《杜詩中的聯繫詞》）。

美人粉黛句不可解。或云玉華宮旁有苻堅墓，故云。石馬尤為陵墓物，唯粉黛假或指玉華寺中壁畫，菩薩或侍女斑駁模糊亦未可知。石馬或苻堅墓所留。當時寺墓均已荒涼，杜老亦不辨誰屬耳。

末四句因弔古而自弔。冉冉，行貌。《離騷》「老冉冉其將至兮」，此處是雙關的，一邊實説冉冉征途，係他從鳳翔省家回鄜州，途中經過坊州宜君縣地；一邊關聯到老冉冉其將至，故云「誰是長年者」，猶言長生的人。如不用「冉冉」而用「僕僕征途間」，那麼同「長年者」沒有了聯繫。

李賓之曰：五七言古詩，子美多用側韻，如《玉華宮》《哀江頭》等篇，其音調起伏頓挫，獨為矯健。

至德二載正月，安祿山為安慶緒所弒，春間，史思明為李光弼所破。九月，廣平王統朔方、安西、回紇眾收西京，十月，安慶緒奔河北，廣平王收東京。(杜甫《北征》作於八月，尚有用不用回紇之議。)十月，肅宗自鳳翔還京，杜甫扈從還京。十二月，明皇還京。(出外一年半。)甫於收京後，作七古《洗兵馬》。

乾元元年(公元758年)九月，命郭子儀等九節度使兵圍鄴，討伐安慶緒。乾元二年(公元759年)正月，史思明稱燕王，三月思明殺安慶緒，九節度使兵潰於相州(鄴)，以李光弼代郭子儀。九月，史思明陷東都。

杜甫於乾元元年仍任左拾遺，六月，出為華州司功參軍。冬晚間至東都，乾元二年春自東都回華州。一路所見，作《三吏》《三別》。

《新安吏》　杜甫從洛陽到華州途中，經過新安縣(在今河南省)見到徵丁役的事，寫作這首詩。「客行新安道，喧呼聞點兵。」新安縣小，抽壯丁，服兵役，無丁選中男。杜甫同情他們的痛苦，但言「況乃王師順，撫養甚分明。送行勿泣血，僕射如兄弟」以慰之，鼓勵他們從軍。

《潼關吏》　鄴城敗後，恐洛陽失守，士卒築城潼關，亂後修補殘創，以防萬一。此詩言潼關之險要，哀哥舒之兵敗。杜甫由華州往還洛陽所見。

《石壕吏》　石壕，陝州陝縣的石壕鎮，在今河南省陝縣東。杜甫至宿民家，聞此抽丁之事。吏夜捕人，老翁逾牆走，老嫗去應河陽之役。此詩傷九節度使兵之敗，以致如此；卻並非厭戰，不願民之服役，須如此看。

上面三首詩，是戰亂時的插曲，敘事兼議論。《新婚別》《垂老別》《無家別》，泛泛說民間離別之事。有幾種情形，最為動人，即生離死別之事。非樂府舊題，乃是新擬樂府之題。雖是泛泛說，不指定姓張、姓李的事，可是指定一個時代，是現代，是唐代，不是指秦漢時代，同《飲馬長城窟行》等又不同。

《新婚別》　寫一個新婚的人在結婚第二天便被徵去河陽守防。全篇為新婦別丈夫的話。開始以「兔絲附蓬麻，引蔓故不長」作比興語（《三吏》通篇用賦），引出「嫁女與徵夫，不如棄路旁」。中間有「勿為新婚念，努力事戎行」之語。

《垂老別》　寫一個被徵調去當兵的老人。全篇作為老人的自述。「老妻臥路啼，歲暮衣裳單。孰知是死別？且復傷其寒。」生離死別，相互關憐。「人生有離合，豈擇衰盛端。」老年勉應兵役。

《無家別》　寫一個剛從戰場上回來又被徵去的人。全篇作為本人的自述。家室蕩然，還鄉孤苦，仍不得息，又應兵役。無家，無屋舍亦無家室，母又死了，無家可別了。詩結尾句「人生無家別，何以為蒸黎」。蒸黎，民也。又作黎蒸，見司馬相如《封禪文》「正陽顯見，覺寤黎蒸」。

此數詩並非厭戰思想（與《兵車行》不同），乃是實寫民間之苦，見明皇、貴妃李楊等人之罪惡，變太平為干戈，亦以惜九節度使兵之潰退耳。

時關輔饑，乾元二年七月，杜甫棄官西去。度隴，客秦州。十

月，往同谷縣，寓同谷。十二月一日，自隴右入蜀至成都。作《秦州雜詩二十首》《發秦州紀行十二首》《寓居同谷縣作歌七首》《發同谷縣赴劍南紀行十二首》等。

《乾元中寓居同谷縣作歌七首》　乾元二年 (公元759年) 十一月，杜甫居住同谷縣時作。同谷縣，今甘肅成縣。

其一，說作客、白頭，天寒日暮在山谷裡拾橡栗。「嗚呼一歌兮歌已哀，悲風為我從天來。」

其二，「長鑱長鑱白木柄，我生託子以為命。」山中掘吃的東西，一無所得而歸，男呻女吟。

其三，憶弟。「有弟有弟在遠方，三人各瘦何人強。」

其四，憶妹。嫁在鍾離，「良人早歿諸孤癡」。

其五，作者客居窮谷，憂魂魄不得歸故鄉。

其六，龍湫有蝮蛇，拔劍欲斬。

末首，總結。「男兒生不成名身已老，三年飢走荒山道。長安卿相多少年，富貴應須致身早。」

歌詞哀痛激烈，似《胡笳十八拍》，用「兮」字，楚歌。亦暗用《招魂》內容。

上元元年 (公元760年)，杜甫至成都，卜居成都西浣花溪旁，經營草堂。有《卜居》詩云：「浣花溪水水西頭，主人為卜林塘幽。」(或云劍南節度為公卜居，或云甫自己所經營。) 有《江村》詩寫閒居之情況：

清江一曲抱村流，長夏江村事事幽。

自去自來堂上燕，相親相近水中鷗。

老妻畫紙為棋局，稚子敲針作釣鈎。

多病所須唯藥物，微軀此外更何求？

又有《客至》詩云：

舍南舍北皆春水，但見群鷗日日來。

花徑不曾緣客掃，蓬門今始為君開。

盤飧市遠無兼味，樽酒家貧只舊醅。

肯與鄰翁相對飲，隔籬呼取盡餘杯。

761 年，年五十，居草堂。時嚴武為成都尹。762 年、763 年，往來梓州、閬州、成都間，除京兆功曹，在東川。廣德二年（公元 764 年），嚴武再鎮蜀，甫歸成都，在武幕中，有《宿府》詩：

清秋幕府井梧寒，獨宿江城蠟炬殘。

永夜角聲悲自語，中天月色好誰看？

風塵荏苒音書絕，關塞蕭條行路難。

已忍伶俜十年事，強移棲息一枝安。

此首詩全體對仗，三四句法稍為特別，係五二句法。一句視覺，一句聽覺。三四寫景，五六敘事抒情，此是七律兩聯變換方法。但老杜以前所作，亦多兩聯均寫景，或兩聯均敘事者。

悲自語，角聲之悲咽如自言自語，亦伴人之孤吟夢囈耳。伶俜：辛苦孤單也。此兩句移用到今日，我們復原後情景亦無不合。

嚴武與甫為世交，時武節度東西川，表甫為工部員外郎。武待甫甚厚，親至其家，而甫見之，或時不巾。嘗醉登武床，瞪視武曰：「嚴挺之有此兒。」（故事：武銜恨，欲殺之，冠鈎於簾者三，乃得免。《新唐書》載之。）

代宗永泰元年（公元 765 年）四月，嚴武卒。甫辭幕府，歸浣花溪草堂。五月離草堂南下，至戎州，至渝州。六月至忠州，旋至雲安縣。大曆元年（公元 766 年）春，自雲安至夔州。秋，寓於夔之西閣。作《秋興八首》，為杜氏七律中之最有名者。作《詠懷古蹟》五首，作《閣夜》一首，皆七律。《夔府書懷四十韻》。其中《秋興八首》之一中有「叢菊兩開他日淚，孤舟一繫故園心」句，每句分成兩節，「叢菊兩開」是做

客之景，因此而想到「往日」，「他日」等於「往日」，「他」字平聲，以「淚」字作縮合。「孤舟一繫」是今日之情景，因此想到「故園」(故鄉)，以「心」字作縮合。上句時間，下句空間。

這期間，甫有《返照》一首：

> 楚王宮北正黃昏，白帝城西過雨痕。
>
> 返照入江翻石壁，歸雲擁樹失山村。
>
> 衰年病肺唯高枕，絕塞愁時早閉門。
>
> 不可久留豺虎亂，南方實有未招魂。

「南方實有未招魂」，自比屈原，忠臣羈旅，放逐未歸，恐不克生還北方耳。此「招魂」用楚辭，上邊楚王宮已點此。後面豺虎之不可久居，亦用招魂語，至此病肺，則病中招魂尤切。後世的詩多數為詩騷傳統，如杜甫此首，幾乎全用楚辭，以屈原自況。

大曆三年 (公元 768 年)，正月去夔出峽，三月至江陵，秋移居公安，冬晚至岳州。大曆四年 (公元 769 年) 正月自岳州至潭州，未幾入衡州，夏畏熱，復回潭州。有《嶽麓山道林二寺行》及《望嶽》。他曾到過泰山、華山，入湘去了南嶽。其《望嶽》詩云：「祝融五峰尊，峰峰次低昂。紫蓋獨不朝，爭長嶪相望。恭聞魏夫人，群仙夾翱翔。有時五峰氣，散風如飛霜。牽迫限修途，未暇杖崇岡。」因未嘗登絕頂也。

大曆五年 (公元 770 年) 欲如郴州，依舅氏崔偉，因至耒陽 (今湖南耒陽縣[1]，在衡陽南)，卒於耒陽，年五十九 (故事：為暴雨所阻，旬日不得食，耒陽聶令迎甫而還，啖牛肉白酒，一夕而卒。《新唐書》採之，誣也。甫有「謝聶令詩」。一說卒於岳陽)。元和中，孫嗣業遷甫柩歸葬於偃師西北首陽山之前。

---

1 即今湖南耒陽市。—— 編者註

# 三、杜詩的特徵

杜甫詩空前絕後，為中國第一詩家。雖與李白齊名稱李杜，而元微之已著論揚杜抑李，韓愈則並稱之，謂「李杜文章在，光芒萬丈長」。又與韓文並稱，作杜詩韓筆。

杜甫詩可分數點論之：

1. 以時事入詩，有「史詩」之目

唐代政治得失，離亂情形，社會狀況，皆可於杜詩中求之。杜氏不過為拾遺，且不為肅宗所喜，晚依嚴武，而流寓在蜀，而忠愛性成，常有感憤時事、痛哭流涕之作。故論者以李白為詩仙，而以杜甫為詩聖也。《新安吏》《潼關吏》《石壕吏》《新婚別》《垂老別》《無家別》稱「三吏」「三別」，皆乾元二年相州兵潰時作，寫亂世民間疾苦，此類詩乃不虛作，得「三百篇」之遺意。他若《兵車行》《麗人行》《洗兵馬》《哀江頭》。《兵車行》寫明皇用兵吐蕃民苦行役而作，《前出塞》同。《麗人行》諷楊氏姊妹兄弟作，而《虢國夫人》一首則直稱時人之名，此古詩所少有。《哀王孫》寫祿山亂時貴族流離之苦，「可憐王孫泣路隅，問之不肯道姓名。但道困苦乞為奴，已經百日竄荊棘。身上無有完肌膚」。《哀江頭》陷賊中在長安作，「明眸皓齒今何在，血污遊魂歸不得。清渭東流劍閣深，去住彼此無消息」。慨馬嵬西狩事。《洗兵馬》收復西京後作，其中「攀龍附鳳勢莫當，天下盡化為侯王」含諷刺意，蓋當亂平以後，濫升官職也。大概「安史之亂」前後公詩皆為政治的、有關時事的。

2. 多自敘及述懷之詩

最長之篇為《北征》，自鳳翔見肅宗後返鄜州省家作。《奉贈韋左丞丈二十二韻》天寶七載不得志將離長安作。《自京赴奉先縣詠懷五百字》

天寶十四載作。玄宗在華清宮，時祿山即反也。自敘志願為「許身一何愚，竊比稷與契」。寫途中云「歲暮百草零，疾風高崗裂。天衢陰崢嶸，客子中夜發。霜嚴衣帶斷，指直不能結」。寫驪山宴樂云「中堂有神仙，煙霧蒙玉質。暖客貂鼠裘，悲管逐清瑟。勸客駝蹄羹，霜橙壓香橘」。而接以評語云「朱門酒肉臭，路有凍死骨」！

3. 自鑄偉詞，創造句法，開詩之新格律

「語不驚人死不休」「讀書破萬卷，下筆如有神」，較之李白一味擬古，自是不同。開後來詩人之門戶，而當時人或不重之也。入蜀以後，格律尤細，至如《秋日夔府詠懷一百韻》《夔府書懷四十韻》等，排律之擅場，千古一人而已。

4. 融貫儒家思想以為根本

一生流離顛沛，自喻自解，頗有詼諧之處，以 smooth（平復）種種慘苦之情，愈見其「但覺高歌有鬼神，不知餓死填溝壑」，浩歌彌激烈耳。偉大的詩人人格必高。他信仰孔孟思想，唯一生不得志。嚴武有一時也對他不滿意，於是才有了他對嚴武無禮貌，喊出「嚴挺之有此兒」的故事。不過他是積極的，當他悲觀到極點，卻用詼諧的方式表現出來，所以可愛。其幽默的詩風如陶淵明。對人生若理會、若不理會，如《茅屋為秋風所破歌》。雖有詼諧筆墨，但其對於詩的看法非常認真而嚴肅，認為一生之表見唯在於詩耳。

5. 在技術上，他模擬所有一切前人之作

杜甫在《戲為六絕句》裡說「不薄今人愛古人」，於《大雅》、《小雅》、阮籍、左思、謝靈運、何遜、陰鏗、庾信、初唐「四傑」、沈佺期、宋之問皆有所學，故能集詩之大成。

如杜詩「雲白山青萬餘里，愁看直北是長安」，從沈佺期「兩地江山萬餘里，何時重謁聖明君」來；杜詩「春水船如天上坐，老年花似霧

中看」，從沈佺期「人疑天上坐，魚似鏡中懸」來。蓋其祖杜審言與佺期等為友，杜律詩自沈開拓也。

有人問，唐代佛教甚盛，何以杜甫絕不受其影響。按：杜集亦有與上人來往者，如錢箋本卷三有《寄贊上人》《別贊上人》二首。卷四《贈蜀僧閭丘師兄》末句「惟有摩尼球，可照濁水源」，卷五《謁文公上方》云「願聞第一義，回向心地初。金篦刮眼膜，價重百車渠。無生有汲引，茲理儻吹噓」，等等。

## 李杜比較

李杜同時人，當時已齊名，韓愈以之並稱。

李白擬古代樂府，杜的樂府是新定的、創造的。

李白為道家，為神仙家，杜甫純粹儒者。杜甫關心時事，李白對於時事，不甚關心。如玄宗幸蜀，杜甫痛哭流涕，而李白乃作《上皇西巡南京歌》極輕清流麗之至，大有蜀間樂不必長安之意。

李白思想近於浪漫、頹廢、出世，而杜甫則純粹積極。

雖韓愈並推李杜，而同時的元微之著論已揚杜抑李，云杜甫為千古詩人之宗。李詩是天才的流露，杜詩是用苦工做出來的。

論影響後世，李亦遠不及杜。唐代韓（愈）、白（居易）、李（商隱）、杜（牧）；宋則蘇（軾）、黃（庭堅）、陳（師道）、陸（游）皆學杜；金則元好問；明則袁海叟（凱）、《白燕詩》學杜、李空同學杜；清人則錢（謙益）、吳（偉業）、顧亭林輩皆學杜。詩中之有杜派為詩之正宗也。學李者，則長吉、蘇軾、楊誠齋略有之，屈翁山、黃仲則有才如李白之稱，實則不逮遠甚也。

唐人選唐詩甚少收入李杜之作，或者認為時人不重李杜詩，此說

未必，或因當時李杜二集風行普遍，當時選家不願多錄耳。

　　李杜二人交情很好。《唐詩紀事》錄「飯顆山頭逢杜甫，頭戴笠子日卓午。借問別來太瘦生，總為從前作詩苦」詩，謂李嘲杜作，此乃小說家所為。

# 韋應物與劉長卿

浦江清

　　韋應物、劉長卿在大曆十才子略前。

　　韋應物（737—792？）[1]，京兆萬年人。終蘇州刺史，人稱「韋蘇州」。

　　韋詩長五古。其《幽居》曰：

> 貴賤雖異等，出門皆有營。
>
> 獨無外物牽，遂此幽居情。
>
> 微雨夜來過，不知春草生。
>
> 青山忽已曙，鳥雀繞舍鳴。
>
> 時與道人偶，或隨樵者行。
>
> 自當安蹇劣，誰謂薄世榮。

寫幽居生活，自然、恬淡。其五言絕句《秋夜寄邱二十二員外》亦其代表作：

> 懷君屬秋夜，散步詠涼天。
>
> 山空松子落，幽人應未眠。

清幽、古淡。白樂天云韋蘇州：「其五言詩又高雅閒淡，自成一家之體。」（《與元九書》）而蘇東坡亦云：「樂天長短三千首，卻遜韋郎五言

---

1 韋應物卒年約為公元 791 年。──編者註

詩。」(《滄浪詩話箋註》)

韋應物學陶淵明。他毫不掩飾對陶淵明詩的尊崇和仿效，一首《與友生野飲效陶體》曰：

> 攜酒花林下，前有千載墳。
>
> 於時不共酌，奈此泉下人。
>
> 始自玩芳物，行當念徂春。
>
> 聊舒遠世蹤，坐望還山雲。
>
> 且遂一歡笑，焉知賤與貧？

劉長卿 (約 726—786) [1]，字文房，河間人。官隨州刺史，故稱劉隨州。詩聲馳上元、寶應間。

韋長古詩，而劉長律詩。且看兩首七律：

> 春風倚棹闔閭城，水國春寒陰復晴。
>
> 細雨濕衣看不見，閒花落地聽無聲。
>
> 日斜江上孤帆影，草綠湖南萬里情。
>
> 君去若逢相識問，青袍今已誤儒生。
>
> ——《送嚴士元》

> 汀洲無浪復無煙，楚客相思益渺然。
>
> 漢口夕陽斜渡鳥，洞庭秋水遠連天。
>
> 孤城背嶺寒吹角，獨戍臨江夜泊船。
>
> 賈誼上書憂漢室，長沙謫去古今憐。
>
> ——《自夏口至鸚鵡洲夕望岳陽寄源 (一作元) 中丞》

前一首寫送別友人，情景交融中抒離情別緒，後一首寫思念友人，觸景感懷，發歎古憂今之思。詩的語言清秀、淡雅，而「細雨濕衣

---

1 劉長卿卒年約為公元 789 年。——編者註

看不見，閒花落地聽無聲」「漢口夕陽斜渡鳥，洞庭秋水遠連天」之句皆精整無比。

故皇甫湜曰：「詩末有劉長卿一句，已呼宋玉為老兵。」（《全唐詩》卷一百四十七）其見重當時如此。

與劉長卿同時的權德輿說他「嘗自以為五言長城」。劉長卿長律詩，他的五言律詩《穆陵關北逢人歸漁陽》是一首名作：

> 逢君穆陵路，匹馬向桑乾。
>
> 楚國蒼山古，幽州白日寒。
>
> 城池百戰後，耆舊幾家殘。
>
> 處處蓬蒿遍，歸人掩淚看。

安史亂後滿目瘡痍之時，面對歸漁陽的行客，詩人表達了深深憂慮。「楚國蒼山古，幽州白日寒」，是形象、工整、深沉的傳世名句。

劉長卿五言絕句亦有佳作，膾炙人口的便是《逢雪宿芙蓉山主人》：

> 日暮蒼山遠，天寒白屋貧。
>
> 柴門聞犬吠，風雪夜歸人。

有眼觀、有耳聞，有動、有靜，一幅寒屋夜宿的圖畫就展現在凝練、樸素的詩句中。

# 白居易、元稹、劉禹錫

浦江清

## 白居易

### （一）白居易的生平

白居易（772—846），字樂天，其先太原人，徙下邽（今陝西渭南縣[1]東北）。晚年居香山，又官太子太傅，因稱白香山、白傅或白太傅。

白居易自述嬰兒時，即能默識「無」「之」兩字。及五六歲，便學為詩。相傳十六歲時，便以詩文進謁時為名士的顧況。顧況見其名，即戲之曰：「長安米貴，居大不易。」及閱至他的《賦得古原草送別》，讀到「野火燒不盡，春風吹又生」這樣的詩句，為他的才華驚異，又說「有才如此，居易不難」了。

德宗貞元中，擢進士第，補校書郎。憲宗元和初，調周至尉，集賢校理，尋召為翰林學士，左拾遺。元和四年，數言事，謂「陛下誤矣」，帝不悅。六年丁母憂。期滿，又以事不悅於宰相，有言居易母墮井死，而居易賦《新井篇》言浮華無實，行不可用，出為江州刺史，中書舍人王涯上書言：所犯狀跡，不宜治郡。追貶江州司馬。徙忠州刺

---

1 即今陝西渭南市臨渭區。——編者註

史。穆宗初，徵為主客郎中知制誥。復乞外，歷杭蘇二州刺史。文宗立，以秘書監召，遷刑部侍郎，俄移病，分司東都，拜河南尹。開成初起為同州刺史，不拜，改太子少傅。會昌初，以刑部尚書致仕。會昌六年卒，年七十五。贈尚書僕射，諡曰「文」。自號醉吟先生，亦稱香山居士。(參見《新唐書》一一九卷。)

白氏與元稹交情最善，交往二十多年，互相唱和，尤其在唐憲宗元和年間二人往來的詩很多。白居易《贈元稹》詩云：「自我從宦遊，七年在長安。所得唯元君，乃知定交難。」又云：「所合在方寸，心源無異端。」《舊唐書・元稹傳》曰：

> 稹，聰警絕人，年少有才名，與太原白居易友善。工為詩，善狀詠風態物色，當時言詩者，稱元白焉。白衣冠士子，閭閻下俚，悉傳諷之，號為「元和體」。

詩聲調很古，在古詩律詩之間。白居易詩集稱《白氏長慶集》，元稹詩集稱《元氏長慶集》。又稱長慶體。長慶為唐穆宗年號。

## (二) 白居易的文學主張

白居易接受儒家傳統思想的教育和影響，這是其政治思想的主要方面，同時也有道家思想。

白居易對於詩的主張，是繼承儒家的思想，恢復《詩經》諷喻、美刺的傳統。其文學觀點主要見於《與元九書》，先看下面一段話：

> 自登朝來，年齒漸長，閱事漸多，每與人言，多詢時務；每讀書史，多求理道；始知文章合為時而著，歌詩合為事而作。是時，皇帝初即位，……啟奏之外，有可以救濟人病，裨補時闕，而難於指言者，輒詠歌之。欲稍稍遞進聞於上。

「文章合為時而著，歌詩合為事而作」，把文學和社會政治聯繫起來。

他認為後人作詩應該恢復《詩經》的意旨。他在《與元九書》裡還說：

> 人之文，六經首之，就六經言，《詩》又首之。……聖人知其然，因其言，經之以六義。

於是，他以《詩經》之六義為標準衡量文學，特別是詩歌的盛衰：

> ——周衰秦興，采詩官廢。上不以詩補察時政，下不以歌泄導人情。於時六義始刓矣！

> ——《國風》變為《騷辭》，去《詩》未遠，梗概尚存。雖義類不具，猶得風人之二三焉。於時六義始缺矣。

> ——晉宋以遠，得者益寡。謝靈運溺於山水，陶淵明偏於田園，江淹、鮑照亦狹於此。梁鴻《五噫》之例者，百無一二焉。於時六義寖微矣。

> ——至於梁陳間，率不過嘲風雪，弄花草而已。風雪花草之物，三百篇中豈捨之乎？顧所用何如耳。……皆興發於此，而義歸於彼。然則「餘霞散成綺，澄江靜如練」（謝朓）、「離花先委露，別葉乍辭風」（鮑照）之什，麗則麗矣，不知其所諷焉。於時六義盡去矣。

> ——唐興二百年，詩人不可勝數。所可舉者，陳子昂有《感遇詩》二十首，鮑防有《感興詩》十五首。詩之豪者，世稱李、杜。李之作，才矣奇矣，人不逮矣。索其風、雅、比、興，十無一焉。杜詩最多，可傳者千餘首，至於貫穿古今，覼縷格律，盡工盡善，又過於李；然撮其《新安吏》《石壕吏》《潼關吏》《塞蘆子》《留花門》之章，「朱門酒肉臭，路有凍死骨」之句，亦不過十三四。杜尚如此，況不逮杜者乎？

從上所述，可以看出白居易是中唐詩壇上注重反映現實的代表作家。還應看到，他論詩不僅強調詩之作用在「補察時政」「泄導人情」，

同時也很重視詩的藝術表現性。在《與元九書》裡說：

> 人之文，六經首之。就六經言，《詩》又首之。何者？聖人
> 感人心而天下和平。感人心者，莫先乎情，莫始乎言，莫切乎
> 聲，莫深乎義。詩者，根情、苗言、華聲、實義。上自聖賢，
> 下至愚騃，微及豚魚，幽及鬼神；群分而氣同，形異而情一；
> 未有聲入而不應，情交而不感者。

白居易指出《詩經》在《六經》中最能感動人心，是由於它「根情、苗
言、華聲、實義」。概而言之，他把「情」「言」「聲」「義」作為評價詩
歌的重要尺度。白居易關於詩歌藝術特性和社會作用關係之認識，淵
源於古代詩樂理論。

之一，《詩大序》：

> 詩者，志之所之也，在心為志，發言為詩。情動於中，而
> 形於言。言之不足，故嗟歎之；嗟歎之不足，故永歌之；永歌
> 之不足，不知手之舞之，足之蹈之也。

> 情發於聲，聲成文，謂之音。治世之音安以樂，其政和；
> 亂世之音怨以怒，其政乖；亡國之音哀以思，其民困。

> 故正得失，動天地，感鬼神，莫近於詩。先王以是經夫
> 婦，成孝敬，厚人倫，美教化，移風俗。

之二，《詩品》：

> 氣之動物，物之感人，故搖蕩性情，形諸舞詠。照燭三
> 才，暉麗萬有。靈祇待之以致饗，幽微藉之以昭告。動天地，
> 感鬼神，莫近於詩。

動天地，感鬼神，在初民社會裡，是巫者之事，在帝王時代是史
祝之事。文人由巫史來。

magic（巫術）—— religion（宗教）—— literature（文學藝術）〔poetry（詩

歌）〕——— philosophy（哲學）——— science（科學）

$\begin{cases} \text{natural science（自然科學）} \\ \text{social science（社會科學）} \end{cases}$

但在 sciences 極發達的時候，humanistic study（人文主義的研究）仍舊佔重要的地位。literary criticism（文藝批評）合文藝批評與人生的批評為一。

情和義，詩的內蘊；言和音，詩的外形。根與實充實內蘊，苗與華完成外形。

詩根乎情，因詩的發達而情益深。故詩歌文學可以瀹人性靈、深廣人的感情，發展人性之美。〔當然，小説、戲劇具同樣作用，據西洋文論家的觀點，小説、戲劇實在是詩的 modern form（新樣式）。〕但詩是語言文字最精練的一種，所以，雖然有了小説、戲劇，詩依舊在頑強地生長着。讀無論哪種語言，必須懂得它的詩歌，方始認為真正懂得了那種語言文字。同時，詩又為最早的語言的發展提供了載體，如希臘文的發展靠了 Homer（荷馬），中文的發展靠了《詩經》。「不學詩，無以言」，不學詩也不能作文。古人説話到了精彩的地方要引詩，以為證明。荀子、孟子均散文家，都引詩。就是《易》《尚書》，都有整齊的句法，就是把語言磨煉成為有節奏的形式。所以漢以後駢文發展，南朝時一般人認為「有韻者文也，無韻者筆也」。韻指廣義的、音節流美勻整之謂。《文心雕龍·聲律篇》説「異音相從謂之和，同聲相應謂之韻」。韻文使同聲異音相間為美。調協宮徵，口吻流利。行之既久，太格律板滯化了。古文起來，以氣為主，但不廢參差錯落的節奏。猶之五七言的整齊句法變為詞曲，更近於自然語調也。

華聲者，使語言流美。古者詩與樂合，從四言變為五言，五言變為七言。一面是語言由簡趨繁，一面是音樂的發展，從鐘、鼓、琴、

瑟到笙、竽、箏、笛、琵琶。七言又變為詞曲。

實義是以文字被以音樂，文字有意義，因此詩歌有意義，以實聲音。譬如詞曲，如《菩薩蠻》是一曲調，今溫、韋輩以文字施之，於是音樂之外，復有文字的意義，成為文學。古樂府中如《箜篌引》：「公無渡河，公竟渡河，墮河而死，當奈公何！」其音宛似彈箜篌之音，而有意義。

苗言，例如《詩經‧螽斯》：「螽斯羽，詵詵兮。宜爾子孫，振振兮。／螽斯羽，薨薨兮。宜爾子孫，繩繩兮。／螽斯羽，揖揖兮，宜爾子孫，蟄蟄兮。」用詵詵、振振、薨薨、繩繩、揖揖、蟄蟄，換一兩個字，寫出事物不同狀態，也開出了新的詩章。又如《詩經‧桃夭》賀女子出嫁，寫家人歡樂，三章中分別用「灼灼其華」「有蕡其實」「其葉蓁蓁」三個不同詩句描寫桃花盛開、碩果累累、綠葉成蔭的不同景象，顯示了語言變化之美，也為詩分了章。很典型的還有《詩經‧芣苢》：「采采芣苢，薄言采之。采采芣苢，薄言有之。／采采芣苢，薄言掇之。采采芣苢，薄言捋之。／采采芣苢，薄言袺之。采采芣苢，薄言襭之。」詩用「采之、有之、掇之、捋之、袺之、襭之」六個動態的詞，形象地顯示出採摘勞動動作的變化。詩是語言的練習，也是讀語言文字的課本。詩發展了語言，到語言發展到高度時，詩也格外的妙。所以教育小孩語言，宜乎使其唱歌。歌謠容易記憶，是學習語言的一種好辦法。

## （三）《新樂府》之緣起

白居易作有《新樂府》五十首，然《新樂府》並非他首創。元稹《和李校書新題樂府》十二首，序云：

> 余友公垂貺余《樂府新題》二十首，雅有所謂，不虛為文。
> 余取其病時之尤急者，列而和之，蓋十二而已。

白居易《新樂府》序云：

> 凡九千二百五十二言，斷為五十篇。篇無定句、句無定字；
> 繫於意，不繫於文。首句標其目，卒章顯其志，《詩》三百之義
> 也。其辭質而徑，欲見之者易諭也。其言直而切，欲聞之者深
> 誡也；其事核而實，使采之者傳信也。其體順而律，可以播於樂
> 章歌曲也。總而言之，為君、為臣、為民、為物、為事而作，
> 不為文而作也。

按：元微之卜二首題，白氏五十首中皆有之。是李公垂最先作
二十首，元稹和其十二，而白居易盡和之，又增三十篇，得五十之數
也。今《新樂府》白氏獨專擅其名，微之之作已不為人注意，至於公垂
之作，則久已佚亡，至可惜也。

公垂名紳，潤州無錫人，為人短小精悍，於詩最有名，時號「短
李」。元和初擢進士第，補國子助教，故微之稱之曰「李校書」也。白
氏註云元和四年為左拾遺時作，則決與李作同時矣。而今白氏題下之
註如：（一）《立部伎》則全同於李傳。與元稹註異者，不標「李君作
歌以諷焉」一句。（二）《華原磬》註亦「李傳云，天寶中始廢泗濱磬，
用華原石代之」。「石」字是。元稹註作「名」者非也。下又云，「詢諸
磬人，則曰，故老云，泗濱磬下調之不能和，得華原石考之乃和，由
是不改」云云。不知是否當時李傳云云，抑居易所添也。（三）《胡旋
女》下註云「天寶末康居國獻之」。與李傳云「天寶中西國來獻」詳略稍
異。（四）《馴犀》下註與李傳亦同。（五）《驃國樂》註云「貞元十七年
來獻之」，與李傳云「辛巳歲」又同也。元微之題下保存傳凡八，白同
其五，唯《蠻子朝》《縛戎人》《陰山道》三首，略去其傳。《蠻子朝》元
稹詠韋皋通蠻國使人朝貢事，白作亦然。《縛戎人》則其中故事完全一
致。《陰山道》所詠亦同是一事。雖無李傳，知和李詩也。

又白詩有註者，如《上陽白髮人》，則元詩無註。此李詩或有之，而元稹略而不書也。而白詩有註而為元之所不作者，又有三首：（一）《七德舞》；（二）《昆明春》；（三）《城鹽州》。白詩雖無註而詩中有夾註明事實者又有二首，曰：（一）《新豐折臂翁》；（二）《紅線毯》。以上共五首。疑亦本李原作，是元氏之所未和而白氏和之者也。因李公垂作詩有自註之習，此今觀所存公垂詩集即知，而白氏所少見也。

### （四）白居易詩的分類和創作

白居易把他的詩分為諷喻詩、閒適詩、感傷詩和雜律詩四大類。《與元九書》曰：

> 自拾遺來，凡所遇、所感，關於美刺興比者；又自武德迄元和，因事立題，題為新樂府者，共一百五十首，謂之《諷喻詩》；
>
> 又或退公獨處，或移病閒居，知足保和，吟玩性情者一百首，謂之《閒適詩》；
>
> 又有事物牽於外，情理動於內，隨感遇而形於歎詠者一百首，謂之《感傷詩》；
>
> 又有五言、七言、長句、絕句，自一百韻至兩韻者四百餘首，謂之《雜律詩》。

此四類詩中，為諷刺，關於社會政治的；為閒適，寫他自己的涵養。一種為人，一種為己。

諷喻詩，政治社會之詩也。如《賀雨》詩，係初任左拾遺時作：「君以明為聖，臣以直為忠。敢賀有其始，亦願有其終。」以詩為諫。白居易在《寄唐生》一詩中明確表達了自己的意願：「非求宮律高，不務文字奇。惟歌生民病，願得天子知。未得天子知，甘受時人嗤。」其《新樂府》皆諷喻詩。以《七德舞》為首，歌頌太宗，歌頌王業，「元和小臣

白居易,觀舞聽歌知樂意」。此詩白氏自序:美撥亂,陳王業也;以《采詩官》為殿,白氏自序:監前王亂亡之由也。「君兮君兮願聽此,欲開壅蔽達人情,先向歌詩求諷刺。」作為五十篇之末篇,詩人歸納性地表達了借歌詩以達上聽的期待。

《新樂府》中之《上陽白髮人》,白詩註云:「天寶五載以後,楊貴妃專寵,後宮人無復進幸矣。六宮有美色者,輒置別所,上陽是其一也。貞元中尚存焉。」詩描寫宮女的苦。

《胡旋女》,戒行樂也。

《新豐折臂翁》是著名篇章,白氏自序曰:戒邊功也。「此臂折來六十年,一肢雖廢一身全。至今風雨陰寒夜,直到天明痛不眠。痛不眠,終不悔,且喜老身今獨在。不然當時瀘水頭,身死魂孤骨不收。應作雲南望鄉鬼,萬人塚上哭呦呦。」詩末矛頭直指「欲求恩幸立邊功」的楊國忠。

《賣炭翁》,白氏序曰:苦宮市也。詩很通俗易讀而含義深刻。「可憐身上衣正單,心憂炭賤願天寒。」感人至深。

《新樂府》外,還有《秦中吟》十首,亦諷喻詩代表作。白居易序曰:「貞元、元和之際,予在長安,聞見之間,有足悲者,因直歌其事,命為《秦中吟》。」詩揭露了社會種種矛盾,矛頭直指權貴,突出了貧富的對比。如《議婚》寫「富家女易嫁,嫁早輕其夫。貧家女難嫁,嫁晚孝於姑」。又如《重賦》寫百姓重賦後嚴冬「幼者形不蔽,老者體無溫」,而官庫中「繒帛如山積,絲絮似雲屯」。詩人以百姓口吻發出憤怒的呼聲:「奪我身上暖,買爾眼前恩。進入瓊林庫,歲久化為塵。」《輕肥》寫達官貴人「食飽心自若,酒酣氣益振」,而「是歲江南旱,衢州人食人」。《歌舞》詩曰:「貴有風雪興,富無飢寒憂……日中為樂飲,夜半不能休。豈知閡鄉獄,中有凍死囚。」《買花》寫富貴

家爭購牡丹,「家家習為俗,人人迷不悟」。而一農夫偶來此,見狀,長歎曰:「一叢深色花,十戶中人賦。」

前引《寄唐生》詩句說白居易作《新樂府》意旨。唐生者,唐衢也。應試未取,見國事日非,常痛哭流涕,以哭著名。五十餘歲而卒。白居易在《傷唐衢》二首中曰:「忽聞唐衢死,不覺動顏色。」「但傷民病痛,不識時忌諱。遂作《秦中吟》,一吟悲一事。貴人皆怪怒,閒人亦非訾……惟有唐衢見,知我平生志。一讀興歎嗟,再吟垂涕泗。」在「怪怒」「非訾」聲中,唐衢是可貴的知音。

《秦中吟》中幾個詞的解釋:

貞元、元和,分別是唐德宗、唐憲宗年號。

兩稅:唐德宗建中元年始作兩稅法,徵夏稅秋糧。(《重賦》「國家定兩稅」。)

因循:《漢書》:霍光秉政承奢侈師旅之後,海內虛耗,因循守職。《辭源》註:守舊習而不改也。(《重賦》「貪吏得因循」,《不致仕》「晚歲多因循」。)

洞房:《楚辭》「姱容修態,絚洞房些」。深邃之室。(《傷宅》「洞房溫且清」。)

南山:終南山。終南西至於隴首,以臨於戎,東至於太華,以距於關,凡八百里。長安南其主山也。(《傷宅》「坐臥見南山」。)

雲泥:《後漢書》「雖東雲行泥棲宿不同」。苟濟詩「雲泥已殊路」。(《傷友》「對面隔雲泥」。)

二疏:漢宣帝時太傅疏廣及少傅疏受,叔侄也。在位五歲俱謝病免歸。日與賓客娛樂,不為子孫治生產,嘗曰:子孫賢而多財,則損其志;愚而多財則益其過。一時傳為名言。(《不致仕》「賢哉漢二疏」。)

白居易諷喻詩觸時忌,其後乃退而入道佛,晚年閒適、感傷詩多。

　　早年也不乏感傷詩的代表作。且看《自河南經亂，關內阻饑，兄弟離散，各在一處。因望月有感，聊書所懷，寄上浮梁大兄、於潛七兄、烏江十五兄，兼示符離及下邽弟妹》：

　　　　時難年荒世業空，弟兄羈旅各西東。

　　　　田園寥落干戈後，骨肉流離道路中。

　　　　弔影分為千里雁，辭根散作九秋蓬。

　　　　共看明月應垂淚，一夜鄉心五處同。

「九秋」，《南都賦》「結九秋之增傷」；《七啟》「九秋之夕，為歡未央」；曹植詩「轉蓬離本根，飄颻隨長風」。《說苑》「秋蓬惡於根本而美於枝葉，大風一起，根且拔矣」。

　　詩以「雁」和「蓬」比戰亂流離之苦，而望月垂淚，「一夜鄉心五處同」更把鄉愁寫到極致。

　　白居易篤於友於之愛，此詩為一例。又有《弄龜羅》詩，作於江州刺史時。龜兒是其侄，羅兒是其女，侄六歲，女三歲。即隨長兄來到江州者。

　　長篇敘事詩《長恨歌》《琵琶行》更是感傷詩的傑作。聲調好，結構好，最受人喜愛。

　　《長恨歌》是白居易元和初任周至縣尉時所作，寫唐明皇與楊貴妃的戀愛故事。據陳鴻《長恨歌傳》載，陳鴻、王質夫與白居易相攜遊仙遊寺，話及此事，相與感歎，質夫邀白居易試為歌之，「樂天因為《長恨歌》。意者不但感其事，亦欲懲尤物、窒亂階，垂於將來也」。詩對「長恨」的感歎，對真情的同情以及強烈的社會反響，早就突破作者的意願，以至於白居易也說「今僕之詩，人所愛者，悉不過雜律詩與《長恨歌》以下耳。時之所重，僕之所輕」。

　　《琵琶行》亦如此。元和十年，詩人貶官江州司馬。第二年秋，送

客至江邊聞舟中有夜彈琵琶者，其音「錚錚然有京都聲」。原來是長安倡女年長色衰，委身為商人婦，轉徙於江湖間。詩人「出官二年，恬然自安，感斯人言，是夕始覺有遷謫意」。於是寫成《琵琶行》。因為「同是天涯淪落人」，詩人把天涯淪落之淒苦之憤懣寫得更加悽切動人。

七律《春題湖上》可以作為閒適詩的代表：

> 湖上春來似畫圖，亂峰圍繞水平鋪。
>
> 松排山面千重翠，月點波心一顆珠。
>
> 碧毯線頭抽早稻，青羅裙帶展新蒲。
>
> 未能拋得杭州去，一半勾留是此湖。

西湖美景在詩人筆下徐徐展開，連他自己也不捨得離開。「碧毯」「青羅」一聯，比也。倒裝句法。「勾留」，被挽留。

詩人晚年創造新詩體，把三言、五言、七言混合起來，如他的《憶江南》之一：

> 江南好，風景舊曾諳。　日出江花紅勝火，春來江水綠如藍。能不憶江南。

這種形式爾後發展為「長短句」，發展為「詞」了。

白居易贈答詩多，而與元稹、劉禹錫往來詩最多。《和微之夢遊春詩一百韻》一韻到底。白居易與韓愈少往來，集中有《久不見韓侍郎戲題四韻以寄之》：「近來韓閣老，疏我我心知。戶大嫌甜酒，才高笑小詩。靜吟乘月夜，閒醉曠花時。還有愁同處，春風滿鬢絲。」

白居易懂得詩有關於風化，詩是寫給大家看的，盡可能寫得平易近人。寫作態度非常認真、嚴謹。宋代彭乘《墨客揮犀》曰：

> 白樂天每作詩，令一老嫗聽之，問曰「解否」，曰「解」，乃錄之；不解，則又復易之。

### （五）白居易詩歌的影響

白民易的詩當時就在社會上產生了廣泛的影響。元微之《白氏長慶集》序云：

> 二十年間，禁省、觀寺、郵堠、牆壁之上無不書；王公、妾婦、牛童、馬走之口無不道；至於繕寫模勒、衒賣於市井，或持之以交酒茗者，處處皆是。

> 予嘗於平水市中，見村校諸童，競習歌詠。召而問之，皆對曰：先生教我樂天、微之詩。

白居易在《與元九書》裡也説：

> 自長安抵江西三四千里，凡鄉校、佛寺、逆旅、行舟之中，往往有題僕詩者；士庶、僧徒、孀婦、處女之口，每每有詠僕詩者。

唐代張為作詩人《主客圖》，以白氏為「廣大教化主」。

妓有能誦白太傅《長恨歌》者，自增其價。

白居易詩還流傳到國外。日本清野水次曾作《白樂天與日本文學》(載《大公報》文學副刊，民國二十年[1]四月)。雞林賈人以金易白詩一篇。

## 元稹

元稹 (779—831)，字微之，河南河內人。少孤，得母教。九歲工屬文，十五擢明經入等，補校書郎。元和初，應制策第一，除左拾遺。與白居易為校書郎及拾遺同時。歷監察御史。上書條十事，為當路所忌，出為河南尉。因與中人仇士良爭路，貶江陵士曹參軍，徙通州司

---

1 即 1931 年。——編者註

馬。自虢州長史，徵為膳部員外郎。善監軍崔潭峻，長慶初，潭峻方親幸，以積歌詞數十百篇奏御，帝大悅，問積安在，曰為南宮散郎，即擢為祠部郎中，知制誥，變詔書體務純厚明切。召入翰林，為中書舍人、承旨學士。裴度上書劾之，出為工部侍郎。未幾，進同中書門下平章事，朝野雜然輕笑，未幾，罷相（與裴度皆罷），出為同州刺史，改越州刺史，兼御史大夫、浙東觀察使。太和初，入為尚書左丞、檢校戶部尚書兼鄂州刺史，武昌軍節度使。年五十三，卒。贈尚書右僕射。

「積始言事峭直，欲以立名。中見斥，廢十年，信道不堅，乃喪所守，附宦貴，得宰相，居位才三月，罷。晚節彌沮喪，加廉節不飾云。」（見《新唐書本傳》[1]）

元積與白居易兩人友誼最篤，唱和甚多。往來酬和長詩，動輒數十韻，長安少年效之，號元和體。晚年當穆宗時，與白居易同定文集，皆名《長慶集》，而白氏《長恨歌》與元氏《連昌宮詞》諸詩之體因名「長慶體」。

元積年十六即作《代曲江老人百韻》。穆宗時，嬪御多誦積歌，因號「元才子」，穆宗尤賞《連昌宮詞》等篇。

元積詩頂有名的是《連昌宮詞》，與白居易《長恨歌》皆出於中唐，唐人傳奇小說興盛之時。《連昌宮詞》亦《長恨歌》體，是長篇敘事詩。連昌宮係洛陽的一座宮，明皇、貴妃曾宴樂於此。明皇死，乃荒廢。詩寫老人的舊話言宮的興廢變遷。

> 飛上九天歌一聲，二十五郎吹管笛。
>
> 逡巡大遍涼州徹，色色龜茲轟錄續。
>
> 李謨壓笛傍宮牆，偷得新翻數般曲。

---

1 指《新唐書·元積傳》。——編者註

念奴歌，二十五郎吹管笛是一事，李謨偷曲又是一事，兩段故事不同源，隨意為之捏合，此是作小說之藝術，非以詩記史也。否則，念奴所歌，二十五郎所吹，皆為通行曲調，固非宮中秘樂耳。

「明年十月東都破」，《全唐詩》註謂天寶十三年[1]，非也，應是天寶十五載正月，不知為何誤卻。可見「念奴」「李謨」兩註亦俗人所加。

「爾後相傳六皇帝」，當作五皇帝，或自玄宗算起，玄、肅、代、德、順、憲。《全唐詩》註謂肅、代、德、順、憲、穆者，誤也。

今皇神聖丞相明，詔書才下吳蜀平。

官軍又取淮西賊，此賊亦除天下寧。

「今皇」應指憲宗，「丞相」謂杜黃裳、裴度等。「吳蜀平」：蜀事指西川節度副使劉辟反，憲宗元和六年，從杜黃裳之言，使高崇文討平之，生擒劉辟，斬於京師，由是藩鎮慴息。元和二年，鎮海節度使李錡反，發諸道兵討之。錡為其部下所執，擒送京師斬之。於是有中興氣象。

平淮西謂平吳元濟也。元和十年，吳元濟反（元濟，彰義節度使吳少陽之子，少陽卒，元濟反於蔡州）。十二年十月，李愬夜襲蔡州，擒吳元濟，檻送京師，十一月斬吳元濟。《連昌宮詞》述及取淮西賊，則在元和十二年、十三年時，乃憲宗時，非穆宗時。

元稹亦有《新樂府》十二篇，題同白氏。亦有《琵琶歌》。而《會真詩》《夢遊春》開晚唐豔體。

---

1 應為天寶十三載。開元三十年，唐玄宗宣佈「改開元三十年為天寶元年」，經過天寶元年、天寶二年後，唐玄宗宣佈改「年」為「載」。——編者註

# 劉禹錫

　　劉禹錫 (772—842)，字夢得，彭城 (今江蘇徐州) 人。貞元九年擢進士第，登博學宏詞科。在淮南節度使杜佑幕府任記室，後入朝為監察御史。貞元末，與柳宗元等結交王叔文。王叔文革新集團失敗，劉禹錫貶為連州刺史，再貶為朗州 (湖南常德) 司馬。十年後召還，因賦《元和十年自朗州召至京，戲贈看花諸君子》譏諷權貴，再貶任連州刺史，又改任夔州刺史、和州刺史、蘇州刺史和同州刺史。官至檢校禮部尚書、太子賓客。後世稱其詩文集為《劉賓客集》。

　　劉禹錫會昌二年卒，年七十一。

　　劉禹錫詩與白居易齊名，世稱「劉白」。劉禹錫被白居易稱之謂「詩豪」。白居易編《劉白唱和集》並作《〈劉白唱和集〉解》，有言曰：

　　　　予頃以元微之唱和頗多，或在人口。常戲微之云：「僕與足下，二十年來為文友詩敵，幸也，亦不幸也：吟詠情性，播揚名聲，其適遺形，其樂忘老，幸也；然江南士女，語才子者，多云元白；以子之故，使僕不得獨步於吳越間，亦不幸也。」今垂老復遇夢得，得非重不幸耶？夢得，夢得！文之神妙，莫先於詩；若妙與神，則吾豈敢？

　　《竹枝詞》是劉禹錫學習民歌後的創造。他有《竹枝詞九首》，又有《竹枝詞二首》。在《竹枝詞九首》的「序引」中說：

　　　　四方之歌，異音而同樂。歲正月，余來建平，里中兒聯歌《竹枝》，吹短笛，擊鼓以赴節。歌者揚袂睢舞，以曲多為賢。聆其音，中黃鐘之羽。卒章激訏如吳聲。雖傖佇不可分，而含思宛轉，有淇澳之豔音。昔屈原居沅湘間，其民迎神，詞多鄙俚，乃為作《九歌》，到於今荊楚歌舞之。故余亦作《竹枝》九

篇，俾善歌者颺之，附於末，後之聆巴歈，知變風之自焉。

可見，劉禹錫所到之處，蠻俗亦好巫，且好歌俚辭，他嘗試依騷人之旨，尤效民間小調，倚其聲作《竹枝詞》，於是民間悉歌之。

描寫戀情的，先看九首之一：

　　　　山桃紅花滿上頭，蜀江春水拍山流。

　　　　花紅易衰似郎意，水流無限似儂愁。

語言清新，比興味很濃。《竹枝詞》二首之一更為著名：

　　　　楊柳青青江水平，聞郎江上唱歌聲。

　　　　東邊日出西邊雨，道是無晴卻有晴。

微妙情思借雙關語表達，別有意味。

有歌唱民俗風情的：

　　　　江上朱樓新雨晴，瀼西春水縠紋生。

　　　　橋東橋西好楊柳，人來人去唱歌行。

劉禹錫還有《楊柳枝詞》九首、《浪淘沙》九首，和《竹枝詞》一樣，皆七言絕句。

《楊柳枝詞》是樂府舊詞的翻新，放在九首之首的詞曰：

　　　　塞北梅花羌笛吹，淮南桂樹小山詞。

　　　　請君莫奏前朝曲，聽唱新翻楊柳枝。

「梅花」指《梅花落》，「桂樹」指《招隱士》，皆「前朝曲」，看一首詩人新翻的《楊柳枝詞》：

　　　　城外春風吹酒旗，行人揮袂日西時。

　　　　長安陌上無窮樹，唯有垂楊管別離。

《浪淘沙》之一曰：

　　　　九曲黃河萬里沙，浪淘風簸自天涯。

　　　　如今直上銀河去，同到牽牛織女家。

清新、浪漫，有時代風、民歌味。

劉禹錫還有一首樂府體的《插田歌》：

> 岡頭花草齊，燕子東西飛。
>
> 田塍望如線，白水光參差。
>
> 農婦白紵裙，農夫綠蓑衣。
>
> 齊唱郢中歌，嚶嚀如竹枝。
>
> 但聞怨響音，不辨俚語詞。
>
> 時時一大笑，此必相嘲嗤。
>
> 水平苗漠漠，煙火生墟落。
>
> 黃犬往復還，赤雞鳴且啄。
>
> 路旁誰家郎，烏帽衫袖長。
>
> 自言上計吏，年幼離帝鄉。
>
> 田夫語計吏：「君家儂定諳。
>
> 一來長安道，眼大不相參。」
>
> 計吏笑致辭：「長安真大處。
>
> 省門高軻峨，儂入無度數。
>
> 昨來補衛士，唯用筒竹布。
>
> 君看二三年，我作官人去。」

農夫與計吏對話道出官場的齷齪。詩人在此詩的「序」裡說：「連州城下，俯接村墟。偶登郡樓，適有所感。遂書其事為俚歌，以俟采詩者。」得「六義」之遺意焉。

劉禹錫《馬嵬行》詩中有「貴人飲金屑，倏忽舜英暮」之句，謂楊服金屑而卒。

又，關盼盼《燕子樓》詩，一作劉夢得。

劉禹錫被譽為「詩豪」，其律詩、絕句尤被人稱道。其吟詠歷史的

懷古之作有許多名篇，如七律《西塞山懷古》：

　　王濬樓船下益州，金陵王氣黯然收。

　　千尋鐵鎖沉江底，一片降幡出石頭。

　　人世幾回傷往事，山形依舊枕寒流。

　　今逢四海為家日，故壘蕭蕭蘆荻秋。

　　再如七絕《石頭城》：

　　山圍故國周遭在，潮打空城寂寞回。

　　淮水東邊舊時月，夜深還過女牆來。

追懷六朝歷史，或激烈，或寂寞，都引人深思。

　　劉禹錫七律還有對人生哲理思考的，如《酬樂天揚州初逢席上見贈》：

　　巴山楚水淒涼地，二十三年棄置身。

　　懷舊空吟聞笛賦，到鄉翻似爛柯人。

　　沉舟側畔千帆過，病樹前頭萬木春。

　　今日聽君歌一曲，暫憑杯酒長精神。

白居易在《〈劉白唱和集〉解》裡曰：「『沉舟側畔千帆過，病樹前頭萬木春』之句之類，真謂神妙！在在處處，應當有靈物護之。」

# 賈島

閏一多

　　這像是元和長慶間詩壇動態中的三個較有力的新趨勢。這邊老年的孟郊，正哼着他那沙澀而帶芒刺感的五古，惡毒地咒罵世道人心，夾在咒罵聲中的，是盧仝、劉叉的「插科打諢」和韓愈的洪亮的嗓音，向佛老挑釁。那邊元稹、張籍、王建等，在白居易的改良社會的大纛下，用律動的樂府調子，對社會泣訴着他們那各階層中病態的小悲劇。同時遠遠的，在古老的禪房或一個小縣的廨署裡，賈島、姚合領着一群青年人作詩，為各人自己的出路，也為着癖好，作一種陰暗情調的五言律詩（陰暗由於癖好，五律為着出路）。

　　老年、中年人忙着挽救人心、改良社會，青年人反不聞不問，只顧躲在幽靜的角落裡作詩，這現象現在看來不免新奇，其實正是舊中國傳統社會制度下的正常狀態。不像前兩種人，或已「成名」，或已通籍，在權位上有說話做事的機會和責任，這班沒功名、沒宦籍的青年人，在地位上、職業上可說尚在「未成年」時期，種種對國家社會的崇高責任是落不到他們肩上的。越俎代庖的行為是情勢所不許的，所以恐怕誰也沒想到那頭上來。有抱負也好，沒有也好，一個讀書人生在那時代，總得作詩。作詩才有希望爬過第一層進身的階梯。詩作到合乎某種程式，如其時運也湊巧，果然混得一「第」，到那時，至少在理

論上你才算在社會中「成年」了，才有説話做事的資格。否則萬一你的詩作得不及或超過了程式的嚴限，或詩無問題而時運不濟，那你只好作一輩子的詩，為責任作詩以自課，為情緒作詩以自遣。賈島便是在這古怪制度之下被犧牲，也被玉成了的一個。在這種情形下，你若還怪他沒有服膺孟郊到底，或加入白居易的集團，那你也可算不識時務了。

　　賈島和他的徒眾，為甚麼在別人忙着救世時，自己只顧作詩，我們已經明白了；但為甚麼單作五律呢？這也許得再説明一下。孟郊等為便於發議論而作五古，白居易等為講故事而作樂府，都是為了各自特殊的目的，在當時習慣以外，匠心地採取了各自特殊的工具。賈島一派人則沒有那必要。為他們起見，當時最通行的體裁——五律就夠了。一則五律與五言八韻的試帖最近，作五律即等於做功課，二則為拾拾點景物來烘托出一種情調，五律也正是一種標準形式。然而作詩為甚麼老是那一套陰霾、凜冽、峭硬的情調呢？我們在上文説那是由於癖好，但癖好又是如何形成的呢？這點似乎尤其重要。如果再明白了這點，便明白了整個的賈島。

　　我們該記得賈島曾經一度是僧無本。我們若承認一個人前半輩子的蒲團生涯，不能因一旦返俗，便與他後半輩子完全無關，則現在的賈島，形貌上雖然是個儒生，骨子裡恐怕還有個釋子在。所以一切屬於人生背面的、消極的，與常情背道而馳的趣味，都可溯源到早年在禪房中的教育背景。早年記憶中「坐學白骨塔」，或「三更兩鬢幾枝雪，一念雙峰四祖心」的禪味，不但是「獨行潭底影，數息樹邊身，……月落看心次，雲生閉目中」一類詩境的藍本，而且是「瀑布五千仞，草堂瀑布邊，……孤鴻來夜半，積雪在諸峰」，甚至「怪禽啼曠野，落日恐行人」的淵源。他目前那時代——一個走上了末路的，

荒涼、寂寞、空虛，一切罩在一層鉛灰色調中的時代，在某種意義上與他早年記憶中的情調是調和，甚至一致的。唯其這時代的一般情調，基於他早年的經驗，可説是先天的與他不但面熟，而且知心，所以他對於時代，不至如孟郊那樣憤恨，或白居易那樣悲傷，反之，他卻能立於一種超然地位，藉此溫尋他的記憶，端詳它，摩挲它，彷彿一件失而復得的心愛的什物樣。早年的經驗使他在那荒涼得幾乎獰惡的「時代相」前面，不變色，也不傷心，只感着一種親切、融洽而已。於是他愛靜、愛瘦、愛冷，也愛這些情調的象徵 —— 鶴、石、冰雪。黃昏與秋是傳統詩人的時間與季候，但他愛深夜過於黃昏，愛冬過於秋。他甚至愛貧、病、醜和恐怖。他看不出「鸚鵡驚寒夜喚人」句一定比「山雨滴棲鴉」更足以令人關懷，也不覺得「牛羊識僮僕，既夕應傳呼」較之「歸吏封宵鑰，行蛇入古桐」更為自然。也不能説他愛這些東西。如果是愛，那便太執着而鄰於病態了。（由於早年禪院的教育，不執着的道理應該是他早已懂透了的。）他只覺得與它們臭味相投罷了，更説不上好奇。他實在因為那些東西太不奇，太平易近人，才覺得它們「可人」，而喜歡常常注視它們。如同一個三棱鏡，毫無主見地準備接受並解析日光中各種層次的色調，無奈「世紀末」的雲翳總不給他放晴，因此他最熱鬧的色調也不過「杏園啼百舌，誰醉在花傍！ ……身事豈能遂？蘭花又已開」，和「柳轉斜陽過水來」之類。常常是溫馨與凄清糅合在一起，「蘆葦聲兼雨，芰荷香繞燈」，春意留戀在嚴冬的邊緣上，「舊房山雪在，春草岳陽生」。他瞥見的「月影」偏偏不在花上而在「蒲根」，「棲鳥」不在綠楊中而在「棕花上」。是點荒涼感，就逃不脱他的注意，哪怕瑣屑到「濕苔黏樹瘿」。

以上這些趣味，誠然過去的詩人也偶爾觸及，卻沒有如今這樣大量地、徹底地被發掘過，花樣、層次也沒有這樣豐富。我們簡直無法

想像他給予當時人的，是如何深刻的一個刺激。不，不是刺激，是一種酣暢的滿足。初唐的華貴、盛唐的壯麗，以及最近十才子的秀媚，都已膩味了，而且容易引起一種幻滅感。他們需要一點清涼，甚至一點酸澀來換換口味。在多年的熱情與感傷中，他們的感情也疲乏了。現在他們要休息。他們所熟習的禪宗與老莊思想也這樣開導他們。孟郊、白居易鼓勵他們再前進。眼看見前進也是枉然，不要說他們早已聲嘶力竭。況且有時在理論上就釋道二家的立場說，他們還覺得「退」才是正當辦法。正在苦悶中，賈島來了，他們得救了，他們驚喜得像發現了一個新天地，真的，這整個人生的半面，猶如一日之中有夜，四時中有秋冬——為甚麼老被保留着不許窺探？這裡確乎是一個理想的休息場所，讓感情與思想都睡去，只感官張着眼睛往有清涼色調的地帶涉獵去。「叩齒坐明月，揞頤望白雲」，休息又休息。對了，唯有休息可以驅除疲憊，恢復氣力，以便應付下一場的緊張。休息，這政治思想中的老方案，在文藝態度上可說是第一次被賈島發現的。這發現的重要性可由它在當時及以後的勢力中窺見。由晚唐到五代，學賈島的詩人不是數字可以計算的，除極少數鮮明的例外，是向着詞的意境與辭藻移動的，其餘一般的詩人大眾，也就是大眾的詩人，則全屬於賈島。從這觀點看，我們不妨稱晚唐五代為賈島時代。他居然被崇拜到這地步：

> 李洞……酷慕賈長江，遂銅寫島像，戴之巾中，常持數珠
> 念賈島佛。人有喜賈島詩者，洞必手錄島詩贈之，叮嚀再四曰：
> 「此無異佛經，歸焚香拜之。」（《唐才子傳》九）

> 南唐孫晟……嘗畫賈島像，置於屋壁，晨夕事之。（《郡齋讀
> 書志》十八）

上面的故事，你盡可解釋為那時代人們的神經病的象徵，但從賈

島方面看，確乎是中國詩人從未有過的榮譽，連杜甫都不曾那樣老實地被偶像化過；你甚至說晚唐五代之崇拜賈島是他們那一個時代的偏見和行動，但為甚麼幾乎每個朝代的末葉都有回向賈島的趨勢？宋末的四靈、明末的鍾譚，以至清末的同光派，都是如此。不寧唯是。即宋代江西派在中國詩史上所代表的新階段，大部分不也是從賈島那份遺產中得來的盈餘嗎？可見每個在動亂中滅毀的前夕都需要休息，也都要全部地接受賈島，而在平時，也未嘗不可以部分地接受他，作為一種調劑，賈島畢竟不單是晚唐五代的賈島，而是唐以後各時代共同的賈島。

# 杜牧

浦江清

杜牧（803—852）<sup>1</sup>，字牧之，京兆萬年（今陝西西安）人。太和二年，擢進士第。在江西、淮南等地使幕做了十年幕僚，後擢監察御史，拜殿中侍御史、內供奉，累遷左補闕、史館修撰，改膳部員外郎。歷黃州、池州、睦州刺史，入為司勳員外郎，改吏部員外郎。官終中書舍人。

曾為司勳員外郎，故稱「杜司勳」。其詩情致豪邁，人號為「小杜」，以別杜甫云。

杜牧是晚唐著名詩人。詩高古，亦很正宗。古文也寫得好。為人剛直有奇節，敢論國家大事，深諳兵法和經世之道。《罪言》《戰論》《守論》《原十六衛》等皆著名文章。還為《孫子》作註。以《罪言》論政事最有名。

穆宗長慶年間，河北三鎮叛變，朝廷無能以對，又失河朔。杜牧把治理藩鎮的對策寫成《罪言》一文。《新唐書·杜牧傳》曰：「劉從諫守澤潞，何進滔據魏博，頗驕蹇不循法度，牧追咎長慶以來朝廷措置亡術，復失山東，鉅封劇鎮，所以繫天下輕重，不得承襲輕授，皆國

---

1 杜牧卒年應為公元 853 年。 —— 編者註

家大事。嫌不當位而言，實有罪，故作《罪言》。」他提出上策莫如自治，改善政治；中策莫如取魏，以控制燕趙；最下策是浪戰，「不計地勢，不審攻守」。

杜牧有著名長篇五古《張好好詩》和《杜秋娘詩》。

歌女張好好在宣州時嫁與杜牧友人沈述師為妾，與杜亦熟識，後被沈遺棄，流落東都洛陽，當壚賣酒。詩人感慨張好好遭遇，「感舊傷懷，故題詩贈之」。

杜牧《杜秋娘詩》序曰：「杜秋，金陵女也。年十五，為李錡妾，後錡叛滅，籍之入宮，有寵於景陵。穆宗即位，命秋為皇子傅姆，皇子壯，封漳王。鄭注用事，誣丞相欲去異己者，指王為根。王被罪廢削，秋因賜歸故鄉。予過金陵，感其窮且老，為之賦詩。」

詩寫杜秋娘一生悲慘遭遇：年輕時被藩鎮李錡佔為妾；強徵入宮，又成了憲宗的寵姬；「事往落花時」只好做了穆宗之子的保姆；王子犯事，她被趕回故鄉。此詩很長，在敘事基礎上有抒情、有議論，哲理詩也。寫杜秋娘時貴時賤，而終歸是統治者的玩物，無法掌握自己的命運。詩人想到自己的境遇，不禁感慨、思索：「地盡有何物，天外復何之？指何為而捉？足何為而馳？耳何為而聽？目何為而窺？己身不自曉，此外何思惟。因傾一樽酒，題作《杜秋詩》。愁來獨長詠，聊可以自怡。」

李義山在《贈司勳杜十三員外》一詩中用讚許的詩句云：「杜牧司勳字牧之，清秋一首《杜秋詩》。」

杜牧有《獻詩啟》一文，說明他的詩歌主張：「某苦心為詩，本求高絕，不務奇麗，不涉習俗，不今不古，處於中間。」

杜牧各體詩均有佳作。擅長律絕，七絕更有神韻。牧之善為弔古之什，歷來受人稱道：

折戟沉沙鐵未銷，自將磨洗認前朝。

東風不與周郎便，銅雀春深鎖二喬。

——《赤壁》

煙籠寒水月籠沙，夜泊秦淮近酒家。

商女不知亡國恨，隔江猶唱《後庭花》。

——《泊秦淮》

長安回望繡成堆，山頂千門次第開。

一騎紅塵妃子笑，無人知是荔枝來。

——《過華清宮絕句三首》(之一)

懷古思念，意味深邃。

杜牧寫景七絕也有膾炙人口佳作：

遠上寒山石徑斜，白雲生處有人家。

停車坐愛楓林晚，霜葉紅於二月花。

——《山行》

千里鶯啼綠映紅，水村山郭酒旗風。

南朝四百八十寺，多少樓台煙雨中。

——《江南春》

楓林晚景、江南春色寫得色彩絢麗而蘊含豐富。

杜牧為詩睥睨元、白。他為李戡作墓誌，借李戡之言曰：「嘗痛自元和以來，有元白詩者，纖豔不逞，非莊士雅人，多為其所破壞。流於民間，疏於屏壁，子父女母，交口教授，淫言媟語，冬寒夏熱，入人肌骨，不可除去。」

杜牧有《樊川文集》二十卷。

# 李商隱

蕭滌非

　　李商隱 (813—858)，字義山，號玉谿生，懷州河內 (今河南沁陽) 人。他初學古文，十九歲以文才得到牛黨令狐楚的賞識，改從令狐楚學駢文章奏，被引為幕府巡官，並經令狐綯推薦，二十五歲舉進士。次年李黨的涇原節度使王茂元愛其才，辟為書記，以女妻之。牛黨的人因此罵他「背恩」。此後牛黨執政，他一直遭到排擠，在各藩鎮幕府中過着清寒的幕僚生活，潦倒至死。

　　李商隱是一個關心現實政治的詩人，這在他的早年表現得更為突出，如他二十六歲時寫的《安定城樓》：

　　　　迢遞高城百尺樓，綠楊枝外盡汀洲。賈生年少虛垂涕，王粲春來更遠遊。永憶江湖歸白髮，欲回天地入扁舟。不知腐鼠成滋味，猜意鵷雛竟未休。

從這首曾被王安石稱讚的名詩中，我們可以看到他對晚唐國運的關心以及在事業上的遠大抱負。這種心情，在其他早年的詩篇中也有明顯的表現。他二十五歲寫的《行次西郊作一百韻》，就是一首長篇的政治詩，雖然藝術不夠成熟，但它反映了較為廣闊的現實。作者寫他當時在長安西郊所見的農村景象是：「高田長槲櫪，下田長荊榛。農具棄道旁，飢牛死空墩。依依過村落，十室無一存。」他又通過農民的話，陳

述了貞觀、開元到安史亂後農民生活的變化。從今昔對比中，詩人提出了仁政任賢的主張，指出政治的理亂「在人不在天」。這些都是有一定進步意義的。他對當時宦官專權的黑暗政治也很憤慨不滿。甘露事變中宦官殺死宰相王涯等幾千人，他寫了《有感》二首和《重有感》三詩，後詩尤為悲憤痛切：

　　　　玉帳牙旗得上游，安危須共主君憂。竇融表已來關右，陶
　　侃軍宜次石頭。豈有蛟龍愁失水？更無鷹隼擊高秋！晝號夜哭
　　兼幽顯，早晚星關雪涕收。

在宦官熏天勢焰之下，當時許多詩人都不敢正面發表反對意見，有的甚至順從宦官的言論，而年青的李商隱卻從國家安危出發，毅然呼籲誅討宦官，這種勇氣是難能可貴的。他的朋友劉蕡因「耿介嫉惡」被貶死，他也連寫了幾首詩為他呼冤。在《井絡》《韓碑》中他還反對了藩鎮的割據。

　　李商隱還寫了許多詠史詩，曲折地對政治問題發表意見。這些詩主要是諷刺歷史上帝王們的荒淫奢侈，引為現實的殷鑑。如《北齊》詩：「小憐玉體橫陳夜，已報周師入晉陽。」《隋宮》詩：「春風舉國裁宮錦，半作障泥半作帆。」諷意極為鮮明強烈。《富平少侯》詩：「當關不報侵晨客，新得佳人字莫愁。」則用詠史含蓄地諷刺了耽於女色不事朝政的唐敬宗。有的詠史是寄託自己懷才不遇的感慨。例如《賈生》：

　　　　宣室求賢訪逐臣，賈生才調更無倫。可憐夜半虛前席，不
　　問蒼生問鬼神。

號稱賢明的漢文帝召見賈誼，尚且不問蒼生，他自己生在昏亂時代還能有甚麼更好的出路呢？

　　隨着他在政治上的失望，關懷現實的詩篇減少了，更多的詩，是

用憂鬱感傷的調子，感歎個人的淪落，世運的衰微。如《杜工部蜀中離席》：

> 人生何處不離群，世路干戈惜暫分。雪嶺未歸天外使，松州猶駐殿前軍。座中醉客延醒客，江上晴雲雜雨雲。美酒成都堪送老，當壚仍是卓文君。

詩裡雖然對邊事還有所關心，但那種頹然自放的心情已經掩蓋不住了。又如他的《登樂遊原》絕句：

> 向晚意不適，驅車登古原。夕陽無限好，只是近黃昏。

這一片轉眼就會消失的夕陽，不僅象徵着他個人的沉淪遲暮，也象徵着大唐帝國的奄奄一息。其他的小詩，如《宿駱氏亭寄懷崔雍崔袞》：「秋陰不散霜飛晚，留得枯荷聽雨聲。」《花下醉》：「客散酒醒深夜後，更持紅燭賞殘花。」也同樣是這種暗淡低沉的末世哀音。比之他早期的作品，氣概是大不相同了。

李商隱的作品中，最為人所傳誦的，還是他的愛情詩。這類詩或名《無題》，或取篇中兩字為題。關於這類詩他自己曾經解釋說：「為芳草以怨王孫，借美人以喻君子。」（《謝河東公和詩啟》）又說：「楚雨含情俱有託」（《梓州罷吟寄同舍》）。但是，現在看來，他這些詩可能有少數是別有寄託的，如「萬里風波」「八歲偷照鏡」；有的可能是悼亡之作，如《錦瑟》；更多的是有本事背景的言情之作。這些本事，作者既不肯明言，我們也無須做徒勞的追究。這些詩中交織着他愛情的希望、失望，以至絕望的種種複雜心情。如下兩首不同時作的《無題》：

> 昨夜星辰昨夜風，畫樓西畔桂堂東。身無彩鳳雙飛翼，心有靈犀一點通。隔座送鈎春酒暖，分曹射復蠟燈紅。嗟余聽鼓應官去，走馬蘭台類轉蓬。

> 相見時難別亦難，東風無力百花殘。春蠶到死絲方盡，蠟

炬成灰淚始乾。曉鏡但愁雲鬢改，夜吟應覺月光寒。蓬山此去
無多路，青鳥殷勤為探看。

這兩首詩是他情詩中有代表性的名作。前一首裡，寫出男女雙方雖然
透過重重封建禮教的帷幕達成了愛情的默契，但是也帶來了無法達到
願望的更大的痛苦。鮮明而清晰的種種細節的回憶，都和這種歡樂與
痛苦有着密切的聯繫。在後一首裡，執着的愛情在瀕於絕望中顯出了
無比強烈的力量，春蠶、蠟炬兩句，已成為描寫愛情的絕唱。後四
句，寫對女方的深刻體貼，咫尺天涯的距離，可望而不可即的一線希
望，也是深刻動人的。這些詩很典型地表現了封建時代士大夫們那種
隱秘難言的愛情生活的特點。他們一面嚮往愛情，一面又對封建禮法
存着重重的顧慮。因此，這些詩和詩經、樂府民歌中那些表現強烈反
抗的愛情詩歌又完全不同。至於他的那些狎妓調情的詩，則和這些有
真摯愛情的詩不能同日而語。

在晚唐詩人中，李商隱的詩有很高的藝術成就。他的古詩，繼承
前人的方面較廣。五古如《行次西郊作一百韻》學杜甫，《海上謠》學李
賀，七古《韓碑》學韓愈，但風格不大統一，成就也不夠高。他成就最
高的是近體，尤其是七律。這方面他繼承了杜甫七律錘鍊謹嚴、沉鬱
頓挫的特色，又融合了齊梁詩的濃豔色彩，李賀詩的幻想象徵手法，
形成了深情綿邈、綺麗精工的獨特風格。在用典上，他掌握了杜甫用
典不晉從口出的技巧，藉助恰當的歷史類比，使不便明言的意思得以
暢達，使容易寫得平淡的內容顯得新鮮。他愛情詩中還善於化用神話
志怪故事，點染意境氣氛，深得李賀詩神奇中見真實的想像的本領。
這些精湛的技巧在他七絕中也有很好的表現。但是，他用典也有很多
晦澀難懂的地方。元好問《論詩絕句》說「詩家總愛西崑好，獨恨無人
作鄭箋」是有根據的。

　　李商隱的詩歌，特別是他的愛情詩，對後代有很大的影響，從晚唐韓偓等人、宋初西崑派詩人，直到清代黃景仁、龔自珍等都在詩的風格上受過他消極或積極的影響。此外，唐、宋婉約派詞人，以及元、明、清許多愛情戲曲的作家，也都不斷地向他學習。曾經和他齊名的溫庭筠，詩的成就不及詞高，留待「唐五代詞」一章再來介紹[1]。

---

1 參看本書《溫庭筠和花間派詞人》。——編者註

# 《唐詩三百首》指導大概

## 朱自清

　　有些人生病的時候或煩惱的時候，拿過一本詩來翻讀，偶爾也朗吟幾首，便會覺得心上平靜些、輕鬆些。這是一種消遣，但跟玩骨牌或紙牌等不同，那些大概只是碰碰運氣。跟讀筆記一類書也不同，那些書可以給人新的知識和趣味，但不直接調平情感。讀小說在這些時候大概只注意在故事上，直接調平情感的效用也不如詩。詩是抒情的，直接訴諸情感；又是節奏的，同時直接訴諸感覺；又是最經濟的，語短而意長。具備這些條件，讀了心上容易平靜輕鬆，也是自然。自來說，詩可以陶冶性情，這句話不錯。

　　但是詩絕不只是一種消遣，正如筆記一類書和小說等不是的一樣。詩調平情感，也就是節制情感。詩裡的喜怒哀樂跟實生活[1]裡的喜怒哀樂不同，這是經過「再團再煉再調和」的。詩人正在喜怒哀樂的時候，絕想不到作詩。必得等到他的情感平靜了，他才會吟味那平靜了的情感想到作詩，於是乎運思造句，作成他的詩，這才可以供欣賞。要不然，大笑狂號只教人心緊，有甚麼可欣賞的呢？讀詩所欣賞的便是詩裡所表現的那些平靜了的情感。假如是好詩，說的即使怎樣可

---

1 指現實生活。── 編者註

氣可哀，我們還是不厭百回讀的。在實生活裡便不然，可氣可哀的事我們大概不願重提。這似乎是有私、無私或有我、無我的分別，詩裡無我，實生活裡有我。別的文學類型也都有這種情形，不過詩裡更容易見出。讀詩的人直接吟味那無我的情感，欣賞它的發而中節，自己也得到平靜，而且也會漸漸知道節制自己的情感。一方面因為詩裡的情感是無我的，欣賞起來得設身處地，替人着想。這也可以影響到性情上去。節制自己和替人着想這兩種影響都可以說是人在模仿詩。詩可以陶冶性情，便是這個意思，所謂溫柔敦厚的詩教，也只該是這個意思。

部定初中國文課程標準「目標」裡有「養成欣賞文藝之興趣」一項，略讀教材裡有「有註釋之詩歌選本」一項。高中國文課程標準「目標」裡又有「培養學生欣賞中國文學名著之能力」一項，關於略讀教材也有「選讀整部或選本之名著」的話。欣賞文藝，欣賞中國文學名著，都不能忽略讀詩。讀詩家專集不如讀歌選本，讀選本雖只能「嘗鼎一臠」，卻能將各家各派鳥瞰一番；這在中學生是最適宜的，也最需要的。有特殊的選本，有一般的選本。按着特殊的作派選的是前者，按着一般的品位選的是後者。中學生不用說該讀後者。《唐詩三百首》正是一般的選本。這部詩選很著名，流行最廣，從前是家弦戶誦的書，現在也還是相當普遍的書。但這部選本並不成為古典；它跟《古文觀止》一樣，只是當年的童蒙書，等於現在的小學用書。不過在現在的教育制度下，這部書給高中學生讀才合適。無論它從前的地位如何，現在它卻是高中學生最合適的一部詩歌選本。唐代是詩的時代，許多大詩家都在這時代出現，各種詩體也都在這時代發展。這部書選在清代中葉，入選的差不多都是經過一千多年淘汰的名作，差不多都是歷代公認的好詩。雖然以明白易解為主，並限定詩篇的數目，規模不免狹窄

些，卻因此成為道地的一般的選本，高中學生讀這部書，靠着註釋的幫忙，可以吟味欣賞，收到陶冶性情的益處。

本書是清乾隆間一位別號「蘅塘退士」的人編選的。卷頭有《題辭》，末尾記着「時乾隆癸未年春日，蘅塘退士題」。乾隆癸未是公元1763年，到現在快一百八十年了。有一種刻本「題」字下押了一方印章，是「孫洙」兩字，也許是選者的姓名。孫洙的事跡，因為眼前書少，還不能考出、印證。這件事只好暫時存疑。《題辭》說明編選的旨趣，很簡短，抄在這裡：

> 世俗兒童就學，即授《千家詩》，取其易於成誦，故流傳不廢。但其詩隨手掇拾，工拙莫辨。且止七言律絕二體，而唐宋人又雜出其間，殊乖體制。因專就唐詩中膾炙人口之作擇其尤要者，每體得數十首，共三百餘首，錄成一編，為家塾課本。俾童而習之，白首亦莫能廢。較《千家詩》不遠勝耶？諺云，「熟讀唐詩三百首，不會吟詩也會吟」，請以是編驗之。

這裡可見本書是斷代的選本，所選的只是「唐詩中膾炙人口之作」，就是唐詩中的名作。而又只是「擇其尤要者」，所以只有三百首，實數是三百一十首。所謂「尤要者」大概着眼在陶冶性情上。至於以明白易解的為主，是「家塾課本」的當然，無須特別提及。本書是分體編的，所以說「每體得數十首」。引諺語一方面說明為甚麼只選三百餘首。但編者顯然同時在模仿「三百篇」，《詩經》三百零五篇，連那有目無詩的六篇算上，共三百一十一篇；本書三百一十首，絕不是偶然巧合。編者是怕人笑他僭妄，所以不將這番意思說出。引諺語另一方面叫人熟讀，學會吟詩。我們現在也勸高中學生熟讀，熟讀才真是吟味，才能欣賞到精微處。但現在卻無須再學作舊體詩了。

本書流傳既廣，版本極多。原書有註釋和評點，該是出於編者之

手。註釋只註事，頗簡當，但不釋義。讀詩首先得了解詩句的文義；不能了解文義，欣賞根本說不上。書中各詩雖然比較明白易懂，又有一些註，但在初學還不免困難。書中的評，在詩的行旁，多半指點作法，說明作意，偶爾也品評工拙。點只有句圈和連圈，沒有讀點和密點——密點和連圈都表示好句和關鍵句，並用的時候，圈的比點的更重要或更好。評點大約起於南宋，向來認為有傷雅道，因為妨礙讀者欣賞的自由，而且免不了成見或偏見。但是謹慎的評點對於初學也未嘗沒有用處。這種評點可以幫助初學了解詩中各句的意旨並培養他們欣賞的能力。本書的評點似乎就有這樣的效用。

　　但是最需要的還是詳細的註釋。道光間，浙江省建德縣[1]（？）人章燮鑑於這個需要，便給本書作註，成《唐詩三百首註疏》一書。他的自跋作於道光甲午，就是公元 1834 年，離蘅塘退士題辭的那年是七十一年。這註本也是「為家塾子弟起見」，很詳細。有詩人小傳，有事註，有意疏，並明作法，引評語；其中李白詩用王琦《李太白集註》，杜甫詩用仇兆鰲《杜詩詳註》。原書的旁評也留着，但連圈沒有——原刻本並句圈也沒有。書中還增補了一些詩，卻沒有增選詩家。以註書的體例而論，這部書可以說是駁雜不純，而且不免煩瑣疏漏附會等毛病。書中有「子墨客卿」（名翰，姓不詳）的校正語十來條，都確切可信。但在初學，這卻是一部有益的書。這部書我只見過兩種刻本。一種是原刻本。另一種是坊刻本，四川常見。這種刻本有句圈，書眉增錄各家評語，並附道光丁酉（公元 1837 年）印行的江蘇金壇于慶元的《續選唐詩三百首》。讀《唐詩三百首》用這個本子最好。此外還有商務印書館鉛印本《唐詩三百首》，根據蘅塘退士的原本而未印評語。又，世界書局

1 即今浙江建德市。——編者註

石印《新體廣註唐詩三百首讀本》，每詩後有「註釋」和「作法」兩項。「註釋」註事比原書詳細些；兼釋字義，卻間有誤處。「作法」兼說明作意，還得要領。卷首有「學詩淺說」，大致簡明可看。書中只絕句有連圈，別體只有句圈；絕句連圈處也跟原書不同，似乎是抄印時隨手加上，不足憑信。

本書編配各體詩，計五言古詩三十三首、樂府七首、七言古詩二十八首、樂府十四首、五言律詩八十首、七言律詩五十首、樂府一首、五言絕句二十九首、樂府八首、七言絕句五十一首、樂府九首，共三百一十首。五言古詩和樂府、七言古詩和樂府，兩項總數差不多。五言律詩的數目超出七言律詩和樂府很多；七言絕句和樂府卻又超出五言絕句和樂府很多。這不是編者的偏好，是反映着唐代各體詩發展的情形。五言律詩和七言絕句作得多，可選的也就多。這一層下文還要討論。五、七、古、律、絕的分別都在形式，樂府是題材和作風不同。樂府也等下文再論，先說五七古律絕的形式。這些又大別為兩類：古體詩和近體詩。五七言古詩屬於前者，五七言律絕屬於後者。所謂形式，包括字數和聲調（即節奏），律詩再加對偶一項。五言古詩全篇五言句，七言古詩或全篇七言句，或在七言句當中夾着一些長短句。如李白《廬山謠》開端道：

　　我本楚狂人，狂歌笑孔丘。

　　手持綠玉杖，朝別黃鶴樓。

　　五嶽尋山不辭遠，一生好入名山遊。

又如他的《宣州謝朓樓餞別校書叔雲》開端道：

　　棄我去者昨日之日不可留，亂我心者今日之日多煩憂。

　　長風萬里送秋雁，對此可以酣高樓。

這些都是五七言古詩。五七古全篇沒有一定的句數。古近體詩都

得用韻，通常兩句一韻，押在雙句末字；有時也可以一句一韻，開端時便多如此。上面引的第一例裡「丘」「樓」「遊」是韻，兩句間見；第二例裡「留」和「憂」是逐句韻，「憂」和「樓」是隔句韻。古體詩的聲調比較近乎語言之自然，七言更其如此，只以讀來順口、聽來順耳為標準。但順口、順耳跟着訓練的不同而有等差，並不是一致的。

　　近體詩的聲調卻有一定的規律；五七言絕句還可以用古體詩的聲調，律詩老得跟着規律走。規律的基礎在字調的平仄，字調就是平上去入四聲，上去入都是仄聲。五七言律詩基本的平仄式之一如次：

五律

仄仄平平仄　　平平仄仄平

平平平仄仄　　仄仄仄平平

仄仄平平仄　　平平平仄仄

平平平仄仄　　仄仄仄平平

七律

平平仄仄仄平平　　仄仄平平仄仄平

仄仄平平平仄仄　　平平仄仄仄平平

平平仄仄平平仄　　仄仄平平仄仄平

仄仄平平平仄仄　　平平仄仄仄平平

　　即使不懂平仄的人也能看出律詩是兩組重複、均齊的節奏所構成，每組裡又自有對稱、重複、變化的地方。節奏本是異中有同，同中有異，律詩的平仄式也不外這個理。即使不懂平仄的人只默誦或朗吟這兩個平仄式，也會覺得順口、順耳；但這種順口、順耳是音樂性的，跟古體詩不同，正和語言跟音樂不同一樣。律詩既有平仄式，就只能有八句，五律是四十字，七律是五十六字 —— 排律不限句數，但本書裡沒有。絕句的平仄式照律詩減半 —— 七絕照七律的前四

句 ── ，就是只有一組節奏。這裡所舉的平仄式只是最基本的，其中有種種重複的變化。懂得平仄的自然漸漸便會明白。不懂平仄的，只要多讀，熟讀，多朗吟，也能欣賞那些聲調變化的好處，恰像聽戲多的人不懂板眼也能分別唱得好壞，不過不大精確就是了。四聲中國人人語言中有，但要辨別某字是某聲，卻得受過訓練才成。從前的訓練是對對子跟讀四聲表，都在幼小的時候。現在高中學生不能辨別四聲也就是不懂平仄的，大概有十之八九。他們若願意懂，不妨試讀四聲表。這只消從《康熙字典》卷首附載的《等韻切音指南》裡選些容易讀的四聲如「巴把霸捌」「庚梗更格」之類，得閒就練習，也許不難一旦豁然貫通。(中華書局出版的《學詩入門》裡有一個四聲表，似乎還容易讀出，也可用。)律詩還有一項規律，就是中四句得兩兩對偶，這層也在下文論。

　　初學人讀詩，往往給典故難住。他們一回兩回不懂，便望而生畏，因畏而懶；這會斷了他們到詩去的路。所以需要註釋。但典故多半只是歷史的比喻和神仙的比喻；用典故跟用比喻往往是一個理，並無深奧可畏之處。不過比喻多取材於眼前的事物，容易了解些罷了。廣義的比喻連典故在內，是詩的主要的生命素；詩的含蓄，詩的多義，詩的暗示力，主要的建築在廣義的比喻上。那些取材於經驗和常識的比喻 ── 一般所謂比喻只指這些 ── 可以稱為事物的比喻，跟歷史的比喻、神仙的比喻是鼎足而三。這些比喻(廣義，後同)都有三個成分：一、喻依；二、喻體；三、意旨。喻依是做比喻的材料，喻體是被比喻的材料，意旨是比喻的用意所在。先從事物的比喻說起。如「天邊樹若薺」(五古，孟浩然，《秋登蘭山寄張五》)，薺是喻依，天邊樹是喻體，登山望遠樹，只如薺菜一般，只見樹的小和山的高，是意旨。意旨卻沒有說出。又，「今朝此為別，何處還相遇？世事波上舟，沿洄安得

住！」（五古，韋應物，《初發揚子寄元大校書》）世事是喻體，沿洄不得住的波上舟是喻依，惜別難留是意旨——也沒有明白說出。又，「吳姬壓酒勸客嘗」（七古，李白，《金陵酒肆留別》），當爐是喻體，壓酒是喻依，壓酒的「壓」和所謂「壓裝」的「壓」用法一樣，壓酒是使酒的分量加重，更值得「盡觴」（原詩，「欲行不行各盡觴」）。吳姬當爐，助客酒興是意旨。這裡只說出喻依。又，「辭嚴義密讀難曉，字體不類隸與蝌。年深豈免有缺畫？快劍斫斷生蛟鼉。鸞翔鳳翥眾仙下，珊瑚碧樹交枝柯。金繩鐵索鎖紐壯，古鼎躍水龍騰梭。」（七古，韓愈，《石鼓歌》）「快劍」以下五句都是描寫石鼓的字體的。這又分兩層。第一，專描寫殘缺的字。缺畫是喻體，「快劍」句是喻依，缺畫依然勁挺有生氣是意旨。第二，描寫字體的一般。字體便是喻體，「鸞翔」以下四句是五個喻依——「古鼎躍水」跟「龍騰梭」各是一個喻依。意旨依次是儁逸、典麗、堅壯、挺拔——末兩個喻依只一個意旨——都指字體而言，卻都未說出。又，「大弦嘈嘈如急雨，小弦切切如私語；嘈嘈切切錯雜彈，大珠小珠落玉盤。間關鶯語花底滑，幽咽泉流冰下難。」（原作「水下灘」，依段玉裁說改——七古，白居易，《琵琶行》）這幾句都描寫琵琶的聲音。大弦嘈嘈跟小弦切切各是喻體，急雨跟私語各是喻依，意旨一個是高而急、一個是低而急。「嘈嘈」句又是喻體，「大珠」句是喻依，圓潤是意旨。「間關」二句各是一個喻依，喻體是琵琶的聲音；前者的意旨是明滑，後者是幽澀。頭兩層的意旨未說出，這一層喻體跟意旨都未說出。事物的比喻雖然取材於經驗和常識，卻得新鮮，才能增強情感的力量；這需要創造的工夫。新鮮還得入情入理，才能讓讀者消化；這需要雅正的品位。

　　有時全詩是一套事物的比喻，或者一套事物的比喻滲透在全詩裡。前者如朱慶餘《近試上張水部》：

洞房昨夜停紅燭，待曉堂前拜舅姑。

妝罷低聲問夫婿，「畫眉深淺入時無？」（七絕）

唐代士子應試，先將所作的詩文呈給在朝的知名人看。若得他讚許宣揚，登科便不難。宋人詩話裡說，「慶餘遇水部郎中張籍，因索慶餘新舊篇什，寄之懷袖而推讚之，遂登科」。這首詩大概就是呈獻詩文時作的。全詩是新嫁娘的話，她在拜舅姑以前問夫婿，畫眉深淺合適否？這是喻依。喻體是近試獻詩文給人，朱慶餘是在應試以前問張籍，所作詩文合適否？新嫁娘問畫眉深淺，為的請夫婿指點，好讓舅姑看得入眼。朱慶餘問詩文合適與否，為的請張籍指點，好讓考官看得入眼。這是全詩的主旨。又，駱賓王《在獄詠蟬》：

西陸蟬聲唱，南冠客思深。

那堪玄鬢影，來對白頭吟。

露重飛難進，風多響易沉。

無人信高潔，誰為表予心！（五律）

這是聞蟬聲而感身世。蟬的頭是黑的，是喻體，玄鬢影是喻依，意旨是少年時不堪回首。「露重」一聯是蟬，是喻依，喻體是自己，身微言輕是意旨。詩有長序，序尾道：「庶情沿物應，哀弱羽之飄零，道寄人知，憫余聲之寂寞。」正指出這層意旨。「高潔」是蟬，也是人，是自己；這個詞是雙關的，多義的。又，杜甫《古柏行》（七古）詠夔州武侯廟和成都武侯祠的古柏，作意從「君臣已與時際會，樹木猶為人愛惜」二語見出。篇末道：

大廈如傾要梁棟，萬牛回首丘山重。

不露文章世已驚，未辭翦伐誰能送？

苦心豈免容螻蟻？香葉終經宿鸞鳳。

志士幽人莫怨嗟，古來材大難為用。

　　大廈傾和梁棟雖已成為典故，但原是事物的比喻。兩者都是喻依。前者的喻體是國家亂；大廈傾會壓死人，國家亂人民受難，這是意旨。後者的喻體是大臣；梁棟支柱大廈，大臣支持國家，這是意旨。古柏是棟梁材，雖然「不露文章世已驚」，也樂意供世用，但是太重了、太大了，誰能送去供用呢？無從供用，漸漸心空了，螞蟻爬進去了；但是「香葉終經宿鸞鳳」，它的身份還是高的。這是喻依。喻體是懷才不遇的志士幽人。志士幽人本有用世之心，但是才太大了，無人真知灼見，推薦入朝。於是貧賤衰老，為世人所揶揄，但是他們的身份還是高的。這是材大難為用，是意旨。

　　典故只是故事的意思。這所謂故事包羅的卻很廣大。經史子集等等可以說都是的；不過詩文裡引用，總以常見的和易知的為主。典故有一部分原是事物的比喻，有一部分是事跡，另一部分是成辭。上文說典故是歷史的比喻和神仙的比喻，是專從詩文的一般讀者着眼，他們覺得詩文裡引用史事和神話或神仙故事的地方最困難。這兩類比喻都應該包括着那三部分。如前節所引《古柏行》裡的「大廈如傾要梁棟」「大廈之傾，非一木所支」，見《文中子》；「栝柏豫章雖小，已有棟梁之器」，是袁粲歎美王儉的話，見《晉書》。大廈傾和梁棟都是歷史的比喻，同時可還是事物的比喻。又，「乾坤日夜浮」（五律，杜甫，《登岳陽樓》）是用《水經注》。《水經注》道：「洞庭湖廣五百里，日月若出沒其中。」乾坤是喻體，日夜浮是喻依。天地中間好像只有此湖；湖蓋地，天蓋湖，天地好像只是日夜漂浮在湖裡。洞庭湖的廣大是意旨。又，「古調雖自愛，今人多不彈」（五絕，劉長卿，《彈琴》），用魏文侯聽古樂就要睡覺的話，見《禮記》。兩句是喻依，世人不好古是喻體，自己不合時宜是意旨。這三例不必知道出處便能明白；但知道出處，句便多義，詩味更厚些。

引用事跡和成辭不然，得知道出處，才能了解正確。如：「聖代無隱者，英靈盡來歸。遂令東山客，不得顧采薇。」（五古，王維，《送綦毋潛落第還鄉》）謝安曾隱居會稽東山。東山客是喻依，喻體是綦毋潛，意旨是大才隱處。采薇是伯夷、叔齊的故事，他們義不食周粟，隱於首陽山，采薇而食。采薇是喻依，隱居是喻體，自甘淡泊是意旨。又，「客心洗流水」（五律，李白，《聽蜀僧濬彈琴》），流水用俞伯牙、鍾子期的故事。俞伯牙彈琴，志在流水。鍾子期就聽出了，道：「洋洋乎，若江河！」詩句是倒裝，原是說流水洗客心。流水是喻依，喻體是蜀僧濬的琴曲，意旨是曲調高妙。洗流水又是雙關的、多義的。洗是喻依，淨是喻體，高妙的琴曲滌淨客心的俗慮是意旨。洗流水又是喻依，喻體是客心；聽琴而客心清淨，像流水洗過一般，是意旨。又，錢起《送僧歸日本》（五律）道：「……浮天滄海遠，去世法舟輕。……惟憐一燈影，萬里眼中明。」一燈影用《維摩經》。經裡道：「有法門，名無盡燈。譬如一燈燃百千燈，冥者皆明，明終不盡。夫一菩薩開導千百眾生，令發阿耨多羅三藐三菩提心（譯言「無上正等正覺心」），其於道意亦不滅盡。是名無盡燈。」這兒一燈是喻依，喻體是覺者；一燈燃千百燈，一覺者造成千百覺者，道意不滅是意旨。但在詩句裡，一燈影卻指舟中禪燈的光影，是喻依，喻體是那日本僧，意旨是他回國傳法，輾轉無盡。——「惟憐」是「最愛」的意思。又，「後來鞍馬何逡巡，當軒下馬入錦茵。楊花雪落覆白蘋，青鳥飛去銜紅巾。炙手可熱勢絕倫，慎莫近前丞相嗔！」（七古，樂府，杜甫，《麗人行》）全詩詠三月三日長安水邊遊樂的情形，以楊國忠兄妹為主。詩中上文說到虢國夫人和秦國夫人，這幾句說到楊國忠——他那時是丞相。「楊花」二語正是暮春水邊的景物。但是全詩裡只在這兒插入兩句景語，奇特的安排暗示別有用意。北魏胡太后私通楊華作《楊白花歌辭》，有「楊花飄蕩落南家」「願銜楊

花入窠裡」等語。白蘋，舊説是楊花入水所化。楊國忠也和虢國夫人
私通。「楊花」句一方面是個喻依，喻體便是這件事實。楊國忠兄妹相
通，都是楊家人，所以用楊花覆白蘋為喻，暗示譏刺的意旨。青鳥是
西王母傳書帶信的侍者。當時總該有些侍婢是給那兄妹二人居間。「青
鳥」句一方面也是喻依，喻體便是這些居間的侍婢，意旨還是譏刺楊國
忠不知恥。青鳥是神仙的比喻。這兩句隱約其辭，雖志在譏刺，而言
之者無罪。又杜甫《登樓》(七律)：

> 花近高樓傷客心，萬方多難此登臨。
>
> 錦江春色來天地，玉壘浮雲變古今。
>
> 北極朝廷終不改，西山寇盜莫相侵。
>
> 可憐後主還祠廟，日暮聊為《梁父吟》。

　　舊註説本詩是代宗廣德二年在成都作。元年冬，吐蕃陷京師，郭
子儀收復京師，請代宗反正。所以有「北極」二句。本篇組織用賦體，
以四方為骨幹。錦江在東，玉壘山在西，「北極」二句是北眺所思。當
時後主附祀先主廟中，先主廟在成都城南。「可憐」二句正是南瞻所感
(羅庸先生説，見《國文月刊》九期)。可憐後主還有祠廟，受祭享；他信任
宦官，終於亡國，辜負了諸葛亮出山一番。《三國志》裡説「亮躬耕隴
畝，好為《梁父吟》」，《梁父吟》的原辭不傳(流傳的《梁父吟》絕不是諸葛亮
的《梁父吟》)，大概慨歎小人當道。這二語一方面又是喻依，喻體是代
宗和郭子儀；代宗也信任宦官，杜甫希望他「親賢臣，遠小人」(諸葛亮
《出師表》中語)，這是意旨。「日暮」句又是一喻依，喻體是杜甫自己；想
用世是意旨。又，「今朝郡齋冷，忽念山中客。澗底束荊薪，歸來煮白
石」(五古，韋應物，《寄全椒山中道士》)，煮白石用鮑靚事。《晉書》：「靚學
兼內外，明天文河洛書。嘗入海，遇風，飢甚，取白石煮食之。」煮白
石是喻依，喻體是那山中道士，他的清苦生涯是意旨。這也是神仙的

比喻。又，「總為浮雲能蔽日，長安不見使人愁」（七律，李白，《登金陵鳳凰台》），兩句一貫，思君的意思似甚明白。但樂府《古楊柳行》道，「讒邪害公正，浮雲冷白日」，古句也道，「浮雲蔽白日，遊子不顧反」，本詩顯然在引用成辭。陸賈《新語》說：「邪官之蔽賢，猶浮雲之障日月。」本詩的「浮雲能蔽日」一方面也是喻依，喻體大概是楊國忠等遮塞賢路。意旨是邪臣蔽君誤國；所以有「長安」句。歷史的比喻和神仙的比喻引用故事，得增減變化，才能新鮮入目。宋人所謂「以舊為新」，便是這意思。所引各例可見。

典故滲透全詩的，如孟浩然《臨洞庭上張丞相》（五律）：

八月湖水平，涵虛混太清。

氣蒸雲夢澤，波撼岳陽城。

欲濟無舟楫，端居恥聖明。

坐觀垂釣者，徒有羨魚情。

張丞相是張九齡，那時在荊州。前四語描寫洞庭湖，三四是名句。後四語蟬聯而下，還是就湖說，只「端居」句露出本意，這一語便是《論語》「邦有道，貧且賤焉，恥也」的意思。「欲濟」句一方面說想渡湖上荊州去，卻沒有船，一方面是一喻依。偽《古文尚書・說命》殷高宗命傅說道，若濟巨川，「用汝作舟楫」。本詩用這喻依，喻體卻是欲用世而無引進的人，意旨是希望張丞相援手。「坐觀」二語是一喻依。《漢書》用古人言，「臨淵羨魚，不如退而結網」。本詩裡網變為釣。這一聯的喻體是羨人出仕而得行道。自己無釣具，只好羨人家釣的魚，自己不得仕，只好羨人家行道。意旨同上。

全詩用典故最多的，本書中推杜甫《寄韓諫議注》一首（七古）：

今我不樂思岳陽，身欲奮飛病在床。

美人娟娟隔秋水，濯足洞庭望八荒。

　　鴻飛冥冥日月白，青楓葉赤天雨霜。

　　玉京群帝集北斗，或騎麒麟翳鳳凰。

　　芙蓉旌旗煙霧落，影動倒景搖瀟湘。

　　星宮之君醉瓊漿，羽人稀少不在旁。

　　似聞昨者赤松子，恐是漢代韓張良。

　　昔隨劉氏定長安，惟慄未改神慘傷。

　　國家成敗吾豈敢，色難腥腐餐楓香。

　　周南留滯古所惜，南極老人應壽昌。

　　美人胡為隔秋水！焉得置之貢玉堂！

　　韓諫議的名字、事跡無考。從詩裡看，他是楚人，住在岳陽。肅宗平定安史之亂，收復東西京，他大約也是參與機密的一人。後來去官歸隱，修道學仙。這首詩是愛惜他，思念他。第一節說思念他，是秋日，自己是在病中。美人這喻依見《楚辭》，但在這兒喻體是韓諫議，意旨是他的才能出眾。「鴻飛冥冥，弋人何篡焉！」見揚雄《法言》。這兒一方面描寫秋天的實景，一方面是喻依；喻體還是韓諫議，意旨是他已逃出世網。第二節說京師貴官聲勢煊赫，而韓諫議不在朝。本節差不多全是神仙的比喻，各有來歷。「玉京」句一喻依，喻體是集於君側的朝廷貴官，意旨是他們承君命掌大權。「或騎」二語一套喻依——「煙霧落」就是落在煙霧中，喻體同上句，意旨是他們的騎從儀衛之盛。影是芙蓉旌旗的影。「影動」句一喻依，喻體是聲勢煊赫，從京師傳遍天下；意旨是在瀟湘的韓諫議也必聞知這種聲勢。星宮之君就是玉京群帝，醉瓊漿的喻體是宴飲，意旨是征逐酒食。羽人是飛仙，羽人稀少就是稀少的羽人；全句一喻依，喻體是一些遠隱的臣僚不在這繁華場中，意旨是韓諫議沒有分享到這種聲勢。第三節說韓諫議曾參與定亂收京大計，如今卻不問國事，修道學仙。全節是神仙的

比喻夾着歷史的比喻。昨者是從前的意思。如今的赤松子，昨者「恐是漢代韓張良」。韓張良的跟赤松子的喻體都是韓諫議，前者的意旨是他有謀略，後者的意旨是他修道學仙。別的喻依可以準此類推下去。第四節説他閒居不出很可惜，祝他老壽，希望朝廷再起用他來匡君濟世。太史公司馬談因病留滯周南，不得參與漢武帝的封禪大典，引為平生恨事。詩中「周南留滯」是喻依，喻體是韓諫議，意旨是他閒居鄉里。南極老人就是壽星，是喻依，喻體同，意旨便是「應壽昌」。以上只闡明大端，細節從略。

詩和文的分別，一部分是在詞句篇段的組織上，詩的組織比文的組織要經濟些。引用比喻或典故，一個原因便是求得經濟的組織。在舊體詩裡，有字數、聲調、對偶等制限，有時更不得不鑄造一些特別經濟的組織來適應。這種特殊的組織在文裡往往沒有，至少不常見。初學遇到這種地方也感困難，或誤解，或竟不懂。這得去看詳細的註釋。但讀詩多了，常常比較着看，也可明白。這種特殊的組織也常利用比喻或典故組成，那便更複雜些。如劉長卿《送李中丞歸漢陽別業》（五律）：

　　流落征南將，曾驅十萬師。
　　罷歸無舊業，老去戀明時。
　　獨立三邊靜，輕生一劍知。
　　茫茫江漢上，日暮欲何之！

「輕生一劍知」就是一劍知輕生的意思；輕生是説李中丞做征南將時不顧性命殺敵人。一劍知就是自己知；劍是殺敵所用，是自己的一部分，部分代全體是修辭格之一。自己知又有兩層用意：一是問心無愧，忠可報君；二是只有自己知，別人不知。上下文都可印證。又，「即此羨閒逸，悵然吟式微」（五古，王維，《渭川田家》），式微用《詩經》。

《式微》篇道：「式微，式微，胡不歸！」本詩的《式微》是篇名，指的是這篇詩。吟《式微》，只是取「胡不歸」那一語，用意是「何不歸田呢」。又，「惟將遲暮供多病，未有涓埃答聖朝」(七律，杜甫，《野望》)，「恐美人之遲暮」見《楚辭》，遲暮是老大無成的意思。「惟將」句是說自己已老大，不曾有所建樹報答聖朝，加上遲暮的年光又都消磨在多病裡，雖然「海內風塵」(見本詩第三句)，卻絲毫的力量也不能盡。「供」是喻依，杜甫自己是喻體，消磨在裡面是意旨。這三例都是用辭格(也是一種比喻)或典故組成的。又如李頎《送陳章甫》(七古)末尾道：「聞道故林相識多，罷官昨日今如何？」昨日罷官，想到就要別了許多朋友歸裡，自然不免一番寂寞；但是「聞道故林相識多」，今日臨行，想到就要會見着那些故林相識的朋友，又覺如何呢？——該不會寂寞了吧？昨今對照，用意是安慰——昨日是日前的意思。又劉長卿《尋南溪常道士》：

> 一路經行處，莓苔見屐痕。
> 白雲依靜渚，芳草閉閒門。
> 過雨看松色，隨山到水源。
> 溪花與禪意，相對亦忘言。

　　去尋常道士，他不在寓處；「隨山到水源」才尋着。對着南溪邊的花和常道士的禪意，卻不覺忘言。相對是和「溪花與禪意」相對着。禪意給人妙悟，溪花也給人妙悟——禪家有拈花微笑的故事，那正是妙悟的故事，所以說「與」。妙悟是忘言的。尋着了常道士，卻被溪花與禪意吸引住！只顧欣賞那無言之美，不想多交談，所以說「亦」忘言。又，韋應物《送楊氏女》(五古)，是送女兒出嫁楊家，前面道：「女子今有行，大江溯輕舟。爾輩苦無恃，撫念益慈柔。幼為長所育，兩別泣不休。」篇尾道：「歸來視幼女，零淚緣纓流。」全詩不曾說出楊氏女

是長女，但讀了這幾句關係自然明白。

　　倒裝這特殊的組織，詩裡也常見。如「竹喧歸浣女，蓮動下漁舟」（五律，王維，《山居秋暝》），「歸浣女」「下漁舟」就是浣女歸，漁舟下。又，「家書到隔年」（五律，杜牧，《旅宿》）就是家書隔年到。又，「東門酤酒飲我曹」（七古，李頎，《送陳章甫》），「飲我曹」就是我曹飲，從上下文可知。又，「名豈文章著，官應老病休」（五律，杜甫，《旅夜書懷》），就是文章豈著名，老病應休官。又，「幽映每白日」（五律，劉脊虛，《闕題》），就是白日每幽映。又，「徒勞恨費聲」（五律，李商隱，《蟬》），就是費聲恨徒勞。又，「竹憐新雨後，山愛夕陽時」（五律，錢起，《谷口書齋寄楊補闕》），就是憐新雨後之竹，愛夕陽時之山——憐愛同意。又，「獨夜憶秦關，聽鐘未眠客」（五古，韋應物，《夕次盱眙縣》）就是聽鐘未眠客，獨夜憶秦關。這些倒裝句裡純然為了適應字數聲調對偶等制限的卻沒有，它們主要的作用還在增強語氣。此外如：「何因不歸去，淮山對秋山？」（五律，韋應物，《淮上喜會梁州故人》）這是詰問自己，「何因」直貫下句，二語合為一句。這也是為了經濟的緣故——至如「少陵無人謫仙死」（七古，韓愈，《石鼓歌》），「無人」也就是「死」。這是求新，求驚人。又，「百年多是幾多時」（七律，元稹，《遣悲懷》之三），是說百年雖多，究竟又有多少時候呢？這也許是當時口語的調子。又如「雲中君不見」（五律，馬戴，《楚江懷古》），雲中君是一個詞，這句詩上三字下二字，跟一般五言句上二下三的不同，但似乎只是個無意為之的例外，跟古詩裡「出郭門直視」一般。可是如「永夜角聲悲自語，中天月色好誰看」（七律，杜甫，《宿府》），「五更鼓角聲悲壯，三峽星河影動搖」（七律，杜甫，《閣夜》），都是上五下二，跟一般七言句上四下三或上二下五的不同；又，「近寒食雨草萋萋，著麥苗風柳映堤」（七絕，無名氏，《雜詩》），每句上四字作一二一，而一般作二二或三一。這些都是有意變調求新了。

　　本書選詩，各方面的題材大致都有，分配又勻稱，沒有單調或瑣屑的弊病。這也是唐代生活小小的一個縮影。可是題材的內容雖反映着時代，題材的項目卻多是漢魏六朝詩裡所已有。只有音樂、圖畫似乎是新的。賦裡有以音樂為題材的，但晉以來就少。唐代音樂、圖畫特別發達，反映到詩裡，便增加了題材的項目。這也是時勢使然。在各種題材裡，「出處」是一重大的項目。從前讀書人唯一的出路是出仕，出仕為了行道，自然也為了衣食。出仕以前的隱居、干謁、應試 (落第) 等，出仕以後的恩遇、遷謫，乃至憂民、憂國、思林棲、思歸田等，乃至真個辭官歸田，都是常見的詩的題目，本書便可作例。仕君行道是儒家的思想，隱居和歸田都是道家的思想。儒、道兩家的思想合成了從前的讀書人。但是現在時勢變了，讀書人不一定出仕，林棲、歸田等思想也絕無僅有。有些人讀這些詩，也許會覺得不真切，青年學生讀書，往往只憑自己的狹隘的興趣，更容易有此感。但是會讀詩的人、多讀詩的人能夠設身處地，替古人着想，依然覺得這些詩真切。這是情感的真切，不是知識的真切。這些人不但對於現在有情感，對於過去也有情感。他們知道唐人的需要，唐人的得失，和現代人不一樣，可是在讀唐詩的時候，只讓那對於過去的情感領着走；這種無私、無我、無關心的同情教他們覺到這些詩的真切。這種無關心的情感需要慢慢調整自己、擴大自己，才能養成。多讀史，多讀詩，是一條修養的途徑，就是那些比較有普遍性的題材，如相思、離別、慈幼、慕親、友愛等也還是需要無關心的情感。這些題材的節目多少也跟着時代改變一些，固執「知識的真切」的人讀古代的這些詩，有時也不能感到興趣。

　　至於詠古之作，如唐玄宗《經魯祭孔子而歎之》 (五律)，是古人敬慕古人、紀時之作；如李商隱《韓碑》 (七古)，是古人論當時事。雖然

我們也敬慕孔子，替韓愈抱屈，但知識的看，古人總隔一層。這些題材的普遍性比前一類低減些，不過還在「出處」那項目之上。還有，朝會詩，如岑參，王維《和賈至舍人早朝大明宮之作》（七律），見出一番堂皇富麗的氣象；又，宮詞，往往見出一番怨情，宛轉可憐。可是這些題材現代生活裡簡直沒有。最彆扭的是邊塞和從軍之作，唐人很喜歡作這類詩，而憫苦寒譏黷武的居多數，跟現代人冒險尚武的精神恰恰相反。但荒寒的邊塞自是一種新境界，從軍苦在當時也是一種真情的流露；若能節取，未嘗沒有是處。要能欣賞這幾類詩，那得靠無關心的情感。此外，唐人酬應的詩很多，本書裡也可見。有些人覺得作詩該等候感興，酬應的詩不會真切。但佇興而作的人向來大概不多；據現在所知，只有孟浩然是如此。作詩都在情感平靜了的時候，運思造句都得用到理智；佇興而作是無所為，酬應而作是有所為，在功力深厚的人其實無多差別。酬應的詩若能恰如分際，也就見得真切。況是這種詩裡也不短至情至性之作。總之，讀詩得除去偏見和成見，放大眼光，設身處地看去。

　　明代高棅編選《唐詩品彙》，將唐詩分為四期。後來雖有種種批評，這分期法卻漸漸被一般沿用。初唐是高祖武德元年（公元618年）至玄宗開元初（公元713年），約一百年。盛唐是玄宗開元元年到代宗大曆初（公元766年），五十多年。中唐是代宗大曆元年到文宗太和九年[1]（公元835年），七十年。晚唐是文宗開成元年（公元836年）至昭宗天佑三年（公元906年），八十年。初唐詩還是齊梁的影響，題材多半是豔情和風雲月露，講究聲調和對偶。到了沈佺期、宋之問手裡，便成立了律詩的體制。這是唐代詩壇一件大事，影響後世最大。當時有個陳子昂，獨

---

1 應為大和九年。——編者註

主張復古，擴大詩的境界。但他死得早，成就不多。盛唐詩李白努力復古，杜甫努力開新。所謂復古，只是體會漢魏的作風和借用樂府詩的題目，並非模擬詞句。所以陳子昂、李白都能夠創一家，而李白的成就更大。他的成就主要的在七言樂府；絕句也獨步一時。杜甫卻各體詩都是創作，全然不落古人窠臼。他以時事入詩，議論入詩，使詩散文化，使詩擴大境界；一方面研究律詩的變化，用來表達各種新題材。他的影響的久遠，似乎沒有一個詩人比得上。這時期作七古體的最多，為的這一體比較自由，又剛在開始發展。而王維、孟浩然專用五律寫山水，也能變古成家。中唐詩韋應物、柳宗元的五古以復古的作風創作，各自成家。古文家韓愈繼承杜甫，更使詩向散文化的路上走。宋詩受他的影響極大。他的門下作詩，有詞句冷澀的，有題材詭僻的；本書裡只選了賈島一首。另一面有些人描寫一般的社會生活；這原是樂府精神，卻也是杜甫開的風氣。元稹、白居易主張詩該寫社會生活而有規諷的作意，才是正宗。但他們的成就卻不在此而在情景深切，明白如話。他們不避俗，跟韓愈一派恰相對照；可也出於杜甫。晚唐詩刻畫景物，雕琢詞句，題材又回到風雲月露和豔情上，只加了一些雅事。詩境重趨狹窄，但精緻過於前人。這時期的精力集中在近體詩。精緻的只是詞句，全篇組織往往配合不上。就中李商隱、溫庭筠雖詠豔情，卻有大處奇處，不跼蹐在綺靡的圈子裡；而李商隱學杜、學韓境界更廣闊些。學杜、韓而兼受溫、李熏染的是杜牧，豪放之餘，不失深秀。本書選詩七十七家，初唐不到十家，盛中晚三期各二十多家。入選的詩較多的八家。盛唐四家：杜甫的三十六首、王維二十九首、李白二十九首、孟浩然十五首。中唐二家：韋應物十二首、劉長卿十一首。晚唐二家：李商隱二十四首、杜牧十首。

　　李白詩，書中選五古三首、樂府三首、七古四首、樂府五首、五

律五首、七律一首、五絕二首、樂府一首、七絕二首、樂府三首。各
體具備，七古和樂府共九首，最多；五七絕和樂府共八首，居次。李
白，字太白，蜀人，玄宗時做供奉翰林，觸犯了楊貴妃，不能得志。
他是個放浪不羈的人，便辭了職，遊山水、喝酒、作詩。他的態度是
出世的，作詩全任自然。當時稱他為「天上謫仙人」，這說明了他的人
和他的詩。他的樂府很多，取材很廣；他其實是在抒寫自己的生活，
只借用樂府的舊題目而已。他的七古和樂府篇幅恢張，氣勢充沛，增
進了七古體的價值。他的絕句也奠定了一種新體制。絕句最需要經濟
地寫出，李白所作，自然含蓄，情韻不盡。書中所收《下江陵》一首，
有人推為唐代七絕第一。杜甫詩，計五古五首、七古五首、樂府四
首、五七律各十首、五七絕各一首。只少五言樂府，別體都有。律詩
共二十首，最多；七古和樂府共九首，居次。杜甫，字子美，河南鞏
縣人。安祿山陷長安，肅宗在靈武即位。他從長安逃到靈武，做了左
拾遺的官。後因事被放，輾轉流落到成都，依故人嚴武，做到「檢校
工部員外郎」。世稱杜工部。他在蜀住得很久。他是儒家的信徒，一
輩子惦着仕君行道；又身經亂離，親見民間疾苦。他的詩努力描寫當
時的情形，發抒自己的感想。唐代用詩取士，詩原是應試的玩意兒；
詩又是供給樂工歌伎唱來伺候宮廷和貴人的玩意兒。李白用來抒寫自
己的生活，杜甫用來抒寫那個大時代，詩的境界擴大了，地位也增高
了。而杜甫抓住了廣大的實在的人生，更給詩開闢了新世界。他的詩
可以說是寫實的；這寫實的態度是從樂府來的。他使詩歷史化、散文
化，正是樂府的影響。七古體到他手裡正式成立，律詩到他手裡應用
自如──他的五律極多，差不多窮盡了這一體的變化。

　　王維詩，計五古五首、七言樂府三首、五律九首、七律四首、五
絕五首、七絕和樂府三首，五律最多。王維，字摩詰，太原人，試進

士，第一，官至尚書右丞。世稱王右丞。他會草書、隸書，會畫畫。有別墅在輞川，常和裴迪去遊覽作詩。沈、宋的五律還多寫豔情，王維改寫山水，選詞造句都得自出心裁。從前雖也有山水詩，但體制不同，無從因襲。蘇軾說他「詩中有畫」。他是苦吟的，宋人筆記裡說他曾因苦吟走入醋缸裡；他的《渭城曲》（樂府），有人也推為唐代七絕壓卷之作。他的詩是精緻的。孟浩然詩，計五古三首、七古一首、五律九首、五絕二首，也是五律最多。孟浩然，名浩，以字行，襄州襄陽人，隱居鹿門山，四十歲才遊京師。張九齡在荊州，召為僚屬。他用五律寫江湖，卻不苦吟，佇興而作。他專工五言，五言各體擅長。山水詩不但描寫自然，還欣賞自然；王維的描寫比孟浩然多些。

　　韋應物詩，五古七首、五律二首、七律一首、五七絕各一首，五古多。韋應物，京兆長安人，做滁州刺史，改江州，入京做左司郎中，又出做蘇州刺史。世稱韋左司或韋蘇州。他為人少食寡欲，常焚香掃地而坐。詩淡遠如其人。五古學古詩，學陶詩，指事述情，明白易見 —— 有理語也有理趣，正是陶淵明所長。這些是淡處。篇幅多短，句子渾含不刻畫，是遠處。朱子說他的詩無一字造作，氣象近道。他在蘇州所作《郡齋雨中與諸文士燕集》詩開端道：「兵衛森畫戟，宴寢凝清香；海上風雨至，逍遙池閣涼。」詩話推為一代絕唱，也只是為那肅穆清華的氣象。篇中又道，「自慚居處崇，未睹斯民康」，《寄李儋元錫》（七律）也道，「邑有流亡愧俸錢」，這是憂民；識得為政之體，才能有些忠君愛民之言。劉長卿詩，計五律五首、七律三首、五絕三首，五律最多。劉長卿，字文房，河間人，登進士第，官終隨州刺史。世稱劉隨州。他也是苦吟的人，律詩組織最為精密整煉；五律更勝，當時推為「五言長城」。上文曾舉過兩首作例，可見出他的用心處。

　　李商隱的詩，計七古一首、五律五首、七律十首、五絕一首、七

絕七首，七律最多，七絕居次。李商隱，字義山，河內人，登進士第。王茂元鎮河陽，召他掌書記，並使他做女婿。王茂元是李德裕同黨，李德裕和令狐楚是政敵。李商隱和令狐楚本有交誼，這一來卻得罪了他家。後來令狐楚的兒子令狐綯做了宰相，李商隱屢次寫信表明心跡，他只是不理。這是李商隱一生的失意事，詩中常常涉及，不過多半隱約其詞。後來柳仲郢鎮東蜀，他去做過節度判官。他博學強記，又有隱衷，詩裡的典故特別多。他的七律裡有好些《無題》詩，一方面像是相思不相見的豔情詩，另一方面又像是比喻，詠歎他和令狐綯的事，寄託那「不遇」的意旨。還有那篇《錦瑟》，雖有題，解者也紛紛不一。那或許是悼亡詩，或許也是比喻。又有些詠史詩，如《隋宮》，或許不只是詠古，還有刺時的意旨。他的詩語既然是一貫的隱約，讀起來便只能憑文義、典故和他的事跡做一些可能的概括的解釋。他的七絕裡也有這種詠史或遊仙詩，如《隋宮》《瑤池》等。這些都是奇情壯采之作——一方面七律的組織也有了進步——所以入選的多。他的七絕最著名的可是《寄令狐郎中》一首。杜牧詩，五律一首、七絕九首，幾乎是專選一體。杜牧，字牧之，登進士第。牛僧孺鎮揚州，他在節度府掌書記，又做過司勳員外郎。世稱杜司勳，又稱小杜——杜甫稱老杜。他很有政治的眼光，但朝中無人，終於是個失意者。他的七絕感慨深切，情辭新秀。《泊秦淮》一首也曾被推為壓卷之作。

　　唐以前的詩，可以說大多數是五古，極少數是七古；但那些時候並沒有體制的分類。那些時候詩的分類，大概只從內容方面看；最顯著的一組類別是五言詩和樂府詩。五言詩雖也從樂府轉變而出，但從阮籍開始，已經高度的文人化，成為獨立的抒情寫景的體制。樂府原是民歌，敘述民間故事，描寫各社會的生活，有時也說教，東漢以來

文人仿作樂府的很多，大都沿用舊題、舊調，也是五言的體制。漢末舊調漸亡，文人仿作，便只沿用舊題目；但到後來詩中的話也不盡合於舊題目。這些時候有了七言樂府，不過少極；漢魏六朝間著名的只有曹丕的《燕歌行》，鮑照的《行路難》十八首等。樂府多樸素的鋪排，跟五言詩的渾含不露有別。五言詩經過漢魏六朝的演變，作風也分化。阮籍是一期，陶淵明、謝靈運是一期，「宮體」又是一期。阮籍抒情，「志在刺譏而文多隱避」(顏延年、沈約等註《詠懷詩》語)，最是渾含不露。陶謝抒情、寫景、說理，漸趨詳切，題材是田園山水。宮體起於梁簡文帝時，以豔情為主，漸講聲調對偶。

初唐五古還是宮體餘風，陳子昂、張九齡、李白主張復古，雖標榜「建安」(漢獻帝年號，建安體的代表是曹植)，實是學阮籍。本書張九齡《感遇》二首便是例子。但盛唐五古，張九齡以外，連李白所作 (《古風》除外) 在內，可以說都是陶謝的流派。中唐韋應物、柳宗元也如此。陶謝的詳切本受樂府的影響。樂府的影響到唐代最為顯著。杜甫的五古便多從樂府變化。他第一個變了五古的調子，也是創了五古的新調子。新調子的特色是散文化。但本書所選他的五古還不是新調子，讀他的長篇才易見出。這種新調子後來漸漸代替了舊調子。本書裡似乎只有元結《賊退示官吏》一首是新調子；可是散文化太過，不是成功之作。至於唐人七古，卻全然從樂府變出。這又有兩派。一派學鮑照，以慷慨為主；另一派學晉《白紵 (舞名) 歌辭》(四首，見《樂府詩集》) 等，以綺豔為主。李白便是著名學鮑照的，盛唐人似乎已經多是這一派。七言句長，本不像五言句的易加整煉，散文化更方便些。《行路難》裡已有散文句。李白詩裡又多些，如，「我欲因之夢吳越」(《夢遊天姥吟留別》)，又如上文舉過的「棄我去者」二語。七古體夾長短句原也是散文化的一個方向。初唐陳子昂《登幽州台歌》全首道：「前不見古人，

後不見來者。念天地之悠悠，獨愴然而涕下。」簡直沒有七言句，卻也可以算入七古裡。到了杜甫，更有意的以文為詩，但多七言到底，少用長短句。後來人作七古，多半跟着他走。他不作舊題目的樂府而作了許多敘述時事、描寫社會生活的詩。這正是樂府的本來面目。本書據《樂府詩集》將他的《哀江頭》《哀王孫》等都放在七言樂府裡，便是這個理。從他以後，用樂府舊題作詩的就漸漸地稀少了。另一方面，元稹、白居易創出一種七古新調，全篇都用平仄調協的律句，但押韻隨時轉換，平仄相間，各句安排也不像七律有一定的規矩。這叫長慶體。長慶是穆宗的年號，也是元白的集名。本書白居易的《長恨歌》《琵琶行》都是的。古體詩的聲調本來比較近乎語言之自然，長慶體全用律句，反失自然，只是一種變調。但卻便於歌唱。《長恨歌》可以唱，見於記載，可不知道是否全唱。五七古裡律句多的本可歌唱，不過似乎只唱四句，跟唱五七絕一樣。古體詩雖不像近體詩的整煉，但組織的經濟也最着重。這也是它跟散文的一個主要的分別。前舉韋應物《送楊氏女》便是一例。又如李白《宣州謝朓樓餞別校書叔雲》裡道，「蓬萊文章建安骨，中間小謝又清發」，一方面說謝朓（小謝），一方面是比喻。且不說喻旨，只就文義看，「蓬萊」句又有兩層比喻，全句的意旨是後漢文章首推建安詩。「中間」句說建安以後「大雅久不作」（見李白《古風》第一首），小謝清發，才重振遺緒；「中間」「又」三個字包括多少朝代、多少詩家、多少詩、多少議論！組織有時也變換些新方式，但得出於自然。如李白《夢遊天姥吟留別》（七古）用夢遊和夢醒作綱領，韓愈《八月十五夜贈張功曹》用唱歌跟和歌作綱領，將兩篇歌辭穿插在裡頭。

　　律詩出於齊梁以來的五言詩和樂府。何遜、陰鏗、徐陵、庾信等的五言都已講究聲調和對偶。庾信的《烏夜啼》樂府簡直像七律一

般；不過到了沈宋才成定體罷了。律首聲調，前已論及。對偶在中間四句，就是第一組節奏的後兩句，第二組節奏的前兩句，也是異中有同，同中有異。這樣，前四句由散趨整，後四句由整復歸於散，增前兩組節奏的往復回還的效用。這兩組對偶又得自有變化，如一聯寫景、一聯寫情、一聯寫見、一聯寫聞之類，才不至板滯，才能和上下打成一片。所謂情景或見聞，只是從淺處舉例，其實這中間變化很多、很複雜。五律如「地猶鄹氏邑，宅即魯王宮。歎鳳嗟身否，傷麟怨道窮」(唐玄宗，《經魯祭孔子而歎之》)。四句雖兩兩平列，可是前一聯上句範圍大，下句範圍小，後一聯上句說平時，下句說將死，便見流走。又，「為我一揮手，如聽萬壑松。客心洗流水，餘響入霜鐘」(李白，《聽蜀僧濬彈琴》)。前聯一彈一聽，後聯一在彈，一已止，各是一串兒。又，「遙憐小兒女，未解憶長安；香霧雲鬟濕，清輝玉臂寒」(杜甫，《月夜》)。「遙憐」直貫四句。小兒女「未解憶長安」固然可憐，「香霧」云云的人(杜甫妻)解得憶長安，也許更可憐些。前聯只是一句話，後聯平列；兩相調劑着。律詩多在四句分段，但也不盡然，從這一首可見。又，前面引過的劉長卿《尋南溪常道士》次聯「白雲依靜渚，芳草閉閒門」，似乎平列，用意卻側重尋常道士不遇，側重在下句。三聯「過雨看松色，隨山到水源」，上句景物，下句動作，雖然平列而不是一類。再說「過雨」，暗示忽然遇雨，雨住後松色才更蒼翠好看；這就兼着敘事，跟單純寫景又不同。

　　七律如「雲邊雁斷胡天月，隴上羊歸塞草煙。回日樓台非甲帳，去時冠劍是丁年」(溫庭筠，《蘇武廟》)。前聯平列，但不是單純的寫景句；這中間引用着《漢書·蘇武傳》，上句意旨是和漢朝音信斷絕(雁足傳書事)，下句意旨是無歸期(匈奴使蘇武牧牡羊，說牡羊有乳才許歸漢)。後聯說去漢時還是冠劍的壯年，回漢時武帝已死；「丁年奉使」見李陵《答蘇武

書》，甲帳是頭等帳，是武帝做來敬神的，見《漢武故事》。這一聯是倒裝，為的更見出那「不堪回首」的用意。又，「玉璽不緣歸日角，錦帆應是到天涯。於今腐草無螢火，終古垂楊有暮鴉」。(李商隱，《隋宮》) 日角是額骨隆起如日，是帝王之相，這兒是根據《舊唐書》，用來指太宗。錦帆指隋煬帝的游船，見《開河記》。這一聯說若不因為太宗得了天下，煬帝還該遊得遠呢。上句是因，下句是果。放螢火，種垂楊，都是煬帝的事。後聯平列，上句說不放螢火，下句說垂楊棲鴉，一有一無，卻見出「而今安在」一個用意。又，李商隱《籌筆驛》中二聯道：「徒令上將揮神筆，終見降王走傳車。管樂有才真不忝，關張無命欲何如！」籌筆驛在綿州綿谷縣，諸葛武侯曾在那裡駐軍籌劃。上將指武侯，降王指後主；管樂是管仲、樂毅，武侯早年曾自比這二人。前聯也是倒裝，因為「終見」，才覺「徒令」。但因「籌筆」想到「降王」，即景生情，雖倒裝還是自然。後聯又將「有」「無」對照，見出本詩末句「恨有餘」的用意。七律對偶用倒裝句、因果句，到晚唐才有。七言句長，整煉較難，整煉而能變化如意更難。唐代律詩剛創始，五言比較容易些，發展得自然快些。作五律的大概多些，好詩也多些，本書五律多，便是這個緣故。律詩也有不對偶或對偶不全的，如李白《夜泊牛渚懷古》(五律)，又如崔顥《黃鶴樓》(七律) 的次聯，這些只算例外。又有不調平仄的，如《黃鶴樓》和王維《終南別業》(五律)，也是例外。——也有故意這樣作的，後來稱為拗體，但究竟是變調。本書不選排律。七言排律本來少，五言的卻多，也推杜甫為大家。排律將律詩的節奏重複多次，便覺單調，教人不樂意讀下去。但本書不選，恐怕是為了典故多。晚唐律詩着重一句一聯，忽略全篇的組織，因此後人評論律詩，多愛摘句，好像律詩篇幅完整的很少似的。其實不然，這只是偏好罷了。

　　絕句不是截取律詩的四句而成。五絕的源頭在六朝樂府裡。六朝五言四句的樂府很多，《子夜歌》最著名。這些大都是豔情之作，詩中用諧聲辭格很多。諧聲辭格如「蠶子」諧「喜」聲，「藁砧」就是「鈇」(鍘刀)諧「夫」聲。本書選了權德輿《玉台體》一首，就是這種詩。也許因為詩體太短，用這種辭格來增加它的內容，這也是多義的一式。但唐代五絕已經不用諧聲辭格，因為不大方，範圍也窄，唐代五絕有調平仄的，有不調平仄而押仄聲韻的；後者聲調上也可以説是古體詩，但題材和作風不同。所以容許這種聲調不諧的五絕，大約也是因為詩體太短，變化少；多一些自由，可以讓作者多一些迴旋的地步。但就是這樣，作的還是不多。七言四句的詩，唐以前沒有，似乎是唐人的創作。這大概是為了當時流行的西域樂調而作；先有調，後有詩。五七絕都能歌唱，七絕歌唱的更多——該是因為聲調曼長，好聽些。作七絕的比作五絕的多得多，本書選得也多。唐人絕句有兩種作風：一是鋪排，一是含蓄。前者如柳宗元《江雪》：

　　　　千山鳥飛絕，萬徑人蹤滅；

　　　　孤舟蓑笠翁，獨釣寒江雪。

又，韋應物《滁州西澗》：

　　　　獨憐幽草澗邊生，上有黃鸝深樹鳴；

　　　　春潮帶雨晚來急，野渡無人舟自橫。

　　柳詩鋪排了三個印象，見出「江雪」的幽靜，韋詩鋪排了四個印象，見出西澗的幽靜；但柳詩有「千山」「萬徑」「絕」「滅」等詞，顯得那幽靜更大些。所謂鋪排，是平排(或略參差，如所舉例)幾個同性質的印象，讓它們集合起來，暗示一個境界。這是讓印象自己説明，也是經濟的組織，但得選擇那些精的印象。後者是説要從淺中見深，小中見大；這兩者有時是一回事。含蓄的絕句，似乎是正宗，如杜牧《秋夕》：

銀燭秋光冷畫屏，輕羅小扇撲流螢。

天街夜色涼如水，臥看牽牛織女星。

是説宮人秋夕的幽怨，可作淺中見深的一例。又劉禹錫《烏衣巷》：

朱雀橋邊野草花，烏衣巷口夕陽斜。

舊時王謝堂前燕，飛入尋常百姓家。

烏衣巷是晉代王導、謝安住過的地方，唐代早為民居。詩中只用野花、夕陽、燕子，對照今昔，便見出盛衰不常一番道理。這是小中見大，也是淺中見深。又，王之渙《登鸛雀樓》：

白日依山盡，黃河入海流。

欲窮千里目，更上一層樓。

鸛雀樓在平陽府蒲州城上。白日依山，黃河入海，一層樓的境界已窮，若要看得更遠、更清楚，得上高處去。三四句上一層樓，窮千里目，是小中見大；但另一方面，這兩句可能是個比喻，喻體是人生，意旨是若求遠大得向高處去。這又是淺中見深了。但這一首比較前二首明快些。

論七絕的稱含蓄為「風調」。風飄搖而有遠情，調悠揚而有遠韻，總之是餘味深長。這也配合着七絕的曼長的聲調而言，五絕字少節促，便無所謂風調。風調也有變化，最顯著的是強弱的差別，就是口氣否定、肯定的差別。明清兩代論詩家推舉唐人七絕壓卷之作共十一首，見於本書的八首。就是：王維《渭城曲》（樂府）；王昌齡《長信怨》和《出塞》（皆樂府）；王翰《涼州曲》；李白《下江陵》；王之渙《出塞》（樂府，一作《涼州詞》）；李益《夜上受降城聞笛》；杜牧《泊秦淮》。這中間四首是樂府，樂府的措辭總要比較明快些。其餘四首雖非樂府，也是明快一類。只看八首詩的末二語便可知道。現在依次抄出：

勸君更盡一杯酒，西出陽關無故人。

　　玉顏不及寒鴉色，猶帶昭陽日影來。

　　但使龍城飛將在，不教胡馬度陰山。

　　醉臥沙場君莫笑，古來征戰幾人回？

　　兩岸猿聲啼不住，輕舟已過萬重山。

　　羌笛何須怨楊柳？春風不度玉門關。

　　不知何處吹蘆管，一夜征人盡望鄉。

　　商女不知亡國恨，隔江猶唱後庭花。

這些都用否定語做骨子，所以都比較明快些。這些詩也有所含蓄，可是強調。七絕原來專為歌唱而作，含蓄中略求明快，聽者才容易懂，適應需要，本當如此。弱調的發展該是晚點兒——不見於本書的三首，一首也是強調，二首是弱調。十一首中共有九首強調，可算是大多數。

　　當時為人傳唱的絕句見於本書的，五言有王維的《相思》，七言有他的《渭城曲》、王昌齡的《芙蓉樓送辛漸》和《長信怨》、王之渙的《出塞》。《相思》道：

　　紅豆生南國，春來發幾枝？

　　願君多采擷！此物最相思。

《芙蓉樓送辛漸》道：

　　寒雨連江夜入吳，平明送客楚山孤。

　　洛陽親友如相問，一片冰心在玉壺。

除《長信怨》外，四首都是對稱的口氣——王之渙的「羌笛」句是說：「你何須吹羌笛的《折柳詞》來怨久別？」——那不見於本書的高適的「開篋淚霑臆，見君前日書」一首也是的（這一首本是一首五古的開端四語，歌者截取，作為絕句）。歌詞用對稱的口氣，唱時好像在對聽者說話，顯得親切。絕句用對稱口氣的特別多；有時用問句，作用也一般。這些原

都是樂府的老調兒，絕句只是推廣應用罷了。——風調轉而為才調，奇情壯采依託在豔辭和故事上，是李商隱的七絕。這些詩雖增加了些新類型，卻非七絕的本色。他又有《雨夜寄北》[1]一絕：

> 君問歸期未有期，巴山夜雨漲秋池。
>
> 何當共剪西窗燭，卻話巴山夜雨時！

這也是對稱的口氣。設想歸後向那人談此時此地的情形，見出此時此地思歸和相念的心境，迴環含蓄，卻又親切明快。這種重複的組織極精練可喜。但絕句以自然為主。像本詩的組織，精練不失自然，是可遇而不可求的。

　　朱寶瑩先生有《詩式》(中華版)，專釋唐人近體詩的作法作意，頗切實，邵祖平先生有《唐詩通論》(《學衡》十二期)，頗詳明，都可參看。

---

1 也作《夜雨寄北》。——編者註

# 黃庭堅

浦江清

　　黃庭堅（1045—1105），江西分寧人。字魯直，嘗遊潛水山谷寺，樂其林泉之勝，自號山谷道人。又過涪州，又號涪翁。進士出身，做過江西太和知縣，後移監德州德平鎮。後直史局為起居舍人。宋徽宗時點貶元祐黨人，被貶為涪州別駕，安置黔州（今四川彭水縣），後又移戎州（四川宜賓東北），最後貶到宜州（廣西宜山縣[1]）並卒於宜州。年六十一歲。

　　蘇軾很推崇他，說他的詩「超逸絕塵，獨立萬物之表，世久無此作」。推崇得有些過分。黃庭堅自謙，以為不如蘇軾：「我詩如曹鄶，淺陋不成邦。公如大國楚，吞五湖三江。」他為詩文，力避淺俗，追求高古。後人講宋詩，往往蘇黃並稱。「蜀江西君子以庭堅配軾，故稱蘇黃。」（見庭堅《本傳》[2]）

　　黃庭堅的詩，無論在內容的豐富和形式的完美上，都遠不如蘇軾，題材也不及蘇詩廣。山谷詩功力深，他長於五古與七律。刻意學古，去陳反俗，好奇尚硬。律詩喜用拗體，有特殊的風格。他又有「脫

---

1　即今廣西壯族自治區河池市宜州區。——編者註
2　指《宋史·黃庭堅傳》。——編者註

胎換骨」的藝術手腕。他説：「不易其意而造其語，謂之換骨法；窺入其意而形容之，謂之奪胎法。」(惠洪《冷齋夜話》)換骨是意同語異，用前人的詩意，再用自己的言語出之；脱胎是因前人的詩意而更深刻化，造成自己的意境。總之是在模擬中求創造，推陳出新。

黃庭堅有《登快閣》一詩，是詩人做太和縣知縣時所作：

> 癡兒了卻公家事，快閣東西倚晚晴。
>
> 落木千山天遠大，澄江一道月分明。
>
> 朱弦已為佳人絕，青眼聊因美酒橫。
>
> 萬里歸船弄長笛，此心吾與白鷗盟。

詩人以癡兒自比。《晉書‧傅咸傳》云：「生子癡，了官事，官事未易了也，了事正作癡，復為快耳。」柳子厚有「木落寒山靜，江空秋月明」的詩句，「落木」句係變化而來。「朱弦已為佳人絕」，用鍾子期伯牙事，不知謂誰。

黃庭堅《送王郎》一詩作於元豐七年 (公元 1084 年)。王郎，王世弼，山谷之妹婿。詩中云：「江山萬里俱頭白，骨肉十年終眼青。」《山谷詩集註》説：「山谷此對，極有妙處，前輩多使之。老杜云：『別來頭並白，相對眼終青。』東坡云：『讀書頭欲白，相對眼終青。』又曰：『身更萬事已頭白，相對百年終眼青。』又曰：『看鏡白頭知我老，平生青眼為君明。』又曰：『故人相見尚青眼，新貴如今多白頭。』又曰：『江山萬里將白頭，骨肉十年終眼青。』其用『青眼』對『白頭』，非一，而工拙各有異耳。」後有「炒沙作糜終不飽」一句，《山谷詩集註》引《楞嚴經》曰：「若不斷婬修禪定者如蒸砂石欲成其飯，經百千劫只名熱砂。何以故？此非飯，本砂石成。」不甚貼切。「要須心地收汗馬」一句，《集註》「謂道義戰勝胸中開明，乃曉然見聖賢用心處」。按：此處疑即孟子求放心之意。「有弟有弟力持家」一句，疑此處弟乃

女弟之意，即山谷之妹、王郎之妻也。元豐八年，山谷有《寄黃幾復》一首：

> 我居北海君南海，寄雁傳書謝不能。
>
> 桃李春風一杯酒，江湖夜雨十年燈。
>
> 持家但有四立壁，治病不蘄三折肱。
>
> 想得讀書頭已白，隔溪猿聲瘴溪藤。

此詩元註乙丑年德平鎮作。山谷元豐六年癸亥自太和移監德州德平鎮。「我居北海君南海」二句，《山谷詩集註》云：「山谷嘗有跋云，『幾復在廣州四會，予在德州德平鎮，皆海濱也』。……《左傳》曰：『君處北海，寡人處南海，惟是風馬牛不相及也。』劉禹錫詩：『謫在三湘最遠州，邊鴻不到水南流。』」「桃李春風一杯酒，江湖夜雨十年燈。」《山谷詩集註》云：「兩句皆記憶往時遊居之樂。今既十年矣。《晉書‧張翰傳》曰：『使我有身後名，不如即時一杯酒。』」「持家但有四立壁，治病不蘄三折肱。」《山谷詩集註》云：「《漢書‧司馬相如傳》曰：『家徒四壁立。』《左傳》齊高彊曰：『三折肱知為良醫。此借用言其諳練世故，不待困而後知也。』」

載於《山谷詩集註》卷四之《奉和文潛贈無咎，篇末多以見及，以既見君子云胡不喜為韻》八首功力遒勁，可為代表作。

朱弁《風月堂詩話》云：山谷以崑體工夫[1]，造少陵境界。

魏泰中說：黃庭堅喜作詩得名，好用南朝人語，專求古人未使之事，又一二奇字，綴茸而成詩。

呂居仁云：讀東坡詩，如讀《莊子》，令人意思寬大，敢作；讀魯直詩如讀《左傳》，使人入法度，不敢容易。

---

1 應為「山谷以崑體功夫」。 ——編者註

　　山谷好用他人所未使之事，找尋僻典，其結果他的詩意境很新，而不免有艱深之病。與蘇軾的不同：山谷詩高古艱深，蘇軾詩平易自然；山谷近杜韓，蘇軾近韓白（兼容李杜），山谷深，蘇軾大；山谷講究結構章法，蘇軾自由奔放。

　　蘇軾不僅推崇山谷，也偶效其體作詩。其《送楊孟容》詩云：

　　　　我家峨眉陰，與子同一邦。相望六十里，共飲玻璃江。江山不違人，遍滿千家窗。但苦窗中人，寸心不自降。子歸治小國，洪鐘噎微撞。我留侍玉堂，弱步欹豐扛。後生多高才，名與黃童雙。不肯入州府，故人餘老龐。殷勤與問訊，愛惜雙眉厖。何以待我歸，寒醅發春缸。

山谷云：「子瞻詩句妙一世，乃云效庭堅體，蓋退之戲效孟郊、樊宗師之比，以文滑稽耳。恐後生不解，故次韻道之。」詩曰：

　　　　我詩如曹鄶，淺陋不成邦。公如大國楚，吞五湖三江。赤壁風月笛，玉堂雲霧窗。句法提一律，堅城守我降。枯松倒澗壑，波濤所舂撞。黃牛挽不前，公乃獨力扛。諸人方嗟點，渠非晁張雙。但懷相識察，床下拜老龐。小兒未可知，客或許敦厖。誠堪婿阿巽，買紅纏酒缸。

　　秦觀對黃庭堅詩也頗稱讚。山谷編所作詩，自名以《蕉尾》《弊帚》。少游云：「每覽此編，輒悵然終日，殆忘食事，邈然有二漢之風。今交遊中以文墨稱者，未見其比。所謂珠玉在旁，覺我形穢也。」（《王直方詩話》）

　　唯山谷詩有極大的影響，開江西詩派。江西詩派之名，起於南宋。呂本中作「江西詩社宗派圖」，列了陳師道、潘大臨、謝逸、僧祖可、韓駒等廿五人，其中絕大多數是江西人。謂其詩均出於山谷，以山谷為祖師，老杜為遠祖。江西詩派詩人的詩風古硬，講求煉字、工

整，他們反對西崑體，但矯枉過正。江西派詩人以陳師道（1053—1101）[1]和謝逸（？—1112）較有名。

　　清末民初陳三立（《散原精舍詩》）為江西詩派之末裔。

　　黃庭堅、陳師道的詩，本來有其好處，也有名句。但愛用僻典和拗律。

　　黃庭堅也寫詞，有《山谷詞》一卷。但他主要是詩人。

---

1 陳師道卒年應為公元 1102 年。——編者註

# 陸游的詩詞

浦江清

　　陸游在十二三歲時就能寫詩文，二十歲前喜歡陶淵明、王維的詩。1155 年曾幾提點浙東刑獄，游曾從其遊。曾幾為江西詩派詩人，因此人或謂陸游亦出於江西詩派。實則不然。陸游的詩作是兼各名家之長，豪放而暢達。早期雖受到一點影響，但陸游的詩和江西詩派是不同的。入蜀以後，眼界擴大，創作成熟，接近杜甫風格。《九月一日夜讀詩稿有感走筆作歌》云：

　　　我昔學詩未有得，殘餘未免從人乞。力屢氣餒心自知，妄取虛名有慚色。四十從戎駐南鄭，酣宴軍中夜連日。打球築場一千步，閱馬列廏三萬匹。華燈縱博聲滿樓，寶釵豔舞光照席；琵琶弦急冰雹亂，羯鼓手勻風雨疾。詩家三昧忽見前，屈賈在眼元歷歷。天機雲錦用在我，剪裁妙處非刀尺。世間才傑固不乏，秋毫未合天地隔。放翁老死何足論，廣陵散絕還堪惜。

自述其詩由於軍戎生活的豪放跌宕，自言有獨到處（散絕堪惜）。

　　放翁詩在宋詩中，出蘇、黃之外，最近杜甫。由於時代背景及在蜀中八九年之生活，其遇王炎、范成大頗似杜甫之遇嚴武。所不同者，杜甫有出入賊中一段生活，親身經歷戰爭，並且看到唐室恢復。陸游處於敵我對峙之環境中，一直在鼓吹反攻，抱着殺敵、恢復統一

和平的願望而達不到，常致悲憤與慨歎。

　　陸游詩中一直貫穿着愛國主義思想。陸游為南宋代表詩人，主要是能反映南宋時代的社會現實，在詩歌中抒發愛國家、愛人民的感情。他是自始至終念念不忘恢復中原、收復失地的歌唱者。他有這種精神，是由於他一生下來就遭逢戰亂。他雖然籍貫在山陰，可是祖父、父親都生活在中州，而是在戰亂時被迫遷到南方的。他在《三山杜門作歌》(之一)詩中寫道：

　　　　我生學步逢喪亂，家在中原厭奔竄。

　　　　淮邊夜聞賊馬嘶，跳去不待難號旦。

　　　　人懷一餅草間伏，往往經句不炊爨。

　　　　嗚呼，亂定百口俱得全，孰為此者寧非天？

　　後來隨着年齡閱歷的增長，愛國主義思想日益深厚。他的強烈的愛國思想最充分地表現在他的詩中。

　　陸游念念不忘中原的人民，他覺得中國應該是統一的：「四海一家天歷數，兩河百郡宋山川。」(《感憤》)每當冬盡春來的時候，他就遙望着北方遼闊的原野：

　　　　京洛雪消春又動，永昌陵上草芊芊。(《感憤》)

他常常幻想着有一天能夠擊敗金人，恢復中原的疆土：

　　　　三更窮虜送降款，天明積甲如丘陵。

　　　　中華初識汗血馬，東夷再貢霜毛鷹。

　　　　群陰伏，太陽升。胡無人，宋中興！

　　　　　　　　　　　　　　　　　　　　——《胡無人》

他在戰亂連年的時候看到小孩子學寫字讀書，兒女骨肉之情使他想到中國統一後的和平生活：「從今父子見太平，花間飲水勿飲酒。」(《喜小兒輩到行在》)

詩人陸游懷抱着國家統一的希望，且強烈地表達了以身許國、建立功勳的願望：「嗚呼，楚雖三戶能亡秦，豈有堂堂中國空無人！」（《金錯刀行》）感激豪宕，具有勝利的信心，非常樂觀。

但是，南宋統治者只苟安於小朝廷的享樂，根本沒有想到要收復失地，陸游沉痛地說道：「遺民淚盡胡塵裡，南望王師又一年！」（《秋夜將曉，出籬門迎涼有感》）尤其是中晚年的時候，看的事情多了，更引起他的悲憤：

> 青山不減年年恨，白髮無端日日生。（《塔子磯》）
>
> 丈夫五十功未立，提刀獨立顧八荒。（《金錯刀行》）
>
> 劉琨死後無奇士，獨聽荒雞淚滿衣！（《夜歸偶懷故人獨孤景略》）
>
> 塞上長城空自許，鏡中衰鬢已先斑。（《書憤》）

這些詩句充分表明了一個愛國志士抑鬱悲憤的心情。同時，陸游更是有戰鬥性的，他寫了很多諷刺詩，對苟安現狀、不思進取的上層人士極為憤慨，《前有樽酒行》中云：

> 綠酒盎盎盈芳樽，清歌裊裊留行雲。
>
> 美人千金織寶裙，水沉龍腦作燎焚。
>
> ……
>
> 諸人但欲口擊賊，茫茫九原誰可作！

鞭撻了苟安享樂的士大夫，詩人接着寫道：

> 丈夫可為酒色死？戰場橫屍勝床第。
>
> 華堂樂飲自有時，少待擒胡獻天子。

陸游對南宋統治者不思北伐、苟且偷安也表達了失望和憤慨之情，如《醉歌》：

> 學劍四十年，虜血未染鍔。
>
> 不得為長虹，萬丈掃寥廓；

又不為疾風，六月送飛雹。

戰馬死槽櫪，公卿守和約，

窮邊指淮淝，異域視京洛。

及到「如今老且病，鬢禿牙齒落」。真是「仰天少吐氣，餓死實差樂」了。

但是，陸游的願望並沒有實現，眼前祖國分裂，北中國人民遭受金統治者的殘酷迫害，眼見耽誤了歲月，他寫下了許多憤慨、悲歎的詩：「容身有祿愧滿顏，滅賊無期淚橫臆。」（《曉歎》）「諸公尚守和親策，志士虛捐少壯年！」（《感憤》）真切於他的時代，極可感人。此外，像《寒夜歌》《隴頭水》《書憤》《追感往事》等都屬於這一類詩歌。

陸游的愛國心始終未衰，直到臨死，還寫下了《示兒》詩，囑咐子女「王師北定中原日，家祭無忘告乃翁」。

深厚的愛國主義思想是陸游詩歌的基礎。

其次，陸游的詩有許多是反映社會和農民生活的。

陸游曾長期生活在農村，他嚮往着純樸的農家生活，他寫出了農家生活的健康和可愛，這方面的詩歌很富有人情味，如：

莫笑農家臘酒渾，豐年留客足雞豚。

山重水復疑無路，柳暗花明又一村。

簫鼓追隨春社近，衣冠簡樸古風存。

從今若許閒乘月，拄杖無時夜叩門。

——《遊山西村》

蕎溝上阪到山家，牧豎鷹門兩鬢丫。

豆火正紅煨芋熟，豈知新貴築堤沙？

——《夜投山家》

這些詩的風格很像陶淵明。但他同時也注意到農家疾苦，同情農民的痛苦遭遇，抗議官家對農民的過分剝削，表現了他的人道主義思想。

《農家歎》《十月二十八日夜風雨大作》《書歎》等詩寫農民的痛苦。稅收迫得他們不能生存:「門前誰剝啄?縣吏徵租聲。一身入縣庭,日夜窮笞榜,人孰不憚死?自計無由生。」(《農家歎》)水災害得他們不能收穫:「豈惟漲溝溪,勢已捲平陸。辛勤藝宿麥,所望明年熟;一飽正自艱,五窮故相逐。南鄰更可念,布被冬未贖,明朝甑復空,母子相持哭!」(《十月二十八日夜風雨大作》)農民受盡殘酷的剝削,「有司或苛取,兼并亦豪奪」,詩人很憤慨地說:「政本在養民,此論豈迂闊?」(《書歎》)

再次,陸游亦有寫與朋友交往的詩,如《送辛幼安殿撰造朝》,可以看出二人交情甚篤。還有詩表現他在婚姻方面的不幸,對真摯愛情的懷念,飽和着詩人的血淚。三十歲時一個偶然的機會在沈園與唐琬相遇,寫下了充滿懷念、悔恨的《釵頭鳳》,四十多年以後,還悽慘地回憶起來:

> 城上斜陽畫角哀,沈園非復舊池台。
>
> 傷心橋下春波綠,曾是驚鴻照影來!
>
> ——《沈園》其一

陸游的詞稱《放翁詞》(收於《宋六十名家詞》,又見於《四部備要》)。他的詞多,風格多變化。最有名的是為唐琬而作的《釵頭鳳》。此詞就形式來講,相當難填,但詩人做得很成功,從詞中可以感受到詩人深摯的感情。《漢宮秋》是英雄的歌唱:

> 羽箭雕弓,憶呼鷹古壘,截虎平川。吹笳暮歸野帳,雪壓青氈。淋漓醉墨,看龍蛇、飛落蠻箋。人誤許,詩情將略,一時才氣超然。 何事又作南來,看重陽藥市,元夕燈山。花時萬人樂處,欹帽垂鞭。聞歌感舊,尚時時、流涕尊前。君記取:封侯事在,功名不信由天。

代表詩人詞的豪放雄壯的一面,與辛棄疾詞相近。最後兩句,並非詩

人熱心功名富貴，而是要為國家出力，恢復中原。

　　陸游的一些小令也頗豪壯，寫山水的詞則很清新。然而詞不是他的主要成就，不能和辛棄疾相比。他的主要成就是詩。

　　陸游的著作很豐富。他有許多散文。《南唐書》是歷史著作。《入蜀記》是日記體的筆記，記入蜀的旅程經歷，有文學價值，也有史料價值。還有《老學庵筆記》也是雜記。散見的其他文章收入《渭南文集》，文學意味不及他的雜記。其中《書巢記》寫其耽書之癖，他住的地方「俯仰四顧，無非書者」，他自己「飲食起居，疾痛呻吟，悲憂憤歎，未嘗不與書俱」。有時「間有意欲起，而亂書圍之如積槁枝，或至不得行」。因自名之曰「書巢」。《居室記》講養生之道，他如何飲食起居。他家裡的人從曾祖起年皆不滿花甲，而他「幸及七十有六，耳目手足未廢，可謂過其分矣。然自計平昔於方外養生之說初無所聞，意者日用亦或默與養生者合」。《東籬記》講他種花，自己撥臭擷玩，朝灌暮鋤，「考《本草》以見其性質，探《離騷》以得其族類……間亦吟諷為長謠短章，楚調唐律」。《煙艇記》講他「得屋二楹，甚隘而深，若小舟然，名之曰『煙艇』」，以寄其「江湖之思」，「意者使吾胸中浩然廓然納煙雲日月之偉觀，攬雷霆風雨之奇變，雖坐容膝之室，而常若順流放棹，瞬息千里者，則安知此室果非煙艇也哉」！此外，《東屯高齋記》是為夔州李氏居杜甫故居高齋而作，感歎杜甫「身愈老命愈大謬，坎壈且死」，羨慕李氏「無少陵之憂，而有其高」，自嗟「仕不能無愧於義，退又無地可耕」。這些皆是富有情致的小品文。

# 楊萬里與范成大

浦江清

　　楊萬里 (1124—1206)[1]，字廷秀，號誠齋，吉水 (今屬江西) 人，1154 年中進士。是當時的一位大詩人。南宋的詩人向來標尤、楊、范、陸四大家，即尤袤 (延之)、楊萬里 (廷秀)、范成大 (致能)、陸游 (務觀)。尤袤是南宋初期有名的詩人，有《梁溪集》，詩佚，流傳下來的少數詩篇都較一般。藏書甚富。尤、楊、范、陸都曾學詩於曾幾 (茶山)，受過江西詩派的影響，後來都拋棄了江西詩派的習氣。

　　楊萬里的詩和散文都寫得很好，尤以詩著名。楊萬里的詩有兩萬餘首之多，現存四千多首。《誠齋全集》中包括《江湖集》《荊溪集》等九集，每集代表一個時期。

　　楊萬里是道學家，通經學，重名節，人品極高。據說南宋宰相韓侂冑造南園，請楊萬里作一記文，楊萬里看不起韓侂冑的為人，就拒絕他說：「頭可斷，記不可得！」一時間人們很佩服他的品格。後他竟因聞侂冑當權而憂卒。

　　楊萬里的詩很有風趣。他作詩不避俗言俗語，這一點是受黃山谷的影響。黃山谷曾用俗為雅，楊萬里也是如此，他把一般人的口語經

---

1 楊萬里生年約為公元 1127 年。——編者註

過提煉吸收到詩中來，就顯得清新自然；他的詩又一特點是很詼諧幽默，反映生活的另一方面，能達人之所不能達，又沒有甚麼做作。因此，他雖然自江西派入，但仍能獨自一體。他在《荊溪集自序》裡說：「予之詩，始學江西諸君子，既又學後山五字律，既又學半山老人七字絕句，晚乃學絕句於唐人。……戊戌……作詩，忽若有悟，於是辭謝唐人及王、陳、江西諸君子皆不敢學，而後欣如也。」他融會諸家而獨創一體，即「誠齋體」，並因此開創了自己的獨特風格。如：

　　　梅子流酸軟齒牙，芭蕉分綠與窗紗。

　　　日長睡起無情思，閒看兒童捉柳花。

　　　　　　　　　　　　　　　——《閒居初夏午睡起》

　　　田夫拋秧田婦接，小兒拔秧大兒插。

　　　笠是兜鍪蓑是甲，雨從頭上濕到胛。

　　　　　　　　　　　　　　　　　　——《插秧歌》

寫得自然而有風趣。其他像「低低檐人低低樹，小小盆成小小花」「正入萬山圈子裡，一山放出一山攔」，都以白話入詩。

　　范成大 (1126—1193)，字致能 [1]，號石湖居士，吳郡人。與范仲淹同鄉，比陸游小一歲，也是 1154 年的進士。他的官職很高，屢次出使金國，做過宣撫使，做過參知政事。晚年隱居於石湖 (太湖與吳江之間)。有《石湖詩集》，又有《石湖詞》。

　　范成大與陸游是知交，政治才能很高，但同樣未被重用。他的詩亦從江西詩派入而變化，成一大家。風格清新，以寫山水最著名。他到過四川，寫了許多詠山水和長江的詩，田園詩方面有著名的《四時田

---

1《宋史》卷三八六《范成大傳》作「致能」，范成大摯友周必大所撰《資政殿大學士贈銀青光祿大夫范公成大神道碑》中作「至能」。 —— 編者註

園雜興六十首》。

　　他的山水田園詩很像陶淵明、謝靈運的詩，但並不摹襲陶、謝，而又有自己的面貌，多用七言絕句寫出。其代表作《田園雜興六十首》[1]雖沒有像陶詩那樣深入和親切，雖然對農村生活有一定的隔膜，但還是有認識和感受的，因此也能寫出農家歡樂和愁苦：

　　　　梅子金黃杏子肥，麥花雪白菜花稀。
　　　　日長籬落無人過，唯有蜻蜓蛺蝶飛。

　　　　晝出耘田夜績麻，村莊兒女各當家。
　　　　童孫未解供耕織，也傍桑陰學種瓜。

　　　　採菱辛苦廢犁鋤，血指流丹鬼質枯。
　　　　無力買田聊種水，近來湖面亦收租！

　　　　　　　　　　　　　　　　　　——以上《田園雜興》

　　范成大的山水詩如《瞿唐行》，很新奇。

　　楊萬里和范成大兩人的詩接近自然，比較清新，是他們的優點，但不如陸游那樣充滿愛國情懷。

　　南宋詩人都有他們的政治生活，他們屬於比較進步的階層，有愛國思想，但都不得志，願望不能實現。他們的詩歌，一部分表現他們的愛國思想，如陸游的詩；一部分表現為對田園山水的愛好，如楊萬里、范成大的詩。

---

1《田園雜興六十首》及下文《田園雜興》皆指《四時田園雜興六十首》。——編者註

# 唐詩與宋詩的比較

浦江清

1. 唐詩距離樂府歌曲的時代近，而且也有部分的詩是可以歌唱的。唐詩的聲調鏗鏘響亮，或者婉轉抑揚，具有音樂性。宋詩時代，詞已發達，詩則脫離歌曲，近於散文的節奏。

2. 唐詩的色彩鮮明，辭藻華麗。形象明朗。宋詩避免絢麗的辭藻，歸於平淡。形象同樣明朗，但不是着色畫，而是水墨畫。

3. 唐詩以抒情為主，也有敘事歌曲，以激動人的感情。有強烈的感情，浪漫的情緒。宋詩多說理，詞句平易而說理精闢，發人智慧。

4. 唐詩高超，題材不平凡。宋詩以平凡的日常生活為題材。

5. 唐詩尚多比興，多寄託。興寄深微，含蓄不盡，因而渾厚。宋詩說理曲折達意。高者沉潛深刻，淺者有太說盡之病，近於散文。

6. 唐詩深入淺出。作者有詩才，非關學力。宋詩多用典故，求其高雅脫俗，因此比較的難懂。

要之，宋詩繼唐詩，要求創造性，不能不別求面目。唐宋詩品質不同，作者的思想感情和表現手法有不同之點，但也不能以嚴格的時代來分。杜甫詩已經多用典故，也多議論。但主要用散文風格作詩的是韓愈，擺脫滑熟的音調和美麗的辭藻的是孟東野（郊）。所以韓、孟的詩就有宋詩的風格。而宋代的柯山、白石、九僧、四靈又近唐詩風

格，故未可一概論。後來學詩的或學唐詩，或學宋詩，是風格的不同。元遺山《論詩絕句》云：「奇外無奇更出奇，一波才動萬波隨。只知詩到蘇黃盡，滄海橫流卻是誰？」照一般人的看法，詩的變化到蘇、黃算是盡了。這是指詩的表現手法，蘇、黃又與李、杜不同。後人或學唐，或學宋，難以出奇制勝了。元明清三代的詩（不說詞曲，專講五七言詩），風格上沒有多少變化，好像模仿唐宋人的作品似的。説「盡」是指表現手法盡，並不是說題材窮盡。詩的題材當然是無窮的，因為社會在發展變化，人的思想感情也古今不同。

　　宋詩的風格在北宋時代已經形成，這是和古文運動分不開的。配合古文運動，宋人也以散文的思路作了詩。另外在宋代發展了詞。那倒是以抒情為主，有強烈的感情的詩歌，配合着音樂歌唱。詞有另外新鮮的通俗的語言，而它的思想感情卻又接近了唐詩。

·下篇·

詞

# 溫庭筠和花間派詞人

蕭滌非

　　中唐以後，文人寫詞的漸多，溫庭筠是其中寫詞最多、對後人影響也最大的作家。

　　溫庭筠（812？—870？）[1]，本名岐，字飛卿，太原祁（今山西祁縣）人。他出身於沒落貴族的家庭，長期出入歌樓妓館，「能逐弦吹之音，為側豔之詞」（《舊唐書‧本傳》[2]），為當時士大夫所不齒，終身困頓，到晚年才任方城尉和國子監助教。他的詩和李商隱齊名，但更多表現個人的淪落不偶，而較少傷時感事之作。就是他的愛情詩，雖文采絢爛，而雕琢過甚，帶有濃厚的唯美主義傾向，實際是齊梁綺豔詩風在新的歷史條件下的產物。溫庭筠的詩雖不能和李商隱相比，由於他精通音律，熟悉詞調，他在詞創作的藝術成就上卻在晚唐其他詞人之上。溫詞現傳六十多首，比之他的詩，這些詞的題材更狹窄，絕大多數是描寫婦女的容貌、服飾和情態的。如下面的《菩薩蠻》：

　　　　小山重疊金明滅，鬢雲欲度香腮雪；懶起畫蛾眉，弄妝梳

---

洗遲。　　照花前後鏡，花面交相映；新貼繡羅襦[1]，雙雙金鷓鴣。

相傳唐宣宗愛聽《菩薩蠻》詞，溫庭筠為宰相令狐綯代寫了好多首，這是其中的一首。他在詞裡把婦女的服飾寫得如此華貴，容貌寫得如此豔麗，體態寫得如此嬌弱，是為了適應那些唱詞的宮妓的聲口，也為了點綴當時沒落王朝醉生夢死的生活。它上承南朝宮體的詩風，下替花間詞人開了道路。從敦煌詞裡的十五首《菩薩蠻》看，題材相當廣泛；可是在溫庭筠以後，晚唐五代詞人填這個調子的不少，風格上就一脈相傳，離不了紅香翠軟那一套，可想見他影響的深遠。

溫庭筠的部分描寫閨情的詞，如《望江南》：

梳洗罷，獨倚望江樓，過盡千帆皆不是，斜暉脈脈水悠悠，腸斷白蘋洲。

又如《更漏子》：

玉爐香，紅蠟淚，偏照畫堂秋思。眉翠薄，鬢雲殘，夜長衾枕寒。梧桐樹，三更雨，不道離情正苦。一葉葉，一聲聲，空階滴到明。

表現婦女的離愁別恨相當動人。由於溫庭筠在仕途上屢遭挫折，對於那些不幸婦女的處境還有所同情，通過這些不幸婦女的描繪就流露了他在統治集團裡被排擠的心情。他在詞的意境的創造上又有特殊成就，因此這些詞在過去時代曾贏得某些不幸婦女和懷才不遇的文人的愛好。

溫庭筠在創造詞的意境上表現了傑出的才能。他善於選擇富有特徵的景物構成藝術境界，表現人物的情思。如「照花前後鏡，花面交相映」是一個色彩鮮明的小鏡頭，它不僅襯托出人物的如花美貌，也

---

1 應為「新帖繡羅襦」。——編者註

暗示她的命薄如花。又如「斜暉脈脈水悠悠」的淒清景象，也暗示行
人的悠悠不返，辜負了閨中人的脈脈多情。此外如「江上柳如煙，雁
飛殘月天」「楊柳又如絲，驛橋春雨時」等，是同樣的例子。和上面
的藝術特徵相聯繫，他在表現上總是那麼含蓄。這比較適合於篇幅短
小的詞調，也耐人尋味；但往往不夠明朗，甚至詞不達意。最後是字
句的修飾和聲律的諧協，加強了詞的文采和聲情。溫庭筠在詞藝術方
面這些探索，有助於詞的藝術特徵的形成，對詞的發展有一定的推動
作用。但溫詞題材的偏於閨情、表現的傷於柔弱、詞句的過於雕琢，
也帶給後來詞人以消極的影響，所謂花間詞派正是在這種影響下形
成的。

　　五代時後蜀趙崇祚選錄了溫庭筠、皇甫松、韋莊等十八家的詞
為《花間集》，其中除溫庭筠、皇甫松、孫光憲外，都是集中在西蜀的
文人。他們在詞風上大體一致，後世因稱為花間詞人。西蜀依恃山川
的險固，受戰禍較少，那些割據軍閥和官僚地主就弦歌飲宴，晝夜不
休。歐陽炯《花間集序》說：

　　　楊柳大堤之句，樂府相傳；芙蓉曲渚之篇，豪家自製。莫不
　　爭高門下，三千玳瑁之簪；競富尊前，數十珊瑚之樹。則有綺
　　筵公子，繡幌佳人，遞葉葉之花箋，文抽麗錦；舉纖纖之玉指，
　　拍按香檀。不無清絕之詞，用助嬌嬈之態。自南朝之宮體，扇
　　北裡之娟風。何止言之不文，所謂秀而不實。

花間詞人的作品就是在這樣的社會風氣和文藝風尚裡產生的。陸游《花
間集跋》說：「斯時天下岌岌，士大夫乃流宕至此。」是對他們的反現
實主義創作傾向一針見血的批評。他們奉溫庭筠為鼻祖，絕大多數作
品都只能堆砌華豔的辭藻來形容婦女的服飾和體態，題材比溫詞更狹
窄，內容也更空虛。在藝術上他們片面發展了溫詞雕琢字句的一面，

而缺乏意境的創造。花間詞人這種作風在詞的發展史上形成一股濁流，一直影響到清代的常州詞派。

花間詞人裡的韋莊，向來和溫庭筠齊名。他的詞稍有內容，風格上也較溫詞清新明朗。如《思帝鄉》：

> 春日遊，杏花吹滿頭，陌上誰家年少足風流，妾擬將身嫁與一生休。縱被無情棄，不能羞。

用白描的手法寫出一個天真爛漫追逐愛情幸福的少女，比之其他花間詞人作品裡的婦女形象生動得多了。又如《女冠子》二首：

> 四月十七，正是去年今日。別君時，忍淚佯低面，含羞半斂眉。　不知魂已斷，空有夢相隨。除卻天邊月，沒人知。
>
> 昨夜夜半，枕上分明夢見，語多時。依舊桃花面，頻低柳葉眉。　半羞還半喜，欲去又依依。覺來知是夢，不勝悲。

這兩首詞通過別後夢中的一次會見，表現對前情的留戀和別後的淒涼。前詞的全部內容實際只是後詞寫的夢中人的一番陳訴。它在構思佈局上別具匠心，而語言淺白如話，可以同那些以詞句雕琢為工的詞家明顯區別開來。值得注意的是韋莊詞裡還有部分直接抒寫情懷的作品，如《菩薩蠻》：

> 人人盡說江南好，遊人只合江南老。春水碧於天，畫船聽雨眠。爐邊人似月，皓腕凝雙雪。未老莫還鄉，還鄉須斷腸。

韋莊共寫了五首《菩薩蠻》，風格都相近。它上承白居易、劉禹錫的《憶江南》等作品，而下啟南唐馮延巳、李煜等詞家，可說是花間詞裡的別調。

除韋莊外，牛希濟的《生查子》：

> 春山煙欲收，天澹星低小。殘月臉邊明，別淚臨清曉。
>
> 語已多，情未了，回首猶重道。——記得綠羅裙，處處憐芳草。

　　　　新月曲如眉，未有團圞意。紅豆不堪看，滿眼相思淚。

　　終日劈桃瓤，人在心兒裡；兩朵隔牆花，早晚成連理。

饒有南朝樂府民歌情味。李珣的《南鄉子》：

　　　　乘彩舫，過蓮塘，棹歌驚起睡鴛鴦。帶香遊女偎伴笑，爭
　　窈窕，競折團荷遮晚照。

　　　　相見處，晚晴天，刺桐花下越台前。暗裡迴眸深屬意，遺
　　雙翠，騎象背人先過水。

把南國水鄉風光和勞動婦女的生活氣息帶到詞裡來，給人以清新開朗
的感覺。然而這些作品卻正是那些用詞來點綴紙醉金迷生活的人們所
不能欣賞的，因此他們的成就在後來崇拜花間派的詞家裡反而沒有得
到繼承。

# 李煜及南唐其他詞人

蕭滌非

　　五代時期有幾個跟花間詞人同時而稍晚的詞家，集中在當時南唐的首都金陵，這就是一般文學史家所稱的南唐詞人。重要作家有馮延巳、李璟和李煜，以李煜的成就為較高，影響也較大。

　　南唐在李昪統治時期曾經擴充國境到湖北、湖南和浙江的部分地區。金陵、揚州本來是長江下游最繁盛的都市，這時經濟繼續有所發展，中原人士有不少到這裡來避亂，南唐的國君又都比較愛好文學，因此南唐的文化發展也比其他割據一方的國家強一些。陳世修在《陽春集序》中說：

　　　　金陵盛時，內外無事，朋僚親舊或當宴集，多運藻思為樂府新詞，俾歌者倚絲竹歌之，所以娛賓而遣興也。

南唐詞主要是在這種生活基礎上產生的，它跟歐陽炯在《花間集序》裡所描寫的並沒有甚麼兩樣。然而南唐在中主李璟的後期就面臨周、宋的威脅，國勢日弱，終至萎靡不振。這些沒落小王朝的君臣，既不能勵精圖治，振作有為，即使還強歡作樂，苟且偷安，卻不能不流露他們絕望的心情，這就構成了南唐詞的感傷基調。它和那些依恃山川的險固而流宕忘返的西蜀詞人的表現又稍有不同。

　　馮延巳（904—960）[1]，字正中，廣陵（今江蘇揚州）人，曾官至中主朝宰相。遺有《陽春集》，留詞一百多首。其中《鵲踏枝》十幾首向來認為最能代表他的成就。

　　　　誰道閒情拋擲久？每到春來，惆悵還依舊。日日花前常病酒，不辭鏡裡朱顏瘦。　河畔青蕪堤上柳，為問新愁，何事年年有？獨立小橋風滿袖，平林新月人歸後。

　　　　幾日行雲何處去？忘了歸來，不道春將暮。百草千花寒食路，香車繫在誰家樹？　淚眼倚樓頻獨語，雙燕飛來，陌上相逢否？撩亂春愁如柳絮，悠悠夢裡無尋處。

這些詞跟花間詞人不同的地方是逐漸擺脫了對於婦女的容貌、服飾的描繪，而着力抒寫人物內心無可排遣的哀愁。與此相聯繫，語言也比較清新流轉，不像花間詞人的雕琢、堆砌。「託兒女之辭，寫君臣之事」，本來是封建歷史時期詩人的傳統手法之一，作者把詞中人的「閒情」「春愁」寫得這樣纏綿悱惻，即隱約流露了他對南唐沒落王朝的關心和憂傷。馮詞這些內容和手法把從溫庭筠以來的婉約詞風更推前一步，並為後來的晏殊、歐陽修等所繼承。

　　南唐中主李璟（916—961）即位初期還能承李昪的餘威，擴展國土到福建，成為南方的大國。後期由於內外危機交迫，只得奉表稱臣於周。他遺詞四首，比較著名的是那首《攤破浣溪沙》。

　　　　菡萏香銷翠葉殘，西風愁起綠波間。還與韶光共憔悴，不堪看。細雨夢回雞塞遠，小樓吹徹玉笙寒。多少淚珠無限恨，倚闌干。

內容還是離愁別恨，但境界更闊大，感慨也更深沉了。從作品所流露

---

1　馮延巳生年應為公元 903 年。——編者註

的濃厚感傷情調看，當是他後期的作品。

李煜 (937—978)，字重光，他工書，善畫，洞曉音律，具有多方面文藝才能。當 961 年他繼中主即位的時候，宋已代周建國，南唐形勢更岌岌可危。他在對宋委曲求全中過了十幾年苟且偷安的生活，還縱情聲色，侈陳遊宴。南唐為宋所滅後，他被俘到汴京，過了二年多的囚徒生活，終於在 978 年的七夕，被宋太宗派人毒死。

李煜從南唐國主降為囚徒的巨大變化，明顯地影響了他的創作，使他前後期的詞呈現出不同的風貌。他前期有些詞寫他對宮廷豪華生活的迷戀，實際是南朝宮體和花間詞風的繼續。如下面這首《浣溪沙》：

　　　　紅日已高三丈透，金爐次第添香獸，紅錦地衣隨步

皺。　　佳人舞點金釵溜，酒惡時拈花蕊嗅，別殿遙聞簫鼓奏。

這些詞儘管在人物、場景的描寫上較花間詞人有較大的藝術概括力量，但當南唐王朝進一步走向沒落時，他還那樣得意揚揚地寫他日以繼夜的酣歌狂舞生活，那是十足的亡國之音。當時南唐另一個頭腦比較清醒的詞人潘佑就曾諷刺他說：「桃李不須誇爛漫，已輸了春風一半。」(這是潘佑題紅羅亭詞殘句，原見《鶴林玉露》。) 可說是這個亡國之君精神面貌的最好寫照。

在南唐內外危機深化的過程中，李煜逐漸也感覺到他無法擺脫的沒落命運，因此在部分詞裡依然流露了沉重的哀愁。如《清平樂》：

　　　　別來春半，觸目柔腸斷。砌下落梅如雪亂，拂了一身還

滿。　　雁來音信無憑，路遙歸夢難成。離恨恰如春草，更行更

遠還生。

這首詞相傳是他亡國前不久的作品，雖然還是傷離念別的傳統題材，但從「拂了一身還滿」的落花和「更行更遠還生」的春草裡已可以感覺到他心情的沉重。

南唐的亡國使他丟掉了小皇帝的寶座，也使他在詞創作上獲得了一些新的成就。這一段由南唐國主轉變為囚徒的經歷，使他不能不從醉生夢死的生活裡清醒過來，面對殘酷的現實，在詞裡傾瀉他「日夕以眼淚洗面」的深哀巨痛，像下面這些詞裡所表現的：

> 春花秋月何時了，往事知多少？小樓昨夜又東風，故國不堪回首月明中！　　雕闌玉砌應猶在，只是朱顏改。問君能有許多愁[1]？恰似一江春水向東流。
>
> ——《虞美人》

> 簾外雨潺潺，春意闌珊，羅衾不耐五更寒。夢裡不知身是客，一晌貪歡。　　獨自莫憑闌！無限江山，別時容易見時難。流水落花春去也，天上人間。
>
> ——《浪淘沙》

此外如《烏夜啼》《子夜歌》及另一首《浪淘沙》也都是這時期寫的傳誦人口之作。李煜在這些詞裡所念念不忘的「故國」「往事」實際只是一個「雕闌玉砌」裡的小皇帝的生活，這種生活既是必然沒落的，他本身的局限和當時的處境，也不可能使他看到任何更好的前途。這樣，他就只能沉沒在像一江春水似的長愁裡而不能自拔。這些詞在過去歷史時期曾經感動過不少失去了自己美好生活的人們，卻依然缺乏一種使人看到自己的前途而為之奮鬥的力量，這是我國文學史上許多以感傷為其基調的詩人的共同特徵，他們跟那些格調悲壯的詩人可以明顯區別開來。

李煜在我國詞史上的地位，更多地決定於他的藝術成就。這首先表現在他改變了晚唐五代以來詞人通過一個婦女的不幸遭遇，無意流

---

1 另有「問君能有幾多愁」一說。 —— 編者註

露或曲折表達自己心情的手法，而直接傾瀉自己的深哀與巨痛。這就使詞擺脫了長期在花間樽前曼聲吟唱中所形成的傳統風格，而成為詩人們可以多方面言懷述志的新詩體，對後來豪放派詞家在藝術手法上有影響。和李詞的直接抒情的特點相聯繫，他善於用白描的手法抒寫他的生活感受，如「小樓昨夜又東風，故國不堪回首月明中」「夢裡不知身是客，一晌貪歡」，都構成了畫筆所不能到的意境，寫出他國破家亡後的生活感受。他還善於用貼切的比喻將抽象的感情形象化，如「恰似一江春水向東流」「流水落花春去也」等句都是。語言也更明淨、優美，接近口語，進一步擺脫花間詞人鏤金刻翠的作風。

李詞這些藝術成就，不僅決定於他個人不平常的遭遇和在詞創作上的努力，同時由於晚唐五代以來，一些詞人在藝術上的不斷探索，積累了豐富的創作經驗，使他有可能在這基礎上繼續提高。這期間，西蜀韋莊早就在花間詞派裡獨樹一幟，而南唐的馮延巳、李璟更直接引導他向這方面前進。文人運用民間新詩體，怎樣吸收前代詩人藝術上的成就，並適當改變傳統題材、手法的局限，使它可以較自由地表情達意，需要一個藝術探索的過程。建安詩人之於五言詩，初盛唐詩人之於七言詩，南唐詞人之於詞，就這方面說，有其共同的意義；雖然他們作品的思想價值和對後人的影響並不一致。

# 詞體演變及北宋詞人

羅庸

## 一、詞體演變

　　唐詞來源，或自大曲，或自雜曲子，或自民間小調，故欲明唐代詞之源流，對唐之音樂背景不可不知也。宋代音樂發展之勢已衰，其原因在疆土逼仄，對外交通線斷絕，成閉關之勢，域外文化無從輸入，故在音樂方面僅靠舊樂之殘調鱗爪維持場面而已。唐燕樂二十八調，宋初存十八調，後又減為十三調，而詞調則較唐加多六七倍，與大曲亡佚之情況適相反，故宋詞不能說與舊日音樂關係十分密切。宋詞據研究大多為大曲之摘遍，故欲明宋詞之發展演變，則不可不知宋大曲也。茲分二端說明於下：

　　1. 大曲演奏自始及終者謂之「排遍」，計凡六遍，即引子、歌頭、散序、中序、催袞（近拍）、煞袞是也。宋大曲引子相當於唐之散序，演奏至歌頭始歌，散序非唐之舊；催袞即快完成時節奏加快之謂也；煞袞即尾聲。由排遍中摘取一支，以詞填入而單獨歌唱，詞調由是增多，如常見之《清江引》《水調歌頭》等；散序在詞調中即稱為序，如《鶯啼序》《霓裳中序第一》等，故許多詞調自其定名觀之，即可知其來源；凡填詞入近拍者曰近，如《好事近》《紅林檎近》等。北宋晚年，

大曲更少，人家宴會，多自曲中摘取枝節填詞而歌，故詞調疊有增加也。又詞調在樂工手中，有急曲、慢曲二種，如《木蘭花慢》《浪淘沙慢》等，其本身即為慢曲，至於北宋以後，有令、引、近、慢各種名稱，成為詞體篇幅大小之定名。此說法似與實際情況不合，蓋詞之發展為多元者也。

2. 疊詞之形成，當亦由漸進而來，如《陽關曲》之二疊（疊第二句），即使同一曲調而有往復歌唱，樂工即在此疊中變換花樣，如《憶江南》原為單支，至北宋乃變為雙疊，樂工在換頭變換花樣，遂使詞調加長，更演為三疊，由是詞調因篇之增加而名目亦換，調名遂有增添，或添聲減字以成變調，添聲又謂之「攤破」，如《攤破浣溪沙》是也，減字如《減字木蘭花》是也，均足以加多詞調。又有犯調者，即將不同之詞拼湊為一，如將半調《西江月》及半調《小重山》（在同一宮調內）拼成《江月晃重山》之新調；有將四調精華合併者如《六醜》；更有摘合八調者，如《八犯玉交枝》；此皆以舊調變換新調者也。有將一宮調換入他宮調內，其音變而取新名，如《鼓笛慢》翻入「越調」改名《水龍吟》，《永遇樂》原為《歇指調》，入「越調」改名《消息》。又有明寫出「摘遍」者，如《泛清波摘遍》《薄媚摘遍》等，其來自大曲可知矣。南宋人解音律，而有自度腔之出現，凡此皆是詞調多出的原因。又詞之名作加多，人每喜以其中名句換去原有調名，如《念奴嬌》之更名《酹江月》，蓋取自東坡《赤壁懷古》之句也，此為詞調加多之又一原因。

慢詞原在民間流行，北宋名公每不及此，迨張（先）柳（永）之出，吸取民間歌調，開風氣之先，慢詞始流行於上層社會。故詞體之演變，就體制言，北宋末已臻其極，就風格言，又當在南宋末矣。

## 二、北宋詞人

　　兩宋詞之多，超過任何時代，上自達官貴人，下至凡夫歌伎，莫不精擅此藝，在社會上流行極為普遍，為交際之必需品，因而人皆習之，而專家亦因之產生，今所存不過十分之五，應酬之作仍居多數，得論及者，僅數大家而已。

　　張先，字子野，烏程人。柳三變（改名），原名永，字耆卿，崇安人。張先為江湖散人風格，卒年八十九，為北宋詞人年壽最高者。作品無廟堂氣，家蓄歌姬，填詞使唱以自娛，故不必如晏歐為身份所拘，而放膽為民間慢詞之寫作也。其生活風格似姜白石，詞格平正。柳三變身世極似溫飛卿，終其身放浪教坊，肆意為民間歌詞，故天下有井水飲處皆能歌柳詞。自有蘇、秦、周諸大家出現，柳作未免減色，蓋其慢詞皆千篇一律而少變化故也，然不失為開山祖師。美成固由此出，南宋諸家亦莫不宗之。按宋代崇安凡三處，魯、閩、贛三省俱有之，故耆卿籍貫頗有聚訟，吾認為此贛省之崇安是也。

　　讀東坡詞當從長調入手。東坡以作七古方法入詞，為破壞樂律詞之第一人，使詞之作風擴大，不必入樂而暢寫個人懷抱也，亦是宋詩之風格。東坡才大，故有若干意境存乎胸中，以此大意境縮寫成為小詞，故不能取法於《花間集》，殆近於宋人作絕句之風格。自此公之出也，花間、南唐兩派之影響俱絕。

　　少游之詞，通而觀之，早年作風格並不高，一如當時流行之應酬格調，不脫耆卿面目。自二十七歲與東坡為友，乃以縱橫峻拔之氣入詞，遂自成一家風格，雖東坡亦莫能及，其成就，東坡之督促亦有功焉。北宋詞有耆卿與少游之後，乃有周清真之集大成。至於山谷，詞如其詩，多拗體與禪宗意味，失其溫柔之氣，故不能成家，可為東坡

詞之別派。後山，詞名為詩名所掩。

　　賀鑄，字方回，其氣概筆力為北宋之堪匹敵少游者，二人均以清剛為主，而方回之情深尤過於少游，頗近於東坡，故山谷詞云：「解道江南腸斷句，無人知有賀方回。」其為前輩推重如此。

　　經上述數變，詞體發展形成二路：一為正統派，自柳永、少游、方回而下，完成於周美成；一為別派，自東坡而下，南宋稼軒即遙承此衣缽者也。在整個文學史發展中，二派實並行不悖。

　　美成可謂詞聖，有詞家之長而無其短，章法之多，古今無匹，意態端莊，亦不失溫柔敦厚之致。其運用過去文學之成就以入詞（如唐詩杜句），人所罕及，各方面均臻極盛。南宋夢窗、碧山、玉田諸家咸以為師，然終不及美成之兼備眾長也。

　　介乎南北宋之間者有李清照（易安），整個學六一詞而不至，小令猶有可觀，長調實難以抗衡諸大家也。

# 柳永

浦江清

　　詞在北宋初，歐陽修與二晏並稱歐晏，為第一期，繼承着晚唐五代的傳統，寫小令而有所提高。

　　但其時民間俗曲又有發展，從小令發展成慢詞，增添不少新鮮曲調，為歌伎們所傳唱。慢詞字數增多，普通，是六十到一百字，也有一百以上的；節奏較慢，比小令更能鋪敍描寫。

　　第一個結合俗曲而創造新詞大量製作慢詞的是柳永。吳曾《能改齋漫錄》：

　　　　詞自南唐以來，但有小令，其慢詞起自仁宗朝。中原息兵，汴京繁庶，歌台舞榭，競睹新聲。耆卿失意無聊，流連坊曲，遂盡收俚俗語言，編入詞中，以便伎人傳唱。一時動聽，傳播四方。其後東坡、少游、山谷輩相繼有作，慢詞遂盛。

　　柳永，初名三變，字耆卿，福建崇安人。生卒無考（約990？—1050？）。久居汴京，「喜作小詞，然薄於操行」。他過着放蕩的生活，屢困場屋。有《鶴沖天》詞：「黃金榜上，偶失龍頭望。明代暫遺賢，如何向。未遂風雲便，爭不恣狂蕩。何須論得喪。才子詞人，自是白衣卿相。　　煙花巷陌，依約丹青屏障。幸有意中人，堪尋訪。且恁偎紅依翠，風流事、平生暢。青春都一饷。忍把浮名，換了淺斟低

唱。」他的詞不僅風格上脫卻晏歐時期的以含蓄為高、短雋入勝，在內容上是淋漓盡致地寫「羈旅悲怨之詞，閨帷淫媒之語」(《宋六十名家詞》)。因此曾被「務本向道」的宋仁宗斥為「浮華」。直到仁宗景祐元年 (公元 1034 年) 方中進士，官屯田員外郎。因此有柳屯田的稱號。

柳永詞名甚高，他寫的詞，都是當時歌唱的民間俗曲。葉夢得《避暑錄話》說他「為舉子時，多遊狹邪，善為歌詞。教坊樂工每得新腔，必求永為辭，始行於世」。《古今詩話》載：

> 真州柳永少讀書時，以無名「眉峰碧」詞題壁，後悟作詞章法，一妓向人道之。永曰：「某於此亦變化多方也。」然遂成屯田蹊徑。

所以，柳永詞可以稱得上當行本色。張端義《貴耳集》說：「詩當學杜詩，詞當學柳詞；蓋詞本管弦冶蕩之音。永所作，旖旎近情，尤使人易入也。」以至於「凡有井水飲處，即能歌柳詞」。(《避暑錄話》：「余仕丹徒，嘗見一西夏歸朝官云。」)潦倒、浪漫、飲酒、寫詞，柳永的一生，就是在這樣的生活中過去的。他死之後，當時的人都很追念他：

> 柳耆卿風流俊邁，聞於一時。既死，葬於棗陽縣[1]花山。遠近之人，每遇清明日，多載酒餚飲於耆卿墓側，謂之「弔柳會」。(《獨醒雜志》)

> 仁宗嘗曰：「此人任從風前月下，淺斟低唱，豈可令仕宦。」遂流落不偶，卒於襄陽。卒之日，家無餘財，群妓合金葬之於南門外。每春月上塚，謂之「弔柳七」。(《方輿勝覽》)

《避暑錄話》謂柳永死在潤州 (今江蘇丹徒) 一僧寺，郡守求其後不得，乃為出錢葬之。

---

1 即今湖北棗陽市。——編者註

可見其影響之大。詞人王觀自名其集曰《冠柳》。後來王漁洋還有「殘月曉風仙掌路，無人為弔柳屯田」之句。

柳永的詞，用俗曲、俗語、俗字寫當時城市居民的生活、思想，寫漂泊的詩人的情緒，與肉體的追求，脫盡「花間」以來的習氣。他的精神比「能逐弦吹之音，為側豔之詞」的溫庭筠更為解放。當時有許多人都批評他的詞俚俗、塵下、詞格不高。

> 少游自會稽入都，見東坡。東坡曰：「不意別後，公卻學柳七作詞。」少游曰：「某雖無學，亦不如是。」東坡曰：「『銷魂當此際』，非柳七語乎？」（《高齋詩話》）

其實，雖然東坡反對柳詞，但他還問人「我詞何如柳七」？（見《吹劍錄》）

陳質齋評王觀云：「逐客詞格不高，以『冠柳』自名，則可見矣。」此亦是對柳永的批評。

女詞人李清照批評柳詞「詞語塵下」，後來黃花庵、孫敦立輩亦謂其「多近俚俗」「多雜以鄙語」。其實柳詞的好處即在於俗，為詞的當行本色，有創造力。

認真說，柳永創為慢詞之後，一般人都漸漸向這條新路徑走來。秦少游被東坡指出學柳的證據，只好不語。東坡事實上也佩服柳詞，他讀「霜風淒緊，關河冷落，殘照當樓」等句，也驚賞其「不減唐人高處」而代為分辨其「非俗」（《侯鯖錄》）。

柳永詞的特色是：（1）皆能配合樂曲歌唱；（2）多慢詞，為新興的曲調；（3）不避俗言俗語；（4）表達市民階層的思想感情。

柳永的詞，大概分之可為三類。

第一類，以男女愛情為題材，寫男女之情。柳詞寫愛情，沿着才子佳人式的傳統，但所謂才子只如他那樣的才子，也是浪子（狎客），佳

人如汴京的名妓之類，因而變為商業化的市民的愛情。柳永寫他們的歡愛、離別、盟誓，詞雖俚俗，的確表現了當時市民的思想感情。柳永的詞寫歡愛少，寫離別懷舊多。寫歡愛不免膩俗，寫離別比較深刻。雖然浪漫式的享樂式變態的愛情，絕不是真愛情，也反映了那個社會的病態。同時這類的詩歌，實在也源於真正的民歌，如南朝的子夜歌、讀曲歌等，不過加上宋代都市社會的特色而已，也可以助長人的真摯的愛情的產生。他寫盟誓的方面是成功的。例如，《玉女搖仙佩》歌頌女性的美色，比之神仙與名花。下半闋表達歡愛與盟誓，佳人才子，風流自責。「今生斷不孤鴛被」，着重在一結愛情，永不拋棄。開《西廂記》《長生殿》等文學作品。又如《洞仙歌》：「斷不等閒輕捨，鴛衾下，願常恁好天良夜。」「況已結深深願，願人間天上暮雲朝雨長相見。」《徵部樂》：「待這回好好憐伊，更不輕離拆。」此類本非夫婦之情，為野鴛鴦所必需的。重情誼，責備負情，為女性愛情的保障，因而為女性所愛唱。既拋開後，則有悔恨，例如《憶帝京》：「繫我一生心，負你千行淚。」還有雖相愛而無法相聚的，如《婆羅門令》：「彼此空有相憐意，未有相憐計。」皆曲折而能達。具體，生動；不抽象，不概念化。

　　前引《鶴沖天》，寫他自己的浪漫生活，一半自敘，一半也勸普天下考不上進士的，教他們儘管風流玩賞，把功名看淡。這是反功利主義的。(例如《西廂記》中的張生就對於鶯鶯的追求十分熱情，而把功名卻看得不在乎，這也是多情才子派。)

　　第二類，寫都市繁華生活、民間風俗、四時節令之曲。如《望海潮》：

　　　　東南形勝，三吳都會，錢塘自古繁華。煙柳畫橋，風簾翠幕，參差十萬人家。雲樹繞堤沙，怒濤捲霜雪，天塹無涯。市列珠璣，戶盈羅綺，競豪奢。　重湖疊巘清嘉，有三秋桂子，十里荷花。羌管弄晴，菱歌泛夜，嬉嬉釣叟蓮娃。千騎擁高

牙，乘醉聽簫鼓，吟賞煙霞。異日圖將好景，歸去鳳池誇。

寫錢塘杭州的繁華和風景，酣暢淋漓。「三秋桂子，十里荷花」為名句。相傳宋、金對峙時，金主完顏亮讀到它，起進攻臨安之野心。（《錢塘遺事》）寫都市享樂生活的如《玉樓春》：「皇都今夕知何夕，特地風光盈綺陌。金絲玉管咽春空，蠟炬蘭燈燒曉色。鳳樓十二神仙宅，珠履三千鵷鷺客，金吾不禁六街遊，狂殺雲蹤並雨跡。」柳永表現了北宋時代都市的物質生活和統治者荒淫生活以及文人、妓女的浪漫生活，是有其現實意義的。不過作者自己沉溺在聲色中，他不在暴露批判，而在留戀讚美，粉飾太平。

柳永詞歌詠四時節令。如《二郎神》的詠七夕，以「願天上人間，佔得歡娛，年年今夜」作結，仍重在言情。境界極似後來《長生殿》《密誓》折。又如他寫都城元宵佳節的《傾杯樂》以「盈萬井山呼鰲抃，願歲歲天仗裡常瞻鳳輦」作結，非常庸俗，但只是詞曲的陳套如此。教坊伎樂用於帝都節令喜慶不能不如此也，市井文藝和宮廷文藝合流。

柳詞也有描寫風景的，如《夜半樂》：「泛畫鷁、翩翩過南浦。望中酒旆閃閃，一簇煙村，數行霜樹。殘日下、漁人鳴榔歸去。敗荷零落，衰柳掩映。岸邊兩兩三三，浣紗遊女，避行客，含羞相笑語。」寫初秋光景確很清幽細緻。

第三類，寫羈旅、行役、送別、懷人的感情。如《雨霖鈴》：

寒蟬悽切，對長亭晚，驟雨初歇。都門帳飲無緒，留戀處，蘭舟催發。執手相看淚眼，竟無語凝噎。念去去，千里煙波，暮靄沉沉楚天闊。　　多情自古傷離別，更那堪、冷落清秋節！今宵酒醒何處？楊柳岸，曉風殘月。此去經年，應是良辰好景虛設。便縱有千種風情，更與何人說？

寫秋景送別，全首氣氛均好，不但「今宵酒醒」二句千古傳誦，即「念

去去，千里煙波，暮靄沉沉楚天闊」，闊大高遠，亦自難及。再如《八聲甘州》：

> 對瀟瀟暮雨灑江天，一番洗清秋。漸霜風淒緊，關河冷落，殘照當樓。是處紅衰翠減，苒苒物華休。惟有長江水，無語東流。　不忍登高臨遠，望故鄉渺邈，歸思難收。歎年來蹤跡，何事苦淹留！想佳人、妝樓顒望，誤幾回、天際識歸舟。爭知我、倚闌干處，正恁凝愁！

這是一首登高望遠思歸之作。「霜風淒緊」三句與「惟有長江水，無語東流」均佳。後半闋設想佳人妝樓長望，有迴旋照顧、兩面相關之妙。另一首《卜算子慢》意境亦同。這些詞，意境高雅，亦是文人詞，而以鋪敍見長。

歷來對柳詞評價不高，這是不公平的。他的詞長於鋪敍，描寫具體，能表達男女心理，善於吸收俗語。他的詞代表當時詞家本色，不離曲藝情調，比藝人所作提高一步，大有影響於諸宮調及戲曲文學（如董西廂、王西廂、元人雜劇曲調及南戲採柳永詞不少）。他的詞代表市民階層的文藝，反映當時商業發達，都市繁華，市民的奢侈享樂生活，男女歡合離別的複雜變化與內心生活，代表詞曲的基本情調。

對於柳詞藝術，周介存說它「鋪敍委婉，言近意遠，森秀幽淡之趣在骨」。吳瞿安指出其缺點是「多直寫，無比興，亦無寄託。見眼中景色，即說意中人物，便覺率直無味。……且通體皆摹寫豔情，追述別恨，見一斑已具全豹」。

柳永的詞集名《樂章集》，毛氏《宋六十名家詞》本和朱氏彊村叢書本最為完善（《全宋詞》卷 31—32，凡 210 首，附錄 9 首）。

# 周邦彥與大晟詞人

浦江清

　　蘇軾去世之後，代表詞而又有相當成就的作家是周邦彥。周邦彥（1057—1121）[1] 字美成，自號清真居士，錢塘（杭州）人。他在宋神宗元豐年間曾獻《汴都賦》，頗有文才。在宋徽宗朝，提舉大晟府。也曾出外任州縣官，卒於處州。詞作極多，詞集名《清真詞》，一名《片玉詞》。

　　大晟府是教坊音樂機構，研究古代音樂，定律呂，並搜集俗樂，制定新曲。周邦彥通曉樂律，並且文辭很美。他寫了許多詞，也製作了許多新的曲子 —— 長調。這些新的曲子大部分就宮廷音樂加以改編、發展，如《蘭陵王》《六醜》等。他按照這些曲調來填詞，語言典雅，音調和諧。

　　《清真詞》的內容與柳永詞相彷彿，以愛情、別離、懷人、春夏秋冬四時節令、吟物為題材。善作長調，曲折鋪敘。聲調諧和而沉着大方。講究作詞的法度。不但講究平仄，並且講究四聲去上，一字不苟。每出一章，往往填詞者奉為典範。填詞家評其「下字運意，皆有法度」（沈伯時《樂府指迷》）。又謂美成詞「渾厚和雅，善於融化詩句」（張炎

---

1 周邦彥生年應為公元 1056 年。—— 編者註

《詞源》）。其所謂「詩句」，指唐人詩。周邦彥詞詞句工穩、清麗，聲調流美，運意曲折、沉着。

　　向來把周邦彥詞奉為詞家正宗，這是講究格律一派的看法。選本如《草堂詩餘》等選周詞甚多。王國維有《清真先生遺事》。周邦彥詞，以思想內容而論，出於蘇辛派之下，已開詞匠作風；不如柳永的自由浪漫，而是典雅派；不如蘇軾的豪放，而是凝重的氣息。

　　周邦彥詞影響了南宋詞家，如夢窗（吳文英）等。南宋以後都奉之為作詞的最高標準。詞作都在細細考究平仄四聲、樂律曲譜，不重內容、思想，只在格律詞句上下功夫。這是周詞的壞影響。前人對周詞評價太高，有人比之為詞中杜甫，尤其不恰當。

　　同為大晟詞人的，有晁端禮與万俟詠，多節令與應制之作，是宮廷派詞人、御用詞人，其粉飾太平的作品毫無價值，毫無生氣。

# 李清照

浦江清

　　李清照（1082—1140？）[1]，濟南（今屬山東）人，自號易安居士，是北宋末年文學修養最高的女作家。能詞，能詩，也能作古文和駢文。父親李格非，是有名的古文家，母親是狀元王拱辰的孫女，亦善文，她從小就生活在一個文學氣氛很濃的環境裡。

　　李清照年十八嫁趙明誠（太學生，山東諸城人），趙父挺之也是文人，官位很高。夫婦二人感情相得，時遊相國寺，市碑帖。其時家境不甚寬裕，節衣縮食，市書籍碑帖，研究金石歷史。明誠亦有文才，但詩詞不如清照，清照曾於重陽日作《醉花陰》詞，明誠亦為數十首，以示客，客稱其中三句絕佳，正清照所作也。其後，趙挺之為宰相，排斥元祐黨人，格非以黨籍罷，清照上詩挺之，有「何況人間父子情」之句，頗為哀怨。明誠後屏居鄉里十年，二人同作鈔書、校勘金石工作。後明誠赴青州、萊州做官。靖康之變，明誠奔母喪於金陵。其年十二月，金人陷青州，十餘屋書籍被焚毀，僅攜出於金陵之書物尚存。建炎二年（公元1128年），明誠為江寧府，清照亦在江寧。常值天大雪，頂笠披蓑，循城遠覽，作詩詞，邀明誠賡和。翌年明誠罷官，

---

將赴江西，起湖州，詔赴行在，清照居池陽，與之別。明誠赴行在 (建康)，病卒 (公元 1129 年)。時清照年四十八。為文祭之，中有「白日正中，歎龐翁之機敏。堅城自墮，憐杞婦之悲深」之句。葬明誠訖，清照欲赴洪州，因張飛卿玉壺事被謗，赴越州行在。(金人破洪州，書物散失。)清照赴台州、衢州，最後定居杭州。

約在 1134 年頃，作《〈金石錄〉後序》，時年五十二三。明誠《金石錄》一書為宋代學術界之名著，《後序》詳記夫婦二人早年之生活嗜好，及後遭逢離亂，金石書畫由聚而散之情形，不勝死生新舊之感，一文情並茂之佳作也。趙李事跡，《宋史》失之簡略，賴此文而傳，可以當一篇合傳讀，故此文體例雖屬於序跋類，以內容而論，亦同自敘文。清照本長於四六，此文卻用散筆，自敘經歷，隨筆題寫，其晚景淒苦鬱悶，非為文而造情者，故不求其工而文自工也。

清照代表北宋時期文學修養最高的婦女，為中國文學史上有名的女作家，可比班昭、左芬一流人物。雖以詞著名，亦善詩、四六、古文，惜其四六與詩皆散失，零篇斷句見於宋人書籍中，有《浯溪中興頌碑和張文潛》詩等。見清人俞正燮所輯《易安居士事輯》一文 (見其《癸巳類稿》) 及四印齋《漱玉詞》的附錄。

李清照有《詞論》，見《苕溪漁隱叢話》一書，她說：

逮至本朝，禮樂文武大備，又涵養百餘年，始有柳屯田永者，變舊聲，作新聲，出《樂章集》，大得聲稱於世，雖協音律，而詞語塵下。又有張子野、宋子京兄弟、沈唐、元絳、晁次膺輩繼出，雖時時有妙語，而破碎何足名家。至晏元獻、歐陽永叔、蘇子瞻，學際天人，作為小歌詞，直如酌蠡水於大海，然皆句讀不葺之詩爾，又往往不協音律者。……王介甫、曾子固，文章似西漢，若作一小歌詞，則人必絕倒，不可讀

也。乃知詞別是一家，知之者少。後晏叔原、賀方回、秦少游、黃魯直出，始能知之。又晏苦無鋪敘，賀苦少典重，秦即專主情致而少故實，譬如貧家美女，雖極研麗豐逸[1]，而終乏富貴態。黃即尚故實而多疵病，譬如良玉有瑕，價自減半矣。

她對名家都有所批評，非常中肯。她重視音律，要求詞音調好，內容新。她作詞，能兼眾家之長，用淺俗之語，發清新之思。與蘇軾的「達」「暢」相同。她的詞有生活內容，有真感情。她久經喪亂，在她的詞中反映了南渡前後一般人民的痛苦流亡的生活。她的代表作有《如夢令》「昨夜雨疏風驟」、《一剪梅》「紅藕香殘玉簟秋」、《聲聲慢》「尋尋覓覓」、《醉花陰》「薄霧濃雲愁永晝」等。《聲聲慢》寫秋日黃昏時的孤寂，感情深沉，明白曉暢，近於豪放。《醉花陰》寫重九，最後三句「莫道不銷魂，簾捲西風，人比黃花瘦」為人們廣泛傳誦。清照晚年在杭憶舊之作有《永遇樂》，頗為悽婉：

　　　　落日鎔金，暮雲合璧，人在何處？染柳煙濃，吹梅笛怨，春意知幾許！元宵佳節，融和天氣，次第豈無風雨？來相召，香車寶馬，謝他酒朋詩侶。　　中州盛日，閨門多暇，記得偏重三五。鋪翠冠兒，捻金雪柳，簇帶爭濟楚。如今憔悴，風鬟霧鬢，怕見夜間出去。不如向簾兒底下，聽人笑語。

此詞下半闋是懷念中州元宵佳節盛況，歎中州淪陷，遭遇亂離，寫個人晚年淒寂心境。寫東都的舊日繁華，其間包含有一定的愛國情緒。

　　清照詞甚少標題，難於編年。此首可知為晚年作品，其他不易確定。

　　宋代女詞人，在北宋有曾布妻魏夫人，在南宋有朱淑真 (有《斷腸

---

詞》）。以清照詞作最多，成就亦最高。

在文學史上的女作家有班昭、蔡琰、左芬、鮑令暉、薛濤等（唐以前），宋以後有彈詞、戲曲作家數人。詩文詞作者雖眾，傑出者不多。

關於李清照生年（公元 1082 年），依俞正燮元符二年年十八之論。劉大杰《中國文學發展史》為 1081 年。另據《〈金石錄〉後序》中「陸機作賦」二句之解釋，建中辛巳（公元 1101 年），如此年清照十八歲，則生於 1084 年。

# 南宋詞人

羅庸

風格雖變，然皆以北宋為基礎，就大家言，約可分成三派。

（一）辛棄疾（稼軒）派 ── 通常以蘇辛並稱，其實二家之詞風與人格大有異趣。東坡書生而已，稼軒則為弓刀遊俠，其晚年目睹國事日非，自覺無能為力，乃將畢生精力瀉於詞，不似東坡之以詞為餘事也。故以填詞之工夫與修養論，蘇不及辛之深厚，以身世言，蘇亦無辛之沉痛，故稼軒之詞似粗而實細，其細磨功夫，直可比肩美成。此派名家有張孝祥之《于湖詞》，自具面貌，在南宋詞中一如范石湖在詩中之地位，此乃無意學稼軒者。有意學辛者有劉過（改之）、劉克莊（後村），後者天資較高，然俱不及稼軒，改之深得其粗豪，後村則近于湖焉。

（二）姜夔（白石，堯章）派 ── 姜詞近於東坡而無其豪放，近於張子野而去其教坊氣。後世對之毀譽參半，毀之者以為天資不高，譽之者以為空靈絕世。其實，白石天資誠然不高，然善解音律，能自度腔，又終老江湖而風格瀟灑出塵。蓋北宋以來，詞人多走顯路，而白石故意求其隱澀，遂為人所詬病。王靜庵以「隔」評其風格，其故在此。詞中通常姜史[1]並稱，但梅溪對姜之晦澀作風能洗而去之，此所以

---

[1] 指史達祖。── 編者註

能卓然自立也。

（三）吳文英（夢窗）派——夢窗之詞，一步一趨學周美成，美成詞好處在其溫潤、典麗、閒適與風韻，夢窗則專取其典麗而忘其綿密，寫來不時露骨，遂成其為徒具外表而乏內容之病，人以「七寶樓台」評之，信然。

南宋末，詞人走周、吳之路而不為吳所限者有王沂孫（碧山）、周密（草窗）、張炎（玉田）三家。碧山詞頗有風韻，故極疏淡；草窗亦自成家；玉田用心之周密為南宋第一人，美成以後，允推獨步。明清詞家之發展，咸不出諸家之範圍。

# 南渡初期作家

浦江清

　　北宋末年政治很腐敗。宋徽宗任用蔡京、王黼、童貫、梁師成、李彥、朱勔六賊，內憂外患交並。其時有一個讀書人，對國家有責任感，上書請除六賊，他就是太學生陳東。這是學生參加政治運動的先聲。靖康之變以後康王構（高宗）即位於南京，用黃潛善、汪伯彥為相，無志北上。是時，各地義兵，包括河北太行山的八字軍（面上刺「赤心報國、誓殺金賊」八字）、忠義巡社、山西紅巾軍等紛紛起來抵抗金兵，李綱、宗澤等賢臣主張利用民間自衛的力量一致抗敵。當時金人南下是寇掠性質，搜括糧食、財帛。要在黃河流域鞏固統治政權，一時是做不到的。可歎的是，趙構不能重用李綱、宗澤等，而用了黃、汪兩人，沒命地南逃，沒有勇氣抗敵，所以中原的民兵很散漫，不能發揮一致對外的力量。

　　1127 年，宗澤為東京留守，1128 年，金兀朮犯東京，宗澤敗之，本可藉此恢復中原，時趙構在揚州，不肯北還。宗澤前後請帝還京二十餘奏，每為黃潛善、汪伯彥所抑。1128 年秋七月，宗澤憂憤成疾，疽發於背，諸將入問疾，澤瞿然曰：吾以二帝蒙塵，憤憤至此，汝等能殲敵，則我死無恨。眾皆流涕曰：敢不盡力。諸將出，澤歎曰：「出師未捷身先死，長使英雄淚滿襟。」（杜甫詩句）無一語及家事，但連

呼過河者三而卒，年七十。

　　李綱在 1127 年曾入相，極短期復罷。綱最得人望，綱之罷斥，
陳東與歐陽澈力爭之。陳東上書乞留綱，而罷黃、汪，又上疏請帝親
征，以還二聖，治諸將不進兵之罪；車駕宜還東京，勿幸金陵。不報。
布衣歐陽澈，徒步詣行在，伏闕上書，極詆用事大臣。黃潛善以語激
帝，遂殺陳東與歐陽澈。

　　高宗罷斥李綱，而重用黃潛善與汪伯彥，以後又重用秦檜，一意
求和。高宗既懼怕金人，又私意在保持帝位，怕欽宗南歸。其時，人
民寄希望於抗金將領岳飛和韓世忠。

　　岳飛 (1103—1141)¹，字鵬舉，相州湯陰 (今屬河南) 人。世力農。宣和
四年，應真定宣撫劉韐募，後隸留守宗澤。康王即位，曾上書言黃潛
善、汪伯彥輩不能承聖意恢復。奉車駕日益南，恐不足繫中原之望。
希望高宗親率六軍北渡，則將士作氣，中原可復。在中興名將中，岳
飛年輕而立功最顯。紹興十年 (公元 1140 年)，金人復破河南、陝西州
郡，劉錡大敗金兵於順昌，兀朮走汴。岳飛敗金兵於京西，收復河南
諸郡。秋七月，岳飛大破金兀朮於朱仙鎮，距汴京四十五里。飛大喜
語其部下曰：直抵黃龍府，與諸君痛飲爾！敵人驚呼：撼山易，撼岳
家軍難。而秦檜竟一日奉十二金字牌，強令班師。翌年 (公元 1141 年)，
檜下岳飛獄，以莫須有之罪狀殺之。抗金將領韓世忠曾在黃天蕩阻擊
金兵四十八天，以八千將士將號稱十萬的金兵打得大敗。而在岳飛被
害之前早已被罷免了軍權。兩個抗金名將，一個被殺，一個被閒置起
來。這些愛國的英雄是武將，但也有文才。岳飛的《滿江紅》就一直
為人們所傳誦。這首詞慷慨激昂，是他愛國思想和英雄氣概的集中體

---

1 岳飛卒年應為公元 1142 年。——編者註

現。是反侵略戰爭中的抗敵詩歌，與大漢族主義思想有所區別。岳飛還有《小重山》詞：

> 昨夜寒蛩不住鳴，驚回千里夢，已三更。起來獨自繞階行，人悄悄，簾外月朧明。 白首為功名，舊山松竹老，阻歸程。欲將心事付瑤琴，知音少，弦斷有誰聽。

頗為高雅蘊藉，論者謂「欲將心事」三句蓋指和議之非（見《詞林記事》卷九）。韓世忠亦有些詞作（見《詞林記事》）。

士大夫代表人民的意志反對和議的有胡銓等人。1138 年（紹興八年）三月，高宗以秦檜為尚書右僕射同平章事兼樞密使。五月，王倫偕金使來。秋七月，王倫復如金。冬十月，金以張通古為江南詔諭使，來言歸河南、陝西之地。十一月，高宗以孫近參知政事，詔群臣議和金得失。直學士曾開當草國書，辯視體制非是，論之，不聽，遂請罷。開與秦檜面爭，斥其不顧屈辱，有失國體。檜怒曰：聖意已定，尚何言？時開與從官張燾、御史方廷實等二十人皆極言不可和。時李綱已罷，提舉洞霄宮，亦上疏言，謂虜無禮，要求無厭，不可言和，徒受要挾。最痛快激切的是樞密院編修官胡銓（即為秦檜之屬下），上疏《戊午上高宗封事》，請誅王倫、秦檜、孫近，大膽表示：「臣備員樞屬，義不與檜等共戴天，區區之心，願斷三人頭，竿之藁街。」書上，檜以銓狂妄凶悖，鼓眾劫持，詔除名編管昭州。朝臣多救之，檜迫於公論，翌日，改銓監廣州都鹽倉。宜興進士吳師古，鋟其書於木。胡銓疏表現了當時愛國人士對投降派的痛恨，反映了廣大人民要求抗戰的決心，因而流傳各處，轟動一時。也引起金人的震恐，想用千金買其疏底本。師古坐流袁州。胡銓被貶居廣東時曾寫《好事近》詞：

> 富貴本無心，何事故鄉輕別？空使猿驚鶴怨，誤薜蘿秋

月。　　囊錐剛要出頭來，不道甚時節。欲駕巾車歸去，有豺狼當轍。

這首詞表明了他反對秦檜投降主義政策的鬥爭精神。胡銓（1102—1180），字邦衡，號澹庵，廬陵人。非文學家，但亦有詞作，詞集叫《澹庵詞》（四印齋本），還寫有白話散文《玉筵問答》。

同情胡銓，在胡銓遭貶斥為其送別因而得罪除名者有張元幹。元幹，字仲宗，長樂（今屬福建）人，向伯恭之甥。有《蘆川歸來集》，詞叫《蘆川詞》，作品較少。他由於《賀新郎·送胡邦衡赴新州》《賀新郎·寄李伯紀丞相》兩首詞觸秦檜怒，追付大理削籍。

南渡初年的詞人，比辛棄疾稍前的有張孝祥。孝祥，字安國，歷陽烏江（今安徽和縣）人，紹興二十四年（公元1154年）狀元。孝宗朝官中書舍人，領建康留守，尋以荊南湖北路安撫使，請祠祿，進顯謨閣直學士。致仕，卒。有《于湖詞》。以《六州歌頭》「長淮望斷」最有名，最見其忠憤之氣。六州指伊州、梁州、石州、渭州、氐州、甘州。唐代大曲，邊塞舞曲。歌頭，大曲之頭。詞中他哀悼北方的淪陷，「洙泗上，弦歌地，亦羶腥」；他指責朝廷之用和議，憤慨收復河山的壯志不能實現，「念腰間箭，匣中劍，空埃蠹，竟何成！時易失，心徒壯，歲將零，渺神京」；他寫出了中原父老盼望王師的北伐，「聞道中原遺老，常南望、翠葆霓旌。使行人到此，忠憤氣填膺，有淚如傾」。寫得豪壯沉鬱，接近稼軒風格。

《諸山堂詞話》云：張安國在治江帥幕，一日預宴，賦《六州歌頭》，歌罷，魏公流涕而起，掩袂而入。《花草粹編》卷十二錄《朝野遺記》云：安國在建康留守席上，賦此。歌闋，魏公為罷席而入。魏公即張浚，孝宗時為樞密使，都督江淮軍馬，後封魏國公。陳廷焯《白雨齋詞話》評此詞云：淋漓痛快，筆飽墨酣，讀之令人起舞。

　　張孝祥《念奴嬌·過洞庭》一首模仿蘇東坡《念奴嬌·中秋》和《水調歌頭》「明月幾時有」，雄放飄逸，頗似東坡。孝祥詞近東坡、稼軒，亦豪放一派。

　　此外，在北宋、南宋之際有名的詞人有朱敦儒，有名的詩人有陳與義。

　　朱敦儒 (1081—1159)，字希真，洛陽人，為一放浪江湖的人，有隱士作風，詞集名《樵歌》。他早年居住北方，北宋亡國，他隨着南遷。經過亂離，所以有許多感慨家國之作，如《雨中花》，嶺南作，《水調歌頭》，淮陰作。其詞的特點是文字近於白話，寫山水田園，意境清新。

　　陳與義 (1090—1138)[1]，字去非，號簡齋，洛陽人。有《簡齋詩》《簡齋詞》。他的詩從黃山谷、陳後山，因此亦列入江西詩派中。唯經歷汴京淪陷、北宋之亡，晚年流落湘南，多感慨沉鬱之音。《四庫提要》謂其「至於湖南流落之餘，汴京板蕩之後，感時撫事，慷慨激越，寄託迢意，乃往往實過古人」。陳簡齋曾向杜甫學習，變革江西詩派專講究格律用事的作風。他的詩從江西詩派入門，經過家國危難，詩風轉向李白、杜甫。

　　唯張孝祥之與詞、陳與義之與詩，皆不及辛棄疾、陸游二人之偉大。辛詞與陸詩代表南宋時期文學創作與愛國主義思想密切結合的最高成就。

---

1 陳與義卒年應為公元 1139 年。——編者註

# 辛棄疾的詞

浦江清

　　辛棄疾的詩和散文留下的不多，他主要是詞人。他的詞的創作極為豐富，有六百多首，是古今詞人中最豐富多產的。他的詞集叫《稼軒長短句》（四印齋所刻詞本）或《稼軒詞》（《宋六十名家詞》）。

　　辛棄疾平生「以氣節自娛，以功業自許」（范開語）。但他的理想並未實現。他的滿腔愛國熱情無法吐瀉，於是悲歌慷慨的心情在詞中得到了最為充分的表現。他的詞就是他的抱負和縱橫的才氣在他當時最流行的文藝形式中的表現。

　　辛棄疾進一步發展了蘇軾所開拓的詞的境界，題材極廣闊，有抒情，有說理，有懷古，有傷時。筆調是多方面的，無意不可入，無事不可言。悲憤、牢騷，嬉笑怒罵，皆可入詞。

　　稼軒詞豪放雄壯，充滿愛國思想，有英雄氣概，和放翁詩近似，而痛快淋漓，又過於蘇軾。辛棄疾「舟次揚州」，回憶當年在此參加抗敵事業的軒昂氣概：

　　　　落日塞塵起，胡騎獵清秋。漢家組練十萬，列艦聳層樓。誰道投鞭飛渡，憶昔鳴髇血污，風雨佛狸愁。季子正年少，匹馬黑貂裘。

——《水調歌頭》

披貂裘，騎駿馬，目睹打敗完顏亮的南宋軍隊軍容大盛，辛棄疾對中
興充滿希望。而當他回憶年輕時驍馬馳金營於數萬敵軍中生擒叛徒的
情景，更是豪情滿懷：

> 壯歲旌旗擁萬夫，錦襜突騎渡江初。燕兵夜娖銀胡䩮，漢
> 箭朝飛金僕姑。
>
> ——《鷓鴣天》

但是壯志難酬，所以辛詞更多的則是表現磊落抑塞之氣：

> 更能消幾番風雨，匆匆春又歸去。惜春長怕花開早，何況
> 落紅無數。春且住，見說道、天涯芳草無歸路。怨春不語，算
> 只有殷勤、畫簷蛛網，盡日惹飛絮。
>
> 長門事，準擬佳期又誤。蛾眉曾有人妒。千金縱買相如
> 賦，脈脈此情誰訴？君莫舞，君不見玉環飛燕皆塵土。閒愁最
> 苦。休去倚危欄，斜陽正在，煙柳斷腸處。
>
> ——《摸魚兒》

國難當頭，報國無門，不免發出「煙柳斷腸」的哀怨。陳廷焯《白雨齋
詞話》評曰：「詞意殊怨，然姿態飛動，極沉鬱頓挫之致。起處『更能
消』三字是從千迴萬轉後倒折出來，真是有力如虎。」梁啟超評云：「回
腸蕩氣，至於此極。前無古人，後無來者。」（《藝蘅館詞選》）據羅大經
《鶴林玉露》說：宋孝宗看了這首詞，雖然沒有加罪於辛棄疾，但很不
高興。作為愛國志士，憂懷國事的哀愁，無處傾訴，只有借詞宣泄出
來。「江南遊子，把吳鉤看了，欄干拍遍，無人會，登臨意。」（《水龍
吟》）「鬱孤臺下清江水，中間多少行人淚！西北望長安，可憐無數山。
青山遮不住，畢竟東流去。江晚正愁予，山深聞鷓鴣。」（《菩薩蠻》）前
詞寫英雄無用武之地，直抒胸臆；後詞「惜水怨山」（周濟《宋四家詞選》），
登臺遠望，北方山河，仍在敵手，只有借鷓鴣鳴聲來抒發自己羈留後

方、壯志未酬的抑塞、苦悶心情了。

在辛棄疾筆下，壯志未酬的憤懣之情也能表現在別詞裡：

> 綠樹聽鵜鴂，更那堪、鷓鴣聲住，杜鵑聲切！啼到春歸無尋處，苦恨芳菲都歇。算未抵人間離別：馬上琵琶關塞黑，更長門、翠輦辭金闕。看燕燕，送歸妾。

> 將軍百戰聲名裂，向河梁、回頭萬里，故人長絕。易水蕭蕭西風冷，滿座衣冠似雪，正壯士悲歌未徹。啼鳥還知如許恨，料不啼清淚長啼血。誰共我，醉明月？

——《賀新郎》

辛茂嘉是棄疾族弟，因事貶官桂林，辛棄疾寫了這首在辛詞中很著名的《賀新郎·送茂嘉十二弟》[1]。詞與柳永別詞風格大不同。連用若干離別典故，竟似一篇小別賦，而以「啼鳥還知如許恨，料不啼清淚長啼血」收住。他把兄弟別情放在家國興亡的大背景下來寫，借歷代英雄美女去國辭鄉的恨事，來抒發山河破碎、同胞生離死別的悲情。梁啟超指出：「算未抵人間離別」句「為全首筋節」（《藝蘅館詞選》）。這是切中肯綮的評論。陳廷焯評曰：「稼軒詞自以《賀新郎》一篇為冠。沉鬱蒼涼，跳躍動盪，古今無此筆力。」（《白雨齋詞話》）王國維的《人間詞話》說：「稼軒《賀新郎·送茂嘉十二弟》，章法絕妙，且語語有境界，此能品而幾於神者。然非有意為之，故後人不能學也。」

辛棄疾繼承了蘇軾的豪放一派。不過蘇軾的豪放，在思想上是超曠的，類似陶淵明、李白；而辛棄疾的豪放，風格上是雄渾而壯偉，同時沉鬱而悲憤。這是辛棄疾所處的時代和他的遭遇所決定的。他有些像詞中的杜甫。

---

1 另有《賀新郎·別茂嘉十二弟》一說。 ——編者註

　　當然，稼軒詞也有清新的一面。他的才能是多方面的。他不但善於寫回腸蕩氣、慷慨激昂的壯詞，還能寫情致纏綿、穠麗綿密的婉詞。著名的《祝英台近》就是這方面的代表：

　　　　寶釵分，桃葉渡，煙柳暗南浦。怕上層樓，十日九風雨。
　　斷腸片片飛紅，都無人管，更誰勸、啼鶯聲住？

　　　　鬢邊覷，試把花卜歸期，才簪又重數。羅帳燈昏，哽咽夢中語：「是他春帶愁來，春歸何處，卻不解、帶將愁去。」

深閨女子的相思之情寫得細膩傳神，溫婉清麗，與稼軒大部分詞詞風迥異。沈謙在他的《填詞雜說》裡說：「稼軒詞以激揚奮厲為工；至『寶釵分，桃葉渡』一曲，暱狎溫柔，魂銷意盡，詞人伎倆，真不可測。」這其實正說明辛詞風格是多樣化的。更可喜的是，在十年退隱的日子裡，辛棄疾和農民有了親密的交往，了解了農民樸素的生活，情感和農民接近了，寫了不少清新自然、富有情致的農家生活的詞：

　　　　茅檐低小，溪上青青草。醉裡吳音相媚好，白髮誰家翁媼？　　大兒鋤豆溪東，中兒正織雞籠，最喜小兒無賴[1]，溪頭臥剝蓮蓬。

　　　　　　　　　　　　　　　　　　　　　　——《清平樂》

一幅農家生活畫圖。此外，像：「東家娶婦，西家歸女，燈火門前笑語。釀成千頃稻花香，夜夜費一天風露。」（《鵲橋仙》）「父老爭言雨水勻，眉頭不似去年蹙。」（《浣溪沙》）反映了農村溫厚的風俗，也分擔了農民的歡愁。

　　辛棄疾善於從前人典籍中學習語言，融入自己詞中。如《踏莎行》的：

---

1 另有「最喜小兒亡賴」一說。——編者註

> 衡門之下可棲遲，日之夕矣牛羊下。

是《詩經》的句子：「衡門之下，可以棲遲」「日之夕矣，牛羊下括」。

又如《水調歌頭》：

> 余既滋蘭之九畹，又樹蕙之百畝，秋菊可餐英。

是《離騷》的句子。《水龍吟》：

> 人不堪憂，一瓢自樂，賢哉回也！料當年曾問：飯蔬飲水，
>
> 何為是棲棲者？

是《論語》的句子。《哨遍‧秋水觀》全是《莊子》的語句。

　　蘇東坡用詩的筆調來寫抒情的詞，辛棄疾則用的是散文筆調，加入說理部分，更把詞擴大了。他才氣橫溢，無所不可，這也是詞的解放。詞就代表辛棄疾的談吐。

　　辛詞愛用典故，這是前人所極少的，所以有「掉書袋」之譏。用典故自然在旁人理解上增加一些困難，但它可以增加詞的表現力。

　　對辛詞的評價，從前不算高，蘇辛詞是被看作別派的，這是由於囿於詞以婉約為宗的說法。其實辛棄疾的成就是很大的，他集詞之大成，把詞發展到最高峰。他的詞是愛國主義的。

　　辛棄疾的遭遇局限了他，他的詞對於生活的反映，不能寫得更直接、更明顯、更廣泛、更豐富，而且用文言、用典故，不能很好結合口語，宜朗誦，不宜歌唱。

　　辛棄疾的朋友陳亮和劉過的詞，風格上都和他相近。陳亮主要是哲學家和政論家，劉過有《龍洲詞》，才氣不及辛棄疾。

# 姜夔與詞的衰落

浦江清

　　辛棄疾的詞已達到詞的高峰，有各方面的題材。但向來論詞的認為是詞的別派。一般講求音律與格調的詞人，還走着周邦彥的道路，而繼續有所發展，姜夔為代表。

　　姜夔（1155—1235）[1]，字堯章，鄱陽人。後來寓居吳興，與白石洞天為鄰，號白石道人。其詞集名《白石道人歌曲》。布衣終身，未仕，與范成大為友。為人清潔高雅，能詩詞。白石詩有唐人風格，尤善於七絕；詞更著名，為南宋名家。精於音律，研究古樂，嘗進《古樂議》與《琴瑟考古圖》，欲興古樂，但不為朝廷所重視。亦善書法，有臨王羲之褉帖，又研究金石。

　　白石詞繼承前人音調外，尚有「自度曲」，皆有旁譜，為今日研究詞的歌唱法與音律的可貴的材料。

　　白石詞的特點是：（一）他本人精於音樂，講究黃鐘大呂等古樂，樂律水平很高，且有很多「自度曲」，如《暗香》《疏影》《揚州慢》等二十多種曲調，自吹自唱，非常高雅。他曾有詩云：「自作新詞韻最嬌，小紅低唱我吹簫。曲終過盡松陵路，回首煙波十四橋。」（《過垂

---

1 姜夔卒年另有公元 1209 年和公元 1221 年兩説。——編者註

虹》) 風度如晉宋間人。這種隱士派的作風，脫離政治，亦當時政治混濁所造成。他與范成大為友，而終身布衣。如以范比王維，白石頗似孟浩然。(二) 詞有唐音，富有抒情詩風味，很清新。

　　姜夔有代表性的詞有《揚州慢》《暗香》《疏影》等，皆自度曲。其《揚州慢》云：

　　　淮左名都，竹西佳處，解鞍少駐初程。過春風十里，盡薺麥青青，自胡馬、窺江去後，廢池喬木，猶厭言兵。漸黃昏，清角吹寒，都在空城。　杜郎俊賞，算而今、重到須驚。縱豆蔻詞工，青樓夢好，難賦深情。二十四橋仍在，波心蕩、冷月無聲。念橋邊紅藥，年年知為誰生！

描寫了戰亂後揚州的淒涼景象。《暗香》《疏影》皆詠梅花，為范石湖而作。清雋高雅，唯多用暗典不易理解。其《齊天樂》詠蟋蟀一首，亦善於鋪敘。白石善於作詞題，短短數句，頗有情致。

　　姜夔的詞，屬於古典的格律派，繼承周邦彥作風。同時，由於他的孤高情性，他的詞往往選字鍊句太過，氣魄不大。趙子固說：「白石，詞家之申韓也。」周濟說：「白石局促，故才小。」(《介存齋論詞雜著》) 都切中他的要害。姜夔詞用典多，有的極暗，不易理解。王國維覺其形象不明朗，「雖格調高絕，然如霧裡看花，終隔一層」(《人間詞話》)。

　　此後詞人繼清真、白石一派者有史達祖 (《梅溪詞》)、吳文英 (《夢窗詞》)。吳文英 (1205—1270)[1]，浙江四明人，《夢窗甲乙丙丁稿》有詞三百餘首。與辛棄疾詞相反，協律、用典、詠物、修辭的作風，在夢窗詞中特為強度的表現。有人認為「求詞於我宋，前有清真，後有夢窗」。

---

[1] 吳文英在世時間另有約 1200—1260 年、約 1212—1272 年、約 1212—1274 年等說法。——編者註

而張炎則評為「如七寶樓台，眩人眼目，碎拆下來，不成片段」（《詞源》）。這是說夢窗詞是堆砌的，沒有完整的境界，只有片段的美麗。唯夢窗詞卻有巨大的影響，直到清末詞人。

吳文英之後，宋亡前夕，詞人還有蔣捷，有《竹山詞》；周密（1222—1308）[1]，有《草窗詞》；王沂孫（1240—1290），有《碧山樂府》；張炎（1248—1320?），功臣張浚之後，有《玉田詞》（又名《山中白雲詞》）。這四位都是宋末詞人。講求音律，處在宋末，經亡國之痛，詞多淒苦之音，亦多寄託。《玉田詞》較為空靈，以浪漫自由的精神入於古典格律，表現的手法由意象與白描到深密的刻畫字句。然而頗多淒苦之音，像秋風吹過的野草一樣。張炎的《詞源》一書總論詞的作法與音律等，為較為系統的詞話。張炎結束了宋詞。

後人論詞，謂北宋詞高，南宋詞深。蓋北宋多以詩人作詞，或者結合通俗歌曲，意境廣闊，故「高」；南宋如姜夔以後專精於詞，境界較狹，而刻畫字句，尚寄託，故「深」。詞本是俗文學，最初是和人民歌唱結合在一起，反映的也是一般人民大眾的思想感情，因此就顯得清新、健康、活潑。但北宋以後，漸漸講究典雅，天地也漸漸小起來。這種傾向，晏、歐已開其端，柳永、蘇軾稍有解放，到了周邦彥，詞就充分成熟，同時也完全脫離民間歌唱。士大夫自己作曲，成為個人吟詠，又刻意專創造詞的特有境界，走上了狹隘的路子。詞既不結合於通俗歌曲，又不用詩的作法，寫的是身邊瑣事，詞句又高深，成為專家所懂得的東西，發展過度，便走上衰落的道路了。

---

1　周密在世時間約為 1232—1298 年。　——編者註

# 附　錄

　　萬里長征，辭卻了五朝宮闕，暫駐足衡山湘水，又成離別。絕徼移栽楨榦質，九州遍灑黎元血。儘笳吹，弦誦在山城，情彌切。

　　千秋恥，終當雪。中興業，須人傑。便一成三戶，壯懷難折。多難殷憂新國運，動心忍性希前哲。待驅除仇寇，復神京，還燕碣。

西南聯大進行曲（部分）

羅庸、馮友蘭　作

# 西南聯大一九三九年度校曆

## 第一學期（一九三九年至一九四〇年）

|  |  |  |
|---|---|---|
| 九月二十五日至三十日 | 星期一至六 | 補考　註冊　選課 |
| 十月二日 | 星期一 | 第一學期始業 |
| 十月二日至十四日 | 星期一至六 | 改選功課 |
| 十月十日 | 星期二 | 國慶紀念日　放假 |
| 十月二十八日 | 星期六 | 退選功課截止 |
| 十一月十二日 | 星期日 | 總理誕辰紀念日　放假 |
| 一月一日至三日 | 星期一至三 | 年假 |
| 一月十九日至二十五日 | 星期五至四 | 學期考試 |
| 一月二十六日至二月八日 | 星期五至四 | 寒假 |

第一學期共十五週

## 第二學期（一九四〇年）

|  |  |  |
|---|---|---|
| 二月九日至十五日 | 星期五至四 | 補考 |
| 二月十三日至十五日 | 星期二至四 | 註冊 |
| 二月十六日 | 星期五 | 第二學期始業 |
| 二月十六日至二十九日 | 星期五至四 | 改選功課 |
| 三月十二日 | 星期二 | 總理逝世紀念日　放假 |
| 三月十四日 | 星期四 | 退選下學期開班　功課截止 |
| 三月二十九日 | 星期五 | 革命先烈紀念日　放假 |
| 三月三十日至四月五日 | 星期六至五 | 春假 |
| 五月十五日 | 星期三 | 交入畢業論文最後期限 |
| 六月十日至十五日 | 星期一至六 | 學年考試 |
| 六月二十二日 | 星期六 | 畢業禮 |
| 六月二十三日 | 星期日 | 暑假起始 |
| 八月二十七日 | 星期二 | 孔子誕生紀念日　放假 |

第二學期共十五週

## 氣節（一九三九年）

| | | |
|---|---|---|
| 小寒　一月六日 | 大寒　一月廿一日 | 立春　二月五日 |
| 雨水　二月十九 | 驚蟄　三月六日 | 春分　三月廿一 |
| 清明　四月六日 | 穀雨　四月廿一 | 立夏　五月六日 |
| 小滿　五月廿一 | 芒種　六月六日 | 夏至　六月廿二 |
| 小暑　七月八日 | 大暑　七月廿四 | 立秋　八月八日 |
| 處暑　八月廿四 | 白露　九月八日 | 秋分　九月廿四 |
| 寒露　十月九日 | 霜降　十月廿四 | 立冬　十一月八日 |
| 小雪　十一月廿三 | 大雪　十二月八日 | 冬至　十二月廿二 |

植樹節　三月十二
日環食　四月十九
月全食　五月三日至四日
日全食　十月十三
月偏食　十月十八

| 責任編輯 | 張俊峰 |
| 書籍設計 | 彭若東 |
| 排　　版 | 周　榮 |
| 印　　務 | 馮政光 |

| 書　　名 | 西南聯大詩詞課 |
| 作　　者 | 游國恩　聞一多　朱自清　浦江清　蕭滌非　羅庸 |
| 出　　版 | 香港中和出版有限公司<br>Hong Kong Open Page Publishing Co., Ltd.<br>香港北角英皇道 499 號北角工業大廈 18 樓<br>http://www.hkopenpage.com<br>http://www.facebook.com/hkopenpage<br>http://weibo.com/hkopenpage<br>Email: info@hkopenpage.com |
| 香港發行 | 香港聯合書刊物流有限公司<br>香港新界荃灣德士古道 220-248 號荃灣工業中心 16 樓 |
| 印　　刷 | 陽光 (彩美) 印刷有限公司<br>香港柴灣祥利街 7 號萬峯工業大廈 11 樓 B15 室 |
| 版　　次 | 2023 年 4 月香港第 1 版第 1 次印刷 |
| 規　　格 | 16 開 (152mm×230mm) 352 面 |
| 國際書號 | ISBN 978-988-8812-18-9<br>© 2023 Hong Kong Open Page Publishing Co., Ltd.<br>Published in Hong Kong |

本書由四川天地出版社有限公司授權本公司在中國內地以外地區出版發行。